守诚者

小说改编自陈文强、马焱、马帅、
付小圊、苏冰编剧同名影视剧

| 马帅 编著 |

海南出版社

·海口·

图书在版编目（CIP）数据

守诚者 / 马帅编著. -- 海口：海南出版社，2025.

7. -- ISBN 978-7-5730-2408-4

Ⅰ．I247.5

中国国家版本馆 CIP 数据核字第 2025ED7125 号

守诚者

SHOU CHENG ZHE

编　　著：马　帅

责任编辑：高婷婷

封面设计：任　佳

责任印制：郄亚喃

印刷装订：三河市中晟雅豪印务有限公司

读者服务：张西贝佳

出版发行：海南出版社

总社地址：海口市金盘开发区建设三横路 2 号

邮　　编：570216

北京地址：北京市朝阳区黄厂路 3 号院 7 号楼 101 室

电　　话：0898-66812392　010-87336670

电子邮箱：hnbook@263.net

经　　销：全国新华书店

版　　次：2025 年 7 月第 1 版

印　　次：2025 年 7 月第 1 次印刷

开　　本：787mm×1 092mm　1/16

印　　张：24.25

字　　数：417 千字

书　　号：ISBN 978-7-5730-2408-4

定　　价：59.80 元

《守诚者》人物介绍

何浩辉（陈小春饰）

何浩辉，曾经的"O记三虎"之一，因抓捕悍匪周雄失败导致师父惨死，自己也因为救师父向周雄下跪的视频引爆网络而备受舆论指责。一夜之间，何浩辉沦为警界之耻，被调任EU3冲锋车沙展，但他并未放弃，决心查明真相为师父报仇。事实正如他所料，周雄的幕后老板——M国EGM基金的路易斯正酝酿着对香港展开一场空前绝后的金融狙击。何浩辉与邵子俊、赵绍棠、陈耀扬等同僚，以及新闻记者林蔚言等各界人士通力合作，不仅成功化解香港危局，而且一雪前耻，亲手击毙周雄，香港市民也纷纷向他致以迟来的敬意。

邵子俊（李治廷饰）

邵子俊，EU3冲锋车队员，一心想加入O记。父亲邵峰是O记总督察，因抓捕悍匪周雄失败而承担责任，未能升职，间接导致邵子俊无法进入O记。因此，邵子俊对何浩辉心存芥蒂。然而，他在与何浩辉的工作接触中，逐渐被何浩辉过人的办案能力所折服，慢慢认可何浩辉，最终和众警员联手挫败EGM基金的阴谋，成长为一名智勇双全、成熟干练的优秀警员。

林蔚言（韩雪饰）

林蔚言，《量子新闻》的专职记者，勇于追求新闻理想，因为执着于真相和正义而屡次遭到上级方大字的打压，忍无可忍的她当面揭穿方大字贪婪虚伪的卑劣人格，没想因祸得福，受到《量子新闻》CEO 韦志玲的赏识和支持，以为就此能大展宏图，没想到却落入另一个陷阱，险些成为祸乱香港的马前卒。幸好林蔚言机警敏锐，帮助警方调查韦志玲并及时提供了许多重要线索，为破解 EGM 基金安插在港的"蓝名单"并抓捕韦志玲等人立下了汗马功劳。

赵绍棠（任达华饰）

赵绍棠，EU3 冲锋车车长，被大家尊称为棠哥。年轻时是赫赫有名的赛车手，外表玩世不恭，老于世故，实则靠谱负责。何浩辉的到来让棠哥感到不安，认为他会打破自己平静的生活。经过一系列案件后，他逐渐理解何浩辉，钦佩其优秀警员的品质，还帮助何浩辉追回妻子蔡卓欣。EU3 车队员们在他的"调和"下，逐渐成为一支默契的团队。

周雄（何润东饰）

周雄，早年是帮会分子，因犯事潜逃到香港，最终成为一名老谋深算、残忍狠戾的悍匪，是 M 国 EGM 基金对香港实施金融狙击计划时一枚举足轻重的"棋子"。周雄弟弟被何浩辉击毙，因此与何浩辉结下深仇大恨，多次企图谋害何浩辉及其家人，幸好都未能得逞。

蔡卓欣（熊黛林饰）

蔡卓欣，何浩辉的妻子。因为何浩辉在O记工作压力大，大部分的育儿任务落在了蔡卓欣的身上，"不沟通"成了夫妻俩最大的矛盾，二人婚姻亮起了红灯。幸好，何浩辉在棠哥的提点下意识到"陪伴"的重要性；蔡卓欣在多次遇险后也意识到何浩辉身负的责任不仅是保卫"小家"，更是保卫香港这个"大家"。

红姐（李丽珍饰）

红姐，赵绍棠的妻子。因为女儿意外离世而患抑郁症，不久之后又查出阿尔茨海默病，幸好棠哥一直陪伴左右。患病的红姐时而清醒，时而糊涂，虽然情绪起伏不定却对棠哥百般依赖，仿佛一切都能忘记，只剩下对棠哥的依恋。

陈耀扬（黄嘉乐饰）

陈耀扬，"O记三虎"之一。师父的牺牲以及周雄的逃脱，让他对待师兄何浩辉的态度十分矛盾，刻意孤立和冷淡何浩辉，被上司邵峰看在眼里，经过邵峰的劝解陈耀扬终于解开了心结。因调查戈登案，陈耀扬与何浩辉再度联手，还在特别行动组中与何浩辉、邵子俊并肩战斗，守护香港。

邵峰（张国强饰）

邵峰，O记总督察，在警队极具威望，见证了"O记三虎"的成长，对他们的能力十分认可，因此特批抓捕周雄一案。但案件并未告破且霍启泉牺牲，邵峰主动承担了领导责任，本应可以再晋升一级的他从此升职无望。

韦志玲（伍咏薇饰）

韦志玲，《量子新闻》CEO。她全心全意投入于传媒事业，野心也不断扩大，渐渐失去了初衷和作为新闻工作者的职业素养。由于政见不同并为了满足个人私欲，她受命于计划狙击香港金融的路易斯，成为其"蓝名单"上的重要成员。

蒋坤（吴嘉龙饰）

蒋坤，接替钟伯掌管龙兴社团。曾想借助EGM基金的雄厚财力让公司上市，转做正行生意。但是，在他察觉EGM基金图谋不轨时试图抽身，并拒绝了路易斯调查香港富豪详细信息的命令，要将自己所知道的EGM基金的事情悉数告诉何浩辉。

阿Ken（沈震轩饰）

阿Ken，龙兴社团中层，蒋坤的手下，表面上对蒋坤十分忠诚，鞍前马后，其实一直盘算着取代蒋坤的位置，他暗中助力路易斯的金融狙击计划，并与周雄联手设计引诱蒋坤陷入圈套。

梁婉婷（汤加文饰）

梁婉婷，EU3 冲锋车队员，出身单亲家庭，与母亲相依为命。梁母一直建议她转去警队的文职，不要在一线出警，太危险还找不到男友。梁母托朋友为梁婉婷相亲，得知她是警察之后都纷纷退却。邵子俊看出婉婷心事重重，与她一起劝解梁母，过程中梁婉婷也与母亲敞开心扉，最终梁母接受了梁婉婷想当一名好警察的理想。

谢庭威（成家宏饰）

谢庭威，EU3 冲锋车队员，虽然是南亚裔，却是个土生土长的香港人。他性格乐天，但是也有点胆小和谨慎。他被委派去兰崖军团做卧底时，担心无法胜任，顾虑重重，后因看到同为南亚裔的拉杰的遭遇才坚定了信念，要为辛苦工作的南亚人正名，最终经历了重重险阻胜利完成了任务，谢庭威也因此而蜕变。

戈登（Mike 隋饰）

戈登，著名国际保安公司的计算机工程师，顶级黑客。他和李可儿无意中发现了一个神秘的加密文件包，试图破解该文件包的李可儿惨被灭口，戈登自己也遭到追杀。好在李可儿临死前已将神秘文件包的备份 U 盘邮寄给了在香港的堂哥，并告诉戈登里面藏有涉及香港的重大阴谋。戈登赶忙前往香港寻找 U 盘。

林涛（汤镇业饰）

林涛，林蔚言的父亲，林氏国际集团董事局主席，香港企业家联盟主席。当林蔚言受戈登所托寻找 U 盘买家时，林涛第一时间站出来，打算买下 U 盘交给香港特区政府。

霍启泉（李子雄饰）

霍启泉，"O记三虎"之首，何浩辉和陈耀扬的师父，一直将二人当儿子一般教育和对待。在与何浩辉搭档抓捕周雄的行动中，周雄逃跑前按下了炸弹的启动按钮，霍启泉眼见自己获救无望，甚至可能会危及徒弟的性命，跑到桥边一跃而下，被炸身亡。

钟伯（陈惠敏饰）

钟伯，龙兴社团元老，作为土生土长的老江湖，钟伯对香港有着极深的感情，有高度的血脉文化认同。"任何人不得以任何方式攻击和伤害香港，不然就是所有香港人的敌人，也是社团的敌人"，钟伯这种朴素的爱港意识也传递给了蒋坤，使得蒋坤在识破 EGM 基金的阴谋后坚定地站在了警队这边。

目 录
Contents

第 一 章

警界之耻

1

在蓝天白云下的香港警队广场，中华人民共和国国旗和香港特别行政区区旗被风吹动，轻柔飘舞。警队大楼明亮干净，楼道尽头大门紧闭的会议室内，气氛严肃。

何浩辉、陈耀扬、霍启泉这三位 O 记①警察坐成一排。何浩辉自信地端坐在会议桌前，他正对着上司邵峰——O 记总督察，此时正在皱眉翻看报告。"O 记三虎"面面相觑，本来自信满满的何浩辉不禁有点担忧。

邵峰严肃地问道："这份报告谁写的？"

何浩辉小心翼翼地回答："sir，是我。"

邵峰目光如电："何浩辉沙展②，你这份报告……"一旁的霍启泉有些紧张，眼神关切地看着何浩辉。

邵峰合上报告放在桌上，说："……写得不错，不过就是有错别字……用词太死板。"

会议继续进行。他们讨论了一年前 O 记在元朗发现的一个洗黑钱窝点的案件。当时，何浩辉他们共拘捕了 19 名嫌疑人，并查获 80 多个可疑银行账户，收缴的赃款现金——美金、欧元和港币都有，共计 1790 万。

何浩辉说："拘捕行动之后，我们继续跟进，发现这个集团洗黑钱的金额 1 年之内达到了 17 亿……"

即便会议室内都是香港警队中经历过无数大案的精英，他们听到何浩辉说的这个数字后，也不禁有些吃惊。

---

① O 记：有组织罪案及三合会调查科（即 Organized Crime and Triad Bureau，缩写：OCTB），俗称 O 记。1957 年成立，隶属于香港警务处刑事及保安处刑事部，由从前的有组织及严重罪案调查科（OSCB）及反三合会行动组（DATS，俗称反黑组）合并而成，主要负责调查及打击极为复杂及严重的有组织及三合会罪行。该科汇集各方面的资源和专业知识。

② 沙展：Sergeant 的音译，香港警察的一个官衔，职级是小队长。

"接着说。"邵峰丝毫不给众警察多余的吃惊时间。

何浩辉点开大屏幕，上面出现了一张一个脸色阴沉、目光冷酷的男子的照片。

何浩辉开始介绍案情："根据我们的调查，这个集团背后的主使，就是他——周雄，36 岁，有多次犯罪记录，涉及多宗走私、谋杀、诈骗案件。他几年前因为一桩严重伤人案，被捕入狱，出狱之后就离开了香港，大部分时间在东南亚活动。两年半前回来，看上去做了正行，实际上暗中操控一连串洗黑钱活动。"

邵峰向何浩辉问道："你报告上写，建议我们用 8000 万引他做交易，到时就人赃并获？"

"没错，这 8000 万只是个见面礼，我向他们保证每年会有几十亿以上的交易。"何浩辉肯定地回答。

邵峰继续追问："你们素未谋面，做这么大数额的交易，他会不会起疑心？"

"我们已经摸清了周雄的底，他最信任的就是他的亲弟弟周杰。"

这时大屏幕上出现了周杰的照片。

何浩辉接着说："三个月前，我假扮毒贩，透过线人同周杰联络，希望他帮我找周雄洗钱，上个礼拜他终于同我见面。两个钟头之前周杰给我电话，说周雄约我三日之后交易。"

现场立即议论纷纷。

霍启泉起身补充说："周雄多疑，虽然我们有他弟弟牵线，但是如果没有 8000 万做饵，他一定不会露头，所以这次是我们最好的，也是唯一的抓到他的机会。"

邵峰点了点头，问："8000 万不是小数目，你们打算怎么保护这笔钱的安全？"

何浩辉回答："关于这部分……就由我的 O 记同事陈耀扬，同各位长官解释。"

陈耀扬本来只是在一旁聆听，突然被何浩辉点名，顿觉意外，瞪了一眼何浩辉。何浩辉则用了一个"请吧，快上"的眼神回答。

陈耀扬唯有尴尬地干咳两声，站起身说："嗯……我们准备了几个离岸银行账户，同周雄做交易的时候，会要求他实时将钱分批返回这几个离岸账户。这样，一来可以保证这笔钱的安全，二来可以完整监控到周雄的犯罪过程……就是这样，报告完毕！"

对面的警界高层，未置可否。

何浩辉语气有些着急地说道："我线人收到风声，周雄正在协助一批巨额海外黑金流入香港，如果属实的话，到时肯定会扰乱香港的经济秩序，危害社会稳定！"

2

会议结束后，陈耀扬挥拳打向何浩辉。

何浩辉默契挡住："我警告你，师父在这里，你别动手动脚的。"

"你刚才在搞什么，我一点儿准备都没有。"陈耀扬有些生气。

何浩辉调侃道："我是想给你个机会，让你给长官留下一个深刻的印象，你懂不懂？"

陈耀扬立刻反驳："那你也要跟我说一声，让我有个心理准备啊！"

何浩辉笑了笑："顺便锻炼一下你的应变能力嘛！"

二人此时看到师父霍启泉过来，停止了笑闹。

何浩辉向霍启泉问道："师父，我刚才表现得怎么样？"

"不错！不过不知道有没有用，这8000万不知道批不批。"霍启泉有些担忧。

陈耀扬有些不满地说："不知道这些长官们怎么想的，这是公家的钱，又不是让他们自己出！"

霍启泉看着陈耀扬，假装恍然大悟，说道："你说的有道理啊，你现在就回去跟长官说，我帮你敲门。"

陈耀扬一怔，赔笑说："开玩笑的嘛，师父。"

霍启泉一脸严肃："这是警署，不是武馆，叫我霍 sir！"

"是，霍 sir！"陈耀扬边说边立正敬礼。

"我命令你，立即去给同事买奶茶，一人一杯，半个钟头之内要送到大家手上！"霍启泉对陈耀扬说道。

"什么？"陈耀扬一脸不解。

何浩辉在一旁偷笑，低声说："我那杯奶要多一些。"陈耀扬却站着没动。

霍启泉催促他："怎么还不去？"

陈耀扬企图狡辩说："我没带钱包，师父。"

霍启泉继续催促他："快点去！"陈耀扬答应一声，转身跑了下去。霍启泉一笑，一瞬间却又收敛笑容，何浩辉会意。

"师父，你不用担心，"何浩辉安慰霍启泉说道，"这笔钱长官肯定会批的。"

霍启泉语重心长地说："阿辉，如果这笔钱批了，这个案子我们只能成功，不能失败。"

何浩辉向霍启泉保证道："师父，你放心，我们一定好好做。"

何浩辉手机提示音响起，他看了一眼，对霍启泉说道："钟伯找我，不知道是不是周雄那边有什么线索。"

霍启泉提醒道："和钟伯合作要掌握好分寸，他毕竟是社团的人……"

何浩辉点头："知道的。"说完，转身离开。

　　九龙区的一间店铺外，钟岚君向远处张望。一辆轿车从远处驶来，停在店铺门口，身穿便装的何浩辉下车，朝钟岚君走来。

钟岚君迎上去，说："辉 sir，爷爷在里面等了你很长时间了。"

何浩辉道歉说："不好意思，有点事情耽误了。"

钟岚君开心地说道："辉 sir，自从你上次教给我打架的那几招后，真的就没有人再敢惹我了。"

"你别乱说，我就教了你几招自卫术防身。再说，你是钟伯的孙女，谁敢惹你！"何浩辉跟钟岚君一边说着一边走进店铺内。

钟伯正在给店内供奉的关帝上香，何浩辉顺手也拿起三支香点燃，插在香炉里。

上完香，钟伯邀何浩辉坐下喝茶。钟伯洗杯后替何浩辉倒茶，一边喝茶，一边向何浩辉说起了一桩往事：

"1998 年香港金融风暴的时候，不但社团的钱灰飞烟灭，连钟岚君的父亲，也因为投资失败最后落得一个自杀的下场。我这次爆周雄出来，纯粹是不想让香港的金融秩序被人恶意破坏，重蹈覆辙……"钟伯望着外边，告诫何浩辉："周雄将见面时间提前了一天。他很难对付，你要做足准备。"

3

　　霍启泉走出办公室，刚关上门，随即电话铃响起。

电话对面是何浩辉的声音："师父，出事了，你赶紧来箭马酒吧……"话没说完，电话就被挂断了。

霍启泉知道事情紧急，急忙赶到箭马酒吧。酒吧外的招牌灯没亮，铁闸只关上了一半，霍启泉诧异，弯腰往里面看，只见里面漆黑一片，但借着外面街灯的光，隐约可见酒吧地上有血迹，地上似乎还有一双人腿……

霍启泉心感不妙，立即将右手移到腰间，打开枪袋的扣子，手按着枪戒备，随时准备拔枪，然后弯腰小心翼翼地进入酒吧。

霍启泉甫进入酒吧，发现昏迷倒地的人是陈耀扬。霍启泉扶起陈耀扬，发现陈耀扬身上竟有鲜血，不由大惊。

霍启泉大喊："耀扬！耀扬！"霍启泉惶惑地抬头向四周一看，随即发现躺在酒吧另一角落的何浩辉，立刻放下陈耀扬，冲向何浩辉。霍启泉大声喊着何浩辉的名字，不省人事的何浩辉没任何反应。此时，一名手持利刀的神秘男子，从霍启泉身后慢慢靠近。霍启泉感到身后有异，右手慢慢移到腰间。突然，霍启泉转身拔枪，直指神秘男子，大喊："警察，不要动！"

霍启泉话音刚落，酒吧的灯亮起，这时霍启泉发现，身后不止一名神秘男子，还有其他"同党"。一个捧着生日蛋糕的女孩，看到霍启泉举枪，大吃一惊。这时霍启泉发现这些人都是 O 记警察。

何浩辉也第一时间弹起，按住霍启泉的枪。

幸好何浩辉一按，霍启泉瞬间冷静，没有开枪。此时忽然传来像枪声的"卟"的一声，原来是拿着手拉炮的另一名警察失手拉响了炮。失手的警察眼神既惊又尴尬，他身后挂着"霍 sir 生日快乐"的条幅。

霍启泉放回手枪，揪住何浩辉衣领，怒瞪何浩辉，吼道："你疯了吗？你知不知道我刚才如果真开了枪，你们就死了！你是不是不想让我今天过生日，下个月连休都退不了？！"

霍启泉情绪的失控，让场上的气氛有些凝重。陈耀扬刚想解释，霍启泉把拿刀的警察拉到何浩辉的面前，大声说："何浩辉你看清楚，他是你的同事，只要你做错任何一个决定，他都会没命。你没有资格做领导，我不会将整队人的命交给你。你不要再做警察了，我以后再也不想见到你。"

众人听到霍启泉这么说，都异常吃惊。陈耀扬想替何浩辉求情，还没等陈耀扬开口，霍启泉抢先说道："谁替他求情，就一起走！"众人顿时呆在当场。

这时邵峰走进了酒吧。

邵峰走近霍启泉劝解道："他们就是想给你一个惊喜，干吗说得那么严重……"

霍启泉余怒未消："你也有份？"

"我没想到他们会玩得那么大。"邵峰一边解释，一边拿出了一个礼物，"今天是你生日，别生气，送给你的。生日快乐！"他把一个礼盒递给霍启泉，里面是只精致的银鸡。

霍启泉看到礼物脸上终于露出了笑容。

"阿辉，快点把刀给你师父。"邵峰提示何浩辉。

"Yes，sir！"何浩辉赶紧把蛋糕刀递给霍启泉。

霍启泉拿着刀，瞪着何浩辉，严厉地说："要不是看在邵 sir 面子上，我第一个劈死你这浑小子。"

何浩辉嬉皮笑脸地哄着师父："切完蛋糕再劈，劈完了当场埋了。照相！照相！"

众人走到一起拍下了照片。

拍完了照片，霍启泉仍然怒气未消。何浩辉和陈耀扬紧张万分，面前的蛋糕，一口都没有动。直到霍启泉自己拿起蛋糕，咬了一口，众人才松了口气。何浩辉和陈耀扬也松了口气。

霍启泉有些伤感地告诉两个徒弟："我马上就退休了，以后想骂你们也没机会骂了。如果想让我安心退休，就把周雄的案子做得漂亮一些。"

陈耀扬苦恼于8000万的"钓鱼"经费还没有批。邵峰这时告诉"O记三虎"，顶头上司阮sir已经批了。听到这个消息，陈耀扬和何浩辉相视一笑。

4

《量子新闻》办公室内，记者林蔚言和上司方大宇产生了激烈的争执。方大宇未经林蔚言的许可，就剪短了林蔚言的报道，反而大肆报道自己的八卦新闻。方大宇的做法引起了林蔚言的严重不满，就在两个人争论得不可开交之时，主编韦志玲翩然而至，居中调和。

她让方大宇的八卦新闻上了头条，但也让林蔚言对呼吁人们关注和救助病童的新闻进行深度挖掘，做成专题。韦志玲的建议，暂时平息了两人的争执。

林蔚言因为要给O记做专访，匆匆离开了。

方大宇在林蔚言离开之后，跟韦志玲进了房间，质问韦志玲：

"你是不是因为林蔚言的父亲是本港富豪林涛，手里握着《量子新闻》的广告才故意偏向她的？"

韦志玲严肃地告诉方大宇："不是！"

何浩辉来到车旁正准备上车。这时林蔚言走上前来，跟何浩辉打招呼："何sir！不好意思，我几次打你手机，都联系不上你……"

何浩辉一脸歉意："不好意思，最近比较忙！"

"其实我是想问关于专访的那件事。"林蔚言说。

何浩辉有点为难地回答："林小姐，你为什么要访问我呢？"

林蔚言直言道："'O记三虎'除暴安良，破了那么多大案，有深入报道的价值。"

"警察捉贼破案，这是职责所在，不值得深入报道吧？"

林蔚言摇了摇头："所谓正邪不两立，香港需要英雄的故事，需要传递正能量。"何浩辉摇了摇头，让林蔚言有些吃惊。

何浩辉说："我不是英雄，香港也不需要英雄，香港需要一班执法严明、大公无私的治安守护者！"何浩辉挥挥手开车离去，留下林蔚言呆呆地立在原地。

街上，一个扒手偷钱被陈耀扬发现。陈耀扬作为警察，自然不能坐视不管，随后陈耀扬抓贼的行为被好事者拍下传到网上，并且得到了广大网友点赞……陈耀扬因此当了"网红"，暴露了警察的身份，导致他没法参与行动。

陈耀扬向霍启泉道歉。霍启泉安慰陈耀扬，说："我决定代替你，跟浩辉一起去交易。"

何浩辉、陈耀扬二人对视一眼，没有说话。

霍启泉悠悠地说："怎么了？嫌我老？"

"哈哈，师父宝刀未老。"二人齐声说。

霍启泉和何浩辉做完准备，即刻出发。

陈耀扬低声对着何浩辉嘱咐道："小心，看好师父。"

何浩辉点头，两人碰拳相互鼓励。

何浩辉与霍启泉坐在一辆车上，陈耀扬和其他警察在不远处的另外两辆车上进行监控。

这时，一辆七座车驶近何浩辉和霍启泉的车。

何浩辉低声说了一句："开工啦！"

陈耀扬拉开窗帘一角，见到车靠近。何浩辉和霍启泉下车。七座车停下后，周杰与两个手下下了车。

何浩辉主动跟周杰打招呼："杰哥！"

周杰打量着霍启泉，问何浩辉："B哥，他是谁？"

何浩辉微微一笑："我的财政大臣，你的财神。"

"不好意思，B哥！"周杰说着，示意手下搜两个人的身，没有任何发现。

周杰随即让两人上他的七座车。何浩辉和霍启泉刚上车，立刻被黑布蒙头，还各自被戴上一个手环。陈耀扬车上与何浩辉同步的电脑画面随即漆黑一片。

七座车缓缓开动。陈耀扬的车跟在后面。

何浩辉暗暗地摸了摸手上的手环。

周杰的车驶进了一座废弃的学校，两名手下带着蒙头的霍启泉和何浩辉走入学校，接着两人被带到空置礼堂，周雄及多名手下早已等候在此。

何浩辉和霍启泉头上的黑布被揭开，两人因为没有习惯亮光，眯起了眼睛。

此时，何浩辉发现周雄站在自己面前。

"B哥。"

周雄看向霍启泉说："财神爷，怎么称呼？"

霍启泉不甘示弱地回答："随便你啦！"

周雄警惕地问两人："一年 30 亿，真的假的？"

何浩辉微微一笑反问道："雄哥，不信？"

"你的钱从哪儿来的？"周雄继续盘问。

霍启泉一派老江湖的架势对他说："问来历？好像不合规矩。"

周雄不甘示弱地回答："跟我周雄做生意，规矩由我周雄定。"

何浩辉朝周雄靠近，周雄手下立刻拔枪指向何浩辉的头。何浩辉望一望周雄手下，没有理会，继续走向周雄。周雄手下继续用枪指着何浩辉。何浩辉边走边说："双方合作，都要你情我愿！你怎么能自己做决定？勉强没幸福！"

周雄收敛笑容，冷冷地盯着何浩辉，挥挥手，示意手下把枪放下。

周雄解释说："我只是想看一下，你老板究竟有多大实力。"

何浩辉回答："雄哥的意思是，嫌第一次 8000 万交易太少？"

周雄摆了摆手，说："不是钱的问题。"

霍启泉突然插嘴："雄哥，合作得好，以后大家大把生意！我们还是先办正经事，其他的以后再说。"周雄冷笑了一下。

此时监视车内，电脑监视画面总算恢复正常。陈耀扬通过电脑屏幕看到周杰和霍启泉走向放有电脑的木箱，准备交易。

周杰一番操作后将电脑推给霍启泉。霍启泉开始操作电脑。

何浩辉对着周雄说道："之前讲好 8000 万帮我分 4 笔转入 4 个账户，如果顺利，老板说，额外送给雄哥 2%。"周雄一笑，开心地说道："你老板够大方！"

"第一笔 2000 万转过去了。"霍启泉操作之后示意周杰，周杰在电脑上查看。

何浩辉对着周雄说："我希望半个小时内搞定。"

周雄面色有些为难，但很快平复。"没问题。"他转头对着周杰说，"缩短流程。"

周杰面带难色，说："哥，这样很容易被人发现的。"周雄突然怒喝道："让你做，你就赶紧做！"

周杰畏惧地点了点头，开始操作。何浩辉眼镜里隐藏的偷拍设备把这一切都记录了下来。

周雄悠悠拿出手机，看着何浩辉突然问道："B 哥，听我弟弟说，你留过学，你在哪儿读的书？"何浩辉一愣，随即反应过来，回答道："英国，圣马丁学院。"

监视车内，陈耀扬叫技术人员立刻修改网上资料……

周雄用手机查圣马丁学院，继续问："主修什么？哪一年？"

何浩辉反问："雄哥，查档案吗？"

"是啊。你不想说？"

何浩辉微微一笑，冷静回答："平面设计，1998 年。"

周雄继续盘问："谁教的你？"

何浩辉镇定自若地回答："Louise Wilson。雄哥，钱已经给你了，还要查我啊？"

周雄用手机从网络上查到了教授名字："不要怪我，我向来不信任何人！对了，你们学校周围，有什么好吃的、好玩的吗？"

霍启泉有点紧张，看了何浩辉一眼。

这时，周雄的手机上显示着圣马丁学院十几年前的 3D 街景图，等着何浩辉回答。

何浩辉仍然淡定应对："十字车站的印度咖喱，广场上有韩国快餐车，不过我最中意的是 KINGROSE，那里的女生身材可是相当好啊！"

霍启泉已经开始第二笔转账。这时，周雄放在桌上的手机"疯狂"响起。

周雄犹豫一下，接起。电话那头，响起一个女人的声音：

"顺利吗？"

周雄回答："顺利！"

"我还有事情要问。"

此时第 3 笔转账已经完成，霍启泉开始输入第 4 笔。周雄把电话按下免提，递给了何浩辉。

电话那边的女人问何浩辉："你的名字？"

何浩辉反问道："你是谁？"

"如果你们还想安全出去，就不要说废话。最后一次，你的名字。"

何浩辉面色凝重，似乎在犹豫。

指挥车上的陈耀扬立刻警惕起来，拿起通信器。

陈耀扬吩咐大家："情况有变！大家随时准备！"

周雄、霍启泉紧张地盯着何浩辉，周雄的手下们也靠拢了过来。

何浩辉回答："陈景文，英文名 Bob Chen。"

电话中的女人命令道："30 秒内，你不要有任何举动。"

何浩辉看向周雄，佯装生气地说："干吗，你们什么意思？"

周雄举手阻止何浩辉说话。房间内氛围紧张，那个女人的声音再度响起：

"陈先生，我这边查过了，你讲的没问题。"

何浩辉略松口气："你们一向都这么做事的吗？"

"小心点准是没错的，你们继续。"所有人都松了一口气。

何浩辉把电话递回，周雄关免提，把电话放到耳边，说："喂。"

"立刻杀了他！"电话中的女人下达真实指令。

何浩辉注意到了周雄状态，再度警觉起来。

周雄起身背对何浩辉，边往里走边说："这里信号不好，你大点声。"

"我其实根本没查他的履历，我是需要时间，查他们的离岸账户！这4个账户在你每次转入资金之后，都在短时间之内把钱再转走！"

周雄听到这里，脸上露出不易察觉的表情。

"资金转个圈又回到了香港！所以这是一个陷阱！他们是警察！"

周雄内心暴怒，但眼神反而异常冷静。

何浩辉向霍启泉使了个眼色。霍启泉开始不动声色地打量屋里每个人的位置。

"你解决他之后，立刻离开香港！"电话挂断，周雄闭上眼吸口气，随即转头看何浩辉。

何浩辉故作轻松地说："不是又有误会吧？"

"没事。"

周雄突然伸手拔枪。何浩辉与霍启泉早有防备，分别去抢周雄手下的枪。

陈耀扬与O记众人冲出监视车。

5

何浩辉抢到了周杰的枪，朝周杰开枪。周杰中枪，顿时毙命。周雄看到弟弟被打死，朝何浩辉怒吼："你杀了我弟弟，我要杀你全家！"

周雄一边破口大骂，一边双手持枪，疯狂地向何浩辉、霍启泉开枪。

何浩辉掀翻桌子勉强抵挡，打中了向霍启泉射击的周雄手下，给霍启泉解围，霍启泉也随即抄起地下的枪。双方各自占据有利地形，展开激烈对抗。

两个手下护送周雄离开学校。何浩辉和霍启泉紧随其后，两人追到学校外的树林中，霍启泉朝着周雄射击，周雄一把将手下拉到自己身前为自己挡枪，随即又将被击毙的手下的尸体推向霍启泉，自己转身就跑。

陈耀扬带着O记警察们跑到礼堂门前，发现大门被封，众人开始撞门。终于撞开了大门，映入陈耀扬眼前的是礼堂里面满地的尸体……

此时何浩辉和霍启泉已经追上了周雄，何浩辉与周雄搏斗时，流弹打中他戴的手环，手环断开，掉落在地上。周雄朝着两人开枪，但是发现自己没有子弹了，转身就跑。

何浩辉举枪对准周雄背影大喊："不准动！"

周雄还想跑，何浩辉果断开枪。一声枪响，周雄脚旁位置出现一个弹着点。但同时手枪跳膛，也没子弹了。

周雄停下了脚步，挑衅地看着何浩辉："开枪啊！没有子弹了？"

何浩辉淡定地说："没关系，我们二对一，你今天跑不了了。"

周雄一笑，慢慢转过了身。但是等周雄转到正面的时候，何浩辉发现他手里竟然握着手机。

周雄狞笑着道："信不信，我叫你的搭档去给我弟弟陪葬？"何浩辉与霍启泉一愣。

何浩辉本能地站住了，反问道："想骗我们？"

周雄二话不说，按了一下电话。那个被流弹打落的何浩辉的手环，闪了几下灯，之后即发生剧烈爆炸！

周雄说："你戴的手环质量差，算你命大。"何浩辉和霍启泉感到脚下一颤，知道周雄所言非虚。

何浩辉立刻说："师父，快点摘下来！"何浩辉和霍启泉合力拉扯手环，但是手环一动不动。

周雄说道："原来你们是师徒，一起去给我弟弟陪葬吧！"

周雄正要按手机，何浩辉立即扑上去，与周雄纠缠，想抢去手机。霍启泉大力用手环敲打硬物，但手环丝毫无损，而霍启泉的手已经流血。

何浩辉终令周雄的电话掉到地上，何浩辉刚想去捡，又被周雄缠住，二人缠斗在一起。霍启泉马上就要捡起手机，但摆脱了何浩辉的周雄，一脚把霍启泉踢开，旋即拾起手机。何浩辉大惊，想再扑向周雄。

周雄恶狠狠地作势要按手机，恐吓道："你再过来，我立刻炸死他。"

周雄大笑，掏出另一部手机拍摄。

"周雄，你放下手机，我放你走！"

霍启泉听到何浩辉这么说，脸色一变。

何浩辉说："师父，你的命重要！"

霍启泉阻止道："不能放他走。"说罢，霍启泉继续找方法脱掉手环，他拾起地上树枝想把手环撬开，他的手腕已经划破，血流如注……

周雄狞狞一笑，说道："如果撬得开，早就撬开了！"

何浩辉要求周雄："放下手机！"

周雄笑着说："好的，求我，跪下求我。"

"不可能！"

周雄继续威胁说："那你就看着他粉身碎骨。"说完，又作势按手机。

何浩辉阻止周雄："等等！"何浩辉咬了咬牙，往前走了一步。

霍启泉阻止何浩辉："阿辉！不要！"

何浩辉缓缓向着周雄跪了下去。

霍启泉痛苦地喊："阿辉！"

周雄仰天大笑说："求我！"

何浩辉恳求道："我求你……"

周雄得寸进尺地说："叫雄哥！"

何浩辉低声说："雄哥……我求你……"霍启泉看着不忍，拿起树枝，忍痛敲打手环。

周雄厉声喊："大声！"

"雄哥！我求你！"

周雄狂笑道："看你这么听话，给你吧！"

周雄把电话扔向何浩辉，何浩辉捡起了电话，岂料手机在倒数，只剩下59秒。何浩辉抬头，周雄已跑走。

何浩辉痛恨大叫："周雄！"

周雄回头狞笑着，对何浩辉做了一个"抹脖子"手势。这时周雄前臂的骷髅头文身，异常刺眼。何浩辉不断尝试按停倒数，但是倒数仍然继续。

霍启泉着急地说："阿辉，你怎么不去追？！"

"周雄定了倒计时，我停不了！"

霍启泉大惊，更大力敲打手环，血流得更多。何浩辉扔下电话，过去协助，用两根树枝想帮霍启泉把手环撬开。霍启泉痛得惨叫。

"师父，你再忍一下。"

霍启泉瞥见电话倒数剩下15秒，便按着何浩辉的手，说道："找斧头。"

何浩辉犹豫地说："师父？！"

霍启泉催促："快点。"

何浩辉四周找斧头，但毫无发现，刚转头，只见霍启泉往远处走去。这时，地上的电话发出一下又一下的嘀嘀声，原来倒数只剩下八秒，何浩辉知道了霍启泉的目的。

何浩辉大喊："师父！"随即追上去。

倒数剩下三秒，手环闪烁，发出急速的嘀嘀声。霍启泉朝着水中跳去，刚赶至的何浩辉伸手想去抓住霍启泉的脚，可是已经来不及了。霍启泉手环的嘀嘀声加速，终在半空中爆炸。

何浩辉撕心裂肺地大喊："师父。"痛哭失声。

乘坐橡皮快艇离开的周雄，回头大笑，扬长而去。

远处赶来的陈耀扬，同时看到了霍启泉被炸，衣物碎片散在海面上……

6

大厦外墙的大电视屏幕，播放的正是从周雄手机视角录制的视频。

电视主播报道："近日在网络上流传的一段视频，引起广泛的关注，视频中一名便衣警察，在拘捕疑犯的行动中，竟然放弃抵抗，并且向疑犯下跪。这个不恰当举动，引起社会激烈争议，而警务处方面对事件，仍然未能做出任何回应。据了解，这次警方行动，亦未能达到预期效果，而案中的周姓疑犯，至今仍未落网。"

警方发布会上，记者们争相提问，警务处高层邵峰神情严肃地作答。

邵峰说道："案件仍然在调查当中，一名警察的行为是否恰当，我们会从专业的角度进行评估，而不会去主观猜测……"

此时，钟伯意外死在家中，警方认为死因可疑，展开调查。

何浩辉垂首站在上级阮 sir 面前，正听候发落。

阮 sir 告诉何浩辉这件事情的处理结果，邵峰因为受到案情牵连，向上司提出延期升职……而何浩辉的那段视频的影响短时间内实在无法平息。

阮 sir 看着何浩辉说道："照目前的情况，你再上前线不太合适，不如转做文职，你反不反对？"当何浩辉听到被调文职，本想反对，但回心一想，还是忍了下来。

何浩辉平淡地说："我不反对，sir！"

何浩辉在空无一人的 O 记办公室整理自己的物品，最后拿起霍启泉、陈耀扬和自己的合影，凝视片刻，黯然神伤，将其放进了纸箱。

何浩辉穿过 O 记大厅，众探员正在看电视，何浩辉看了一眼，发现电视正播放邵峰在新闻发布会上，被众传媒连番质问的镜头。何浩辉听到同事对他的小声议论，一言未发，悄然离去。

何浩辉手里捧着一个纸盒从外面快快地走进家。蔡卓欣边做饭边回头看了一眼沮丧的何浩辉，她将火关小。

这时，阿轩拿着作业本从房间走出来，对着蔡卓欣说："妈妈，功课做完了，签字。"

"妈妈没时间，叫你爸爸签。"蔡卓欣说完转身进了厨房。

　　何浩辉放下手中的盒子，伸手要阿轩的作业本，阿轩不想给，但在何浩辉的目光坚持下，阿轩还是给了。

　　何浩辉越看脸色越阴沉，问阿轩："作文题目明明是《我的爸爸》，你为什么要写《我的妈妈》？"阿轩不吭声。

　　何浩辉情绪失控地喊："为什么？你说呀！"

　　何乐轩苦着脸说："所有人都看过爸爸你向坏人下跪的那个视频！同学还把它画在黑板上面！他们都笑我，再不肯同我玩！"

　　何浩辉看着一脸委屈的阿轩，顿时语噎。蔡卓欣听到父子对话，走出来抱住委屈抽泣的阿轩。

　　何浩辉回到客厅。

　　蔡卓欣解释："因为你那个视频，阿轩每天都在学校里面被人笑话，连隔壁的明仔都不想和他在运动会上做搭档了。"

　　何浩辉听罢，怒气冲冲地来到隔壁敲门。开门的正好是明仔。

　　何浩辉问道："你为什么不跟阿轩做搭档了？"

　　明仔怯生生地说："是爸爸不让我跟阿轩再做搭档的。"

　　这时，明仔爸爸也走到门口，直言不讳地说："作为警察，为什么要去跪一个贼？我没见过这么没用的警察！"此时压抑许久的何浩辉情绪彻底失控，揪住了明仔爸爸的衣领，让明仔爸爸道歉。

　　明仔爸爸大喊："警察打人了！"

　　一时间场面变得尴尬而混乱。蔡卓欣将何浩辉拉住。左邻右舍看热闹不嫌事大，纷纷围观，还对着何浩辉指指点点。蔡卓欣又气又恼，一边给明仔爸爸道歉，一边拽着何浩辉回家。

　　回家之后，何浩辉和蔡卓欣大吵一架。

　　蔡卓欣说："我要带着阿轩离开香港一段时间，去加拿大的阿轩外婆家。"蔡卓欣此时态度决绝，何浩辉听到蔡卓欣的决定，有些惊慌错愕。

　　夜深，何浩辉独自回到无人的办公室，一面墙上贴满工作资料，从照片和文件的细节可以看出，全部都是和抓捕周雄的过程有关的各种资料。

　　何浩辉狠狠地说："师父，你要保佑我，我何浩辉有生之年，一定要捉到周雄，以慰你在天之灵！"

第二章

香港警察冲锋队

1

周雄案不知不觉已经过去了一年。

一名白人背包客在熙来攘往的人群中匆匆而行。他发现有警察在街上巡逻，忙下意识转过身，躲入商店内，警察远去，他松了口气。

这个白人背包客叫戈登，是一名职业黑客。他的同事兼女朋友李可儿无意中发现了一个攻击香港金融体系的恐怖阴谋，惹上了杀身之祸。李可儿临死前告诉戈登，她有一个 U 盘，里面装着这个阴谋的完整计划，她把 U 盘藏在了香港。她让戈登赶紧去香港，找到 U 盘，交给香港特别行政区政府。

戈登遵守他对李可儿许下的承诺，来到了香港。他要找到这个 U 盘，交给应该交给的人！

在龙兴的办公室内，接替钟伯的蒋坤正在看手机内的照片，照片上的人正是戈登。蒋坤的对面坐着一个外国女人，面带微笑地看着他。

自从钟伯死后，蒋坤继承钟伯的遗愿，要将龙兴社团彻底转变成上市公司，而眼前的这个女人，正是协助他上市的 EGM 基金在香港的代表安娜。

安娜告诉蒋坤，手机上的这个白人偷了 EGM 基金的重要资料，她要求蒋坤一定要找到这个人。此时蒋坤对于安娜有事相求，一口答应了安娜的要求。安娜见蒋坤答应，嫣然一笑，离开了他的办公室。

一直站在蒋坤身边的钟岚君看到安娜走远，脸上露出一丝疑惑，说："安娜如此高调寻找这个白人，这个人的身份背景肯定不简单！"

蒋坤没有说话，上前走到安娜刚才坐的沙发旁，摸索了一阵，竟然从沙发缝中摸出一个窃听器……蒋坤把窃听器放入桌上雪茄盒内，再把雪茄盒放入抽屉。

钟岚君看到安娜竟然在办公室内偷放窃听器，大为不满。

蒋坤悠悠地说："暂时忍耐，先找到这个外国人再说。"

安娜的游艇内。

安娜正跟路易斯通话汇报情况，路易斯也是此次针对香港金融战的主谋。路易斯命令安娜一定要找到 U 盘，这是实施"宏伟计划"的第一步。

通话完毕，安娜走出船舱，走到甲板上看着夕阳下异常美丽的维多利亚港。

一家三星级酒店的房间内，戈登暂时藏身于此。

他锁好门，拉上窗帘，从背包中取出各式各样的电子产品，在床上摊开。他翻看房卡上注明的 Wi-Fi 信息，随即飞快操作电脑，迅速黑入了酒店的管理系统。此时戈登房间里的电视上竟然出现了酒店的监控系统画面！

一年时光匆匆而过，今天是蔡卓欣带着阿轩回到香港的日子。

蔡卓欣与阿轩刚走出机场，就看见早就等在那里的何浩辉。何浩辉急忙上前接过蔡卓欣的行李。二人对视一眼，气氛显得有些尴尬。

何浩辉转移话题，说道："轩仔，你又长高了不少嘛。"

阿轩跟何浩辉已经有点生疏，退了半步，很艰难地叫了声"爸爸"。直到何浩辉把咸蛋超人玩具递给了阿轩，才勉强缓解了一丝尴尬气氛。蔡卓欣面对来接机的何浩辉态度冷漠，何浩辉显得有些无奈。

何浩辉开车带母子二人回家，蔡卓欣提出她和阿轩可以住在酒店。何浩辉告诉蔡卓欣，他会搬出去住……

听到何浩辉这么表态，蔡卓欣略显犹豫，何浩辉已经拉着行李往楼里走去。

蔡卓欣进家，发现家里一切如故。阿轩进门就直奔自己房间，看到房间内一切未变，这时脸上才露出了笑容。

何浩辉低声道："只要人回来了，什么都和之前一样。"

蔡卓欣装作没听到，说道："我已经提出离婚呈请书，希望你能同意！"

何浩辉听到蔡卓欣这么说，找了一个借口，逃也似的离开了家。

夜深了，蔡卓欣打开行李箱，从箱底拿出一份分居协议。协议上面只有何浩辉的签字，蔡卓欣的签字栏是空的。看着这份协议，蔡卓欣陷入了沉思……

2

穿着整齐的香港警察冲锋队（EU）[①] 警服的何浩辉走到上级黄庆隆面前立正敬礼。

---

① 香港警察冲锋队，即 Emergency Unit，英文缩写 EU，为准军事部队，主要责任为执行机动性巡逻、处理突发事件、对 999 紧急召唤做出迅速回应、积极协助其他警种和部门完成任务等。

　　何浩辉经过一年的文职工作，今天是他到湾仔总区冲锋队报到的日子。

　　何浩辉报到的时候，3 号冲锋车的队员邵子俊正在台上做分享，白板上写着"你的理念是什么"。

　　邵子俊侃侃而谈，分享结束后台下响起热烈掌声，警署领导黄庆隆亦鼓掌表示认可。

　　邵子俊下台回到座位，同车警察赵绍棠、谢庭威、梁婉婷都对他竖了大拇指。邵子俊露出自信的微笑。

　　黄庆隆看到邵子俊分享完毕，向 3 车同事们介绍："从今天开始，你们 3 号冲锋车车长由何浩辉出任。"

　　众警察看见何浩辉，面面相觑，有些则交头接耳。2 车车长关正忠借故带着大家纷纷离开，只剩下 3 车众人。邵子俊冷冷地盯着何浩辉。

　　黄庆隆带头鼓掌，说："欢迎何浩辉加入。"梁婉婷、谢庭威、邵子俊三人互望，稀稀拉拉地拍了几下掌。赵绍棠见气氛尴尬，忙打圆场，一边大力拍掌，一边说："欢迎何 sir 加入我们车队。"

　　"我——"何浩辉刚准备自我介绍，邵子俊便话中带刺地打断了他：

　　"何 sir 的大名早在 O 记的时候，就已经如雷贯耳了。"何浩辉只好尴尬收场。

　　邵子俊如此针对何浩辉是有原因的，原来邵子俊是邵峰的儿子。对于邵峰无法升职这件事，邵子俊一直迁怒于何浩辉。虽然邵峰早就跟邵子俊解释，这件事情责任不在何浩辉，但邵子俊认为何浩辉不配再做警察。

　　3 车众人对于何浩辉成为车长各有想法，就在每个人各有想法之时，一天的巡逻工作即将开始。

　　喧闹的香港街道，繁花似锦，人流涌动。

　　钟岚君和身材健硕的手下肥龙，穿梭在人流之中，二人边走边找戈登的下落。他们已经苦寻戈登不短时间，但是戈登全然不见踪迹……钟岚君决定，为了节省时间，他们兵分两路寻找戈登的下落！

　　此时 3 号冲锋车在湾仔街上巡逻。何浩辉坐在副驾，观察着周边情况。身后的谢庭威本想开口聊天，但瞧邵子俊绷着一张脸，梁婉婷也紧张地拘着，最终把嘴闭上。何浩辉身后一片沉默，这也在何浩辉的意料之中。

　　何浩辉夸奖赵绍棠的车开得很稳，三两句打破了车内凝重和尴尬的气氛。众人对于何浩辉的态度略有缓和……唯有邵子俊仍然对何浩辉处于"敌对"的状态。

　　此时，在戈登藏身的酒店的大堂，戴着眼镜的大堂经理正低头看手机。

肥龙来到酒店前台，把手机放在台面上，向着大堂经理问道：

"喂，有没有见过这个外国人？"

经理打量照片，以不能透露客人隐私为由，婉拒肥龙。肥龙一把揪住经理的领带，把他整个人从前台后抽起。

肥龙恐吓道："我看你是想跟你的这副眼镜一样吧！"

肥龙摘掉经理的眼镜，放在掌中一捏，眼镜登时碎裂……经理顿时惊恐万分。

戈登的房间内。

他正在手机上规划前往秀山村的路线，突然电视传来了提示音。戈登抬头，看到了肥龙正在威胁经理的画面，以及放在前台的手机。戈登放大手机画面，发现上面显示的正是自己的照片。戈登吃了一惊，立刻拿出电脑登录酒店客房管理的界面，开始修改。

经理已经被肥龙吓得面色铁青，忙惶恐低头，看了看手机上的照片，开始在电脑上查房间号。而此时戈登早已把自己的房间信息从 425 号改成 625 号房间。

经理怯生生地告诉肥龙："戈登在 625 号房！"

这时正好钟岚君打来电话，肥龙对着电话说："有线索了！"

戈登关上电脑，快速收拾东西，整理背包，穿上外套。

肥龙在等电梯，电梯迟迟未至，肥龙异常着急。

肥龙拨通了钟岚君的电话："君姐，等好久啊，不如我走楼梯上去找他。"

肥龙匆匆走上楼梯，经理看肥龙走远，立刻打电话报警。

3 号冲锋车仍在街上巡逻。这时车载电台通报消息，通知 3 车立刻去戈登所在的酒店支援。赵绍棠立刻选择了一条开车结合步行的路线，保证 3 车四分半钟就能到达现场。赵绍棠选择好路线之后，3 车鸣笛飞驰而去。

肥龙从楼梯刚跑到 2 楼，没想到正好遇到了戈登。原来戈登为了躲避肥龙，故意不乘电梯而走楼梯。二人一上一下，没想到刚巧在楼梯间内碰见。戈登看到肥龙一呆，立即转身往楼上跑。

肥龙朝着戈登大吼："不准动！不要走！"

戈登撒腿就跑，还顺手拉翻了楼道里的垃圾桶。肥龙猝不及防，被垃圾桶绊倒！肥龙龇牙咧嘴地爬起继续追。戈登转身看到肥龙从下方追来，只能再返身上楼。

赵绍棠果然在预定时间内将车开到酒店，何浩辉对赵绍棠赞叹不已。

何浩辉带领众队员进入酒店，还没等何浩辉发话，邵子俊已抢步到前台，对着经理，问道："是你报的警？"

经理回答："是，阿 sir，有人捣乱。"

经过邵子俊现场了解情况，何浩辉立刻做出决定：

"谢庭威守住大堂，梁婉婷守住后门，邵子俊跟我上天台。"邵子俊不明白为什么何浩辉让他去天台。

何浩辉对着邵子俊，说道："酒店的一部电梯、一条楼梯，两条路都直通天台。他们只有两个选择，一是藏到房间里面，一是走天台。"

邵子俊反问何浩辉："你猜他们一定会走天台？"

何浩辉说："是！"

此时戈登冲上天台。肥龙的手下也已经赶来帮忙，三人在天台上打了起来。

戈登从背包里迅速摸出一根电击棒，瞅准时机，毫不犹豫地按下开关，肥龙手下瞬间被击倒在地，身体抽搐了几下便彻底失去意识。打斗的混乱中，戈登的手机从口袋里滑落，重重地摔在地上，他瞥见手机的位置，心中一急，正准备弯腰捡起，却听到身后传来肥龙的袭击声。戈登也顾不得捡回手机，迅速逃开。肥龙趁机俯身捡起戈登的手机，紧紧握在手里。

戈登被肥龙追到天台边缘，发现了直通楼下的排水管道，于是翻出大楼，沿着排水管道滑了下去。肥龙心急之下也爬过围栏想追戈登，却因畏高脚软，不敢滑下楼，眼睁睁地看着戈登逃离大厦。

这时，何浩辉和邵子俊已经冲上天台，看到肥龙手下晕倒在地上，又听到有人在喊"救命呀！救命呀！"。二人随声寻到天台边缘，看见吊在半空的肥龙。

这时何浩辉看到了正在逃走的戈登，两人对望，何浩辉死死地盯住了这张脸！

酒店大堂内，谢庭威在跟经理做着笔录。何浩辉翻看着肥龙的手机，发现了戈登的照片。

3 车警察对肥龙例行询问，肥龙面对警察，守口如瓶，一问三不知。何浩辉让邵子俊把肥龙及其手下带回警署。面对何浩辉的命令，邵子俊略显迟疑。

何浩辉对着邵子俊，说道："马上，这是命令。"

邵子俊仍然没有动。谢庭威与梁婉婷，跑上前拿手铐铐住肥龙和他手下。

何浩辉瞪眼望着邵子俊，邵子俊就好像没有看到何浩辉一样。何浩辉思考片刻，走到一旁，用自己的手机，拍下肥龙手机内戈登的照片。

另一边，钟岚君戴着鸭舌帽和口罩走进了酒店，何浩辉因背对着门口，根本没有看到钟岚君进入酒店。

钟岚君在大堂遥望肥龙，肥龙偷偷向钟岚君打眼色，暗中示意有东西留在他正坐着的沙发底下。钟岚君暗暗点头。随后，肥龙及其手下被谢庭威、梁婉婷押走。

何浩辉将戈登照片发给陈耀扬，并短信留言：

"社团正在找一个外国人，好像是名黑客。你知不知道这件事？和你们 O 记有没有关系？"

何浩辉刚发完短信，邵子俊忍不住上前，向何浩辉明确表示："你刚才审问人的程序是违反规定的。嫌疑人不能因为不回答警察的问题，就被带回警署。"

何浩辉对于邵子俊的质疑，不以为然，反而认为邵子俊不知道变通。两人不欢而散，离开酒店。

钟岚君见二人离开，走到刚才肥龙坐的沙发旁，从沙发底下取走了戈登的电话。

3

O 记办公室内，陈耀扬收到何浩辉发来的留言和戈登照片。

陈耀扬因为霍启泉的去世，而迁怒于何浩辉。他先是关掉手机，不理何浩辉。过了一会儿，陈耀扬又忍不住拿起手机，回了一条短信给何浩辉。

冲锋车内，何浩辉收到了陈耀扬回复的短信："你已不是 O 记探员，不在其位，还是少管闲事！"何浩辉看到陈耀扬的回复无奈地摇了摇头。

警署饭厅里，众警察正在买饭就餐。谢庭威把餐盘放到桌上，坐到赵绍棠和梁婉婷身边，不由得感叹道："今天实在是太累了。"

梁婉婷赞同地说："是，我也觉得好累。"

这仅仅是何浩辉第一天上班，就让谢庭威和梁婉婷感觉到如此疲惫，两人不由得对于后面的日子，感到忧心忡忡。

饭厅的另一边，邵子俊和何浩辉在排队打饭。后面排队的警察，看到何浩辉不禁低声议论着。何浩辉听到他们的议论，显得若无其事。

何浩辉捧着餐盘独自坐到餐厅一角，梁婉婷和谢庭威看到何浩辉独自吃饭，想叫邵子俊去跟何浩辉一起吃饭，免得何浩辉过于尴尬。话刚出口，便被邵子俊拒绝。谢庭威和梁婉婷见邵子俊拒绝，两人互相推搡，不敢上前。

赵绍棠对着谢庭威和梁婉婷说道："让他一个人安安静静地吃吧！这样他也吃得自在些。"

此时邵峰走进食堂。何浩辉乍见邵峰，忙放下餐具，站起向邵峰恭敬地躬身打招呼。邵峰向何浩辉只是挥了挥手，二人遥遥相对，脸上虽有笑容，但是眼神中却有颇多感慨。

午饭后，何浩辉离开饭厅，没想到迎面遇到了陈耀扬。

何浩辉询问陈耀扬："我发你的那张照片，你究竟知不知道那个外国人的来历？"

陈耀扬直怼何浩辉："你不认识字吗？让你少管闲事！你已经不在 O 记了。"

何浩辉说道："这个外国人是龙兴社要找的人，蒋坤向来无利不起早。凭我的直觉，这个外国人肯定不简单。"

陈耀扬见何浩辉喋喋不休地跟自己讨论案情，情绪彻底爆发，对何浩辉说："你现在是 EU 的人，根本没有权力去介入 O 记的案子。"陈耀扬说完不理何浩辉，转身离去。

邵峰把陈耀扬叫到办公室，他看着陈耀扬，说道："何浩辉已经自动调去 EU，避开 O 记的一切，为什么你对他仍然有偏见？"

陈耀扬闭上眼深吸了一口气，说："Sorry sir！因为我没办法忘记师父殉职这件事！"

邵峰看着陈耀扬的样子，最终摇了摇头说："那件事，我已经详细同你解释过，我们不可以怪何浩辉！"

邵峰继续用警察的天职规劝陈耀扬："我们警察应该明白，每次行动，都会有一定危险性，不一定每次都可以全队人完完整整回来。"

陈耀扬内心有所触动，不由得吐露自己的内心："我明白……可能……是我对何浩辉要求太高……因为……我没办法接受师父和他一起行动，但是最终师父没回来。他答应过我，会好好看住师父……"

邵峰看着陈耀扬的眼睛，继续说："意外没人想发生。因为我没有办法控制一切。例如，你有没有想过，当日如果不是你在街上捉小偷，被人放上网曝光，你师父根本就不会代替你，去参与这个行动？"

陈耀扬闻言，呆住了，好一会儿才深深地叹了一口气说："是，sir 你讲得对……如果讲责任，我的确要负上部分责任！"

"所以你不断责怪他，因为这样就可以减轻你的内疚，让你自己好过，但是对何浩辉并不公平。所以将心比心，我希望你可以放下，真心原谅何浩辉，不要再将责任全部推到对方身上。你不单单要放过他，同时也要放过你自己！"邵峰说道。

陈耀扬闻言，不再说话。

日落余晖映照到赵绍棠家的大厦外。

电视柜摆放着赵绍棠穿着警服获得嘉许时的照片、年轻时的赛车照片、裱起来的花鸡绳，以及与女儿一家人的合照。赵绍棠下班后到街市买菜回来。红姐正在开放式厨房忙碌，甫见丈夫回来，马上洗手出来。红姐跟赵绍棠打着招呼。赵绍棠乍见餐桌上已摆放好三副碗筷，看在眼里，却不动声色。

红姐说："我刚刚洗好了米，今晚做女儿最喜欢吃的'老少平安'。"

赵绍棠并没有接红姐的话，反问道："我今日临出门叫你帮我熨几件衣服，熨了吗？"

红姐皱了皱眉说道："你没有跟我说啊！"

赵绍棠立刻改变了语气："可能我忘说了。"

赵绍棠边说边走到柜前，放下电话、钱包，悄悄打开柜上的药盒，见分成七天的药盒内，当天的药仍在盒内原封未动，知道红姐未按时吃药，眉头轻皱。

红姐把赵绍棠带回的水果摆上桌，突然又看到自己摆放的三副碗筷，然后慢慢静了下去，一直凝视着三副碗筷。

在厨房洗菜的赵绍棠发现红姐没了声，抬头一望，见红姐摆好水果之后，突然又把其中一副碗筷收起，走进厨房，把碗筷放回碗柜内。赵绍棠虽瞥见，却不动声色。红姐收起碗筷后，径自斟了杯水，取出柜上的药盒，把当天要服的几粒药丸倒到手内，然后吞下。赵绍棠虽着紧红姐，但亦装作看不见，不想给她压力，继续静静地在厨房做饭。红姐吃药后，径自坐到沙发上砌拼图。正在厨房炒菜的赵绍棠，内心欣慰又动容。

钟岚君在数码店解开了戈登的手机，戈登手机最后的搜索记录是香港南区秀山村！钟岚君带着困惑的表情走进办公室，她拿着戈登的手机，向蒋坤汇报。

蒋坤对于戈登去这个地方，同样备感疑惑。

蒋坤的助手阿泰提醒他，同在龙兴社的阿 Ken 会去秀山村，帮地产公司收地。蒋坤听到阿 Ken 的名字，微微皱眉。他知道阿 Ken 觊觎他在龙兴社的位置已经很久了，于是提醒钟岚君去秀山村找到戈登。

蒋坤桌上放着安娜的窃听器，明显是他故意让安娜知道这消息。

果然，得知消息的安娜带着杀手一起前往秀山村。安娜提醒杀手一定要拿到 U 盘，千万不能让戈登同香港警方有联系。杀手前臂上，隐约可见骷髅头文身图案。

4

秀山村村口，村民与保安对峙，挖掘机等重机械在旁边待命。几间待拆的屋前挂着大小横额、布条，写有"誓死保卫家园""无良地产巧取豪夺""坚决拒绝霸凌收地"等标语。具有新闻嗅觉的林蔚言和助手莱卡及一群记者也来到现场实地采访。人群在叫嚣，还不时地对骂，场面一片混乱。戈登趁机绕道避开人群，进入了秀山村。

林蔚言发现场面变得无法控制，决定报警。

3号冲锋车正在路上巡逻，突然接到消息，秀山村多人聚集，现场发生了冲突。冲锋车飞速驶向秀山村。路上，一人戴着墨镜、骑着摩托车从车旁经过。何浩辉敏锐地发觉不寻常，与对方短暂地对视了一秒，他瞥见摩托车手的前臂上，似有和周雄一般的骷髅文身，心中暗暗一惊。

村口不远处有一台豪车，阿Ken坐在跑车里，吩咐手下："等一会儿见人就给我打！"

村民和保安的对峙已经升级，阿Ken见到"时机成熟"，带人朝着村口走去。

林蔚言和莱卡看到冲突一触即发，异常着急。此时警笛声自远而近。

3号冲锋车在村口停下，何浩辉带领众人下车。林蔚言远远看到何浩辉，异常惊喜。莱卡断定林蔚言认识这个警察。林蔚言告诉莱卡："这就是我想做专访的那个警察。"

何浩辉一众人下车后，见双方人群已有推撞，立即分配工作，并且提醒大家不要单独行动。何浩辉领众人走向村口。

何浩辉示意邵子俊对众人做出警告。

邵子俊收到示意，马上做出警告："现场人士听着，双方立即停止一切暴力行为，否则警方将会采取进一步行动！"

何浩辉走向领头的保安，下命令让他们马上停手，否则全部回警署。

领头的保安马上下达命令："大家停手！"

众保安停手。

钟岚君与手下肥龙、穆郎也到了秀山村。

钟岚君看到阿Ken走向何浩辉，让手下肥龙和穆郎先进村寻找戈登。

何浩辉看到了朝他走来的阿Ken。因为钟伯的关系，何浩辉也认识阿Ken。阿Ken见状，不由得揶揄何浩辉，说："何sir，穿着EU制服，还挺帅的嘛……"

何浩辉警告阿Ken，说："如果闹事，第一个抓的就是你！"

同时何浩辉发现了林蔚言。

林蔚言看见他惊喜叫道："何sir！"

何浩辉有些愕然，问道："林小姐，你在这里干什么？"

林蔚言坦白："古惑仔代地产商收地，同当地居民爆发冲突，大新闻。"

何浩辉听见，不由得皱眉道："现在这里一片混乱，又有古惑仔闹事，你就别靠近了。"

林蔚言闻言只能勉强答应何浩辉。

就在这时，何浩辉发现了进入秀山村的钟岚君。钟岚君回头一看，见何浩辉发现了她，立即疾步入村。

何浩辉发现钟岚君来到秀山村，警察的直觉告诉他，这件事情非比寻常。

何浩辉走向邵子俊，说："你暂时负责现场。"

邵子俊奇怪地问何浩辉："头儿，你去哪儿？"

何浩辉没有回答，头也没回，径直朝村里走去。何浩辉的这个态度，让邵子俊颇为不满。此时林蔚言看到何浩辉进村，和她的好搭档莱卡打了声招呼："莱卡，可能有大新闻，我去看看。"

"Vivian！"莱卡来不及阻拦，林蔚言也快步走入村去。

戈登在村内走走停停，似乎在寻找着什么，危险紧紧地跟随着他。

村内另一角落，钟岚君重遇肥龙、穆郎，然而肥龙两人还是没有找到戈登。钟岚君决定三人分头找戈登。钟岚君独自一人寻找，肥龙和穆郎两人组队往另一个方向去找。

何浩辉在迷宫般的小巷内寻找钟岚君，忽然听到后面有声，立即转身，马上进入警备状态。

林蔚言惊慌地说道："何 sir，是我啊！"

不想，竟然看见本不该出现在这里的林蔚言，何浩辉还没来得及松一口气又马上紧张起来，对林蔚言再次提出警告："你跟着我干什么？古惑仔随时会进村，你知不知道你一个人会很危险？"

这时杀手尾随戈登，看到何浩辉二人。杀手和戈登见到有警察，同时停下。

何浩辉和林蔚言并未察觉。

就在这时，杀手接到了一个电话。电话声让戈登惊觉杀手跟在他的后面，惊恐万分，但让戈登觉得异常奇怪的是，杀手挂断电话之后，竟然慢慢离开！

林蔚言和何浩辉还在争辩。

林蔚言说："我就是想再找点新闻线索。"

何浩辉不为所动："现在赶紧回去。别跟着我！走！"

"何 sir！"

"回去！"

就在两人还在对峙的时候，何浩辉对讲机响了，梁婉婷让他归队。林蔚言无奈地也跟着离开。

戈登只能眼睁睁地看着何浩辉离开。

　　戈登终于找到李大年的屋子，但里面俨如废墟，明显已空置了一段时间。杀手在远处一直监视着戈登。

　　戈登在屋子里面四处翻找着，只找到一些旧单据，上面隐约可见"李大年"的名字。

　　忽然屋外传来声响，戈登凑近门边，听到了肥龙在屋外的说话声。他大惊，立即藏在内屋的立柜里，从缝隙看到肥龙和穆郎靠近，不由得屏住呼吸。

　　肥龙和穆郎进入房子，发现是废置屋子，但穆郎见到立柜有异样，向肥龙示意。

　　二人一步一步向立柜走去，此时躲在柜门里的戈登紧握木棍。

　　肥龙轻轻握住柜门把手，猛地一拉门。就在此时，门后的戈登迅速击出木棍，谁知木棍竟然打在一个枕头上。

　　只见肥龙手持一个枕头挡在胸前，得意地哈哈大笑："又出花招了，这次我可没有这么笨！"

　　话音未落，戈登伸脚向前一踢，正中肥龙的肚皮。肚子的疼痛让肥龙惨叫倒地，戈登趁机翻窗逃走。

　　穆郎见状，立即与之纠缠，忍痛爬起来的肥龙也加入战团。岂料戈登掏出电击棒，肥龙和穆郎双双倒地，被电昏了过去。

　　戈登夺门而去，却发现杀手就在远处。二人打个照面，戈登掉头便走，杀手在后面紧紧追赶。

　　离开何浩辉的林蔚言在小巷走着。突然一只手从背后伸出，捂住林蔚言的嘴，正是戈登。林蔚言大惊，大力挣扎！

　　戈登尽力控制着林蔚言的挣扎："别喊，我不是坏人，你要信我，please！"

　　林蔚言听闻，渐渐冷静下来，不再挣扎。

　　戈登见林蔚言不再挣扎，继续说："我不会伤害你，不过你要答应我，不要再叫了。"

　　林蔚言点头，戈登渐渐放开林蔚言。

　　林蔚言往后一缩，警惕地问："你是什么人？"

　　戈登抓紧机会向林蔚言求助："不好意思，你可不可以帮我离开这里？有人要抓我！"

　　林蔚言大惊："什么人要抓你？外面有很多警察的。"

　　"不可以报警！"戈登连忙阻止。

　　林蔚言奇怪地说："为什么？我可以帮你，但是你要告诉我，到底发生了什么事？"

戈登欲言又止。

林蔚言看见他犹豫，亮出自己记者的身份，看见戈登不信马上掏出记者证。

戈登看了看记者证，点了点头，说："我们先出去再说。你开车了吗？"

林蔚言回答："有，在外面。"

"什么颜色的？"

"蓝色——"

林蔚言话音未落，戈登已用电击棒把林蔚言电晕。戈登在林蔚言身上找到车钥匙。

戈登说了一声"sorry"就扔下林蔚言匆匆离开。

这时何浩辉已经归队，村口的局势愈发紧张。

与此同时杀手从村口走出，何浩辉看到杀手的文身，正想上前，突然村民起哄，何浩辉回头已不见杀手。

钟岚君终于找到李大年的屋子，只发现肥龙和穆郎晕倒在地上。

5

杀手已拿着狙击枪在狙击点准备。

村民们越来越激动。村民与保安们互相推撞对骂，邵子俊、谢庭威、梁婉婷夹在中间，制止两方冲突，疲于奔命。

何浩辉通过对讲机询问赵绍棠："棠哥，你问一下增援什么时候来。"

此时赵绍棠看到2号冲锋车已经赶来，通过对讲机，告诉何浩辉："到了！"

赵绍棠在车里大喊："这边，这边！"

突然，一声喊叫，见村民罗钟推着一车液化气罐正要撞过来。

"散开！"邵子俊见势不妙大吼。

众人见状，飞快地散开来。罗钟情绪激动，接近失控边缘，他掏出打火机，点着火，威吓众保安。

另一旁的2车队员忙于疏散人群。远处的莱卡不停拍摄。

罗钟举着火机，威胁着警察："谁敢拆我的房子，我就跟谁拼命！"

邵子俊安抚他："你先冷静一下，放下打火机！"

梁婉婷也跟着附和："你想想你的老婆和孩子，不值得！"

邵子俊渐渐靠近罗钟，趁他不留神猛地扑上前将他制服。罗钟被扑倒，却意外点燃了其中一个液化气罐的喉管！烈火直喷而出，罗钟见状吓怕，马上逃走。邵子俊却被这个突如其来的状况，吓得脑袋突然一片空白。

何浩辉大喊："危险！"何浩辉飞快地跑去，边跑边脱下外套。二人试图用外套把火扑熄，但无果。何浩辉于是徒手拎起着火的液化气罐就跑，火焰瞬间烧上了何浩辉的手，邵子俊和其他队员看呆了。

何浩辉连忙喊道："推走液化气！"

邵子俊反应过来，赶忙推起那车液化气罐往安全地方转移。谁知才推了几米，推车的一个轮子卡住了。

邵子俊对不远处身着警服的小伙子大喊："阿达，过来帮忙呀！"

阿达稍微犹豫了一下，便跑过来帮子俊推车。

何浩辉拎着液化气罐向赵绍棠跑去，一边跑一边大喊："棠哥！灭火器！"

赵绍棠一凛，立即找了个灭火器，把火扑灭。

等到大火扑灭，何浩辉长出了一口气，望向邵子俊他们。

杀手透过狙击镜正四处搜索戈登，忽然他发现戈登正好在邵子俊他们推走液化气罐的方向。杀手准备扣动扳机。

邵子俊和阿达把推车推远，途中颠簸，掉了一个罐子。邵子俊回身去捡，而阿达继续往前推车。邵子俊看到何浩辉那边已经安全，神情放松下来。邵子俊拎起液化气罐，转身朝着阿达的方向走去。突然一声巨响，阿达推的那车液化气罐爆炸！阿达被爆炸吞没！

一个巨大的火球朝着邵子俊扑来，邵子俊猝不及防，也被炸得飞了出去……

第 三 章

何浩辉的直觉

1

手术室门外，"手术中"的红灯异常刺目。等候区里，3车众人心情都很沉重。

邵子俊面上贴了一块纱布，沉默地坐在椅上。忽然，一瓶汽水递到他面前，邵子俊抬头，拿汽水的正是梁婉婷。

梁婉婷的眼神坚定而明亮，安抚了邵子俊沉重的情绪。"我妈跟我说过，不开心就喝点甜的，这样心情就会好很多。"

邵子俊接过汽水，默默地喝了一口。

梁婉婷大大咧咧地坐到子俊旁边，担忧地问："伤口还疼吗？"

邵子俊回答："不疼了，小事情。"

看见邵子俊眼下的乌青和惨白的脸色，梁婉婷还是不放心："我在这里，你不如回去休息一下。"

邵子俊摇了摇头，表示不走。走廊另一端忽然传来吵嚷声，只见关正忠气势汹汹地赶来。众人见状情知不妙。

关正忠大声质问："何浩辉呢？"

何浩辉慢慢走过来，关正忠看见他，直冲过来，但何浩辉反应冷静。一旁的谢庭威急忙站起，拦在关正忠前面：

"关 sir！不要冲动！"

关正忠向何浩辉怒吼："你就是扫把星！上次害死自己师父，这次想害死我的同事吗？"

谢庭威说："关 sir，今天的事是意外！"

关正忠明显不满意"意外"这个说辞："意外？是他指挥错误！"

梁婉婷上前劝解："关 sir，没人想发生这样的事。"

"好好的，阿达为什么要去拿液化气罐？"关正忠怒气喝问，众人下意识地偷瞄邵子俊。邵子俊眼中闪过一丝惶恐，但还是打算承认，遂站起：

"这件事其实是——"

"我"字还没说出口，一直沉默的何浩辉抢先说道："是！是我没照顾好兄弟！我是现场职级最高的人，出了事，应该是由我负全责，我会承担所有责任。"

关正忠愤怒的情绪在何浩辉承认的那一刻到达了顶峰："我就知道是你！总之有你就一定会出事！遇到你，所有人都会倒霉！"

关正忠不断破口大骂，赵绍棠看不下去，大步走过来：

"喂喂喂，关 sir 你闹完了吗？你这么大声干什么啊？阿达正在抢救，你这么吵，医生还怎么抢救？你先回去，有什么新消息，我会第一时间通知你的，好不好？"

赵绍棠边说边往外推关正忠。关正忠情绪稍微稳定了一些，临走指着何浩辉道："何浩辉，我跟你说，如果阿达有三长两短，我一定跟你没完。"

关正忠转身离开，何浩辉面无表情地看着他的背影。

根据 O 记的调查，戈登的身份已经被陈耀扬掌握。戈登涉嫌杀害自己的香港女友被国际刑警通缉。但是戈登和龙兴社到底是什么关系，却让陈耀扬颇为困惑。或许这一切只能找到戈登才能水落石出。

这时一个警察又给陈耀扬提供了一个线索。秀山村爆炸案里面有一个村民的伤口，竟然是由子弹造成的。陈耀扬听到这个消息的时候，内心疑惑丛生。他立即赶往爆炸现场。

秀山村爆炸现场设置了警戒线，一些警方技术人员还在勘查，给村民录口供。

陈耀扬从地上捡起了一块液化气罐残片，发现上面有个残损的弧形痕迹，判断出这就是子弹射击造成的不规则爆裂缺口。陈耀扬看着残片若有所思，又抬头看看四周，很快发现几百米外的一个小山丘是个很好的狙击位置。

陈耀扬到狙击位置，四周找寻，发现了一粒狙击枪的弹壳。

正在医院守候的何浩辉接到了上级打来的电话，3 车所有的人员都要被上级问话。

邵子俊一听，急忙说："是我让阿达帮忙，导致阿达受伤，一人做事一人当。"

何浩辉说："先不要着急表态。"他说完先行离开。邵子俊看着何浩辉远去的背影，心内五味杂陈。

2

黄昏，穿便服的何浩辉驾车来到村口。他下车，越过警戒线进村，径直来到爆炸中心，四下打量，回忆起爆炸时的情形：何浩辉拎着喷火的液化气罐，阿达推着的装载液化气罐的车不知怎的突然爆炸……何浩辉找到了陈耀扬发现残片的位置，感觉子弹是从几百米外的一个小山丘射出的。

此时，一个黑影正从何浩辉背后悄悄接近他。何浩辉猛然转身，跟黑影缠斗。缠斗时，何浩辉才看清，这个黑影是陈耀扬。两人停住了手。

陈耀扬拍拍身上泥沙，一脸笃定："你果然回来了。"

何浩辉反问："你知道我会来？"

"我还不了解你？这么大的事，你一定会回到现场。不过我提醒你，你是 EU，不是 O 记，查案跟你没关系。"

何浩辉继续说："如果我已经有了线索呢？"

陈耀扬一怔："你查到什么？"

"你知道我的臭脾气。"

陈耀扬冷哼一声，说道："想知道我们 O 记查到什么线索，你想得美。"

陈耀扬说完，转身就走。

何浩辉再次抛出一枚"炸弹"："我见过开枪的疑犯！"

陈耀扬听到这里一怔，停下脚步。

何浩辉继续说："你都已经查到爆炸不是意外，疑犯是远程开枪，并且开了不止一枪。"

陈耀扬追问："这个疑犯是什么人？有什么特征？"

"中国籍男子，大概一米八，身材健硕，除了手臂上面有个文身之外，没有其他特征。"

"是什么样的文身？"

"同周雄一样的文身。"

陈耀扬惊诧不已，急问："你什么时候见到他的？在哪儿见到他的？"

何浩辉回答："就在爆炸前，他从这个村里面出来，我怀疑他是职业杀手。"

陈耀扬眉头一皱，思考其中的可能性："古惑仔入村收地出动职业杀手？没有可能。"

何浩辉却说："村民中枪只是意外，他对付的不是村民。"

陈耀扬继续追问："他的目标是谁？"

何浩辉话锋一转："你还没答应我分享线索呢。"

陈耀扬瞪着何浩辉。

何浩辉保证道："你放心，我的底线是，不会影响 O 记查案。"

陈耀扬考虑了几秒，最终屈服了："好，既然这个杀手可能同周雄有关系，为了师父我应承你。"

"他的目标是我给你发过去的照片上的那个外国人。"

陈耀扬诧异:"又是他?"

何浩辉肯定地说:"爆炸的时候我见过他!你查到这个外国人什么线索?"

陈耀扬不说话了。

何浩辉强调:"你答应过我跟我分享线索的。"

"戈登,网络公司程序员兼黑客,在外国涉嫌杀害他的女朋友——一个叫李可儿的香港人。"

何浩辉继续追问:"还有呢?"

陈耀扬马上扼住话头:"就这么多!何浩辉,你要记住你自己讲过的底线!有时间,回去给我画张疑犯画像……"

何浩辉不再继续追问:"你也要记住,你有什么进展通知我。"

陈耀扬根本没搭理何浩辉,转身离开。

两人谈话中的戈登此时正在等过马路,对面是家宾馆。

绿灯亮起,戈登正想过马路时,发现肥龙和穆郎走出来。戈登立即退回,转头一看,对面另一家宾馆也有两名古惑仔走出来,向肥龙摇头,肥龙指指点点,吩咐众人分开找。

戈登一想,转头便走。

邵子俊回到家门口,刚要开门,忽然想了想,拿出手机打开自拍摄像头,对着镜头把面上的纱布揭下来,又用头发盖住小伤口,然后才按下门禁密码,轻手轻脚走进屋,反手轻轻关上房门。

他蹑手蹑脚向卧室走去,却在穿过客厅时看到老爸邵峰正坐在沙发上看平板电脑。

邵峰询问邵子俊和何浩辉相处的情况。邵子俊仍然迁怒于何浩辉,认为是当年的事情,导致了邵峰没能升职。然而邵峰劝说邵子俊,跟何浩辉处好关系,并且跟何浩辉多学习。邵子俊对何浩辉仍然心存芥蒂。

因为阿达的事情,3车所有的人都要被领导单独问话。大家各怀心事,忐忑不安。赵绍棠告诉大家:只要如实讲出当时的情况,剩下的交给领导判断;3车是一个整体,要有队魂!大家要相互信任,团结一致。

何浩辉、梁婉婷、谢庭威、赵绍棠和邵子俊,依次被叫进去谈话。

何浩辉表情严肃,坐姿端正,面对着两位高级警官——黄庆隆和高sir。

黄庆隆问道:"当时现场出现混乱同危险,你有没有向电台汇报情况?"

"没有。"

黄庆隆追问:"为什么?"

何浩辉解释说:"当时形势紧急,随时可能会再发生爆炸,我要先制止危险情况再发生。"

——梁婉婷坐在黄庆隆和高 sir 面前。

梁婉婷回答:"何 sir 上任两日,大家可能未建立默契,不过我认为他无大问题。"

——谢庭威坐在黄庆隆和高 sir 对面。

谢庭威同样回答:"我觉得何 sir 处理无问题呀,他的指示没有超出我的能力范围。"

——赵绍棠坐在黄庆隆和高 sir 对面。

赵绍棠说:"我在车里,离事发地点有点远,具体发生的事我都不太清楚,直到看到后来发生的爆炸。不过知道有警察受伤,我们每个人都不太舒服。"

——邵子俊坐在黄庆隆和高 sir 对面。

高 sir 问:"你认为沙展何浩辉在这次事件中的指挥有没有问题?"

邵子俊想了两秒,说:"我觉得他大致没有问题。"

黄庆隆却问:"我见你的文字报告里面,写了何浩辉他之前曾经离开过现场一段时间?"

邵子俊回答:"是,我认为他的离开是这个案件中唯一有瑕疵的地方,毕竟在场最高级别的是他。他离开,会变得群龙无首!"

黄庆隆、高 sir 彼此看了一眼,点了点头。

——何浩辉再次坐在黄庆隆和高 sir 对面。

何浩辉解释道:"我当时离开现场,是因为发现在场有社团人员,有不正常的活动,我去了解一下。"

黄庆隆质疑:"你是 EU,不是 O 记,你觉得离开现场,去调查古惑仔,这个决定恰当吗?"

何浩辉回答:"当时我是怕社团有更多人到达现场,可能会令双方的冲突升级,先去看一下以防万一!而我离开现场的实际时间,只是几分钟,我评估过,对现场情况应该不构成危险!"

问询室内,3 车人员议论纷纷。梁婉婷和谢庭威认为何浩辉当时的处置没有问题。而邵子俊则坚持认为,何浩辉的离开,是违反规定的行为。何浩辉面对邵子俊的质疑,没有生气,反而认为这件事情他确实需要检讨,并且希望以后大家更加默契,合作得越来越好。

自从蔡卓欣回到香港之后，一直在表妹阿雯的蛋糕店里面帮忙。

阿雯认为蔡卓欣跟何浩辉还是有感情的，否则蔡卓欣不会留下帮她看店。蔡卓欣告诉阿雯，当初带孩子离开，主要的原因是想让阿轩换个环境，没想到到了加拿大之后，情况变得更差，心理医生告诉她，男孩子成长的时候最好有爸爸的陪伴，所以她才带阿轩回到香港。

阿雯劝说蔡卓欣，一家人在一起是最重要的。

听了表妹的话，蔡卓欣若有所思。

3

"你出动杀手已经惊动了警察，让我现在很难做。"蒋坤把手中的茶杯往桌子上重重一放，不满地看着面前的安娜。

"哼！我是助你一臂之力，你尽快找到戈登。"安娜说完起身离去。

蒋坤冷冷地看着安娜的背影。

等安娜走后，蒋坤拨通了电话："阿君，你要抓紧时间，尽快找到那个外国人！"

电话那头："蒋叔，我明白！已经有人发现了戈登，我马上就过去。"

"你要注意安全。"

蒋坤说完挂断了电话。

离去的安娜在电梯间，拨通了阿 Ken 的电话：

"喂，阿 Ken？"

电话那头的阿 Ken 一边做器械一边接电话：

"放心，安娜小姐，我一定不会让你失望的！"

"只要你有本事，先找到戈登交给我，我就会有办法让你接替蒋坤的位置，让你成为龙兴的话事人！"

电话挂断，阿 Ken 看着电话，脸上露出了一丝笑容。手下地虎还是忍不住在一旁搭腔，提醒阿 Ken："肯哥，这个女人真的那么肯定，可以帮你成为龙兴的话事人？"

阿 Ken 却肯定地说："她是过江龙，又很有钱，所谓有钱使得鬼推磨，我信她做得到！"

阿 Ken 告诉地虎，如果他能上位，他一定可以让龙兴成为全香港最大的社团！威震东南亚！

阿 Ken 眼神坚定，又继续做起健身器械来。

此时，各方势力想要抓捕的戈登正在快餐店内用电脑找寻讯息，边咬汉堡包边敲击键盘。他身边的背包内，流浪小猫伸出头来。戈登看着小猫，一笑，偷偷拿汉堡包喂猫。

戈登转头看电脑屏幕，笑意加深。

电话响起，客服接通电话："IPE 快递，请问有什么可以帮您？"

快餐店外，戈登正在打电话："喂？我想查一个快递，是从 M 国寄来的，寄件人叫李可儿，收件地址是秀山村 26 号。"

"请提供一下收件码。"

"113-8765577"

"麻烦先生提供你的姓名。"

"李大年。"

"请你等等，你这个包裹刚刚到，你可以随时过来拿。"

"好的，谢谢你！"

快递公司外，一名男子慢慢走进快递公司，他向快递公司职员提交货件提取码。

职员找到包裹后要求男子签名。这人在收取快递货品单上签下"李大年"的名字。

李大年提着包裹离开快递公司。戈登也刚从街上向快递公司走去，李大年与戈登擦身而过。戈登刚走到快递公司外，只见地虎正带着一名手下朝这边走过来。戈登与地虎打个照面，地虎眼尖，看到了戈登帽子下面露出来的金发，立刻追了上去，戈登急忙拔腿就跑。

被追逐的戈登在街上飞奔，拐入一个热闹的集市。追赶的地虎边追边用对讲机通知同伴："那个绿色外套戴帽的外国人，给我抓住他！"

戈登在摊档间拐了几个弯，看到各个方向都出现了古惑仔，把所有出口都堵死了，而且他们的包围圈，越来越小。戈登拼命跑，终于发现了一个没有古惑仔的出口。

戈登慌不迭地朝那个出口走去，忽然，两名古惑仔又出现在出口。戈登赶紧转身想往回走，地虎又带人封住了退路！地虎等人越靠越近，眼看无路可走，戈登瞥见有个玩具摊档的架子上摆了很多皮球。戈登急中生智，故意撞向了那堆皮球。轰隆一声，架子上的皮球一股脑地滚落下来，街上一片混乱。地虎及古惑仔们的注意力全被吸引住了。戈登趁机溜了。

戈登出了街头，慌忙甩掉外衣，换上一顶假发。地虎等人追到街头的时候，戈登刚走出不远，还没有混入人群。

地虎望着戈登的背影正要认出来，忽然旁边传来一声断喝：

"地虎！"

只见钟岚君正带着穆郎等人气哼哼地走过来。众人注意力被吸引开，戈登得以侥幸融入人群逃脱。

地虎赔笑地问道："君姐，你怎么在这里？"

钟岚君怒目相对："你怎么有胆子在我的地盘上闹事？"

地虎无奈只能随便找个托词："君姐，我正好从这里路过而已。"

钟岚君明显不相信地虎这一套说辞，对穆郎一使眼色。只见人群分开，肥龙拎着个地虎的马仔走出来，从此人怀里掏出一张戈登的照片。

钟岚君指着照片问："是不是阿 Ken 让你来的？"

地虎一看蒙混不过去，把脖子一梗："是又怎么样？谁先抓到就算谁的。"

地虎左右看看，他的马仔有十几个之多，而钟岚君他们只有五六个人。地虎的马仔纷纷抽出短棒和铁棍围拢过来。

穆郎低声提醒："君姐，他们人多，我们好汉不吃眼前亏呀！"

没想到钟岚君不露一点儿惧色："怕什么？你们想一个个上，还是一起上？"

钟岚君的气势瞬间把场子镇住了。

肥龙和地虎对骂，肥龙挥棍打向地虎，谁知地虎手疾眼快，一手抓住棍头，另一只手握拳打向肥龙，正中肥龙的眼眶，疼得肥龙哇哇大叫。钟岚君见状大怒，一脚踹在地虎的胸口，地虎直接被踹翻，双方随即发生混战。

街道的另一头，3 号冲锋车正在巡逻。何浩辉坐在副驾驶位，好奇地看棠哥手机上挂着的发动机模型的小吊坠。

何浩辉问："这是什么？"

棠哥瞥了一眼何浩辉，跟何浩辉解释："女儿送给我的，她知道我喜欢赛车。"

何浩辉感叹："生女儿就是贴心，不像我家是个儿子，你女儿一定很崇拜你吧？"

赵绍棠犹豫了一下，缓缓地说："如果你看到我的情况，或者就会很失望的。"

何浩辉闻言愣了一下。就在此时，电台里传来呼叫，打断了二人的对话。

电台通知："鸭嘴街有社团持械殴斗，3 车立即赶去现场。"

"给我 8 分钟！"赵绍棠立即答复。

"收到！8 分钟到位！"

原先平稳驾驶的棠哥就像换了个人，顿时来了精神，飞快地挂挡，操控方向盘。

冲锋车鸣笛，立刻飞驰起来！

街头激战正酣，穆郎狼狈不堪，肥龙被打了个乌眼青，钟岚君力敌三人十分勇猛。冲锋车鸣着警笛赶来，地虎急忙打了个呼哨，马仔们飞快四散奔逃。受伤的肥龙等人躺在地上直哼哼。钟岚君见状，挥着短棍继续追杀地虎的马仔们。冲锋队员们下车，把没有来得及逃走的马仔抓住戴上手铐。邵子俊发现钟岚君追着一帮马仔进了小巷，于是追了过去。

钟岚君把四个大汉追得乱窜，逃进了一条掘头巷。大汉们见状回过身来，看只有钟岚君一个人追上来，反而不害怕。

其中一个大汉叫嚣："死八婆！真以为我们怕你吗？"

钟岚君不惧："打伤我的人，我跟你没完！"

大汉接着说："你想怎么样？"

"赔医药费，再给我磕三个响头！"

一句话点燃战场，四个大汉一起冲向钟岚君，钟岚君挥棍抵挡，把一名大汉击开。另一名大汉趁其不备挥拳朝着她的侧脑打来，眼看钟岚君已经躲闪不及，千钧一发之际，斜刺里有人飞起一脚，将大汉踹飞。

钟岚君惊讶地回头，只见是邵子俊站在面前。邵子俊二话不说加入战团，跟钟岚君一起合力，将四名大汉全部打倒在地。钟岚君一边喘气，一边豪爽地拍了拍邵子俊的后背。

钟岚君感激地说："你身手不错！谢了！"说完转身就走，可是咔的一声，邵子俊已把一只手铐扣到她的手腕上。

"你干什么？我被人打，你抓我？"

邵子俊说："你涉嫌在公共场合斗殴，我要拘捕你。"

"等一会儿。"

只见何浩辉快步走到近前。

邵子俊看见是何浩辉："何 sir，你来得正好……"

邵子俊看了一眼躺在地上的那些哼哼唧唧的大汉，向何浩辉提出支援：

"这里需要支援……"

不想何浩辉给出了一个意想不到的指令："好的，你去叫支援，顺便将她的手铐打开。"

"为什么？"

何浩辉语气强硬："我让你把手铐打开，这是命令。"

邵子俊丝毫没有退让："你不给我一个合理的解释，我就有权拒绝。"

何浩辉凑近了低声说："她是我的线人！帮个忙，配合一下！"

邵子俊迟疑地看着何浩辉，最终还是给钟岚君打开了手铐，之后悻悻然离去。何浩辉把钟岚君拉到角落处，钟岚君很不服气地说："何浩辉我跟你说，你不要以为放了我，我就会感激你！"

何浩辉痛心地说："阿君，我不想见到你这样！我想你爷爷也不希望你这样！为什么要加入龙兴？为什么要跟蒋哥？"

钟岚君不为所动："我怎么样关你什么事？你是我的什么人？"

"我答应过钟伯，要好好照顾你。"

钟岚君倔强地说："我爷爷已经去世很长时间了。何 sir 你这么忙，赶紧去忙你的吧。"

何浩辉看着钟岚君，无奈轻轻地叹了一口气。

何浩辉话锋一转："蒋坤让你去找那个外国人，到底是什么事？"

"对不起，无可奉告。"

"这个戈登可能涉及重大罪案，我希望你可以配合一下。"

"你想我怎么配合？"

何浩辉继续追问："谁让你们找人？"

钟岚君语气强硬地说："还是那句话，无可奉告。"

这时梁婉婷、谢庭威和邵子俊已经赶到。何浩辉不得不再争取最后一次机会："秀山村爆炸，是有人要杀戈登而引起的，杀戈登的人是职业杀手，这件事情不简单，我希望你说出你知道的一切！"

何浩辉观察钟岚君的神情，钟岚君迟疑一下，在考虑。

何浩辉循循善诱："你说……"

钟岚君最后吐露实情："蒋哥只是让我去找个外国人，其他的事情我真的不知道，就算你带我回警署，我也不知道。"

何浩辉无奈，转头叫谢庭威："阿威，先将她带回警署。"

谢庭威过来把钟岚君带走，钟岚君面带嘲讽地离去，经过邵子俊不忘戏谑一下："你的身手不错，不过可惜，是个警察。"

梁婉婷观察两人不寻常的态度，问邵子俊："你们认识？"

"乱讲！"

何浩辉望着钟岚君的背影，心中难过，喃喃自语："钟伯……对不起！"

4

局里，邵子俊、谢庭威在喝下午茶，梁婉婷捧着茶餐后至。梁婉婷告诉两人一个惊天秘密。原来棠哥曾经参加过职业赛车，还捧过杯，在重案组有个外号叫"车神"。有两个重案组都抢着让棠哥加入。邵子俊听着，也感意外。

三人不解，既然棠哥这么厉害，为什么现在来到了冲锋队？！

就在这时，何浩辉和赵绍棠走近，众人都不说话了。

赵绍棠说："警队所有的部门和岗位都是有作用的。哪个岗位都好，只要发挥作用，到哪儿都是一样的。"

新闻公司里，林蔚言在电脑前专注地翻看海外新闻，查到了戈登涉嫌杀害李可儿的新闻。

林蔚言疑惑："他……是杀人犯？"

突然莱卡拿着电话来找林蔚言："Vivian，有朋友用你的电话打给我说要找你！"

林蔚言感到奇怪，拿电话接听：

"喂……"

电话另一头竟然是戈登："林小姐，别紧张，我没有恶意……"

林蔚言听出是戈登的声音："是你？你弄晕我，抢我的车和手机，这叫没有恶意？"

戈登感到抱歉："对不起，你的车我停在你公司大厦的停车场，你随时可以开回去。你相信我，当时我是迫不得已才这么做的。"

"我怎么相信你？"

戈登不答反问："你是一名记者，如果我告诉你，我发现了一个足以摧毁全香港金融经济的阴谋，你会怎么做？"

林蔚言听到戈登的话，异常吃惊。

戈登继续说："不如我们找个地方见面，到时候我一点一点同你解释！"

林蔚言稍加思索："半个小时之后，你在我公司后面的街上等我。"

"OK!"

戈登说完便迅速挂断了电话。

在公司附近街道，林蔚言已拿回自己的车，并在车上等着。突见戈登开门上了后座。

"你好，林小姐！"

戈登突然出现，林蔚言吓了一跳，然后迅速开车离开。

重庆大厦 7203 房内，一声轻响后门锁开启，林蔚言和戈登走了进去。

林蔚言说："这个房间是我租的，平时赶稿的时候，我可以休息一下，这里出入又比较方便，而且比较安全。"

戈登关上门，又迅速把所有窗帘拉上。

接着林蔚言单刀直入："你究竟是什么人？到底是谁要追杀你？"

"我是个负责电脑安全的程序员，同时也是个黑客。追杀我的是 M 国派来的杀手，我的搭档兼女朋友李可儿，都被他们杀了。"戈登说到这里，脸上露出哀伤的神色。

林蔚言听闻有些许动容，却仍然说："但是外国新闻报道，你是杀她最大的嫌疑人。"

戈登给便携电脑插上电源，打开电脑，摇头道："我怎么会是凶手？是我同可儿在检查网络安全的时候，发现了这个秘密。所以他们就杀了可儿，再嫁祸给我！"

林蔚言追问戈登："他们究竟是什么人？"

"EGM！"

林蔚言求证："EGM，M 国的一间投资公司？"

"是！"

林蔚言仍然疑惑地问道："那你为什么不报警？"

戈登摇摇头说："我是杀人嫌疑人，谁会相信我，如果我被抓进监狱，我一定会死在那里面。"

"你究竟发现了什么样的大秘密？"就在林蔚言想继续了解更多的时候，戈登操作着的电脑突然响了一下。

"包裹已经被人拿走了！"

林蔚言看到戈登电脑上的界面是快递公司的内部系统，戈登飞快地查阅着。

新闻直觉让林蔚言意识到这个包裹非同一般："什么包裹？"

戈登回答："可儿死之前将一个重要的证据，寄到香港秀山村她堂哥那里。之前我去秀山村，却发觉原来她的堂哥早就搬走了。所以快递没送到。但根据快递公司的记录，他已经去拿走了包裹。"

"你联络不到他吗？"

戈登摇头，向林蔚言寻求帮助："……林小姐，你可不可以帮帮我，看有没有其他办法找到他的新住址？"

"她的堂哥叫什么名字？"

戈登忙乱地问："what？"

林蔚言解释："我说你找的人叫什么名字？"

"李大年！"

两人在房间内焦急等待。突然林蔚言的手机响了。

林蔚言马上接通："喂，查快点啊，找到没？"

电话另一头的莱卡吹嘘："你说呢，我多厉害，秀山村的村长告诉了我李大年的新地址。"

"知道你厉害。赶快把地址发给我。"

林蔚言说完把电话挂断,戈登期待地望向她。

5

警署里的几名冲锋队员下班后正在换衣服,棠哥哼着小曲,不由得感慨:"无惊无险又一日。"

谢庭威提议:"棠哥,今晚一起打边炉啊?"

赵绍棠却拒绝道:"我要回家照顾老婆,哪儿像你,一人吃饱,全家不饿。"

谢庭威不再勉强,转头问邵子俊:"子俊,那你呢?一起呀?"

此时何浩辉的电话响了,他掏手机的时候,被旁边的子俊看到屏幕上是陈耀扬的名字。何浩辉走到角落处低声接电话的时候,子俊一直偷瞄。

没有得到回应的谢庭威走过来问邵子俊:"子俊?"

邵子俊没有听清:"你说什么?"

谢庭威再问:"我问你去不去打边炉呀?"

邵子俊随口应付了谢庭威一句,他一直在注视着何浩辉。

另一头何浩辉跟陈耀扬低声打着电话:

"喂,什么事?"

陈耀扬告诉何浩辉最新进展:"有发现……我查到一星期前李可儿曾经从M国寄了一个快递给一个叫李大年的人,这个人是她的堂哥,这个快递因为无人接收,已经退返给快递公司,不过一个钟头前,快递终于被李大年取走了。"

"你找到李大年了吗?"

陈耀扬解释道:"他拿快递的时候,留的是假地址和假电话。"

"别兜圈子了。"

"真地址待会儿发给你,我现在立刻带人过去。"

"收到。"何浩辉收起电话,若无其事地走过来关上更衣柜离去。

一直关注着何浩辉的邵子俊则悄悄跟上。

快递公司取货处,一个经理模样的人走出来抽烟,随即被地虎一把拖进巷子。胡同里传来喝骂和惨叫,但很快平息。

快递公司经理脸上血迹未干,在电脑上查阅取件处的视频。

一张李大年取快递的视频截图发到了地虎的手机上。看到李大年取快递的照片，地虎满意地点点头，点下了发送。阿 Ken 的手下们在收到李大年照片后又把照片发给更多的人。李大年的照片化作电子流，到了阿 Ken 的手机上，随后又传输到了阿 Ken 的各路人马的手机上。

地虎向阿 Ken 汇报发现戈登，却被其跑掉的事。

阿 Ken 怒气冲冲，大声斥骂："你们全部都是饭桶！好不容易先找到那个外国人，怎么还能让他跑了？"

地虎被骂得低下头："对不起肯哥，那天都怪钟岚君出来捣乱，害得我们有些人被警察抓了。不过你不用担心，我已叫律师去保释他们了。不会有问题的。"

阿 Ken 皱眉说："这个钟岚君处处捣乱，真是麻烦。"

地虎说："不过肯哥，我派人回秀山村，真的找到了线索。"

地虎想要邀功，将功赎罪："那个外国人找的那个房子，屋主叫作李大年，已经搬走了，不过我问出了他的新地址！"

阿 Ken 想了想："外国人千里迢迢去秀山村，那个李大年一定对他很重要！"

阿 Ken 立刻打电话给安娜：

"喂，安娜小姐，我有新消息，那个外国人到香港，好像要找一个叫李大年的人！所以我想，只要找到那个李大年，那个外国人就会出现！"

电话那一头的安娜："你有没有李大年的地址？"

"我立刻发给你！"

阿 Ken 挂断了电话。电话挂断后，安娜马上行动起来，她找来杀手，告知李大年的地址。

安娜凶狠地说："立刻去找那个李大年，见到戈登出现，捉住他！如果有警察，就杀了他！"

"知道！"

杀手从大提箱各式枪械中，挑了几件，装进手提箱，离开房间来到地库。杀手把手提箱放在副驾驶座上，然后启动汽车，飞快地开出地库。

同样前往李大年家的林蔚言正开着车带着乔装改扮过的戈登在路上行驶。

何浩辉不紧不慢地在路上走，邵子俊悄悄跟随。何浩辉叫了一辆出租车，邵子俊也赶忙叫了一辆出租车跟上去。

几个人正在通过不同的方式朝着李大年家的方向杀去。

而另一头李大年家的房门打开，李大年腋下夹着快递进来，返身锁好了门，又插上插销。李大年把快递放到桌上拆开，只见里面静静地躺着那个生死攸关的 U 盘。

第四章

神秘的 U 盘

1

何浩辉坐的出租车在路上行驶，他注意到后面一直在跟踪的邵子俊。只见何浩辉叫司机停车，之后下了车，进了快餐店，邵子俊也跟着下车，站在远处监视。

不一会儿何浩辉拎着外卖纸袋出来，邵子俊急忙把头扭向别处，谁知何浩辉径直朝他走来，令邵子俊顿时有点不知所措。

何浩辉盯着邵子俊，一直走到邵子俊面前。邵子俊见跟踪失败，干脆挺起胸膛，迎向何浩辉的目光。

何浩辉直直地盯着邵子俊："解释！"

邵子俊清了清嗓子说："何 sir，我们是一个团队，如果你做了任何越权或者违反守则的事情，都会影响我。"

何浩辉点了点头："合理！但是你还是不能跟着我……"

"什么？"邵子俊意料之外。

何浩辉向他吐露出爆炸案的冰山一角："没时间给你解释，秀山村爆炸案，不止涉及社团龙兴社，还有国际通缉犯同杀手！"

邵子俊一时难以置信，瞪大了眼，继续追问："但是这么复杂的案子，不是应该由 O 记，或者重案组去查吗？"

何浩辉回答："因为我同那个杀手曾经接触过，所以 O 记陈 sir 破例让我帮忙调查，不过要听他的命令。而且为了避免打草惊蛇，一切都要保密。我现在就要去查一个人，你跟，还是不跟，你自己选。"

向来勇往直前的邵子俊，这时也犹豫起来："如果我跟着你，我就是……"

何浩辉马上意会到他的疑虑："你就说偶然遇到我，看到我有危险，来帮忙的。"

邵子俊犹豫不决。

何浩辉丢下一句话："来不来，随便你。"

说完，径自登上出租车，邵子俊连忙跟上。

一辆车缓缓地停在寮屋村外的大路上。

车厢内，林蔚言对戈登说："我找个地方停车，进去慢慢找，这里的门牌号码很乱的。"

戈登拦住林蔚言："林小姐，你别跟我一起进去了。李大年见有陌生人跟着我，可能不肯相信我。"

林蔚言想了想，点头同意："那我在车里等你。"

戈登说："我找到证据之后，还有好多事要做，我需要一些电脑的配件，不如你先帮我找齐。"

林蔚言想了想，点头："那我们在重庆大厦会合。你人生路不熟，小心。"

戈登自信地笑了笑："放心，好多次我都差点被抓到，今天也不会被抓的。"戈登下车，径自走向村中。林蔚言笑着看他的背影走进村内，就开车离去。

戈登来到门前，先小心翼翼地观察一番后，正犹疑是否应该直接叩门。他张望了一阵，发现了门外悬吊的小盆栽里藏了窥视镜头，马上会心一笑，干脆站到门前，向镜头招了招手。

门自己开了，开门的正是李大年。

李大年打量一下，认出眼前的人："戈登？"

戈登回答："是。"

"进来。"

李大年把戈登让进门，谨慎地左右看了看，关上门。

片刻后，陈耀扬的车也到了寮屋村外，他随即命令手下把车停在村子外的隐蔽处。以陈耀扬为首的骆雅琪、Roger、阿列等 O 记众人都穿了防弹背心。陈耀扬下车，打量了下周围的环境，若有所思。

陈耀扬下达指令："雅琪、Roger 跟我，阿列留在车里接应。"

陈耀扬带着二人行近小院。

何浩辉、邵子俊乘坐的出租车驶过了村口，在数百米外停下。二人下了车，走向一条小路。

邵子俊追在何浩辉身后，问："何 sir，村口在那边……"

何浩辉解释："李可儿死了，李大年立刻搬家，又有个国际通缉犯找他，李大年一定很警惕。我们不能大张旗鼓地敲门，我们从村尾进村。"

邵子俊闻言，佩服地点头。二人走过一辆泊在不显眼地方的电单车，何浩辉忽然心生警惕。何浩辉立刻想起，在秀山村，杀手骑的是同样的电单车。何浩辉疾步入村，邵子俊连忙跟上。

此时在李大年家里，李大年将 U 盘拿出，慎重地交到戈登手里，戈登握住 U

盘，百感交集。李大年也不是真的想知道，只是慨叹："里面究竟有什么重要的东西，会给可儿惹来杀身之祸？！"

戈登叹了口气："里面的东西关乎香港，甚至全中国的金融安全！我想你知道的越少越好，我不想你像可儿一样……"

李大年拍了拍戈登的肩膀："我知道。希望你不会辜负可儿对你的信任！你要代她救香港！"

戈登坚决地说："我一定会完成可儿的心愿！"

"祝你好运！"

戈登出门正准备离开，突然陈耀扬步近。陈耀扬一边出示证件，一边说："香港警察！你已经被捕了！"

戈登立即转身想跑，骆雅琪和 Roger 出现堵住了他的去路。戈登见状马上投降，伸出双手："OK，我会合作，你们不要使用武力！"

众人见戈登会说粤语，有点意外。骆雅琪和 Roger 望向陈耀扬，用眼神征询。

陈耀扬对着戈登说："不要反抗！"

他望向 Roger，指示："先带他上车！"

Roger 走在前面，雅琪手按戈登肩膊并排而行，陈耀扬殿后。四人走向村口，前面有一条转角小巷，突然陈耀扬瞥见丢弃在巷口的破窗玻璃上有人影晃动。陈耀扬当即大声喝问："什么人？出来！"

陈耀扬快速拔枪指向人影晃动的方向。戈登一愣，众警察亦同时拔枪。

杀手 Kevin 见行踪暴露，立即从巷中伸出枪来，对他们射击，Roger 登时胸口中弹，倒地，手枪也掉在地上。众警察忙散开找掩护，陈耀扬也急忙将戈登一把拉倒，随后翻身隐蔽在杂物后。杀手 Kevin 仗着火力猛，站出来向众警察射击，众警察无还击空隙，拼命后退找掩护。

骆雅琪把中弹的 Roger 拖到杂物后藏身，幸好 Roger 身穿防弹衣，只受了轻伤。

众警察在勉强可以容身的掩护后，向杀手还击，可杀手 Kevin 的步枪火力太猛，把众警察压制住。

陈耀扬脱下自己的防弹衣，递给戈登：

"快穿上，快！"戈登感激地接过，匆匆穿上。

陈耀扬看到杀手 Kevin 正在逼近，随即闪身出来开了两枪，子弹打完，陈耀扬赶紧缩身回来换上子弹，继续开枪打向杀手 Kevin，延迟对方的逼近。与此同时，戈登却偷偷退开，原来他想趁混乱逃走。何浩辉和邵子俊这时循枪声来到小巷中，何浩辉探头出去看，看见 Kevin 正向众警察射击的背影。

何浩辉下意识摸向枪袋位置，才想起自己休班，根本没配枪。忙乱之中，何浩辉看到 Roger 掉在地上的佩枪，快速扑前，捡起佩枪，顺势滚到一旁，就冲 Kevin 一侧开枪。Kevin 却也非常机警，感觉身后有异，马上跳开。

Kevin 失去了有利攻击位置，勉强找到藏身的位置，何浩辉闪到另一小巷，邵子俊紧贴在他身后。Kevin、何浩辉、陈耀扬三方成了三角之势。

何浩辉大喊："耀扬！是我呀！"

陈耀扬见何浩辉又来多事，啐了一声，却又庆幸他解了围。他探头看清形势。

"雅琪，我同何浩辉顶住，你带戈登……"陈耀扬说着回头看，原来戈登已偷偷跑远到了转角，陈耀扬气得大骂。

陈耀扬高叫："何浩辉，戈登去你那边了。"

何浩辉急忙回头，看到戈登的身影掠过巷尾，他迅速反应，对邵子俊下命令："你，去追他。"

邵子俊立即快步追向戈登。陈耀扬和何浩辉从两个角度火力压制杀手 Kevin，杀手 Kevin 见戈登已走，自己也寡不敌众，决定撤离，先向众警察一轮狂开火，之后快速离开。何浩辉看穿杀手 Kevin 的意图，于是绕道循另一方向，悄悄追近杀手 Kevin。

2

村内，戈登拼命跑，邵子俊在后边追。戈登跑过转角，来到士多后门，看见两排摞高的汽水箱，躲在其后。

戈登见邵子俊踏进转角，左右张望，走向士多那边，便猛地把汽水箱推倒，撞向邵子俊。

汽水箱连着汽水樽砸在邵子俊身上，邵子俊的脚也被压伤，露出痛苦表情。戈登趁邵子俊痛苦忙乱，乘机快步逃离。何浩辉绕道，追踪正在撤退的杀手 Kevin，一路追至小山坡。杀手 Kevin 发现了何浩辉逼近，立即举枪指向何浩辉，何浩辉已飞脚踢至，杀手 Kevin 的枪被何浩辉踢得飞脱，子弹也打偏，何浩辉跟着挥拳击向杀手 Kevin，杀手 Kevin 本能地用手去挡架，露出了手臂。

二人交手瞬间，何浩辉注意到杀手 Kevin 右臂上有个骷髅文身。

何浩辉看到这个文身，立刻想起周雄的手上也有文着同样的文身。何浩辉一愕之间，杀手 Kevin 已猛地冲至，何浩辉被大力撞倒。杀手 Kevin 乘机转身，纵身飞跃，跳下小山坡。

何浩辉爬起追赶，望下山坡，发觉杀手 Kevin 已经逃去无踪。何浩辉恼火，狠狠踢了树干两脚，还爆了一句粗口。邵子俊一拐一拐地走了过来。

邵子俊上前询问："何 sir，你没事吧？"

何浩辉叹了口气："没事……戈登呢？"

邵子俊一脸无奈地告诉何浩辉，戈登又跑了。

刚刚逃出生天的戈登疲倦地在小路上边走边脱下防弹衣。

一辆出租车驶过，戈登忙伸手，出租车停下。戈登上车，出租车驶离。

戈登和林蔚言会合，戈登拿出了 U 盘，告诉林蔚言："这个 U 盘里面藏着 EGM 集团准备对香港实施金融狙击的惊天计划。我只要破解出 U 盘的密码，就能证明我说的是实话。"

"解开密码之后就去报警。"林蔚言劝说戈登。

"我解开密码之后，会把这个 U 盘卖给一个对香港有感情的有钱人。"戈登说。

"那你准备卖多少钱？"

"1 亿美金！"林蔚言看着戈登，一脸不可思议。

另一头，陈耀扬向邵锋汇报案情："根据李大年说，他给戈登的 U 盘里边，可能藏有一个威胁香港经济安全的计划！但是他不知道具体是什么，我们也已经检查了李大年屋里的电脑，里面没有备份，所以不能判断他说的话到底是真是假。"

邵峰思考半晌："我们不能对这件事情掉以轻心。"

陈耀扬补充说："我同意！还有根据何浩辉所说，他见到那个杀手手臂上面的文身，同当年周雄手臂上的文身非常相似，不排除两者有关联！"

邵峰面色一沉："那这个案子就更加不简单！这个职业杀手，在香港公然追杀目标，拒捕，又向警察开枪，完全无视法纪！加上又有破坏香港经济的阴谋……所以我们一定要尽快找到这个戈登，才可以解开所有疑问！"

"Yes sir！"

邵峰继续下达指令："从现在开始，O 记会全力支持你，务求 24 小时内要找到戈登，OK？"

陈耀扬感到了压力，但仍旧立正答道：

"收到！"

陈耀扬从邵 sir 办公室出来，神情凝重。他才走了几步，发现何浩辉和邵子俊正等在门口，二人迎上来。

何浩辉问："怎么样？邵 sir 怎么说？"

陈耀扬回答道："邵 sir 很重视这个案子，说 O 记会动用所有人力、物力，全力支持，务求在 24 小时内抓到戈登。"

"24 小时？你有没有把握？"

陈耀扬苦笑道："没有。"

邵子俊连忙道歉："Sorry sir，是我经验不够，才让戈登跑了。"

陈耀扬望了邵子俊一眼，对何浩辉说："他怎么会知道那么多的？你不是说要保密的吗？"

邵子俊还没等何浩辉开口，已经说话了："陈 sir，你误会了！我什么都不知道，今天我和何 sir 约好一起去钓鱼，听到枪声，过来支援！"

陈耀扬冷笑，望向何浩辉："我很感谢你今天支援我，但是请你记住，你只是EU……"

何浩辉打断陈耀扬的话头："我和你一样，想快点找到人。"

陈耀扬咬着牙考虑着，最终还是同意。

三人在办公室内讨论案情。

何浩辉说："这件事情跟龙兴社有关，可以从阿 Ken 入手。"

"也可以从杀手入手，找到杀手也可以找到戈登。"邵子俊说。

何浩辉对于邵子俊的观点表示赞同。

"不行！寻找杀手无异于大海捞针。"陈耀扬明确表示反对，"可以加派人手，紧盯阿 Ken。"

三人产生分歧，气氛尴尬异常。这时何浩辉接到了蔡卓欣的电话，匆匆赶往学校。

原来今天蛋糕铺的生意很忙，蔡卓欣没有办法去接学游泳的阿轩，她希望何浩辉去接。何浩辉自然一口答应。何浩辉觉得儿子这次回来，跟他生疏了很多。蔡卓欣告诉何浩辉，趁这次机会多陪陪阿轩。

何浩辉在接阿轩的时候，看到阿轩对游乐场的攀岩感兴趣，便鼓励阿轩勇敢尝试。在何浩辉的鼓励下，父子两人成功登顶。

阿轩带着得到的熊猫玩偶奖品回家异常兴奋。蔡卓欣看到何乐轩脸上露出久违的笑容，激动地看了何浩辉一眼。何浩辉余光看到蔡卓欣的目光，心里高兴，但装作若无其事，转身离开。

3

3 号冲锋车即将出车，众人等着何浩辉做例行的简报。奇怪的是，今天何浩辉迟迟没来。

谢庭威疑惑地说："今天好奇怪，为什么车长还没来呢？平时他都是第一个来的。"

梁婉婷凑近低声："刚才听到他在跟他的孩子通电话呢。"

谢庭威惊讶："你怎么知道他有小孩的？"

"你都不提前了解一下咱们领导吗？一年前，头儿的老婆带着小孩回了加拿大……"

梁婉婷顾忌地压低声音："好像就是因为网上疯传的那个视频。"

这时候，何浩辉和关正忠前后脚进来。众队员马上噤声起立。

香港新的一天到来。上班的人群熙熙攘攘。中环银行面向街面的电子显示屏上，显示着恒指当天大幅上升。

林蔚言提着购物袋走进戈登所在的房间，把购买的食物和随身的手提包放到桌上。

林蔚言对戈登说："戈登，这里的东西足够你吃两天，总之为了安全，你尽量不要出门。"

戈登指指电脑："放心，没解开这个'护身符'之前，我都不会出这个门口。"

林蔚言凑近："进展怎么样？"

戈登一边操作一边解释："这个文件夹有多重加密，还埋了一个自毁的模式。稍有不慎，整个程序全部都会被删除，所以一定要小心。"

"没有其他办法吗？"

"也不是没有，不过需要更多时间，而且需要有更多技术同软件支援。"

林蔚言闻言走开，去厨房把食物放进冰箱："鸡蛋同牛奶我放到冰箱里面了。"

"Thank you！"

戈登嘴上应承着，悄悄地站起来，打开林蔚言的手提包，取出房间的门禁卡，用一个便携的读卡器很快复制了门卡数据，又把门卡放回去。忽听背后传来声音：

"你干什么？"

戈登随手抓起购物袋里的一罐润喉糖，转身向林蔚言示意道："我找这个呢，你要不要吃一粒？"

林蔚言没有看出什么破绽，端着一盘洗好的雪梨走过来：

"不如吃雪梨，清热降火。"

戈登抓起一个雪梨，咬了一大口，大赞："味道不错。"

蒋坤的办公室内，只有蒋坤和钟岚君。

蒋坤说："你暂时不要再去找戈登了！"

钟岚君一脸惊愕："蒋叔，为什么？"

蒋坤继续解释："这件事越来越复杂，因为连续有爆炸同枪战发生，O 记已经介入得很深了。"

钟岚君不满："都是那个安娜，一边叫我找人，一边自己又派职业杀手出手，都不知道她到底想干什么？"

"我不会让人牵着鼻子走的。警方已经盯上了我们龙兴，如果再查下去，我们分分钟惹火烧身！所以叫你先暂时低调。"

钟岚君猜测蒋坤的意图："你的意思是让我们再等等？"

蒋坤冷笑，说："既然安娜都已经找到阿 Ken，警方一定盯住了阿 Ken！我们不如盯住警察那里，说不定可以螳螂捕蝉，黄雀在后！"

钟岚君听完蒋坤的话，不禁恍然大悟。

解密程序正在运行，忽然，戈登对着屏幕大喊：

"Yes！"

林蔚言凑近："解开了？"

"第一层而已。每层加密都不同，一层复杂过一层。"

林蔚言问道："那第一层的文件夹，我们可以看到了？"

戈登点开一个已解密的文件夹，里面是一个文档文件，文件名是"蓝名单"。

"蓝名单？这是什么？"

戈登同样也感到困惑，只能回答："不太清楚，不过肯定同狙击香港金融的计划有关。我再解开第二层。"

"我有个采访，你加油。记住，千万不要出去！"说完林蔚言离开。

戈登应了一声，搓了搓手，继续解密。

办公室内，陈耀扬站在案情分析板前发愁，忽然电话响起。陈耀扬看了一眼，是何浩辉打来的，有点不耐烦地接听：

"讲。"

电话那头的何浩辉问："有没有杀手的线索？"

陈耀扬不耐烦地回答："没有！估计是'偷渡'进入的香港，所以没有线索。"

街外，何浩辉站在一座天桥上，看着车水马龙的香港街道，在给陈耀扬打电话。不远处，邵子俊等人正在检查路人的身份证件。他们不远处，有出租车停下落客。

何浩辉醒觉："我们查不到戈登坐什么车离开现场，所以追踪不到他。但是他或许不是坐出租车去李大年家的。一定是有人带他去的。"

陈耀扬马上反应过来:"我们再仔细看一下监控,可能有机会找到谁在接应他。"

"值得试一下!"

晚上,3 车回到警署,众人下车,都显得有些疲惫,一天辛苦的工作,大家累得连话都不想说了。

何浩辉见大家情绪低沉,忽然想起了什么:

"我告诉大家一个好消息,阿达已经脱离危险期,可以转去普通病房了。"

赵绍棠展露笑颜:"这倒是一个好消息。"

听到这个消息,大家情绪顿时高涨起来。

谢庭威告诉大家,他家的餐厅今天开张,他请大家吃正宗的印度菜。何浩辉一口答应下来。

重庆大厦内的装修别有一番风味,大厦基座是两层高的商场,各式店铺都有。大厦内主要人流是少数族裔,店铺都富有民族特色,有做衣服和做皮货的。

谢庭威领着已换上便装的众人,来到一家印度菜馆,谢父与一众亲戚正喝着酒聊着。

谢庭威上前:"爸,我带了同事来吃饭。"

谢父马上表示:"欢迎欢迎!"

谢父看到何浩辉问:"你应该是何 sir 吧?"

何浩辉微笑回答:"是,叔叔你好。"

"何 sir 完全不像阿威说的那么严肃嘛……"

何浩辉反问:"我特别严肃吗?不是吧?"

谢庭威连忙打哈哈:"哈哈……我随口一说的……爸,你先回厨房吧。"

谢庭威赶紧要把爸爸推走。

谢父临走还不忘招呼:"大家随便点,随便吃!我叫厨房准备最正宗的印度菜给大家吃……"

4

戈登在电脑前忙活,他随手拿起一个雪梨刚要吃,忽然他鼻子皱了皱,似乎闻到了什么不好的气味。他先闻了闻雪梨,确认梨子没有问题,便起身寻找气味源。

忽然,戈登发现他在路边捡的流浪猫病了。

戈登戴着帽子,走出重庆大厦,走向街对面的宠物药店。戈登跟店员说了下小猫的情况,随后买了药,拎着塑料袋从宠物药店出来走向重庆大厦。

　　戈登本来刻意把帽檐压低，但因为刮台风，帽子被风刮飞了，戈登在路上追帽子，刚要捡起来帽子又被刮飞，很是狼狈。

　　这时街对面，一个靠在摩托车上的小混混看到了戈登捡帽子，边看边笑，忽然笑容收敛。

　　小混混匆匆地拿出手机，手机上有戈登的照片。小混混的脸上露出了笑容，立即拿相机拍了戈登的照片。戈登走进重庆大厦，小混混也悄悄地跟了进去。

　　戈登走楼梯，穿过楼道，来到 7203 房间门口，拿出门卡开门进去。门关上后小混混出现，他看准了这个房间，拿出手机又拍了一张照片。

　　阿 Ken 的房间内，地虎正在向阿 Ken 展示手机上戈登在重庆大厦门口的照片。

　　地虎说：“肯哥，这是一个兄弟在重庆大厦拍到的。”

　　阿 Ken 看着手机，惊喜地说：“好！把这张照片发给我。”

　　地虎邀功：“肯哥，我现在带人过去，不让这个外国人跑了。”

　　地虎正想转身走，却被阿 Ken 拦住：

　　“站住，你没有感觉到，这两天 O 记一直在盯着我们的人吗？”

　　地虎奇怪地看着阿 Ken。

　　“就算你抓到这个外国人，还没出重庆大厦的门，你们就会被警察抓了的。”

　　“那么怎么办？”

　　阿 Ken 心生一计：“你叫齐兄弟，我到时候让警察好好看看热闹。”

　　“收到！”

　　地虎应声匆匆离去。

　　阿 Ken 手机上收到了照片，他得意地转发给了安娜。

　　安娜看着手机上戈登的照片。随后，阿 Ken 又传来一短信。

　　阿 Ken 的短信上写着：“安娜小姐……可以准备订香槟庆祝了！”在短信后面还跟了一个开酒瓶的图案。

　　安娜冷笑一下，随手拨通了杀手 Kevin 的电话：

　　“Kevin，重庆大厦，7203 房间。”

　　7203 房间门口，林蔚言掏出门卡打开门。

　　林蔚言走进房间，戈登正在电脑前忙碌。她来到戈登身后，看见屏幕上显示一份狙击香港金融的计划书，并有 EGM 集团字样。

　　戈登一边操作，一边问：“林小姐，你是不是已经帮我联系到买家了？”

　　林蔚言回答：“我想过，就算找到买家，都不保证他一定会将这只 U 盘交给香港特区政府。所以这样做实在太冒险！我觉得，最正确的做法还是应该报警！”

　　戈登语气坚定地说：“No way！”

包间里气氛热烈，谢庭威放下两盘鸡肉咖喱，神情严肃：

"你死定了，居然说我老爸做的咖喱不辣。我保准让你们跪在地上管我要冰水喝。"

谢庭威放下一壶冰水，何浩辉与邵子俊对面坐着，拉开了两军对垒的架势，其他队员站立围观。

何浩辉笃定地说："不会是我。"

谢庭威不依不饶："总之谁喝水，就是谁输。"

"这点事情算什么，我吃。"邵子俊凑到何浩辉耳边，"如果我吃完，你要告诉我那个杀手的秘密……"

何浩辉脸上带着笑容，说："没问题！死人是最守秘密的。"

何浩辉率先叉起一块放进嘴里。起初好像没什么，两秒后何浩辉的表情像吃了炸弹，他却是死忍，勉强咀嚼，慢慢吞下。

谢庭威幸灾乐祸地说："吃得很勉强啊。"

梁婉婷指着子俊："到你啦！"

邵子俊看到何浩辉的情状，战战兢兢，手颤抖着叉了一口放进嘴里。两秒后辣到不行，他不自觉地伸手去抓住杯冰水，却又强忍着不去喝。

看着两人辣到不行，众人边看边笑。

赵绍棠也给两人打退堂鼓："年轻人，有时候放弃不等于认输。"

邵子俊听着，更加不肯放弃，拼命大口呼吸着。何浩辉看着子俊已满头大汗，拿着水杯的手已经举起，却强忍着不去喝。

何浩辉咬着鸡肉含糊地问邵子俊："你投不投降？"

邵子俊依然强撑："我……"

何浩辉趁邵子俊张开口，手一托，把邵子俊手中的那杯水，泼向邵子俊的脸。

邵子俊一脸是水，嘴里当然也被泼进了一点儿。

何浩辉跳起来大喊："你喝水了，你输了。"

何浩辉马上拿张纸巾吐出鸡肉，拿起冰水大口地喝。邵子俊辣得不行，懒得抗议，干脆拿杯冰水喝。奈何水一冲进嘴里，邵子俊马上咳嗽起来，非常狼狈。围观的众人笑得东倒西歪。正在这时，何浩辉的电话响起，他收起笑容，起身走到一旁接电话：

"什么事？"

电话里传来陈耀扬的声音：

"我们通过监控查到，那个开车送戈登去李大年那里的人，你认识，是林蔚言。"

何浩辉愕然："是她？秀山村爆炸案，她报警说，有个外国人把她弄晕了。难道他们之间还有联系？你找到她了吗？"

陈耀扬回答："我们正在叫情报组追踪她的手机位置。"

"我试着打给她。"何浩辉说。

林蔚言趁戈登去了卫生间，偷偷拿起手机，拨打报警电话 999。电话未接通，一只手突然从后伸出拿走了林蔚言的手机。林蔚言转身，发现戈登已经挂断了电话。

林蔚言愤怒："你这是什么意思？"

林蔚言大力把手机抢了回来。

戈登一边阻止林蔚言，一边解释说："林小姐，我都说了，不能报警，现在不是报警的最好时机！"

戈登话音未落，林蔚言电话又响。林蔚言看见来电显示是何浩辉，立刻接听：

"喂，何 sir？"

戈登迅速将手机抢去，并再度关机。

何浩辉尝试再拨电话，已经无法接通。他急忙给陈耀扬拨了电话：

"喂，查到没？"

陈耀扬身边的警官阿列，正在努力向同事询问。

"等等！"还没等陈耀扬说完，信息迅速跟上：

"那边的同事说，手机信号显示应该是……尖沙咀的重庆大厦！"

陈耀扬冲电话那头喊："在尖沙咀重庆大厦！"

何浩辉马上反应过来："重庆大厦？我正好和车队的同事在这里。"

陈耀扬紧接着又提醒何浩辉："何浩辉，你不要插手，我有人在跟这里，记住这个案子你无权去查！"

何浩辉无奈道："我等你消息。"

5

街道上，地虎带着大班古惑仔聚集在重庆大厦门外，情况异常。骆雅琪的车停在弥敦道另一边，她观察着对面，戴着蓝牙耳机向陈耀扬报告：

"陈 sir，阿 Ken 的手下地虎叫了很多社团人员来到这里，看来他们真的有大行动。"

陈耀扬下达指令："你给我盯紧了，我立刻叫支援！"

"收到！"

骆雅琪继续注视着地虎一众，而钟岚君也在附近，一直在后面悄悄看着地虎等众古惑仔。

通往弥敦道的内街，两群古惑仔装模作样地吵架，有人故意把垃圾桶摔在路中心，双方挡在路中心叫嚣。另一条通往弥敦道的内街，两辆车差点相撞，"V"字形地挡在路上，双方司机下车吵架，双边路上又涌出一些人围观，全挡在路上。

重庆大厦外，地虎也戴着蓝牙耳机：

"收到！"

地虎挂断电话，又马上按了快速键拨号："肯哥，我们上去了。"

地虎一招手，带领着二十人走进重庆大厦，其余的古惑仔挡在门前，不让人进去，引来一阵吵闹。其间钟岚君反应迅速，一见地虎进去，马上悄悄跟入。对面的骆雅琪见状大急，借着耳机向陈耀扬求救：

"陈 sir，地虎上去了！支援什么时候来啊？"

通往弥敦道的内街，军装和便装警察徒步赶到，两群古惑仔仍在装模作样地吵架，警察喝令各人散开，古惑仔却肆无忌惮地挡住了整条路。另一条通往弥敦道的内街，两辆车"V"字形地挡在路上，疾驶而至的 EU 车无法通过，军装警察下车喝令司机把车驶开，司机却坐在车头不理，其他扮作围观者的古惑仔大叫，讥笑起哄。

何浩辉挂断电话，忧心忡忡。众人已没有了先前的热闹，勉强在吃着喝着，但其实人人都在注意何浩辉的情况。电话响起，何浩辉连忙接听。

陈耀扬凝重地说："何浩辉，你听我说，我检查过重庆大厦管理处，林蔚言在一年前租了一间公寓，门牌号码是 7203。不过阿 Ken 也想凑热闹。我们的人去重庆大厦，最快都要一个钟头。他手下地虎已经带了人上去。"

何浩辉马上意会："我要先问问我的同事。"

陈耀扬无奈地说："我真的不想你插手这个案子，不过我知道你一定会去管的……万事小心。"

何浩辉听到陈耀扬关心一句，大为感动。何浩辉挂断了电话，转身走向众人，发现众人都已经在注视着他。

梁婉婷问："何 sir，什么事？"

何浩辉吸了口气，决定提出这危险的要求：

"我问你们，为什么我们警察，只有休息，没有下班？"

邵子俊肃然地回答："因为宣誓之后，我们二十四小时都是警察！时刻奉公守法，除暴安良！"

众人点头赞同。

何浩辉马上全盘托出："现在在重庆大厦，龙兴有几十个古惑仔要捉一个人叫戈登的人！O 记需要支援，他们一时半会儿没法到这里。现在这里，只有我们几个没枪、没装备的休息的警察。我决定去支援，你们呢？"

赵绍棠首先回答："去！"

谢庭威与梁婉婷先对望一眼，再用诡异的目光望向赵绍棠。

赵绍棠解释道："按时下班是我个人的愿望，但是我还有我宣誓做警察的时候做出的承诺！"

赵绍棠看邵子俊好像未有反应，问邵子俊："你赞成还是反对？"

"我反对啥？走啊！"

何浩辉得所有队员同意，一声令下，率众人出去。

重庆大厦外，何浩辉带着四名队员跑到重庆大厦门前，门前聚集的古惑仔还想挡住他们，何浩辉亮出委任证，令古惑仔犹疑了一下，却没退开。旁边的邵子俊率先一把推倒其中一个挡路的古惑仔，众队员就冲了进去。门前的古惑仔一时也没了主意，追也不是，唯有议论纷纷。众人进到大厦内，谢庭威抢在前面，提议："何 sir，我很多亲戚在这里开店铺，地形我最熟，我来带路！"

何浩辉一口应下："好！"

赵绍棠此时却说："何 sir，我年纪大，手脚慢，可能会拖累你们的。"

何浩辉想了想，望向谢庭威："这里有没有保安控制室？"

谢庭威马上反应过来："有！在地下。"

"棠哥，你去保安控制室监视，跟我用电话保持联络！"何浩辉说。

"收到！"

何浩辉示意，众人就跟谢庭威跑向电梯大堂。

房间内的戈登迅速地收拾好了东西，把小猫也放进背包里。林蔚言已被戈登绑在椅子上，动弹不得，嘴里还塞了一块毛巾。

戈登抱歉地看了看林蔚言，说："林小姐真的对不起，我也不想这么做。不过我答应你，我一定可以证明给你看，我说的百分百都是真话。"

戈登说完出门离去，林蔚言气得发出呜呜的声音。

大厦内，地虎带着几个手下正从电梯上楼，有几个走火梯，也有古惑仔成批地沿楼梯上楼，每上一层，就留下两三人把守。戈登背着包顺着楼梯往下走，很快发现有大批古惑仔正在登楼。戈登急忙转身进入 5 楼的走廊。

何浩辉在电梯前等得很焦急，决定兵分两路，让谢庭威坐电梯上楼，他和邵子俊、梁婉婷走楼梯。

重庆大厦对面大楼天台，杀手 Kevin 提着狙击枪的盒子出现。

Kevin 选好位置，打开盒子，拿出枪架好，趴下身，开始用瞄准镜搜索目标，一层一层地搜索……

何浩辉与邵子俊等在走廊出现。Kevin 认出了何浩辉，嘴角抹过一丝笑容，何浩辉的头已经彻底地暴露在狙击步枪的瞄准镜下，而何浩辉浑然不觉。

第 五 章

重庆森林

1

杀手 Kevin 的狙击镜在何浩辉身上游走，但没有开枪。他同时在狙击镜中，看到了三三两两的古惑仔，气势汹汹地分散出现在各楼层通道，Kevin 皱了皱眉，回忆起安娜的吩咐。安娜曾经嘱咐过他，阿 Ken 也会带人去抓戈登，他要在阿 Ken 之前，先杀掉戈登，免得再引起警方的注意。

杀手 Kevin 的瞄准镜，从通道摇向 7203 房间的窗户。

7203 房间内，大门在一声巨响之下被踹开。门外，是地虎和六七个古惑仔。地虎率领古惑仔冲入，却看到了被绑在椅子上的林蔚言，地虎愣了一下。旁边几个古惑仔进屋搜查。半响，众人回到客厅。

其中的一个古惑仔说："虎哥，搜过了，没有人！"

这时地虎的蓝牙耳机传来阿 Ken 的声音：

"找到外国人没有？"

地虎回答："没有啊，肯哥，屋里面只有一个女人，没有外国人。"

电话那头马上传来阿 Ken 的咆哮："你立刻派人去找，他肯定还藏在这个大厦里面。谁能找到这个外国人，给他十万！"

"收到！"

地虎向在场的古惑仔保证："肯哥说，谁能找到外国人，就有十万奖金拿。"

众古惑仔齐声欢呼，其中一个古惑仔说："虎哥，这个女人怎么办？"

地虎回头看看被绑着的林蔚言，想了想，随便指了两个古惑仔：

"你两个看着她，说不定外国佬会回来找她。其他人，跟我走！"

地虎说完，就带其他人匆匆走了。

何浩辉三人出了通道，迅速前往 7203。何浩辉冲进房间，古惑仔看到便装的何浩辉，本能地挥拳就打，被何浩辉和邵子俊迅速放倒，另一个也被梁婉婷打得晕了过去。第二个古惑仔在倒地前拽下了窗帘，导致何浩辉短暂暴露在窗户前。

杀手 Kevin 看到窗帘被拉开，立刻准备射击，却发现狙击镜里的人是何浩辉。

杀手 Kevin 随即迅速查看了房内情况，发现戈登并不在，而林蔚言被绑在椅子上。Kevin 迅速调转镜头，开始在楼层其他通道间搜寻戈登。

房内，何浩辉取下林蔚言嘴里的毛巾。

林蔚言大声喊道："何 sir！"

何浩辉询问道："没事吧？"

"没事。"

"那个戈登呢？"

"刚刚走了。"

梁婉婷同时给林蔚言松绑。

何浩辉安抚她说："我同事会带你离开这里。"

林蔚言却说："戈登身上有个 U 盘，里面的信息，可能涉及香港重大经济安全！"

何浩辉恍然大悟："怪不得这么多人要找他。你应该早点告诉我的！"

林蔚言神情尴尬，匆匆说了一句对不起。

这时谢庭威也到了，问："那个外国人呢？"

何浩辉回答："走了，不过应该还没出这栋大厦，无论怎么样，不能让他落到龙兴的人手里。你找到人帮忙了吗？"

谢庭威汇报："找到了，大家都会注意那个外国人的行踪。"

戈登想走楼梯，却发现楼梯下面传来古惑仔的说话声，急忙转头。这时电梯间也有不少古惑仔出来，戈登只得走进大厦里的商业区。古惑仔们随即也进入了商业区开始搜查。戈登只得硬着头皮向前走。

赵绍棠敲开监控室的门，保安开门，赵绍棠随即亮一亮证件，在保安眼前一晃。

"警察办案。"赵绍棠说完，迅速把证件收回。

保安根本没看清，狐疑地问："警察先生，什么事啊？"

赵绍棠回答："案情非常严重，麻烦你配合。"

未等保安反应，赵绍棠已径自来到监控台前，查看各路监控。戈登进入商业区后，在走廊内转来转去，眼看快接近出口处时，发现也有古惑仔走了进来。被堵在中间的戈登，只得闪身进入了通道上的一家青年旅馆。

赵绍棠在监控室，看到了戈登进入青年旅馆的画面，立刻拨通何浩辉电话：

"何 sir，找到这个外国人了，他进了 10 楼 B 区一间旅馆！"

电话那一头的何浩辉说："告诉我旅馆里面的地形。"

赵绍棠和保安轻声说了几句后，打量着画面，迅速汇总信息："问过保安，旅馆应该没有后门，只有前面一排房，紧贴住外墙。"

"知不知道旅馆有没有上下层？"

"上层是水电房，下层是一间餐厅。"

"好的！"

了解完信息之后，何浩辉对邵子俊等讲："戈登在商业区 10 楼，我同庭威走左边楼梯，你们走另一边，我们在上面会合。"

杀手 Kevin 从瞄准器看到大厦外有人影晃动，忙拧身尝试瞄准，却有遮挡，无法瞄准。他连忙抓起枪，快步跳到另一边天台，寻找射击位置。

2

饭馆内，两位靠窗的年轻男女正在开心吃饭，突然窗户打开，戈登从窗户外跳入，二人吓呆。戈登赔笑道："Sorry！你们继续！"戈登说完匆忙跑走。

赵绍棠在监控里看到戈登出了饭馆。赵绍棠拿起手机，对着何浩辉说："我看到那个老外下到了楼下 9 楼，他可能是爬窗。他刚出餐厅，往东南方向走了。"

"跟我说一下周边的地形。"

赵绍棠看着监控回答："他现在往走廊走，左边是一条死路，已经有一群古惑仔上来了！"

何浩辉挂了电话，走进了商业区内，只见眼前是各种美容、护理、按摩针灸之类的不同商店，还有不少顾客出入。何浩辉皱眉，但随即镇定下来，迅速向前走去。

戈登被众古惑仔逼得走向通道尾的走火梯防烟门，正想经防烟门逃走，却从防烟门的窗看到有人影经过。戈登不敢冒险，立时停下步，想回身走，又看到远处有古惑仔走近，顿时左右为难。这时，戈登身后的美容院的门突然开了，何浩辉将他拉了进来。

戈登大吃一惊，本能反抗，被何浩辉制止，随后将他拉入美容院里面的房间。古惑仔们沿通道一间一间店铺推开门查看。一眼看通的就不进去，有房间的，其中一二人就进去查看，弄得处处骚动，夹杂着女人们的喝骂声。古惑仔们毫不理会各店的反应，终于查到戈登藏身的那一家。

这时防火门开了条缝，只见谢庭威探头出来，跟古惑仔打了个照面。谢庭威立即缩回去门内，回头大叫："戈登，快点走！"随后自己跑下楼梯。古惑仔们看见有个南亚裔大叫戈登，以为是接应戈登的人，立即冲出防火门，沿楼梯追下去。

房间内，何浩辉松开戈登。

戈登问道："你是谁？"

何浩辉亮出证件："香港警察！"

戈登听见是警察，叹了口气，想不到同时有古惑仔和警察来抓自己，忙思索逃走之法。这时邵子俊和梁婉婷静悄悄地推门，闪身进来，来到何浩辉身后。

邵子俊看见戈登被抓便说："这次终于抓到你了。上次因为你，我脚肿了好几天。"

戈登闻言望望邵子俊，还是没想起当日被自己用汽水樽砸的那位。

梁婉婷问："何 sir，庭威呢？"

何浩辉回答："我让他引走古惑仔。"

梁婉婷忍不住担心："他一个人？会不会有危险？"

"他地头熟，应该没问题。"

邵子俊问："我们在这里等支援，还是想办法带他出楼？"

何浩辉环视店内，女顾客都被吓得面青，万一在此打起来，肯定伤及无辜。何浩辉心中不忍，转头对戈登说："戈登，我们现在就带你回警署，你老实点跟着我们，如果那帮古惑仔抓到你，随时会杀了你。"

戈登脑筋急转，认为跟警察走是眼前最佳方案，就点头应答。

梁婉婷道："我们现在出去，很容易就被古惑仔发现。"

何浩辉望着门外，仿佛看透了外面的情势，毫不犹豫地带着戈登出门。

何浩辉等人护送戈登离开店铺，在楼道内穿行，突然在拐角处迎面遇到了一群古惑仔。古惑仔看到戈登，眼睛一亮，快步冲上前。何浩辉马上亮出证件，怒吼："警察！你们想干什么？"

古惑仔面面相觑，有些退缩。这时地虎上前大声喊道："警察怎么样？"

地虎走向何浩辉，继续上前挑衅："有本事你就开枪打我。我们今天有上百人，我看你能打几个？"

地虎对着身后的古惑仔说："肯哥说了，奖金加码，五十万！"

古惑仔闻言，蠢蠢欲动。何浩辉见势不妙，直接将戈登拉在身后。古惑仔吼叫着一拥而上。梁婉婷带着戈登，转身就跑，何浩辉也且战且退。邵子俊沿途顺手抄起一根拖把，将追得紧的古惑仔打翻在地。随后四人跑进了楼梯间。古惑仔紧追不舍，邵子俊反手用拖把顶住了楼梯间的门。

古惑仔们合力把楼梯间的门撞开，进去后看到何浩辉带着戈登，正快步往楼下跑，立刻追了下去。何浩辉带着戈登快速下楼，却发现有古惑仔从楼下冲了上来，何浩辉等被堵在中间。古惑仔冲上前动手抢人，何浩辉等唯有与之缠斗。

对面大厦，杀手 Kevin 的狙击枪镜头一直跟着戈登移动，但由于众人正激烈搏斗，Kevin 也不敢乱开枪。

双方拉扯时，戈登的帽子被古惑仔扯落，竟然露出了邵子俊的面孔。原来这个"戈登"，只是邵子俊换上了戈登的外套，戴了他的帽子，真正的戈登已随梁婉婷走了。古惑仔这时发现失去了目标，一时不知道怎么办，其中一个首先想到这儿赚不到奖金，朝着另外的方向跑去，众古惑仔也相继跑去别处找戈登。

与此同时，梁婉婷正带着换上邵子俊衣服的戈登在大厦穿行，在避开一波古惑仔后，来到大厦后面的电梯前。梁婉婷按下电梯，两人进去按下了按键，电梯下行。戈登自觉终于脱困，长出了一口气。眼看电梯快到地面，不知为何突然停住了，紧接着电梯反方向开始上行。梁婉婷和戈登面面相觑。

电梯门打开，梁婉婷和戈登发现地虎带着手下正好堵着电梯门。两人看着地虎等人，脸上露出惊恐的表情。

这时一个空啤酒瓶飞了过来，砸在了地虎头上爆开，地虎惨叫捂头，梁婉婷趁机把戈登拉回自己身后。地虎呼痛转头，看到正对自己怒目而视的钟岚君。

地虎怒吼道："钟岚君，你怎么又来插手？！"

钟岚君怒视地虎，不甘示弱："蒋哥是龙兴社团的话事人，他叫我带这个外国人回去。"

地虎根本不理睬钟岚君的话，一招手，古惑仔立刻冲上去。

钟岚君和梁婉婷联手迎敌，打得对方七零八落。但古惑仔人手众多而且增援不断，两人开始显得被动，都开始体力不支，和戈登被迫退到一个角落。众古惑仔拿着家伙就要一拥而上，突然背后有人大喊一声：

"住手！"

地虎疑惑地转身向后看，看到谢庭威正指着自己，他身后的一群身材精壮的南亚裔人在说着什么。

地虎看见形势不对："怎么回事？！你们想干什么？！"

谢庭威身后的南亚裔人中，一个高大的中老年印度男人站出来，指着地虎喝问："你们为什么打人？"

地虎二话不说，朝中老年印度男人的头上打了一棍，那个男人惨叫了一声。谢庭威叔叔挥拳回击，其他南亚裔人在他的带动下直接动手开打，越来越多的南亚裔人看不过眼，前来参战，形成了古惑仔大战南亚裔人的局面。梁婉婷带着戈登左闪右避，尽量走向出口。加入的南亚裔人越来越多，古惑仔开始落在下风。地虎见形势逆转，打算偷偷开溜，被钟岚君发现，一拳打翻在地。钟岚君便顺手抄起一支铁棍，反手就要往地虎头上砸，被梁婉婷一把抓住。钟岚君回头看了下梁婉婷，梁婉婷摇摇头，道："会打死人的。"

这时女警骆雅琪带着一队军装警察冲了进来。

骆雅琪大喝："警察！全部不准动！"双方住手。地上躺着的古惑仔呻吟不断。钟岚君只得恨恨地松手，铁棍掉在地上，发出清脆响声。

街外，大批街坊途人围观，看着众古惑仔被押上警车，地虎还在反抗。骆雅琪按着地虎的脑袋，强行把他塞进警车。陈耀扬走向戈登，戈登看着陈耀扬。

陈耀扬打量了一番戈登，说："你就是戈登？我是 O 记陈耀扬督察！"

戈登望向何浩辉："我知道我是国际通缉犯……不过我希望你相信我，我没有杀过人！"

何浩辉说："你放心跟陈警官回去。你记住你说过，香港是一个法治之地，没有人会被冤枉的。"

戈登无奈点头，两名警察上前护着戈登走向警车。陈耀扬环视何浩辉及其下属，人人满身伤痕，心中不忍。陈耀扬对何浩辉说："今日你们的英勇表现，我会写入报告。"

何浩辉微笑回应："多谢。"

紧接着何浩辉又低声道："记得说，我们今天就在附近吃饭。"

陈耀扬也不禁露出笑意。一旁，钟岚君用手背抹擦脸上的血迹，梁婉婷过来给她递了一张纸巾。钟岚君向梁婉婷一笑，接过纸巾，双眼却一直注意着戈登，心中盘算着怎样把他捉到手。

陈耀扬和何浩辉正有一句没一句地聊着，不时环视四周的人群，无意间抬头注意到警车玻璃上有一道光闪过，发现闪光正移向侧身准备上车的戈登。

何浩辉大叫一声："小心！"

何浩辉扑倒戈登，二人倒地，子弹打空。

邵子俊迅速反应过来："有狙击手！"

天台上，杀手 Kevin 打空后，动作利落地上膛，再次开枪。

大厦外，众人未及反应，子弹向倒在地上的何浩辉和戈登飞来。钟岚君第一个反应过来，立刻扑前挡住何浩辉。一声闷响之后，听见钟岚君惨叫，左臂中枪，顿时鲜血飞溅。何浩辉、邵子俊、陈耀扬大惊，同时冲了上来。陈耀扬、何浩辉立刻护住戈登，邵子俊则扶起倒地的钟岚君，闪到车身背后。

何浩辉看了看弹着点，迅速判断："对面楼上，10 点方向！"

邵子俊看着钟岚君血如泉涌，神情紧张："你流了好多血！"

钟岚君勉强一笑回答:"你怎么了?你是警察,怎么会怕血——"

钟岚君未说完已晕了过去。邵子俊果断撕下自己的衣袖,替对方包扎止血,随即梁婉婷也来到了身边。

邵子俊向身边的梁婉婷求助:"师姐!"

梁婉婷给予他一个放心的眼神:"交给我。"

何浩辉点头,随即快步冲向对面大楼,几个警察紧随其后。何浩辉带着两名警察冲上楼顶天台,发现杀手 Kevin 早已逃去无踪。何浩辉四下里打量,在狙击位发现一枚弹壳,他捡起来仔细观察。

3

病房内,钟岚君躺在病床上,脸色苍白,仍然昏迷未醒,床头旁挂着输液吊瓶和血浆袋。蒋坤一脸担心地望着钟岚君。医生走进来,轻轻干咳一下。

医生告诉蒋坤,钟岚君的伤势不乐观,有可能永远影响左手的活动能力。蒋坤听到这里不由得皱起了眉头。这时何浩辉匆匆赶到,与蒋坤对坐,一脸沉郁。

何浩辉询问蒋坤,到底是什么人让龙兴去找戈登。蒋坤冷笑着对何浩辉说,如果想知道答案,得何浩辉正式拘捕他。何浩辉听完蒋坤的话,颇为无奈。

3 号冲锋车收工,众人商量下班之后的去处。邵子俊仍然刻意地将何浩辉隔绝出团队活动。赵绍棠为了不致太冷落何浩辉,提出坐何浩辉的车,一起下班。

汽车在公路上飞驰驶过,何浩辉专心地驾着车。

车上,赵绍棠对何浩辉表示理解,说:"子俊年轻,一切都需要磨合。"

何浩辉跟赵绍棠相识的日子不算久,没想到竟能得到赵绍棠的理解,何浩辉虽没说出口,但感激之情已尽在不言中。

赵绍棠带着何浩辉逛市场,告诉何浩辉:"我跟老婆的相处之道呢,就靠给老婆做饭。"何浩辉听完,提出要跟赵绍棠学习做饭。

之后何浩辉带着做好的饭菜,来找蔡卓欣和何乐轩。没想到母子两人是吃完饭回家的。

何浩辉独自坐到社区的台阶上,情绪复杂地自己品尝大餐。何浩辉吃完自己做的饭,暗自庆幸没有给老婆和儿子吃,因为实在是太难吃了……

邵子俊那边走出卡拉 OK,见梁婉婷正站在街边挂断电话,问道:"有事?"

梁婉婷回答："没有，给妈妈打电话报个平安而已。"

邵子俊不解："你是一个女警，谁敢欺负你呢？"

梁婉婷解释道："我妈不知道怎么想的，自从看到秀山村的报道就越来越担心，天天逼我转文职，还要去警署找黄 sir。"

邵子俊继续追问："转文职到底是伯母的意思，还是你男朋友的意思？"

"我哪儿有男朋友啊。"

梁婉婷打量邵子俊道："我看你今天的心情不好……"

邵子俊听到话题转到自己身上："是吗？"

"如果不是，干什么拉我唱 K，还有为什么不叫何 sir？"没想到梁婉婷如此细心。

邵子俊苦笑："这都被你看出来了？"

"你有什么心事，不妨告诉我，多跟我讲讲，多一人分担，会轻松一点儿。"

邵子俊迟疑片刻，从口袋里掏出一张纸："……今日执勤的时候，找到了这张……"

梁婉婷接过来看了看："你的调职申请……你原来写的？"

邵子俊点点头道："那年我爸本来要升职离开 O 记，他一走，我就有机会去。申请调职的报告我都写好了。然而就在我爸收到通知的前几天，周雄的案子出了问题。我爸作为何 sir 的领导，也要承担责任，升职的事情就不了了之了。而我的申请表就一直放在抽屉里面了。因为我很清楚，我爸在短时间内都不会再升职了，他会留在 O 记，一直到退休为止。而他为了避嫌，曾经跟我有过约定，父子不能在同一个部门做事。"

梁婉婷恍然："难怪你处处针对何 sir……"

邵子俊继续说："记得小时候，我父母都很忙。我妈成天出差，她一走，我就跟老爸在警署食堂吃饭，听到叔叔伯伯讲怎么捉贼、怎么破案，我次次都听得好高兴，那时候心里就想，一定要入 O 记，破大案，做大英雄，但现在没得想了。"

梁婉婷鼓励邵子俊："我明白你对 O 记的感情，你是很想破大案。不过我觉得 EU 的工作也是很有价值的，每天都有不同的突发事件，可以积累到好多经验嘛……其实，我觉得我们还年轻，还有大把的机会，你也别灰心。"

邵子俊叹了口气："是……不过不知道要等到什么时候……"

陈耀扬和骆雅琪从审问林蔚言的询问室出来，一名警察走过来向陈耀扬和骆雅琪汇报："M 国警方经过调查，已经排除了戈登的杀人嫌疑，国际刑警刚刚撤销了对戈登的红色通缉令。"

陈耀扬看看骆雅琪道:"雅琪,这下留给我们的时间不会太多了。"

骆雅琪点头,和陈耀扬走进问询室,里边坐着一脸疲倦的戈登。骆雅琪告诉戈登:"戈登先生,你有好消息,国际刑警对你的红色通缉令已经解除了。"

"Nice!"

骆雅琪问:"但是我有一个很重要的问题问你。"

戈登苦笑道:"又想问那个 U 盘?"

陈耀扬说:"没错。根据李大年和林蔚言的供词,李可儿遇害之前,曾经将一只 U 盘寄给她在香港的堂哥李大年,而李大年又将这只 U 盘转交给了你。"

戈登仍然坚持:"警官,我一到警署,你们已经搜过我的身了,没有任何 U 盘!"

陈耀扬不信:"我知道。那你究竟藏到哪里了?"

戈登摇头用英文回答:"I really don't know what you're talking about?"

"你别再耍什么滑头,林蔚言说这只 U 盘涉及香港重大经济安全,你让她帮你在香港找买家。"骆雅琪道。

戈登失笑反问:"你们这么相信她吗?"

"那为什么你会被人追杀?"陈耀扬道。

"我也不知道。可能他们认错人,可能是我倒霉吧!"

陈耀扬根本不相信戈登的这套说辞:"戈登,外面有很多人想对你不利,如果你不肯同警方合作,你只要一出警署,我们就没法保证你的安全。"

"我知道!不过就算是这样,我也不可能无中生有,硬生生拿出一个 U 盘给你们,对吧?"

陈耀扬与骆雅琪对望,一时对戈登无可奈何。

邵子俊正向父亲邵峰讲述在重庆大厦的遭遇,他感慨:"当时如果不是 O 记的同事及时赶到,我想我们都不一定能撑得住。"

邵峰说:"看得出你的这些同事,都很信任何 sir,这么危险的行动,都肯跟着他一起去。"

"好在我们及时进了重庆大厦,如果不是这样的话,可能这个外国人早已经落到那群古惑仔手上了。听何 sir 讲,这个老外身上可能有个重大秘密,会影响全香港的。"

"所以你就觉得自己立了大功,是吗?"

邵子俊自豪地一笑道:"应该算是吧。至少这次冒险,会帮到我将来加入 O 记!"

邵峰却摇头说:"阿俊,其实身为警察,首先要注意的是自己的职责,其次,就是同同事的团队合作精神,而不应该太看重自己的个人得失。"

邵子俊苦笑道："你觉得我这么拼命，是为了邀功？我争取表现，是有原因的。"

邵峰接口说："你想加入 O 记嘛。可能你觉得加入 O 记，是对你能力的肯定。不过我想你明白，我们无论哪个部门，办什么案件，肯定不会只是依靠一个人。一定要靠整个团队，靠大家分工合作，才可以成功。做警察，不应该带有个人英雄主义，觉得没有自己就不行。"

邵子俊苦笑着摇头道："我想加入 O 记，是想继续走你的路。因为当年的那件事情，你不能再更进一步了。我想完成你没完成的事。"

邵峰这才明白儿子拼搏是为了自己，深受感动，用力按住他肩膊，父子俩相视一笑。

4

警署的办公室内。

"……而目前的情况，暂时就是这样。"

会议室里，陈耀扬正在向警署的各位高级官员做陈述，上司阮 sir 略感棘手。阮 sir 说："戈登竟然……拒绝合作？"

陈耀扬汇报说："是。M 国警方也已经排除了戈登杀人的嫌疑，通缉令取消，所以我们没有任何理由拘留他。而关于那个 U 盘，戈登他完全不承认有这件事。"

其中一个官员说："矢口否认？这样我们真的拿他没办法了。"

邵峰补充道："不过起码，我们在他身上得到一个信息，的确有海外势力，计划狙击香港的金融市场。现在至少可以让大家有个心理准备。"

陈耀扬向阮 sir 说："sir，我们暂时是以协助调查重庆大厦这个案子为由让他来到警署，如果他坚持要走，我们只有放人。"

阮 sir 想了想继续说："各位，香港是世界金融中心之一，金融和经济安全绝对不是小事，我会马上向保安局、特首同行政会议汇报，以策万全。"

何浩辉众人在会议室边讨论边等待。谢庭威着急地说："为什么还没有消息？"

赵绍棠却说："好饭不怕晚，等的时间越久，饭菜没准更香。"

邵子俊同样附和道："真是这样最好了。"

"我在控制室，没干什么事情，功劳归你们得啦。"赵绍棠显得有点遗憾。

梁婉婷在一旁问："棠哥，你不想升职吗？"

赵绍棠摆了摆手说："升职这件事情呢，留给你们这些年轻人吧。多给我点带薪假期，我就心满意足了。"

众人见陈耀扬推门进来，纷纷向陈耀扬打招呼。

陈耀扬看着大家说："大家等了很久吧？不好意思！邵 sir 让我跟大家说一声，衷心多谢大家这次的英勇表现。"

见众人神情仍充满期待，陈耀扬有点不自在，接着问："……大家还有什么想说的？"

谢庭威直接点明："这次我们这么拼命帮你们把这个老外抓回来……你们 O 记不该有点表示吗？"

众人看着陈耀扬。

陈耀扬却说："没错，O 记真的多谢大家鼎力相助。但是这个案子仍然在调查之中，还没到表扬奖励各位的时候。"陈耀扬想了想，苦笑一下，接着说："不如这样，如果你们不介意，我私底下可以请大家吃顿饭……"

"陈 sir 大方请客，我们当然不能错过。"何浩辉对着陈耀扬说，"先多谢陈 sir！不过这段时间你们有点忙，晚一点再约吧！"

陈耀扬不好意思地说："多谢你们理解……这顿饭，我给你们留着。"

何浩辉挥挥手："多谢。我们先走了，不妨碍你们做事了。"

众人鱼贯而出。何浩辉走之前，停步回头：

"后面的事情……就看你的了！"

何浩辉说完出去，陈耀扬看着何浩辉的背影，陷入沉思。

办公室内，林涛面色凝重，林蔚言坐在对面说："爸爸，这个戈登说的，有没有可能是真的呢？"

林涛站起，走到窗前望向外边，沉思半晌后说：

"我当然知道 EGM……它是 M 国最大的投资基金之一，经常在世界各地攻城略地，资产以万亿计！它狙击香港市场，如果真是为利益，我也不觉得奇怪。但是如果是为了其他东西，就变得不简单了。如果是这样的话，它最终的目的可能并不是逐利赚钱，而是想破坏香港的稳定繁荣，这就是一个大阴谋！"

林蔚言面色略变，道："有这个可能性吗？"

林涛点头："这几个月，香港恒指波动很大，尤其是最近这十几二十个交易日，股市和汇市一直在上涨，每一天的成交量和指数，都屡创新高，确实很奇怪。难道是人为制造出来的？"

林蔚言继续说："戈登在离开房间之前，曾经同我说过，他初步破解了那个 U 盘里面的一些内容，得知大约 30 个小时之后，EGM 就会攻击 S 国，同一时间攻击他们的股市和汇市！戈登说他可以用这个预言，证明给那些有可能买这个 U 盘的买家看，到时买家们就知道 U 盘真正的价值了。"

林涛听完林蔚言的话，异常吃惊道："他……真是这么说的？那你有没有跟警方讲过？"

"没有。他说得太夸张了，我认为戈登是为了让我相信他瞎说的。我又怕警方不相信我。"

林涛看看手表接着说："明白，不要紧。那我就等等看，看几个钟头之后，戈登的这个预言，究竟会不会成真。"

林蔚言点了点头，但内心也有点惴惴不安。

戈登正在传唤室里吃着热腾腾的肠粉和牛肉粥。忽然，大门打开，两名警察进入传唤室。其中一个警察对着他说："戈登，出来，跟我们走。"

戈登惊讶："我还没吃完呢。"

"行啦！"

戈登耸了耸肩，放下勺子，跟着警察出去。长长的走廊上，戈登被两名警察夹在中间，径直走向前方的审讯室。戈登感觉气氛不对劲，越来越紧张。眼看走到了审讯室门前，但是警察并没有停下脚步，而是继续往前走。戈登稍微松了口气。

邵峰的办公室内，邵峰讲话仍在继续："香港是法治社会，尊重和保障基本人权，这个是我们的原则。"

早就预料到的结果，但陈耀扬还是感到一丝无奈：

"明白。"

邵峰道："上头的决策是经过深思熟虑的，我们会对戈登充分地尊重，让他自己选。而且香港的安全，不应该交到别人的手上，要靠自己！这是香港特别行政区政府同警务处应该有的决心和志气。"

"明白。"

警署办公室里，警察把戈登的随身物品移交给他。戈登逐一检查，收起物品。最后警察把小猫抱了过来。

戈登看到小猫一脸惊喜："哎呀，猫猫，我们已经 24 小时没见了。你又瘦了。"

警察不满地撇撇嘴："这里好吃好住，怎么会瘦呀？"

猫猫乖巧地凝望着戈登的脸。

戈登抱着小猫，安抚道："好的，爸爸会好好照顾你的。"随后，他照旧把猫装到背包里。

戈登被警察带到警署大楼门口，陈耀扬在那里等候。

陈耀扬对着戈登说："戈登，今天我们对你的问话到此为止，你可以走了。"

戈登有点讶异道："说什么？我可以走了？"

接着他话锋一转道："门口有两辆车，什么意思？"

顺着戈登的目光望去，正前方停着两辆车，左边是一辆出租车，右边是一辆警车。

陈耀扬解释说："这个呢，是我们给戈登先生你一个自由选择的机会。你可以选择上出租车，这就代表你自愿放弃香港警方的保护，以后我们不会再派人保护你的安全。如果你选择上警车，就代表你肯接受警方的保护，以及我们帮你安排的住所。当然你仍然有一定的人身自由，而警方的保护会一直持续到你离开香港为止。"

戈登闻言冷笑道："说真的，香港警方做到这种程度，已经很不容易了。不过选呢，我选择相信我自己，而且我不喜欢别人跟着我！"

陈耀扬问："你真的不怕出去就会没命？"

戈登自信地说："我那么多次都没死，I think God is on my side！陈督察，我想知道那个挡子弹的女孩子，现在的情况怎么样？"

"她……情况不太乐观，子弹伤到她左边手臂骨头，她有可能会残废……"

出租车在繁华的街道上行驶，很快就有两辆轿车悄悄地跟在出租车后面。轿车内，骆雅琪驾驶，并随时向陈耀扬通报前面出租车的情况：

"陈sir，我跟紧他，向西环方向。"

出租车内，司机问戈登："先生，你去哪儿？"

戈登却指示司机说："你在附近兜圈，别停车。"

司机疑惑地问："兜圈？"

"是，放心，我给你双份车钱。"

司机答应了一声，把车开上了环路。戈登拿出手机，拨打了林蔚言的电话："林小姐，我刚刚从警署出来，你帮我找到买家了吗？"

林蔚言一口说："没有。"

戈登道："如果你不帮我，我只有用其他途径找。但是只怕到时候，这个U盘不知道会落到谁的手上了！"

闻言，林蔚言思索一番说："有个人，想同你见下面，资料已经发给你了。"

戈登看了一下手机屏幕，显示林蔚言父亲林涛的资料。戈登迅速阅读，露出满意微笑：

"Very good！今天能不能安排见面？"

"今日下午，公园门口见。"

"好的，我会准时到。"

对话结束，戈登高兴地合上了电脑，对司机说："司机，劳驾，继续兜圈。"

司机答应了一声，车继续行驶。骆雅琪连忙向陈耀扬汇报，并驾车跟上去。出租车驶入一条街道，不紧不慢地开着。

前方不远处的路口一侧，阿 Ken 坐在一辆大型 SUV 里用对讲机通知手下："车马上就到，听到我命令就一起动手。"

地虎和马仔一起回答："肯哥，收到！"

阿 Ken 一声令下。手下立刻冲下车，把戈登抢走。而以骆雅琪为首的警察，眼睁睁地看着戈登被阿 Ken 劫走。

第 六 章

立功嘉奖

1

骆雅琪沮丧地站在陈耀扬面前，告诉陈耀扬，戈登被阿 Ken 抓走了，根本不知道被抓到了哪里。陈耀扬提出，去搜查阿 Ken 的场口，他不相信阿 Ken 不交人。

何浩辉已下班，穿着便服走出警署，遇到带着警察的陈耀扬。何浩辉告诉陈耀扬，去搜查阿 Ken 的场口，对找到戈登不会有帮助，他先去帮陈耀扬打探一下风声。

阿 Ken 家内，在房间的一个角落，戈登被绑在椅子上，动弹不得，口也被封住，叫不出声。

阿 Ken 领着地虎走进来，后面跟着的两名手下推着好几桶十八升的蒸馏水。本来惶惑的戈登心中一凛。

阿 Ken 走近戈登，凶狠地说："你们外国人最在意健康了，喝酒会有高血压，喝饮料会有糖尿病，我们请你喝水，够不够健康？"

阿 Ken 头一侧，地虎和两名手下会意。一人撕开封住戈登口的胶带，硬生生撑开戈登的嘴，一人把漏斗塞到戈登嘴里，地虎提起蒸馏水桶就往漏斗里倒。戈登顿时呛得咳嗽起来。

阿 Ken 扬手，地虎停止倒水。

"蒋坤找你，警察也找你，蒋坤找不到你，安娜又叫我去找你，全世界都在找你。不如你告诉我，为什么你这么值钱？为什么这么多人都要找你呢？如果你不说，我今天就让你喝水喝个够。"

阿 Ken 说罢，未等戈登反应，已微微仰头，地虎往漏斗里灌水。

蒋坤的豪车停在路边，蒋坤正在享受地喝着鸡肉粥。何浩辉走近，阿泰踏前想阻止，蒋坤示意没事，何浩辉便坐到蒋坤对面。

蒋坤望望何浩辉身后的排档老板，道："平哥，再加碗鸡肉粥给何 sir ！"

何浩辉摆手说："不用了。"

蒋坤再次劝说："何 sir 试一下嘛，这家排档的鸡肉粥很不错的。"

何浩辉直接挑明此行的目的："鸡肉粥好喝不好喝，我不清楚。我只想知道戈登在哪儿。"

蒋坤说："何 sir，你办事能力真是'强'，不但把戈登搞没了，还弄得阿君中枪，她现在还躺在医院里面呢。"

何浩辉愤然道："不是你让她去找戈登，她不会中枪！"

蒋坤一呆，反驳："保护市民安全是你的责任，现在怨我了？"

"现在阿 Ken 在哪儿？我们有同事亲眼看到他劫走了戈登，你怎么说跟你没关系？"

蒋坤一怔，瞬间恢复平静："为什么跟我有关系？你们警方有能力自己去找阿 Ken 咯！"

何浩辉道："蒋坤，不怕告诉你，现在有外国大鳄想搞乱香港，香港如果有了问题，你的生意也全部都没法做了。你帮自己也好，帮香港也好，即刻叫阿 Ken 放了戈登，交给警察……该说的我都说了，听不听就看你！"

何浩辉起身离开。蒋坤思索片刻：

"阿泰，我要知道阿 Ken 现在在哪儿。"

"是，蒋先生。"

阿 Ken 家里面，已有两个空蒸馏水桶倒在地上。戈登仍在被灌水，呛得狂咳嗽，阿 Ken 扬手，地虎稍停。阿 Ken 道："说不说？"戈登这时只能深呼吸，未及回话。

"继续！"

地虎继续灌水，远处传来蒋坤的声音。

蒋坤大喝："住手！"

地虎停下，阿 Ken 转头一看，是蒋坤，后面还有阿泰。

阿 Ken 一看这阵仗，丝毫不惧："蒋坤，到这儿来，是来抢人的吗？"

蒋坤眯眼道："人是你找到的，功劳一定归你，不过你玩得这么大，随时都可能出问题。"

"我以为你一直在搞上市的事情，没想到你这么闲，还关心这件事？"

蒋坤冷哼："你把他带到这儿来斟茶灌水不交给安娜……"

蒋坤轻踢地上的空蒸馏水桶，继续说："是不是想知道他为什么这么值钱啊？"

阿 Ken 一顿，意识到自己被蒋坤看穿："你知道？"

蒋坤道："安娜第一个找的是我，我肯定要比你知道得多一些。"

阿 Ken 摸不清蒋坤是真的知道还是虚张声势。

蒋坤趁机提议："十五分钟，我单独同他谈。不会少了你的。"

阿 Ken 一想："好，就十五分钟。"

阿 Ken 示意地虎和手下离开，地虎虽然有点不忿，但无奈只得随阿 Ken 走。门关上，蒋坤向阿泰示意解开戈登，同时向戈登耳语："你要是肯说，我可以保证你的安全，不把你交给安娜。"

戈登讶异，看着蒋坤。

阿 Ken 和手下一直在屋外，阿 Ken 在看手表。

地虎忍不住道："肯哥……蒋坤会不会想独吞？"

阿 Ken 想一想说："他应该不敢。"地虎点了点头。

戈登被松绑，坐在椅上，向蒋坤交代了部分实情。

蒋坤冷哼道："一亿美金，说到底，你都是为了钱。"

戈登回答："我没有，我女朋友那么伟大，我可不想因这个 U 盘而死！"

蒋坤质疑："那个 U 盘真的能救香港？"

"能不能救关我什么事？！起码可以知道 EGM 的计划，就算阻止不了也可以早防范。"

蒋坤道："一亿美金这么一大笔钱，哪个买家信得过？"

"我相信中间人，她一定不会害我。"

这时，门被大力撞开，是阿 Ken 和他的手下。

阿 Ken 看着蒋坤道："时间到了，把人交给我。"

蒋坤却说："我不会把他给你的。"

阿 Ken 露出凶狠的表情："你要抢我的饭碗吗？"

阿 Ken 拔枪指向蒋坤，地虎和阿 Ken 的几名手下，以及阿泰也同时拔枪，双方对峙。

阿泰不甘示弱，继续向阿 Ken 施压："阿 Ken，你想造反？拿枪指蒋生的头？"

"你抢我的饭碗，这个事情传出去，看看下面的兄弟怎么说！"

蒋坤劝说："阿 Ken，如果戈登落到安娜手上，香港的金融体系就会玩完，你所有的财产都会变成废纸！"

阿 Ken 道："金融的事情我不懂。你一个黑帮分子学人家救香港，省省吧！"

蒋坤心下一沉："你真是准备用强吗？"

"是！你可以不交人，不过就要横着出这个门！"

蒋坤转变态度："阿 Ken，你要钱的话……公司上市之后市值至少五百亿，到时我给你五个点，一个点就有五亿！"

但是阿 Ken 仍然软硬不吃："上不了市怎么办？你给我吗？"

蒋坤道："上不了市，我给你五亿！"

阿 Ken 冷笑道："相信古惑仔的话，母猪都会上树，我凭什么信你呀？"

"今天所有的人都可以做证，包括你的兄弟！你要是不相信我的话，我先给你五千万。"蒋坤掏出手机，"把你的银行账号给我。"

阿 Ken 一愣。

地虎靠近阿 Ken 道："肯哥……"

阿 Ken 扬手叫地虎放下枪，道："既然蒋生这么大方，我不如做个顺水人情，不过要先收钱。"

蒋坤道："好，立刻给你！"

阿 Ken 露出了一丝笑容。

蒋坤带着戈登离开了阿 Ken 的家，准备送戈登去见 U 盘的买家。

"为什么要帮我？"戈登问。

"哪怕我是一个古惑仔，我也不希望香港出事。"蒋坤说。

蒋坤将戈登送走之后，将戈登的信息告诉了何浩辉……

陈耀扬收到何浩辉传递来的消息，带领警察，即刻出发。

2

戈登走进公园，草坪上空无一人。公园中央有一座凉亭，只有林涛坐在亭内，两名看似保镖的人在站岗。

林涛看到戈登，向戈登微笑、招手，戈登走了过去。

林涛道："戈登先生，你来晚了，被事情耽误了吗？"

戈登直接进入正题："可以交易了吗？"

"给钱之前，我想知道我买的是什么。"

戈登强硬地说："你不信我，我也可以不相信你。虽然我用这个 U 盘来赚钱，但你要保证一定会将里面的资料交给你们政府。"

林涛保证："我是生意人，满身铜臭味，不过我知道什么叫作社会责任。"

戈登露出笑容："怪不得林小姐成日讲什么传媒责任，原来是遗传。"

林涛一笑道："既然你知道她是我的女儿，那你可以相信我了。"

戈登坚持说："我要先收钱。"

林涛一口答应："好，先转五千万给你。"

林涛向旁边保镖示意，保镖掏手机给林涛。

这时公园内某高点，杀手正通过狙击镜观察戈登，正想开枪，保镖递给林涛手机，正好挡住了戈登。林涛在手机上操作一番，戈登的手机传来了提示音。戈登翻看手机，看到了资金到账的信息。

"多谢！"

戈登从背包里掏出笔记本电脑，然后把背包放在地上，又俯身提起猫背囊，从猫的颈圈内取出一只 U 盘。

林涛见状道："怪不得你带着这只猫。原来它是有用的。"

"如果不是它，这个 U 盘早就被人找到，我就没法和你交易了。"

戈登把 U 盘插入电脑，按下几个键，再把电脑给林涛看："U 盘有三层，第一层是个蓝名单，我猜他们是 EGM 的人，里面有官员、基金经理以及港交所的高层。"

林涛道："全部都是英文缩写，完全不知道他们是谁。"

"这层就要靠你同香港特别行政区政府自己去查。"

林涛微微点头："第二层呢？"

杀手从狙击镜见戈登移动，又错过开枪的机会。

林涛看着电脑，神情高度紧张道："EGM 想推高香港所有资产价格，然后恶意做空，引发金融风暴？！"

戈登接着说："到时候不只是林先生，连香港所有市民的身家都会大缩水，甚至变成废纸。"

林涛着急道："后面呢？"

"还没有解开。"

林涛递回电脑说："你立刻解，解完我再给你五千万。"

"好，等我消息。"

戈登接过电脑后，拔出 U 盘，准备俯身把电脑放入背包。杀手从狙击镜瞄准戈登，食指轻动，准备开枪。戈登俯身把电脑放入背包时，一颗子弹从他的肩膀上擦过，打在了他身后的树上。林涛、戈登、众保镖马上反应过来，保镖们立即以身体掩护林涛。

刚走进公园的何浩辉听到枪声，大愕，立即环视四周，发现杀手，随即奔向杀手的方向。杀手的子弹不断向林涛和戈登飞来，保镖们围住二人逃跑。一名保镖首先中枪倒下，林涛让另一名保镖保护戈登继续逃离。杀手杀掉了保护戈登的保镖，继续朝着戈登冲来。这时何浩辉已经赶来，扑向杀手。戈登回头见远处何浩辉和杀手在缠斗……

陈耀扬领着一众O记警察来到公园，在寻找何浩辉时遇到林涛，林涛告诉了陈耀扬方向。陈耀扬立刻朝着林涛所指的方向冲去。

何浩辉和杀手在缠斗中一起滚下山坡。戈登看到何浩辉为自己的安危而拼命，不禁颇为触动。就在这时，何浩辉已经被杀手的枪顶住了脑袋，危在旦夕。就在关键时刻，枪声响起，原来是陈耀扬及时赶到，开枪击毙了杀手。此时的何浩辉才长长地出了一口气。

邵峰向阮sir汇报工作。邵峰表示，戈登已经被24小时保护，并且网络安全及科技罪案调查科正在抓紧破解U盘中剩下的加密信息。此时一队雇佣兵接到了路易斯的命令，已经秘密潜入香港，朝戈登而来。

终于，网络安全及科技罪案调查科在戈登的帮助下，借助超级电脑已经把U盘最后一层密码解开了……

会议桌两侧坐满了身着警服和西装的重要参会人员，每个人面前均摆放了写有所属部门和名字的名牌，包括警务处代表阮sir、财政司代表张国财先生、保安局代表李保民先生、金管局代表吕金铃女士、港交所代表胡良莠女士、证监会代表郑子鉴先生等。每个人都在看一份简报，气氛严肃。

为首的是特首办副主任刘先生。

刘先生介绍道："大家手上的，是阮sir为大家预备的简报，警方得到准确情报，M国的EGM将会狙击香港的金融体系。阮sir。"

阮sir接过话："多谢，刘先生。"

阮sir拿起遥控器，对着身后的大荧幕轻点，荧幕立刻出现三个模块：

"U盘里面的加密信息主要分为三个部分，第一个部分是蓝名单，是EGM安插在我们各个部门的卧底。"

众人一愕。

阮sir接着说："虽然这份名单上面的姓名只是缩写，但是我们警方已经针对可疑人士进行秘密监视。"

众人听完，点了点头。

"第二个部分是狙击计划的第一步，主要是针对股票同所有衍生工具。至于第三部分，他们称之为'金融核弹'，可惜目前只是原始代码，具体内容还不清楚，不过我们网安调查科的同事会继续跟进。"

刘先生道："特首的意思是希望各个部门同心协力，保住香港，将这群想破坏香港的大鳄赶出去！"

戈登一人坐在阮 sir 办公室，看着李可儿的照片，有点儿伤感：

"可儿，你想做的事情，我已经帮你做完了，现在你可以安息了。"

这时阮 sir 推门进来。

戈登站起来说："阮 sir。"

阮 sir 道："戈登先生，不好意思，要你等了这么长的时间。我们政府已经同意，你可以坐林涛先生安排的私人飞机离开香港，我们会派人护送你去机场。"

戈登把李可儿照片收起，有点儿黯然："谢谢！"

"不要客气，你和李可儿小姐为香港牺牲那么多，你的要求，我们一定尽量满足。"

戈登接着说："那我可不可以多提一个要求？"

阮 sir 保证道："做得到的我一定做。"

"我希望何浩辉沙展可以亲自送我去机场。"

阮 sir 听完戈登的话，一愕。

何浩辉正呆呆地出神，赵绍棠走过，问："何 sir，有什么烦心的事情吗？"

何浩辉道："明天我要和飞虎队一起送戈登去机场。"

"那是一件好事，完成任务，肯定会有嘉奖的。"

何浩辉却说："我想向领导提议，我们全车人都去。"

赵绍棠担忧："我们能力恐怕不够吧……"

"肯定够，我绝对相信你们的能力。不过既然做了你们的头儿，我就要保证你们的安全。"

赵绍棠微微点头，十分欣赏地看着何浩辉。

赵绍棠问道："护送的线路确定了吗？"

何浩辉看着赵绍棠，示意要赵绍棠帮忙，随即打开手机地图。

赵绍棠一看，皱眉，然后与何浩辉开始部署路线，玩"无影摆车阵"。

何浩辉和黄庆隆站在阮 sir 面前。阮 sir 问道："什么意思？戈登只让你去，你要整队一起去？你们能力够吗？"

何浩辉肯定地说："sir，上次重庆大厦事件，已经证明了我们这群同事的能力！"

阮 sir 说："我不是质疑 EU 的能力，但是根据记录，他们有的连枪都没开过。"

"凡事总有第一次，没开过枪，不代表没法开枪。"

阮 sir 狐疑地看向黄庆隆，黄庆隆说："阮 sir，EU3 整队人都很有默契，加上其他同事的协助，我相信他们一定可以完成任务。"

阮 sir 考虑后对着何浩辉说："你真的相信你的同事？"

何浩辉眼神坚定："绝对，sir！"

阮 sir 最终还是答应："好！你信他们，我信你。"

何浩辉表示感激："Thank you sir！"

何浩辉和黄庆隆相望，点了点头。

何浩辉和赵绍棠利用茶杯设计路线。邵子俊经过，起初不知道二人在干什么，有点儿诧异。后来邵子俊见二人在犹豫下一步如何时，主动把茶杯放在二人的路线内。何浩辉和赵绍棠一看，均点头。三人低头摆阵，梁婉婷和谢庭威从远处经过，边走边聊天。

梁婉婷说："这么重要而光荣的任务落在我们手上，不简单呀！你不是一直都想做英雄吗？没想到这么快就有这么个机会了。"

谢庭威接话："是，这真是一个难得的机会。如果我们能成功完成这个任务，就更完美了！"

二人说着话，渐渐远去。

赵绍棠在开放式厨房内，把已准备好的饭菜放进几个食物储存玻璃盒内，每盒都有菜有肉，但不重复，有的是菜加肉饼，有的是瓜配鱼肉。

赵绍棠边分菜边向红姐交代："我明天有行动，如果一切顺利的话，就会像平常一样下班回家。但万一有什么事，我就回不来——"

红姐打断他的话："哎，不要这么说。"

赵绍棠笑道："我意思是回不来给你做饭了……我做好了两天的饭放到冰箱里面。每顿饭都不一样，你喜欢哪个就先吃哪个。用蒸炉热一下就好了。你会用的……"

红姐没好气地说："其实开火热一下很方便。你不用专门买个蒸炉回来的。"

赵绍棠找个借口："开火不方便的，蒸炉最好。"

赵绍棠把几个食物储存盒放进冰箱，然后走出大厅，见有两条裤子放在椅背上。

赵绍棠拿起两条裤子，对红姐说："还有，如果我真的赶不回来……"

红姐疑惑："还有活儿给我吗？你就是及时赶回来，我也有活儿要干呢。"

赵绍棠哄着红姐："是让你帮忙'救命'的。"

赵绍棠拍了拍肚皮，哈哈笑道："我这个叫幸福肥，这条裤子腰有些瘦了，撑开了多让人难为情，你帮我拆掉一颗纽扣。这条裤子有一点儿缩水，裤脚帮我放长点，不要太多，一厘米就够了。"

红姐接过应承下来："好的，好的。"

"我来给你分药。"

赵绍棠拿出药盒，把各种需服食的药物按天放进药盒内。

红姐看着赵绍棠说："不用这么多。"

赵绍棠指着说："这个是护眼的，让你没有那么早就老花眼，一个增强免疫力……另外两粒空腹吃，可以提升脑力……"

红姐打断他的话："还有剩下的这几粒呢，这颗红的，我不想吃。"

赵绍棠却说："红色的这个新药，医生说可以减少发病次数，至少可以让病情不再加重，维持现状五至十年。"

"其他药都行，我吃这药老是觉得很困。"红姐立刻找了一个借口，"我还要帮你改裤脚呢。"

赵绍棠说："这条裤子我不着急穿，困了就去休息一会儿，睡醒了去阳台晒一会儿太阳，对身体好。"

赵绍棠见红姐想开口，继续说道："不过，晒不晒都不重要，最重要的是按时吃药。"

红姐敷衍道："好的，好的，你别生气，我一定记得吃。"

赵绍棠再次提醒："我已经把你的手机定好了闹钟，你就再也没借口说忘了。"

红姐拿赵绍棠没办法。

3

3号冲锋车成员以白色 T 恤打底，其他警察替大家穿好防弹衣。梁婉婷穿好后，见谢庭威拉紧防弹衣的手有点颤动。

梁婉婷见状，问道："怎么了？紧张吗？"

谢庭威回答："不是紧张，是兴奋。当警察这么多年，还从未试过接这么大的案子。"

何浩辉走近说："庭威，转身。"

谢庭威转身，何浩辉为谢庭威整理防弹衣。

谢庭威道："多谢，何 sir。"

何浩辉检查完谢庭威的防弹衣后，让大家都过来一下。

大家朝着何浩辉的方向聚拢。

何浩辉开口说："我知道大家都当了很多年的警察，尤其是棠哥，不过今天的任务非常危险，大家一定要小心。"

赵绍棠同样提醒道："戈登简直是个惹火'尤物'，不只惹到黑帮，还惹到了职业杀手，今天应该会有一大群'狂蜂浪蝶'涌过来。"

邵子俊说："不管他惹到谁，我们一定可以完成任务，戈登一定可以安全去到机场。"

何浩辉喊道："我保证过，不只是戈登的安全，还有你们的安全。记住，出了这个门口，要随时保持警觉。"

众警察齐声说："Yes sir！"

众人疾步上车。在飞虎队的簇拥下，陈耀扬和"戈登"上了EU3车。

一双身穿EU警靴的脚，大步踏上EU3，然后把门拉上；一名EU沙展上副驾，把门关上；车长把门关上。

公路上，两辆骑警开路，EU3和另一EU车紧随其后。

安娜从高处监视着车队：

"Marcus，行动。"

Marcus在马路旁，应答："收到。"

Marcus向其他雇佣兵示意，众人上了两部车。护送车队在路上行驶，忽然雇佣兵小队的两辆车，一前一后包抄了护送车队，Marcus在队头的车上。Marcus和三名雇佣兵向后面的警车车队开火，两名骑警率先中枪倒下去。队尾亦有三名雇佣兵向前面的警车开火。

Marcus满怀自信地与其他三名雇佣兵边开枪边走向EU3，岂料中枪的两名骑警站了起来，原来是飞虎队员假扮的，身上有防弹衣。他们和EU3上的陈耀扬，以及身着EU制服的警察，竟掏出飞虎队的武器，与Marcus交火，压制住Marcus。后面的EU车上也全是飞虎队员，他们与队尾的雇佣兵交火，阻止后面的雇佣兵上前支援。

Marcus身边的一名雇佣兵中枪倒地，Marcus发现是"戈登"开的枪，原来EU3上的"戈登"也是飞虎队员假扮的。讶异之际，队尾的三名雇佣兵全部中枪。

Marcus怒吼："I'll kill you all！"

Marcus开始发狂地向警察扫射。众警察纷纷寻找掩护。但Marcus身边的另一名雇佣兵遭陈耀扬击毙，Marcus一怔。

高处，安娜朝着对讲机大喊："Marcus！回答！Marcus？"

公路枪战现场，子弹横飞。

Marcus大喊："这是个陷阱，戈登不在这儿。"

安娜在高处听罢一愣，想起了刚才看到的那一幕：

她从高处监视着车队，令Marcus行动后，正要转身离开时，察觉有两辆私家车往另一方向驶去……

安娜怒骂："Shit！Marcus！Marcus！"

Marcus 没回应，安娜即拔去耳麦，然后边走边打电话：

"过来接我。"

安娜匆匆离去。

公路枪战现场内，Marcus 和剩下来的一名雇佣兵继续与陈耀扬和飞虎队展开枪战。两人慢慢地被陈耀扬和飞虎队包围，困兽犹斗，最后还是被击毙。

两辆私家车在马路上疾驶，前面开车的是赵绍棠，旁边坐着何浩辉，戈登坐后座；后面开车的是邵子俊，车内坐着梁婉婷和谢庭威。

何浩辉收到陈耀扬发来的信息，看罢，拿起对讲机说："子俊、婉婷、阿威，陈 sir 给我发消息，有人伏击他们。留意可疑车辆！"

谢庭威回复："放心何 sir，我一直在观察，没有发现情况。"

梁婉婷佩服地说："何 sir 和棠哥料事如神，果然有人在行动路线上埋伏。"

梁婉婷语音刚落，安娜的车忽然出现在后面，原来安娜及其手下已追上 EU3 众人。

何浩辉接电话道："喂……知道了！"

何浩辉挂断电话，对众人说："大家听好了，总部传来消息，陈 sir 那边出现了状况，大家小心！"

邵子俊从后视镜看到有车辆接近，马上说："何 sir，有可疑车辆！"

何浩辉立刻反应过来："子俊，换 B 计划！"

赵绍棠提醒："坐稳啦！"

戈登疑惑地问道："Plan B？"

赵绍棠加速，邵子俊也加速，但后面的安娜紧追不舍。赵绍棠和邵子俊想摆脱安娜，可惜未果。赵绍棠再加速，与邵子俊的车一起驶进死胡同。车停定，众人立即下车，带戈登走入小巷。原来死胡同是小巷入口。

刚入巷内，六人分成三组散开，棠哥和戈登一组、何浩辉和邵子俊一组、梁婉婷和谢庭威一组。安娜的车追至，与三名手下下车，追入小巷，转了几个弯，率先遇上梁婉婷和谢庭威。梁婉婷和谢庭威见状，立即手按枪袋。

梁婉婷警惕地问："警察！你们是什么人？"

安娜和手下一怔，立即拔枪，向二人开枪。梁婉婷和谢庭威躲避，并拔枪还击。双方爆发枪战。

后巷另一处，何浩辉和邵子俊听到枪声。

何浩辉马上反应过来："婉婷同阿威！"

何浩辉和邵子俊立即往枪声处跑。

安娜和手下火力太猛，梁婉婷和谢庭威处于下风，谢庭威不幸中枪。

梁婉婷大喊："阿威！"

梁婉婷想过去救谢庭威，于是起身向安娜开枪，但被安娜手下打中。

小巷另一处。赵绍棠带着戈登穿梭小巷，走回小巷入口——那个死胡同处。

戈登问道："为什么我们要往回走？"

赵绍棠没管戈登，只开枪把安娜的车胎打穿，然后往对面的马路走去，马路边停着另一辆车。

赵绍棠喊道："上车！"原来死胡同对面早停了另一辆车。

小巷内，枪战仍然在继续。

梁婉婷和谢庭威二人虽穿有防弹衣，但已暂时失去战斗力。安娜和手下举枪走近二人准备开枪，枪声响起，安娜手下中枪倒地，何浩辉和邵子俊及时赶到。

何浩辉和邵子俊，与安娜及一名手下爆发枪战。安娜见二对二没胜算，边开枪边逃，手下见状也跟着逃，但被何浩辉打中，倒下。邵子俊正想拔腿去追安娜，被何浩辉叫住：

"子俊！先救人！"

邵子俊立即回身，和何浩辉跑去查看梁婉婷和谢庭威：

"婉婷！阿威！"

梁婉婷痛苦地说："我没事。"

谢庭威同样痛苦地说："我也没事。"

何浩辉和邵子俊见子弹打在二人的防弹衣上，松了口气。

4

机场候机厅内，戈登安全地坐着，赵绍棠在门口徘徊，等何浩辉众人。

戈登操作着手机，发信息给林涛："林先生，你已经给我了五千万，我会留下两千万，一部分给李可儿的家人，另一部分留给自己过后半生用。剩下的钱，我会还给你。"

手机马上响起消息提示音，是林涛："你确定？"

戈登回复道："确定。"

戈登再收到林涛回复："谢谢……祝你好运！"

这时，听到何浩辉喊赵绍棠："车长。"

戈登抬头，只见何浩辉、邵子俊、梁婉婷、谢庭威已到，身上明显有激烈战斗的痕迹。

赵绍棠关心地问道："你们没事吧？"

何浩辉看看大家，一笑："没伤没死！"

邵子俊朝着赵绍棠竖起拇指："棠哥！"

大家的脸上露出了开心的笑容。

这时数名政府高层陆续到来。

众 EU 队员齐声说："sir！"

刘先生与戈登握手道："戈登先生，我代表香港特别行政区政府多谢你的帮助，你到达后国际刑警方面也答应会负责你的安全。一路顺风！"

戈登微笑，握手回礼："Thank you！"

高层们与戈登握手致谢后，转身向众 EU 队员。

阮 sir 赞许道："Good job！"

刘先生同样欣慰道："辛苦了大家！"

众 EU 队员齐声说："Thank you sir！"

众高层离去，戈登向众人说："你们中国人有句话，'猫有九条命'，我同小白在香港经历了多次危机，都可以化险为夷，多亏了你们香港警察的帮忙。我会带小白去走我人生的另一个阶段。很高兴认识你们，多谢你们！"

戈登与何浩辉握手：

"Thank you，何 sir……再见！"

何浩辉挥手说："再见！"

戈登转身离开，准备登机。

众 EU 队员在室内听训示，为首的黄庆隆说："出车之前我有个事情要宣布，护送戈登的任务圆满成功，特首办非常满意。EU3！"

众 EU3 队员一起站立回答："Yes sir！"

黄庆隆宣布："现在给你们发嘉许状！"

众 EU3 队员一起说："Thank You sir！"

何浩辉领众 EU3 队员排队拿奖状，众人鼓掌。何浩辉、邵子俊、赵绍棠、梁婉婷接过奖状，走回座位时开心地笑了。

排在最后的谢庭威也露出了笑容，还向其他 EU 警察得意地展示奖状，终于扬眉吐气。

5

何浩辉将车停到大楼门口，将副驾驶座上的奖状从档案夹里抽出来，放到挡风玻璃前摆好。他看了又看，觉得有些太招摇，又将奖状拿下来，想了想，放到副驾驶座上。

这时，何浩辉看到蔡卓欣拉着何乐轩的手走出来，连忙下车，打开副驾驶位的车门，迎接两人，并对着何乐轩说道："阿轩，一会儿我们再去玩攀岩，好不好啊？"

何乐轩回答："好呀！"

何乐轩顺势要坐进副驾驶座，看到车座上的奖状，拿起来转身询问：

"咦？爸爸，这是什么？"

何浩辉装作不在意地回答："哦，没什么，爸爸因为捉贼很英勇，受到上司的嘉奖，这张是警队给爸爸的奖状！"

何乐轩一脸惊喜："真的？爸爸，你好厉害啊！"

何浩辉看了蔡卓欣一眼，暗自得意，表面却云淡风轻：

"这不算什么。你看看爸爸领奖时候的片段。"

何浩辉递过手机给何乐轩。何乐轩打开视频，视频里何浩辉身穿制服，英气勃勃，从上司手里郑重地接过奖状。何乐轩看得更加兴奋。

何乐轩递上手机给蔡卓欣看："妈妈你看，爸爸好威风呀！"

蔡卓欣微微点头，何浩辉更加高兴地提议："这样吧，为了庆祝爸爸获得嘉奖，一会儿玩完攀岩，我们一起去吃雪糕？"

何乐轩马上答应："好呀！好呀！"

蔡卓欣看着阿轩开心的样子，也不禁展现微笑。蔡卓欣的变化，何浩辉尽收眼底，暗自高兴。

何浩辉和何乐轩全副武装，准备攀岩。旁边三个大点儿的孩子嚷嚷着要分两组比赛，但是少了一个人。其中一个男孩看了看旁边的阿轩，另一个男孩立刻询问："不如叫上他？"

第一个男孩犹豫道："他感觉好瘦弱，不行吧？"

何浩辉拍拍何乐轩，鼓励他："和那几个哥哥一起比赛，好不好？"

何乐轩想去，又有些不自信。

何浩辉继续鼓励他："别害怕，有爸爸看着你！"

在何浩辉的鼓励下，阿轩点了点头。何乐轩走到三个大孩子面前，鼓起勇气说："我同你们一起爬？"

大孩子问道："你行吗？"

何浩辉走到何乐轩身后，打包票说："他虽然瘦小，但是身子轻，爬得快！！"

三个大孩子彼此看了看，点头同意。

比赛开始，阿轩开始努力向上爬，可是爬到一半，脚没踩稳，整个人从上面荡了下来。

何浩辉在下面立即接住阿轩。阿轩看着三个大孩子正往上爬，有两个见他掉下去，还在笑话他，就想退缩："爸爸，我不想爬了。"

何浩辉却说："没事！比赛还没完，你还有机会。"

何乐轩苦着脸道："他们个个都笑话我！"

何浩辉蹲下来看着何乐轩说："轩仔，如果你真心喜欢攀岩，就不会因为别人笑话你就放弃。爸爸以前也做过错事，别人笑话，但是爸爸仍然坚持做警察，因为爸爸相信自己会是一个好警察，而且一定可以做得好！你信不信爸爸可以做个好警察？"

阿轩看着何浩辉，用力点点头："我信！我相信爸爸！"

说完，阿轩转身再次从头开始攀登。何浩辉看着何乐轩的身影，感动得眼眶红了。此时，一个男孩也没踩稳从上面荡了下来。阿轩继续向上攀爬。分属两个队的两个男孩已经登顶，只剩阿轩和另一个男孩在比赛，登顶的两个孩子为两人加油打气。何浩辉也在下面冲何乐轩高喊："阿轩，顶住！爸爸知道你一定可以的。"

阿轩终于登顶。何浩辉骄傲地为阿轩竖起了大拇指，眼泛泪光。

玩乐之后的夜晚，蔡卓欣走进卧室，阿轩已沉沉睡去。蔡卓欣刚要把写字台上的灯关了，忽然看到台灯下面放了一张阿轩新画的画，画面上是一位神勇的奥特曼，下面写着"我的爸爸"。

蔡卓欣的眼圈猛地红了，接着，她用手机把画拍了下来，想发送给何浩辉，但迟疑了片刻，没有发，伸手将灯熄灭。

第 七 章

山雨欲来

1

阮 sir 与警队部门高层开会，其中有邵峰和陈耀扬。

陈耀扬说："sir，我们目前对蓝名单的关键人物只是怀疑，都没有证据，所以不可以贸然采取行动，以免打草惊蛇。不过我们已经连同刑事情报科，对可疑人物进行 24 小时监视。还有，EGM 可能已经知道了我们破解了他们部分的计划，所以不一定会按照原定步骤去进行。"

邵峰补充说："如果他们真的调整了计划，仍然会是一个重大的经济犯罪事件。对方的计划一旦实现，破坏力会很大，不单单会威胁到我们香港整体的金融系统，还会引发一连串民生和经济问题，动摇社会稳定。"

阮 sir 继续说："所以我们连同保安局，已经决定马上成立项目组，由我做负责人，邵 sir 协助我的工作，率领 O 记同商业罪案调查科，联手处理这个案子。香港也是连接中国同全球的桥梁，金融安全和社会稳定至关重要，我们一定要稳守住这道大门，守护好香港，绝对不可以让图谋不轨的势力得逞！"

风波过后，何浩辉带着 EU3 车照常出勤，3 车接到讯息，有人打架，希望 3 车赶到现场处理。何浩辉一声令下，赵绍棠启动汽车。EU3 车飞也似的驶出停车场。

何浩辉一行人刚走进楼道，前方敞开的门里传出高亢的吵闹声。何浩辉拨通对讲机："3 车已经到了事发现场，over。"

邻居说："警察来了，警察来了。"

何浩辉领着邵子俊与梁婉婷穿过走廊，来到尽头的单元。单元门敞开着，门外地上已满是杂物。这时，屋内扔出一本儿童故事书，砸在何浩辉的皮鞋前。何浩辉低头一看，书名是《幸福的三只小猪》，随手捡起。何浩辉带着邵子俊和梁婉婷慢慢走进房间，高声询问："先生、太太，发生什么事？大家冷静一下。"

夫妻二人听见何浩辉的声音，同时停下手中砸东西的动作看向门口，见是警察来了表情有些慌张，突然静了下来。这时，传出小女孩的哭泣声。何浩辉眉头一皱，听出声音是从房间里传出的。他把从门口捡起的《幸福的三只小猪》递给了婉婷，并用眼神示意她进房间找小女孩。

梁婉婷会意，拿起书进了里屋。

何浩辉问："到底发生什么事？"

太太像抓住救命稻草一般哭喊："阿 sir，他疯了，不停地打我！快点把他抓到警署！"

丈夫争辩道："我打你？和你结婚这么久，我哪次打过你？阿 sir，这个'八婆'成天嫌我穷，一日到晚给我脸色看，根本不配做人老婆！"

太太不甘示弱："我不配？那离婚啦！我现在就带女儿走！"

丈夫断然拒绝："不行，你不可以带女儿走！"

丈夫又随手拿起东西，砸在太太脚边。太太尖叫，也拿起东西还击。

太太指着丈夫喊道："你看到了，阿 sir，他又动手打我！抓他！"

两人不停对骂，何浩辉上前调解："两位，万事好商量，不要再摔东西，否则就一起回警署！"

太太并不理会："还有什么可商量的？我不想再跟他过了，我要带女儿走！阿 sir，你们帮帮我好不好？"

丈夫明显处在崩溃边缘："我什么都给你了，你还想怎么样？你是不是还想要我这条命？"

丈夫随即拿起一把水果刀，架在自己脖子上：

"好，既然你说我一无是处，那我现在就死给你看。"

太太露出害怕担忧的表情，情绪也接近崩溃。

何浩辉意识到情况不对，马上说："先生，冷静！冷静！放下刀，别乱来！"

太太嘶叫："想死是不是？好！那就大家一起死！"

太太把窗户打开，试图爬出窗外跳楼。

邵子俊上前安抚："太太，不要冲动！"

邵子俊正欲上前一步，被何浩辉用眼神制止。邵子俊不服，看了一眼何浩辉，但并未上前。太太已经意识到子俊的意图，大声喊道："别过来，谁要过来，我就跳下去！"

何浩辉说："OK，我们不过去，你冷静，千万不要做傻事！"

丈夫看着太太，也露出紧张担忧的表情。他来不及收拾自己的情绪，喊道："你疯了？快点回来！"

"你先把刀放下！"

"你先回来再说！"

"你先放下刀！"

夫妻二人僵持不下。何浩辉观察二人的反应，心中明白他们都是担心对方的。此时，夫妻二人仍互不退让，丈夫一直把刀架在自己的脖子上，已划出了一道血痕，太太仍然把身子探出窗外。突然，里屋传出小女孩带着哭腔的稚嫩读书声：

"从前有三只小猪，猪爸爸、猪妈妈同猪宝宝……三只小猪住在一间小木屋。猪爸爸身体强壮，每天外出砍柴，努力赚钱养家……猪妈妈喜欢做饭，每日做好多美味的食物，将猪宝宝养得肥肥白白……"

夫妻俩都突然静下来，细听孩子在讲的故事。这时见小女孩一边读书，一边从房间里流着泪走出来。

小女孩接着读故事："当猪宝宝被其他小朋友欺负的时候，猪爸爸、猪妈妈都会一起去教训吓到猪宝宝的小朋友。猪爸爸、猪妈妈、猪宝宝一家三口，幸福快乐地在一起……"

夫妻二人一个放下刀，一个从窗台下来，不约而同朝女儿走去，一家人相拥而泣。

邵子俊和梁婉婷看到眼前一幕，都万分感慨，婉婷还不由得向何浩辉比画了一个 OK 的手势。

医护人员替丈夫处理伤口，丈夫一直看着太太和小孩。太太紧紧抱住小孩，不时亲吻她的发顶，社工在安抚他们。两个巡警分别替夫妻二人记录口供。何浩辉走上前教育夫妻二人："吵架会对小朋友造成坏影响，能不吵，就不吵。有问题时要平心静气，大家冷静沟通，将问题解决，吵架于事无补。"

夫妻二人脸上露出惭愧的表情。

何浩辉问道："你们结婚应该有七八年？"

太太说："你怎么知道的？"

何浩辉反问："你女儿六岁，除非你们是奉子成婚。"

太太苦笑，气氛缓和。

丈夫回答说："你猜中啦，阿 sir。本来今天是我们结婚七周年，我订了个蛋糕，但是她还是嫌我……"

太太争辩说："你买了个全香港最便宜的蛋糕……"

丈夫百口莫辩："你……"

何浩辉对丈夫说道："结婚七周年，是很重要的日子，除了买一个最好的蛋糕，你还应该送一只戒指给太太做纪念。"

太太冷哼："哼，怎么会？他这么小气。"

丈夫无奈："我没有钱嘛。"

何浩辉问道："你做什么的？"

丈夫回答："百货公司的采购部经理。"

何浩辉表示理解："我知道，最近几年传统生意的出路越来越窄，好多百货公司甚至都倒闭了。太太，你先生不是小气，可能真是有心无力。"

丈夫无奈道："警官，还是你明白事理。我没被裁掉已经是很幸运的了，现在年年减薪，哪还有闲钱买戒指？我下班后，都要修读电脑 AI 课程，如果有天真的失业，我希望有能力转行，可以继续赚钱养家。"

何浩辉鼓励："做得好呀！做人一定要向前看，我们香港人要有不怕任何困难，重新出发的勇气！"

何浩辉接着对太太说："你要对你先生有信心，全力支持他。"

太太回答说："他根本没有跟我讲，我根本不知道……"

丈夫小声说："我是怕你担心。"

何浩辉对丈夫道："这就是你不对了。其实夫妻之间，最重要的就是坦诚和沟通，一定要让对方知道你心里怎么想的，明白你所做的，那样就不会造成误解同隔阂……"

说到这里，何浩辉突然陷入了沉思。

下班交车路上，3 车内气氛颇为轻松。大家认为多亏何浩辉有儿子，有经验，才能解决刚才的案子。赵绍棠和邵子俊无意之中说到夫妻两个人离婚，最惨的就是小孩子。说者无心，听者有意，车内气氛变得异常尴尬。

车子好不容易停进停车场，众人纷纷下车告辞。何浩辉看着离去的队员们，有些失落。

何浩辉去蛋糕店找蔡卓欣，约蔡卓欣一起吃饭。蔡卓欣却告诉何浩辉，她已经约了别人了。这时，一声车喇叭声引得两人回头。一名男子从轿车里探出头，冲蔡卓欣示意。

蔡卓欣匆匆走进男子开的车里。何浩辉眼睁睁看着蔡卓欣离去，显得分外失落。

2

财政司副司长汪东凯正在会客区接受媒体采访。汪东凯当着媒体向全香港宣布，在周边市场股市和汇市受到冲击的时候，香港特别行政区政府完全有能力，也有信心，保证香港的经济和金融稳定。

安娜坐在游艇里，与路易斯用电脑视频通话。

安娜说："我们已经对香港周边的金融市场，展开了两次攻击，但是香港特别行政区政府和财政司似乎还没有任何的动作。"

路易斯提醒安娜："一定要重视汪东凯。"

"我已经有了针对汪东凯的一个完美的计划……"安娜边说，边露出高深莫测的表情。

立法会的姜奇议员，正跟几个政商人士聊天，说最近房价太高，民怨沸腾，恰好汪东凯和助理走进来，跟大家打招呼后坐下。

汪东凯说："在聊什么？"

姜议员回答："还不是楼市的事情。"

汪东凯叹气道："唉，这个真是头疼。"

"再头疼都要解决呀，最近民怨越来越大。"

汪东凯说："政府已经在考虑解决方案，我们都一直在研究。"

姜议员提议道："我建议，其实可以先找块临时的空地，盖一些临时屋，让一些人先搬进去。"

汪东凯边听边点头："这是一个办法，可以先解燃眉之急。"

汪东凯转向助理：

"这个方案可以在我们财政司例会上提出，给大家商讨。"

汪太太和律师闺蜜正喝茶聊天，不远处座位上一位西装笔挺的房屋中介买单起身，一回身看见汪太太，忙热情地朝这边走来："汪太太，这么巧，您也在这里喝下午茶。"

汪太太回应："哟，小陈，好巧，我今天约了闺蜜。"

房屋中介殷勤地说："对了，我正打算跟您联系呢，您之前在我们店里挂的房子有人愿意出高价接盘，比之前预期高出了三十万。"

汪太太一脸高兴："真的？那太好了！我明天就过去找你办手续。"

汪太太律师闺蜜也开口说："这位是陈先生吧？以后我买楼卖楼也找你帮忙。"

房屋中介掏出名片递过去，保证道："您放心，汪太太的朋友就是我的朋友，以后有房子买卖一定给您一个满意的价格。"

财政司内部会议上，香港特区政府高层、财政司高层、房管局高层等纷纷在座。

汪东凯说："大家都知道，最近有不少民怨。姜议员向我提议，为解燃眉之急，是不是可以用还未开发的地皮，盖一些临时公屋，尽快安置部分人先住进去？这个提议我认为值得探讨一下。当然如果要落实，必须经过各大部门的详细研究……"

一个西装革履的背影站在落地窗前，打电话报信：

"今日财政司例会，汪东凯提出了姜议员的建议……"

汪东凯和助理刚走出大门，就被一大群记者围住，其中就有林蔚言。林蔚言提问道："汪先生，请问政府的'简约公屋计划'什么时候开始实施？"

汪东凯愕然道："你从哪儿得到的消息？"

林蔚言继续追问："是不是有这件事？"

汪东凯回答："其实这个只是一个很初步的想法……"

林蔚言打断他的话："不是吧？听说房屋署同地政署已经找到合适的空地，网上连选址都已经有啦。我只是想求证一下。"

汪东凯和助理惊诧地对视。

汪东凯低声道："怎么会知道得这么快？"

助理低声回答："汪先生……我们先走。"

汪东凯对众记者说："各位记者，不好意思，我有事要先走！大家可以留意政府新闻处的正式发布会！多谢大家！"

汪东凯和助理匆匆走进开来的轿车里。众记者蜂拥追随。

蒋坤坐在条案前，淡定地泡着工夫茶。安娜坐在蒋坤对面，接过蒋坤递来的茶杯。

蒋坤不惧安娜的威胁和高薪诱惑，拒绝了帮助安娜搅乱香港的建议；并且让钟岚君告诉龙兴的所有兄弟，如果浑水摸鱼，到处生事，家法处置。

安娜脸色阴沉地离开，与司机刚走进停车场，一辆黑色轿车就停到安娜身旁。

车窗摇下，阿 Ken 探出头招呼安娜：

"安娜小姐，不如我们再合作一次？"

安娜冷笑说："上次戈登的事情，你都已经——"

阿 Ken 马上保证："哎……那只是意外！这次我保证，绝对不会再令安娜小姐你失望！"

安娜犹豫道："真的？不过你不怕蒋坤吗？不管怎么说，他都是你的老大……"

"我怕他？我要是怕他，我就不找你了。我什么都不怕，就怕没钱！"阿 Ken 一脸自信。

"钱不是问题,关键是事情要办好,而且要说到做到!"

阿 Ken 再三保证:"我办事,你放心!这次我阿 Ken 保证一定做好。相信我!"

安娜看着阿 Ken,点头笑了笑。

韦志玲的办公室内。

韦志玲看着电脑中记者在报道:"……港府提出兴建简约公屋,其中有可能的选址被媒体率先曝光,当中位于南区的项目争议最大。该地皮原本被规划为综合商业用途,消息传出之后,该区楼价急跌,引发已经购买该区单元的业主强烈不满,提出抗议!……"

此时林蔚言敲门而入:

"韦小姐!"

韦志玲说:"坐!你知道外面放出风来,说政府可能会在南区盖简约公屋,搞得那边的豪宅都跌价了!"

林蔚言问:"不是说是谣言吗?政府都说还未有最终定案……"

韦志玲接着说:"可能是以讹传讹,不过楼价已经跌了。还有人说财政司副司长以权谋私,透露消息给他老婆,所以他老婆在楼价跌之前,偷偷高价放了同区两个豪宅单元!"

林蔚言反应,皱眉道:"这是谁的消息?"

"最近有太多谣言,多到来不及核实。假如这个消息是真的,那就是政府黑幕。我们有必要找出真相。"

作为记者的林蔚言道:"明白!市民有知情权,我们更加有责任将这件事查清楚!"

韦志玲带着赞许的眼神说:"调查可以,但是一定要公平公正,而且要有真凭实据!"

"知道!"

林蔚言找到房屋中介,打探出前几天汪太太果然出售了同区两个豪宅单元。中介自觉多言,不肯多说,跟林蔚言挥手告别。

对面街边车厢内,阿 Ken 和地虎坐在一辆汽车内,阿 Ken 看着林蔚言打电话。

"……喂?韦小姐,我刚刚证实了汪东凯以权谋私的传闻是真的!他太太透过房屋中介,放了自己名下两个豪宅单元!……是……明白……"

林蔚言挂断电话开车离去。

中介见林蔚言离去,便走向阿 Ken 的车,地虎把窗户摇下来,递给房屋中介一个信封。

房屋中介打开信封,见到一大沓钱,连忙道谢:"多谢肯哥,多谢!"

中介说完便掉头离开。阿 Ken 的脸上露出得意的笑容。

冲锋队的饭堂内，林蔚言爆出的汪东凯以权谋私的大新闻，已经成了大家的谈资。邵子俊对于高官的以权谋私行为颇为不满。何浩辉告诉邵子俊，凡事不像表面那么简单。

购房者们围在售楼处门口群情激奋。

售楼经理跑出来跟购房者说："大家围住我也没用，楼价跌，我们也不想！"

其中一位购房者激愤道："我们本来是豪宅地段，但是现在在旁边盖公屋，什么人都能住进来。除了交通的问题，连治安都会受到影响！"

另一位购房者说："我刚买了两个月，楼价最近就跌了三成啦！足足跌了几百万！"

"这帮当官的简直是害人精！他们会有报应的！"

"听说财政司汪东凯，他老婆是楼价最高的时候卖的房！"

"他因为有消息才可以以及早抛掉，他们自己赚了大钱，但是我们就惨啦！"

业主和购房者们群情激昂：

"以权谋私，不能放过他们！"

"没错，我们一起去找汪东凯算账！"

业主们纷纷赞同，一行人直奔财政司而去。

3

EU3 刚驶至路旁停下，众人正准备下车，突然收到电台呼叫："大家请注意，政府总部附近有人聚集。"

何浩辉刚要回应，另一队已抢先回应："EU1 在附近，立刻赶去。"

有其他冲锋车支援，何浩辉便和队员继续行程。

赵绍棠开口说："最近搞到民怨沸腾，财政司副司长背黑锅了。"

梁婉婷回答："是啊，估计现在都是去抗议的。"

邵子俊说："官员们不考虑政策对民生的影响，大家去抗议很正常。"

何浩辉边皱眉边听邵子俊议论。

忽然，他看到远处几十人的抗议队伍，几个人手里举着"抵制以权谋私，肃清政界毒瘤！"的横幅。

何浩辉说了一声："干活儿了！"随后带领几个人走下警车。

迎面走来抗议队伍，大约三十人。

何浩辉一行将他们拦下，询问领头人："你们要去哪儿？"

领头人叫阿四，他指指几个人手中的横幅，情绪高昂地喊道："警察先生，没看到吗？我们要去财政司抗议示威！他们以权谋私，罔顾民生！我们要表达不满！要肃清政界毒瘤！"

阿四又转身对着群众争取声援："是不是？"

抗议人群喊道："是！我们要肃清政界毒瘤！"

何浩辉边劝说边观察这几个抗议的人，感觉前面的几个獐头鼠目，并不像普通市民。

何浩辉马上反应过来："麻烦你们几位出示一下身份证，同时要检查一下你们的背囊。"

何浩辉转身指示邵子俊和谢庭威。

阿四则一脸不满和嚣张："阿 sir 什么意思？我们犯法了吗？"

何浩辉冷静地回答："我们是依法办事，如果警方对某人有怀疑，有权要求他出示身份证，也可以截停他搜身又或者搜查行李……我们是依法办事。"

邵子俊与谢庭威上前搜查背囊。

谢庭威从其中一个背囊里搜出几个玻璃瓶，玻璃瓶里都是红色液体。邵子俊也从另一个背囊里搜出几盒生鸡蛋。

谢庭威打开瓶盖，一股刺鼻的油漆味溢出，他便立即把瓶盖拧紧：

"是油漆。"

何浩辉问："你们带这些干什么？"

"这些又不是违禁品，为什么不可以带？"

"是呀，我想买油漆刷一下门，他想买几个鸡蛋回去炒蛋炒饭，犯法吗？"

"我现在有理由怀疑你们——"何浩辉没说完，抗议队伍里突然有个老人捂着胸口蜷缩蹲下。

众人七手八脚扶着老人，顿时乱了方寸。

何浩辉赶到老人身边，发现老人痛苦地指着上衣左边口袋，他连忙查看口袋，发现里面是针对突发性心脏病的急救药，连忙把药拿出来给老人服下。

邵子俊也赶紧拿来一瓶矿泉水拧开，喂到老人嘴边：

"老伯喝口水。"

邵子俊喂老人喝了几口水，老人终于缓过气，转危为安。梁婉婷走到何浩辉身边报告："已经叫了救护车。"

阿四与手下互使眼色。在阿四的"指挥"下，众人竟然各自散去。

　　何浩辉目送阿四众人远去，若有所思。

　　谢庭威走到何浩辉身边报告："已经将这几个人的身份证号码记下了。"

　　何浩辉道："回去查一下他们是什么人。"

　　邵子俊说："说真的，我很佩服这位老伯，这么大年纪还这么热血，走出来为市民请愿。我觉得市民行使权利，上街表达诉求，我们不要这么紧张吧？"

　　何浩辉却说："如果只是普通市民，当然不用太紧张，但是带头那几个，个个都神态可疑，贼眉鼠眼，背囊里面还有那么多油漆、鸡蛋，摆明了就是想去带头搞事。我们做警察的要看仔细，要防患于未然！"听了何浩辉的一席话，邵子俊若有所思。

　　另一面，汪太太与律师闺蜜行色匆匆地走进大堂，直奔前台。

　　"请问两位找哪位？"

　　律师闺蜜先开口："我要找你的总编！"

　　接待员还是很有礼貌地问："请问您贵姓？您跟他约了几点见面？"

　　汪太太神色着急道："我没有预约！麻烦你跟他说，我是汪东凯的太太！"

　　汪太太一指闺蜜道："她是我律师！"

　　这时韦志玲外出回来，走进大堂，听到汪太太说话，往前台看了一眼。接待员拨通了电话，压低声音："喂，方先生，有位说是汪东凯太太的女士，同她的律师要找你……"

　　接待员挂断电话，转向汪太太道："不好意思，总编在开紧急的会议，麻烦两位坐坐，等等他。"

　　汪太太不耐烦道："要等到什么时候？"

　　接待员说："这个我不清楚，应该不会太久。"

　　汪太太与律师闺蜜交换了一下眼神。

　　韦志玲走进办公室对方大宇说："大宇，我见到汪东凯太太带了律师上来，看那个架势，好像要找你的麻烦啊！"

　　方大宇回答："是啊，前台跟我说了。"

　　韦志玲严肃道："来者不善，我们没必要跟她硬碰硬。尽量对她客气点，她老公是政府高层，我们要处理好，否则会有很多麻烦。"

　　方大宇点点头："放心，我会小心处理。"

　　汪太太和律师闺蜜坐在沙发上，汪太太等得有些不耐烦，站起身抬手看看手表。

　　汪太太律师闺蜜问接待员："小姐，你说你们总编很快就开完会，我们等了半个小时了，还要等到什么时候？"

接待员回答："真是不好意思，总编通知了我，马上就开完了，请两位再耐心多等一会儿。"

汪太太脸色更难看了，律师闺蜜走到汪太太身边坐下说："我们都已经等了这么久了，就再多等一会儿吧。"

汪太太叹口气，又坐回沙发上。

另一面，方大宇的手下正向方大宇汇报："那个汪太太和她律师，已经等了一个钟头了。我们再不去见她们，会不会不合适了？"

方大宇却回答："我不去，报道是林小姐写的，让她自己去解决。她现在还没回来，你再催下她。"

这时方大宇手下收到林蔚言传来的短信，他看了一下说："她说还要再等一会儿才能回来。"

方大宇一脸焦虑道："真是被她害死了。只能再等一段时间了。"

汪太太和律师闺蜜越等越烦躁，火气越来越大。汪太太不耐烦地看了看手表道："都等了这么长时间了，到底在搞什么？！"

汪太太律师闺蜜也忍不住生气："是的，真是离谱！"

汪太太当即决定："不等了。"

汪太太起身便往办公区走去。手下急忙走进方大宇的办公室说："汪太太冲进来了！"

方大宇也在打电话："林蔚言，你到没到？……快点啊！"随后向着手下说："我们先出去。"

汪太太二人气势汹汹地走到大办公室，接待员着急地跟在后面。

汪太太怒声道："哪个是总编？……出来！"

方大宇和手下连忙上前阻拦汪太太二人。

方大宇赔笑道："汪太太是吗？真是不好意思，要两位等那么久，刚刚有好多事要办。"

这时，林蔚言也赶了回来。

汪太太明显不相信这套说辞："是不是要摆这么大的架子啊？让我们等你那么长时间？"

方大宇看到林蔚言回来，连忙介绍道："汪太太，让我给你介绍，这位是我们《量子新闻》的林副总编，她刚刚做完采访赶回来。"

汪太太怒视林蔚言道："哦……你就是林蔚言？"

林蔚言回答："我是。请问太太你是？"

汪太太怒喝："我就是让你的报道冤枉的那个汪东凯太太！"

林蔚言终于明白对方的来意。

汪太太接着说："你冤枉我老公放消息给我，去偷偷卖了两个单元，根本就没有这回事。十天前就有人出高价想买我的单元了。你们没有搞清状况，为了博人关注、博点击量就断章取义！你们传媒，真是害人不浅！"

林蔚言回答："汪太太，我明白这篇报道可能会令你本人不高兴，不过里面的内容都是经过查证的，我们绝对不会冤枉人！"

汪太太的律师递上名片道："林小姐，我是汪太太的代表律师，你的这篇报道给我当事人带来了很大的名誉损失和精神困扰，所以你和你们《量子新闻》，都必须向我当事人公开道歉！"

林蔚言丝毫不惧，明显是块硬骨头："所有经我手的报道，全部都经过调查，绝对不会虚构。所以我不会道歉。"

汪太太瞬间不满道："你什么态度呀？你们公司简直是无良媒体！你们要是不肯道歉，就等着接律师函吧！"说着，汪太太情绪激动地拉起律师一起朝大门口走去。

方大宇见状立刻上前拦住汪太太的去路，劝慰道："汪太太，别生气，有事慢慢说。"

汪太太摆手道："我同你们这帮无良记者没什么好说的！"

方大宇一直退后想要解释："不是，汪太太，你先听我解释。"

"走开！"

汪太太要走，方大宇往门口后退，脚踩到地上的东西，致使他失去平衡而跌倒在地上，碰倒了旁边的大型铁制雨伞架。雨伞架轰然倒下，场面顿时乱成一团，其他人赶紧去扶方大宇起来。方大宇感觉头被撞到，摸一摸，发现满手鲜血，汪太太受惊。

方大宇马上换了一副姿态道："你们太过分了，有什么事可以慢慢讲，为什么要出手伤人？好疼呀！流了好多血！"

有职员马上去拿急救用品。这时韦志玲也出来了，见到出了状况便上前询问："发生什么事？"

汪太太马上撇清关系："我没有碰他，是他自己摔倒的。"

韦志玲不理，叫职员先报警。

何浩辉那边收到电台呼叫：《量子新闻》大厦有人上门闹事，有人受伤。"

"收到，我们马上过去。"

何浩辉听到这个地名，为之一动，脸上表情立刻凝重起来。3车全速赶往事发地。

众警察走出电梯往办公区走去。

何浩辉边走边向对讲机吩咐："子俊，救护员一到即刻带他上来！"

汪太太二人坐在一旁，有职员已替方大宇初步止血。这时何浩辉带着几名队员走近。何浩辉先和林蔚言对望了一眼，又看了一眼现场环境，然后跟梁婉婷说："婉婷，先检查伤者。"梁婉婷上前查看方大宇伤势。

何浩辉则询问："哪位是负责人，到底发生了什么事？"

韦志玲上前说："警察先生，她们上来闹事，还弄伤了我职员——"

汪太太连忙辩解道："我没有碰他。是他自己跌倒的！我律师也在场！"

方大宇争辩："根本不是这么回事。"

何浩辉不理会两人的说辞，反问："这里有没有监控？"

林蔚言回答："有……在那边！"

何浩辉指示："庭威，你去看下。"

"Yes，sir！"

何浩辉接着说："我们警方会看监控，再决定到底是谁的责任。帮他们录口供。"

事后林蔚言翻看一段视频，视频上显示：报社一楼前台，林蔚言、方大宇、汪太太以及她的律师几个人争执的画面。

这段视频明显被剪辑过。视频下方，网友留言非常激烈："谁给她的权利，让她殴打传媒人！""简直无法无天！""老公枉法，老婆黑帮！"……

林蔚言脸色一沉，这时方大宇从外面回来。

林蔚言问："方先生，你是不是把这段视频剪辑了？"

方大宇不以为意："是又怎么样？"

林蔚言生气地说："你这么做是断章取义，会误导公众的！"

方大宇不满道："今天我是为了维护你，为了维护我们'量子新闻'才受伤的，你要考虑下我的感受嘛。我现在头很疼，不跟你多说了。"

方大宇讲完便离开，林蔚言一脸无奈。

林蔚言独自在咖啡店喝着咖啡。何浩辉驾车经过，见林蔚言在咖啡店呆坐，便把车停靠一旁后，走进咖啡店。

何浩辉招呼道："林小姐！"

林蔚言回答："何 sir，这么巧。"

何浩辉问："为什么一个人在这儿喝咖啡？工作不顺利？"

林蔚言却问："何 sir，你有没有看过网上汪太太弄伤方总编的这个视频？"

何浩辉说："看过了……"

林蔚言有点儿失落道："是我总编剪辑的，根本就是断章取义！"

何浩辉说："我今天问过汪太太。她解释说今天到你们那里，只是想找你解释清楚这件事，但是等了一个小时，都没人肯见她。"

"我知道她去是想解释她卖楼和她老公无关。谁知道后来大家越说越激动，之后就搞成了这样……"

何浩辉皱眉思索片刻说："不好意思，我实话实说，我觉得你写汪太太卖楼的那篇报道的内容……似乎查证得不够严谨。你有没有想过，你是不是太容易就得到线索了呢？调查过程也似乎太顺利……"

林蔚言感到被冒犯，说道："你们警察是不是要怀疑所有的事情？"

何浩辉叹气："我的意见只是供你参考，你有权不听。"

电磁炉上煮着糖水，邵子俊打开锅盖不停搅拌。这时，邵峰开门走进来。

邵子俊问："老爸，你回来了。吃饭了吗？"

"在警署吃过了。做什么呢，这么香？"

"我找到一个糖水秘方——海带绿豆，清肝降火，清热解暑，你一会儿一定要试一下。"邵子俊边说边将煮好的糖水盛出来。

邵峰欣慰道："你这么有心，我当然要试一下了。"

邵峰坐在沙发上，边泡脚边问邵子俊："对了，你在EU怎么样？"

"还行。"

邵峰接着说："平时要多跟何sir学些查案的方法，吸收一下他的经验。"

邵子俊有些不屑。

邵峰问道："怎么了？"

邵子俊有点儿不满地说："我觉得何sir没什么同理心、同情心，做事又主观，又喜欢显摆……"

邵峰却说："你做好自己那部分，既然都在同一部冲锋车上面，要相信对方。"

"你知道最近那个汪东凯以权谋私，透露消息给他老婆的那篇新闻？"

"想不知道都不行，天天头条，简直是铺天盖地。"

"早两天做事的时候，我们正好遇到这次抗议的市民，何sir还要刁难他们，怀疑他们图谋不轨……我觉得市民出来要求公平公正的意愿是没错的……"

邵峰看着子俊年轻单纯的脸庞，摇头叹息。

邵峰说："我听说姜议员都因为这件事去了廉政公署投诉，而廉政公署已经介入调查，但是汪东凯还没被停职，所以应该暂时都未有确实证据……有的事情不是你想的那么简单的……"

　　邵子俊猛然站起身道："老爸，为什么你说的跟何浩辉一样呢？这糖水，你自己喝吧！"

　　邵子俊说完转身头也不回地进了自己房间。

　　邵峰喊道："哎，你倒是给我拿条擦脚巾呀……臭小子！"

第 八 章

街 头

1

抗议的人群举着"抵制以权谋私，肃清政界毒瘤！"的标语。何浩辉透过车窗，注视着财政司门口静坐的抗议人群。有个举着牌子的小头目看了看表，与身边几个人交头接耳一番后，起身朝大门口走去。何浩辉放下手里的汉堡，侧身望着大家。

何浩辉说："婉婷、庭威、子俊，你们三个吃完了，回去继续维持秩序。棠哥，你留在车里，一有状况，就随时接应大家。我去附近转一下，看下周围环境。"

众人道："Yes，sir！"

梁婉婷和谢庭威下车去维持秩序。邵子俊盯着何浩辉没动窝。

邵子俊问："何 sir，你要哪儿？"

"你想知道吗？跟我一起去。"何浩辉边说边朝着财政司后门方向走去，子俊好奇地跟了过去。何浩辉带着邵子俊沿着财政司绕了一大圈，见僻静的小巷子里有一个角门，何浩辉便停下脚步，掏出警官证，朝门卫走去：

"您好，警察！这个是我的证件。"

门卫接过来看了看，还给何浩辉。

门卫问："阿 sir，有什么可以帮你？"

"请问汪东凯先生是不是在这里？"

门卫回答："在这里，你找他？"

门卫看看手表，接着说："不过，他还没下班。"

何浩辉道："没关系，我想麻烦你帮我转告一声，叫汪先生下班从这个后门走，其他几个正门都是抗议人士。"

门卫立刻会意，转身去打电话。

邵子俊认为任务完成，转身想走，可何浩辉仍站在原地等待，想等汪东凯安全离开。不一会儿，一辆轿车缓缓驶出。车窗摇下，汪东凯探出头。何浩辉冲着汪东凯敬礼，汪东凯则冲着身穿警服的何浩辉和邵子俊点头致谢，汽车缓缓驶离。何浩辉目送汪东凯汽车驶远，这才放下心来，他表情轻松地看了看邵子俊。不想邵子俊转过身，带着不屑的表情朝前走去。

邵子俊与赵绍棠边换衣服边聊天。

赵绍棠说："幸好何浩辉足智多谋，否则肯定现在还没下班。"

"他仅仅会拍马屁而已。"邵子俊说，"何浩辉就是想趁这个机会离开冲锋车。"赵绍棠突然发现何浩辉正往更衣室里走，忙咳嗽了一声，提醒邵子俊别再讲。邵子俊闭嘴，关上了柜门转身离开更衣室。

赵绍棠为了缓和气氛，故意岔开话题，看到何浩辉穿得很精神，打趣何浩辉是不是要去相亲。何浩辉苦笑，一脸惆怅。

"面对老婆的时候，该低头就低头，警察不容易，警察的老婆更加不容易啊。"何浩辉听完赵绍棠的话，若有所思。

何浩辉朝蛋糕店走去，突然看到蔡卓欣拎着两袋面粉打算往店里搬，何浩辉刚要走上前帮忙，只见上次接蔡卓欣的男子从车里下来，抢先一步帮蔡卓欣拎了进去。何浩辉露出一丝紧张，连忙推门而入。

蛋糕店里，男子帮蔡卓欣把面粉拎到操作间，蔡卓欣连忙致谢：

"多谢！"

陌生男子说："不用客气，你这里……"

陌生男子看到蔡卓欣面颊旁头发上沾了一些面粉，本能用手去指。偏巧此时何浩辉赶来：

"你干什么？！"

何浩辉一把拉住那位男子，突逢变故，蔡卓欣和陌生男子都吓了一跳。

蔡卓欣反问何浩辉："你干什么啊？！"

何浩辉指着陌生男子道："他对你动手动脚！"

"你说什么？"蔡卓欣又羞又气。

陌生男子连忙解释："先生你误会了，我只是见蔡老师头发上有面粉，想提醒她……"

正在这时，陌生男子的女友走了进来，亲昵地靠在男子身边。

女友说："阿欣，你教我老公做的蛋糕实在太好吃了！今日轮到你试一下我的手艺！"

陌生男子连忙回复："是呀，她为了多谢你，做了一些小菜，我们在车上等你。"

何浩辉霎时明白自己误会了，连忙冲陌生男子欠身致歉，目送两人离开。何浩辉转身，发现蔡卓欣正冷冷地盯着自己，顿时心虚不已。

何浩辉连忙道歉解释："我在外面见到你们，我以为……"

蔡卓欣怒气未消："你一个警察，做事怎么这么武断？还有我们分居已经有一段时间了，我的事不需要你来管……"

何浩辉说："……我们都未正式离婚，你现在还是我的老婆。"

蔡卓欣听完这话转身朝收银台走去，何浩辉上前几步将她拦住：

"阿欣……对不起，我不应该冲动，不应该误会你。"

"你还有什么事？"

"哦，我想看一看阿轩。"

蔡卓欣冷漠地回答："他去了兴趣班……我朋友在外面等我，没什么别的事情，我要先关门了。"

何浩辉迟疑了片刻，伸手将蔡卓欣头发上的面粉弄掉。何浩辉目送蔡卓欣上了朋友的车，汽车一溜烟儿驶去，留下神情落寞的何浩辉。

满满一箱钞票映入眼帘。

李伯抱着一堆钱，离开投注站，兴高采烈地从公园离开，边走边讲电话，笑得合不拢嘴："鱼翅、鲍鱼随便吃，茅台随便喝……马会刚刚发给我二十几万，怎么会不够买单呢？是啊，是啊。"

李伯挂断电话，一抬头，只见一个戴着帽子和墨镜的陌生男子拦住了他的去路："阿伯，我那边搞示威抗议，缺人，一个小时两百块，干不干？"

李伯一口回绝："我有事做，不行。"

陌生男子掏出一件新衣服和两百块钱递给李伯，继续说："一个小时，两百块，还送件新衣服给你！"

李伯再次回绝："我都说我没空了，不去！"

"阿伯，先别走……"

陌生男子拦住李伯继续游说，拉扯间，接触到李伯的背包，发现里面全是钱。

李伯紧张地说："喂！你干什么！"

李伯将包紧紧抱住，转身快步离开。陌生男子紧跟李伯，见四下无人，掏出手机，袭击了李伯的头部。李伯惨叫倒地，陌生男子立马上前抢夺他的背包，李伯死抓着不放。

李伯大喊："打劫呀！救命呀！"

陌生男子狂踩李伯的手，背包被抢走。陌生男子慌忙逃走，跌了一跤，身上的手机掉在草丛里，他并未发觉。

路人扶起李伯并帮忙报警。

EU赶到。何浩辉向李伯了解案发经过。一些市民在围观。便装的邵子俊把守在十余步外，负责监察环境。

何浩辉关心李伯的伤势："阿伯，要不要送你去医院？"

李伯摇头拒绝道："不用了，阿 sir，你们一定要帮我捉到那个贼！"

何浩辉问："那你认不认得那个贼长什么样？"

李伯回答："看不清楚。"

邵子俊在草丛拾到了劫匪落下的手机，交给何浩辉。

邵子俊说："何 sir，在草丛发现的。"

何浩辉问李伯："这是你的手机吗？"

李伯摇头。

邵子俊推测说："这个手机是不是贼逃走的时候掉的？他有可能会回来找这部手机，我们可以在附近埋伏抓他。"

何浩辉同意邵子俊的看法："好，那你们就在这里埋伏。"

"Yes，sir！"

何浩辉转身扶着李伯，朝谢庭威招招手：

"庭威，你和婉婷带这个阿伯去附近转一下，看一下他会不会发现那个贼。我去投注站那边，看下有没有可疑的人。"

谢庭威和梁婉婷点了点头，领着李伯上车，3 号冲锋车驶走。

穿便装的邵子俊留下等待。果然没过一会儿，劫匪回到公园，他十分警觉，四处张望，没察觉到异样，这才开始寻找手机。邵子俊静静埋伏，待劫匪走近草丛认出自己的手机并弯腰准备捡起来时，他立即现身抢先拾起手机。

邵子俊问："先生，这是你的手机吗？"

劫匪神色紧张慌乱："是……不是！"

邵子俊眼神锐利地盯着他问："是还是不是啊？"

劫匪只好回答："是……我刚才不小心掉的……"

"不小心？怎么证明这个手机是你的？"

邵子俊把手机递给劫匪：

"打开看一下。"

劫匪伸出手指放在指纹辨识系统上，手机随即开启，手机屏幕显示出劫匪的照片。

邵子俊拿出警察证说："警察！就是你抢了一个阿伯——"

邵子俊话未完，劫匪随即拔腿便跑，邵子俊立刻追了上去。邵子俊一路追赶劫匪，边追边用对讲向何浩辉汇报：

"何 sir，那个贼真的出现了，我在追他，他往宜安路逃走，请求增援！"

"收到！"

劫匪在前面狂奔，邵子俊紧追不舍。劫匪横穿马路。邵子俊正欲穿过，红灯变绿灯，子俊被车流拦截，一脸焦急。劫匪过了马路继续狂奔，边跑边回头张望，见邵子俊没追上，正欲喘息，突然看见何浩辉从旁边岔路朝他跑来。劫匪本想夺路而逃，却被何浩辉死死紧跟。两人距离越来越近，何浩辉伸手去抓劫匪肩上的背包。劫匪失去重心险些跌倒，他踉跄几下，待站稳后转身攻击何浩辉。何浩辉迅速躲闪，二人几番打斗。这时邵子俊追了上来，劫匪不敢恋战，一把推开何浩辉择路而逃。

邵子俊一边大喊"站住"，一边与何浩辉追赶劫匪。一转弯，几个人进入闹市区。街上人头攒动，车流如梭。劫匪四下张望后，一个箭步窜上了过街天桥。劫匪跑到过街天桥另一端准备下楼梯，才发现正在施工，楼梯被围栏围着。此时，邵子俊与何浩辉一前一后也上了天桥。劫匪眼看穷途末路，于是从腰间拔出一把匕首，举起来冲着何浩辉和邵子俊。何浩辉与邵子俊也同时将手里的枪举起。

邵子俊大喊："放下刀！"

"你不要过来，你们再往前走，我就死给你们看！"

劫匪说着将刀对准自己。何浩辉和邵子俊都愣住了。

何浩辉马上反应过来："子俊，放下枪，放他走！"

邵子俊仍执着地举着枪对着劫匪。

何浩辉再次强调："我说放他走！这是命令！"

邵子俊无奈放下枪，与何浩辉一起退到了桥下。劫匪见状，随即朝天桥另一端下面观望，发现施工的脚手架还在，于是跳了上去……

何浩辉对着对讲机大喊："庭威，婉婷，劫匪现在朝你们的方向逃走，他身上有把刀，你们要注意安全！庭威，你想办法将他逼去街心花园，婉婷你从旁边包抄他。"

谢庭威、梁婉婷回复："收到！"

劫匪一边跑一边东张西望，看见一个街心花园，正犹豫进不进去，发现远处穿着警服的谢庭威走过来，没办法，吓得一溜烟儿钻了进去。劫匪刚进街心花园，在暗处埋伏的梁婉婷一个擒拿格斗，打了劫匪一个猝不及防，打下了他的匕首，一下子将他制服，戴上了手铐。

梁婉婷和谢庭威把劫匪押上3车。车上，邵子俊质疑何浩辉一开始放疑犯走的命令，何浩辉表示他相信团队的实力，一定可以在劫匪再次行凶之前，把他绳之以法。邵子俊却依旧认为何浩辉简直自大得不可理喻。

两人下班换装的时候，李伯专门来到警署，说是找何浩辉报恩。李伯看到何浩辉，拿出钱来感谢他。何浩辉自然拒绝。何浩辉从和李伯的交谈之中得知，他儿子很少回家。何浩辉决定送李伯回家，免得重蹈覆辙。何浩辉接过李伯抱在胸前的背包。邵子俊一脸不信任地盯着何浩辉，看李伯乖乖地跟何浩辉离开，连忙追过去。

何浩辉、邵子俊送李伯回家。李伯住的是环境恶劣的劏房，被分隔成很多个小房间，他住其中一间。

李伯开门，小声说："大家小点儿声，不要吵到其他邻居。"

三人穿过狭窄的走廊，来到一扇门前。李伯打开房门，里面空间极小，只有一张单人床以及只能供一人走动的小通道，墙上挂满了杂物。

李伯招待几人："我这里地方小，对不起，你们随便坐，我给你们倒茶。"

何浩辉道："你把钱先收好。"

何浩辉把钱交还李伯。

李伯问："何 sir，这里没别人，这个帅哥是不是你的徒弟？"

邵子俊看着李伯没有说话。

李伯说："这里都是自己人，这一点儿钱慰劳下大家，何 sir 你真的不要客气。"

李伯正伸手拿钱，何浩辉马上按住。

"等一会！"何浩辉带笑一瞄，"子俊，你接着。"

邵子俊以为何浩辉让他代为收钱，大感不悦。

邵子俊马上说："李伯你……你是什么意思？你这样做，我可以立刻抓你，告你行贿警务人员！"

李伯被邵子俊吓呆。

邵子俊再次强调："我说真的。"

何浩辉本想考验子俊的应变能力，觉得他很有原则，可处事欠通融。

何浩辉向李伯面露笑容道："李伯，是不是很害怕？"

李伯这才意识到自己虚惊一场，吁口气，举手投降：

"害怕，真的很害怕。知道你是奉公守法的好警察，也应该想到你的这个徒弟也是一个正直的警察才对！"

何浩辉笑道："他资质和品性都很好，但是还有点嫩。"

邵子俊猜不透浩辉心中图谋。

邵子俊扯开话题："李伯，你儿子好像跟你的关系不太好？"

李伯回答："我以前和他住在一起，但是他跟我住得有点不习惯，他就自己出去租房住了。我下个月开始领老人津贴，自己就可以生活，还有多余的钱来赌一两场马。"

何浩辉问："你赢了钱，想干什么？"

李伯欢欣雀跃："我想先去买部新手机。我半年都没有吃过海鲜了，有钱了可以打打牙祭。"

何浩辉提议："叫你儿子一起吃吧！"

李伯有些失落地回答道："他不会来的。他大学毕业，有一份好工作，在公司里面算是精英，不能随便请假。要他请一天假跟我吃顿饭，不容易啊！"

此时，有人敲门，李伯连忙拿衣服把背包盖上。

李伯警惕地问："谁？"

"阿爸，我！"

邵子俊替李伯开门，来人约三十岁。

李伯儿子错愕地问："你们是？我打给你，你的手机完全接不通，我还以为你出了什么事。"

何浩辉说："你好，我们两个是警察！"

"警察先生，我老爸犯了什么事？"李伯儿子黑着脸，转向李伯，"你又闯什么祸了？有事你自己负责，别再来烦我了。"

李伯委屈道："我没犯法，我电话不通，是因为我的手机坏了。"

"拿来给我看看。"

李伯把手机给了儿子，证明他没说谎。

何浩辉看不下去，告诉李伯的儿子："你阿爸被人打劫了。"

李伯儿子问："被人打劫？在哪儿？"

邵子俊回答："马会外面，他刚刚上完法庭，我们送他回来。"

儿子痛恨地说："你真是死性不改！"

邵子俊上前阻拦："你怎么用这种态度跟你老爸讲话？"

李伯却跟个没事人一样打哈哈说："没事，没事，他公司事情多，容易心火盛，失礼了……"

李伯儿子对父亲怒目逼视："你这个烂赌鬼，真是没救了。"

李伯不敢反驳，一副受气包的样子。

邵子俊还是不满李伯儿子的态度："哪有儿子这么跟老爸说话的？他被人打劫，你不闻不问，不但不关心他，还说他！"

"我对他不闻不问？！他——"

李伯儿子气得不知如何往下说。

何浩辉推测："我想李伯应该是以前欠下不少赌债，你一直在帮他还，所以你现在对他就好像对仇人一样看待，我有没有说错？"

李伯儿子一脸悲愤，无言默认。

邵子俊看看李伯，李伯一脸愧疚地低头。没想到何浩辉一语中的，邵子俊惊讶地看着他。

何浩辉对李伯儿子说："虽然你嘴上这么说，但是是刀子嘴豆腐心，心里面还是为了你老爸好，是不是？你为了他，这几年一定过得很辛苦。"

李伯儿子被触着痛处，说道："我帮他还钱已经还了十年了，卖车卖楼，我现在还在跟朋友合租，就是想帮他继续还钱。"

邵子俊听得惊诧不已。

何浩辉问："你阿爸的手机坏了，你们以后怎么联系？"

李伯儿子叹了口气，在身上左拼右凑，掏出几百元，给了李伯：

"去买部手机，你小心点用。最近治安不好，你一个人出入要小心。我要回去上班了。我有时间会再过来看你。还有你欠的钱，我马上就还完了。等我手头宽裕点，我们就搬到一间大点的屋子，你以后搬过来跟我一起住，这里又小又不卫生。"

李伯儿子准备离开，何浩辉把他叫住：

"等一会儿。"

何浩辉向李伯伸出手：

"不好意思，我的好处呢？"

李伯显得有些犹疑，转向邵子俊问："你……会不会抓我？"

邵子俊向李伯回答："如果你贿赂公务人员，我肯定抓！"

邵子俊又向何浩辉说："如果你违反警察守则，我一定会举报你。"

何浩辉道："随便你！"

李伯拿开盖着的衣服，打开背包，露出满满的现金。

李伯儿子十分吃惊地问："你哪儿来这么多的钱？你不会又、又……"

邵子俊解释说："他是因为赢了马，才被人打劫。"

何浩辉向李伯说："李伯，你不是有恩必报的吗？"

李伯猛点头。

何浩辉干脆说得更直白一点："你儿子对你的恩情最大。"

李伯终于明白过来，把整袋钱塞到儿子手里。

李伯向儿子说："儿子，对不起。何 sir，多谢你！"

何浩辉回答："李伯，你要是想真心感谢我，就答应我，不要再去赌了。"

李伯连忙说："我发誓，我再赌，就天打雷劈！"

"阿爸……"

父子俩相拥而泣。邵子俊在一边看得莫名感动。

2

汪东凯涉嫌利益输送这件事情，在香港社会持续发酵。姜议员接受记者采访，表明自己的态度：应该进行深入的调查，让香港社会保持公平公正！

汪东凯得知姜议员对他落井下石，不顾秘书的劝说，没有选择暂避风头，相信清者自清。但是他没有想到，一个针对他的阴谋，已经慢慢展开……

手机铃声响起，红姐按停响声，知道这是提示吃药的铃声。红姐拿出药盒，把当天要服的药丸倒到掌心内，当看见那颗红色药丸，顿生厌恶。红姐把红色的药丸收起，然后从柜子里拿出另一个药盒，把红色药丸放进去。该药盒内已放有好几粒红色药丸，原来红姐一直逃避吃红色药丸，悄悄将它们藏起。红姐喝了口水，将其余四粒药送进口内吞服。

红姐随即出门，顿时感到一阵迷茫，四周的店铺林立，她已经彻底迷路，茫然地在街上游走。

街头又出现了抗议示威的人群，3 车已经到达现场。众人依次下车分两组离去。车中只剩下棠哥。棠哥通过后视镜，看到抗议队伍缓缓走过，忽然看到红姐的身影。棠哥一脸愕然，连忙下车四周查看，但红姐的身影一晃就不见了。棠哥露出焦急神色，他想了想，立即将车锁上，追了过去。

棠哥显得分外焦急，茫然四顾。林蔚言经过街面，看到有人抗议静坐，忙拿起手机跟拍。

棠哥一路前行，看到街对面似乎有红姐的身影闪过，忙冲过马路寻找。棠哥终于找到红姐，激动地走过去，紧紧拉着红姐：

"你怎么一个人来这里呢？"

红姐乍见赵绍棠，一脸迷茫，见赵绍棠一个劲拉自己往回走，她一边挣脱棠哥的手，一边高喊："你别拉我，我要去买菜，回去给女儿做'老少平安'的。"

赵绍棠痛心地说："女儿已经走了，你醒醒，我是阿棠！"

红姐大喊："我不认识你，你放手，放手呀！"

两人的拉扯引起周围人群的关注，许多人纷纷停下脚步，查看到底发生什么事。阿四在抗议人群中也探头观望，见身着警服的赵绍棠是一个人，立刻与手下眼神交会……阿四忙跑到赵绍棠面前，阻止赵绍棠带红姐离去。林蔚言也跟上。

阿四问："大姐，什么事啊？这个警察拉你干什么？"

红姐一脸茫然："我也不知道，我走得好好的，他就走过来抓住我！"

阿四手下转向赵绍棠问："这位阿 sir，请问大姐犯了什么事你要抓她呢？"

赵绍棠连忙摆手："你别误会，我不是抓人，她是我老婆，我是要带她回家。"

阿四一脸不相信又问："你老婆？人家都说不认识你。大姐，他真是你老公？"

红姐一脸茫然，连连摇头。

赵绍棠又急又气，一把拉住红姐解释：

"她有病，不认识人的。如果我不是她老公，我为什么要拉走她？"

阿四不依不饶地说："这很难说啊。谁知道你是不是想拐带良家妇女！大家同不同意这位大姐无缘无故地被警察抓走呢？"

手下立刻会意，连忙呼应："没来由说是人老公，人家都说不认识你了，你凭什么带人走呀？"

林蔚言看到出事，也挤进人群。

林蔚言说："大家静一静，这件事情很容易就可以解决。小姐，你手机里面有没有你先生的联系电话？你打个电话就知道了。"

红姐回答："我……我没有……"

手下没等红姐说完，就道："你看，人家都说没有了！"

赵绍棠连忙解释："她根本没带手机出来！我是警察，我会说谎吗？"

阿四讽刺："真是笑话！警察就不会说谎吗？政府官员一样贪污！"

众人纷纷附和："是啊，是啊，不讲清楚不能让他带人走。"

阿四道："大姐，你别害怕。我们是好人，你不如跟我们走！"

"你想干什么？"赵绍棠挥开阿四拉着红姐的手。手下见状，连忙在旁煽动：

"喂，拦住他，不能让他抓人！"

手下上前跟赵绍棠撕扯，对他又推又拽，还叫嚷警察欺负人。赵绍棠又急又气，眼看人群阻隔，红姐在混乱中离自己越来越远。唯恐红姐再次走丢，赵绍棠激动之下，推开挡在身边的一个手下，手下顺势摔倒。这下子手下可找到了借口，开始煽动群众：

"警察打人了！警察打人了！"

在手下的煽动之下，群众也跟着叫嚷起来，并开始对赵绍棠发起攻击，甚至有人推撞他。

正在这时，邵子俊与婉婷出现，站到赵绍棠身边。

邵子俊问："你们干什么？"

赵绍棠喊："子俊！"

阿四唯恐点燃的火熄灭，连忙继续蛊惑："你们人多我们也不怕。"

手下继续跟三人推撞。邵子俊和赵绍棠尽力克制，不与对方发生碰撞。正在这时，何浩辉、谢庭威手持警棍赶过来，护住了赵绍棠和红姐。

何浩辉喊："警察做事，大家让一让，让一让。"

林蔚言道："阿 sir，那你的手机里面有没有你和你老婆的合照啊？"

赵绍棠恍然大悟："手机……我的手机留在车里了。"

赵绍棠马上将车钥匙交给梁婉婷，梁婉婷会意立刻离开。

手下跟着起哄："什么留在车里，我看你还是在说谎！"

阿四紧接着说："是呀，这件事情未搞清楚之前，都不可以让他带人走！天王老子来都不给面子！"

何浩辉指了指赵绍棠道："他是我们的同事，这位是他太太，我们几个警察可以作证，是不是都要怀疑？既然你们几个想说清楚，就跟我们一起回警署，顺便录个口供！"

阿四和手下一听要去警署，还要录口供，立刻怂了。而此时，婉婷跑回来将找来的手机递给赵绍棠。赵绍棠在手机里迅速翻出他与红姐的合影，递给何浩辉。何浩辉拿着手机对着阿四和众人说："都看清楚啦，相片里面是不是这位女士？"

众人纷纷说："他们真的是夫妻……"

阿四马上转移话题："阿 sir，我就不妨碍你们工作了，我们继续抗议。"

阿四带着手下匆匆离去，围观人群也随之散了。

赵绍棠一脸歉疚地说："沙展，对不起，我没说一声就下车了。"

何浩辉拍拍赵绍棠的肩头说："没事，这个是特殊情况……棠哥，你记住，我们 3 车本来就是一个大家庭，一家人。以后遇到什么困难，都要记得同我们讲，千万不要自己一个人承受。"

赵绍棠点头道："明白，多谢大家的心意。"

何浩辉向林蔚言："多谢！"

"不用客气！"

林蔚言将一切看在眼里。

何浩辉众人在会议室，神情严肃，知道会被骂。黄庆隆推门进来，众人立即起来，纷纷准备帮赵绍棠承担。这时黄庆隆把赵绍棠叫出门，众人躲在门后偷听。

黄庆隆和赵绍棠走到一角，黄庆隆问："嫂子有事吗？"

赵绍棠回答："没事，多谢黄 sir 关心。"

"我知道嫂子有这个病你有很大压力，但是我不希望有第二次。"

"Yes sir, Thank you sir。"

众人在门后听到两人的对话，才知道黄庆隆早就知道了赵绍棠家里的情况。

何浩辉带着队员，带着吃的看望过红姐后驱车离开，路上他回想起棠哥和红姐互相紧张对方的样子，脸上浮现出若有所思的表情。等红绿灯时，何浩辉突然调转车头，朝回家的方向驶去。

何浩辉走进小区的小花园，看到蔡卓欣正带着何乐轩玩。

何乐轩在游乐设施区玩滑梯，蔡卓欣坐在长椅上看。何浩辉走过去，坐到长椅一端，蔡卓欣见到何浩辉有些惊讶。

蔡卓欣望一望何乐轩，再望何浩辉。

蔡卓欣问："你是来看儿子的？"

"我……"何浩辉深情凝视着蔡卓欣，"我刚刚从棠哥家来，他老婆红姐有阿尔茨海默病，我见到棠哥工作那么忙，都还可以把红姐照顾得那么好。但是我，这几年将所有精力都放在工作上面，家里的事全部都丢给你。我也没有帮帮你。比起棠哥，我根本不算是好老公、好爸爸……我现在很想补偿你们。阿欣，你信我，我以后一定像棠哥那样，好好地照顾你们，让你们幸福！"

蔡卓欣感动地说："辉……阿辉……"

何浩辉瞬间回神，才发现刚才的表白全部都是自己的想象。蔡卓欣看着他有些疑惑，又有些担忧，但是何浩辉仍然木讷地说不出话。

蔡卓欣问："为什么看着我又不说话？"

何浩辉还是说不出口："没有……是我……我刚刚从这里经过，顺路来看一下你们……你们都挺好的。我先走了。"

何浩辉留恋地看看何乐轩，匆匆起身离去。何浩辉走到半路，后悔刚才没能直抒胸臆，又转身快步跑回去找蔡卓欣。当他再次来到小花园，却发现母子二人已经离开。

蔡卓欣一边洗菜，一边和表妹阿雯通电话："……他误会我，或者是代表他心里面还有这个家。"

电话那头的阿雯说："那他有没有和你讲清楚？"

蔡卓欣道："唉，你也不是不知道，他即便这么想，也不会说的——"

蔡卓欣正说着，门铃响。

"可能送快递来了，阿雯，不和你说啦，我们下次再聊！"

蔡卓欣挂断电话，放下手里的菜，到客厅开门。只见何浩辉手里拎着一袋蔬菜站在门口。

蔡卓欣有些惊讶道："……你怎么又回来了？"

何浩辉说："我刚路过菜市场，看见菜很新鲜，就买了，你们还没吃晚饭吧？"

"没有……"

何浩辉趁机说："正好，不如我来做！"

蔡卓欣望着何浩辉问："你来做？"

何浩辉一家三口围坐餐桌前，菜已上桌，有比翼双飞、煎酿三宝，还有鳕鱼和炒青菜……

何浩辉兴致勃勃地说："你们赶紧尝尝我的手艺，看看行不行？"

阿轩迫不及待地夹了口放进嘴里。

何浩辉期待地问："怎么样？好不好吃？"

见阿轩没出声，蔡卓欣跟着问："阿轩，到底好不好吃？"

此时阿轩不断把菜往嘴里送，动作甚至有点夸张。何浩辉和蔡卓欣皱着眉头，不解地看着阿轩，却见阿轩边吃眼泪边掉下来。

何浩辉怀疑自己的厨艺："我做得真的这么难吃？"

何乐轩大力摇头道："我……我是第一次……吃到爸爸做的饭，好好吃，真是好好吃！"

阿轩说完哭得更厉害了。坐在一旁的蔡卓欣看着眼前的一幕，眼眶也湿润了。

3

林蔚言气冲冲走进方大宇办公室：

"为什么你把我的那篇报道撤掉了？是韦小姐的意思吗？"

方大宇强硬地说："你不要用韦小姐来压我。是你的这篇报道没有吸引力，和外边的舆论方向又不同，不会有人买的。"

林蔚言反驳："不够有吸引力？我的内容是这两天全城的主要话题！我当时又在现场，全部都是第一手资料，所有都是真相——"

方大宇并不赞同林蔚言的话："真相？！真相是什么？真相就是读者想看什么，我们就给他们什么。现在民情汹涌，个个都说政府官员有多腐败！你这篇所谓真相，根本炒不起这样的话题！不如你改一改，顺着舆论的方向，做个真正轰动的内容！我真是不想再跟你争下去了。你认真考虑一下我的提议！"

方大宇走向办公室门口，转身离开。林蔚言看着方大宇的背影，愤愤不平。

林蔚言走到自己的工位前坐下，对着电脑思考。林蔚言突然想到什么，打开电脑，将自己的文章发到自媒体上。

文章刚发上去，就有网友留言。针对赵绍棠的事件，大家纷纷表明是冤枉了警察。林蔚言跟大家互动，建议大家积极转发这篇文章，让更多人看到。林蔚言看到更多的正向反馈，终于露出欣慰笑容。

3 车的人聚在一起吃早餐，赵绍棠端着托盘姗姗来迟。邵子俊忙让开身旁位置，让赵绍棠坐下。

何浩辉开口说："棠哥，红姐还好吧？要不要给你放两天假？"

赵绍棠摆摆手说："不用了，她没什么事。"

谢庭威紧接着说："刚才看到林蔚言小姐在自媒体上发了一篇文章，帮我们警察讲出真相，现在绝大部分的网民留言都相信和支持我们。"

何浩辉肯定地说："当然，真的假不了！"

众人纷纷点头。

梁婉婷掏出几张优惠券递给棠哥，贴心地说："这有些保健产品优惠券，红姐用得着。"

赵绍棠感激地说："多谢你呀，婉婷。"

何浩辉也拿出一本书递给赵绍棠。

"《终结阿尔茨海默病》？"

何浩辉说："希望对红姐的病有帮助。"

赵绍棠的眼圈红了："真是多谢大家，找个时间我请大家去鲤鱼门吃海鲜。"

谢庭威道："不要浪费钱，去我们家的餐厅，成本价，还有折扣。"

何浩辉提议："不如我们再来次吃咖喱大赛？"

邵子俊皱眉摆手道："那就算了。"

众人哄笑。何浩辉一边走，一边拨打电话：

"……喂，耀扬，上次跟你同步的信息，你查得怎么样……嗯，我也觉得事情并不简单。社团参与肯定是收钱办事，抗议背后一定有人操纵，目的是要搅乱社会治安。我分析，有可能和境外组织有关系。希望你重视这事。"

陈耀扬说："这个信息很重要，放心吧，我会进一步调查。"

第 九 章

风暴乍起

1

EU3 车正常出勤，接到有人打架的报警。3 车立刻赶往案发地。

邵子俊冲进人群内，见郝婆正挡在两名青年男子之间，一直哭号：

"住手啊！你们两个……不要再打了！……"

打架的两人竟然是一对兄弟，他们脸上都有淤青，看来已经交过手。其中身形更为高大、壮硕的男子，是哥哥，叫程沛基。他一只手上打着石膏，另一只手紧持一根木棍，大力打向相对瘦弱的弟弟程沛德。

程沛基高喊："人渣！垃圾！没用的东西！"

程沛德回怼："我没你这个哥哥！无情无义！"

"你个混蛋……去死吧！"说着，程沛基举着木棍打向程沛德。邵子俊及时夺走程沛基手上的木棍，再利落地将程沛基扣上手铐锁在路边的栏杆上。

邵子俊喝止："这么喜欢打，抓回警署继续打？"

郝婆脸色一变，号啕大叫："警察先生不要啊……他们两兄弟闹着玩儿，没必要抓他们回警署的……"

程沛德却说："警察先生做得对！抓他，是他先动手打我的！"

程沛基说："阿 sir，应该抓的是他。这个'废柴'有班不去上，在家吃我的、住我的，还好意思管我要钱。我上班受伤了，他不但不照顾我，叫他到街上买饭，好久未归，才知道他到街口玩游戏！这样的人渣……没救了！"

程沛德不甘示弱道："你才是人渣，成天骂我又打我！我生出来，难道是跟你打架的？！"

何浩辉和梁婉婷穿过人群走上前。

何浩辉道："亲兄弟打架？当街打架，扰乱公众秩序，那就一起抓走吧！"

两兄弟一听，脸色顿变，不敢再叫嚣。郝婆突然扑向何浩辉，跪在地上扒拉着他的裤脚说："阿 sir，对不起，求你放过他们两兄弟。我都这么大年纪了，只有这两个儿子，还要住劏房；如果没有他们两个，我连楼都住不到，死了都没人知道！

你就当可怜一下我这个老太婆……"

两兄弟见母亲这样子，神色黯然，同时静下来。何浩辉看着腿边的郝婆，没有扶起她，看了看程沛基、程沛德两兄弟。

何浩辉审视两人说："你们的妈妈跪在地上求我，求我不要抓你们，你们自己看，你们还打不打？"

程沛基和程沛德同时摇头道："我们不打了……"

何浩辉说："真的？会不会转个头，等我们走了，你们两个又打起来呀？"

程沛基和程沛德大力摇头："不会……不会！"

何浩辉扶起婆婆说："好了！因为婆婆，我给你们一次机会，不过下不为例！"

兄弟二人勉强地点头。郝婆闻言连声道谢："多谢阿 sir！真的多谢！"

何浩辉指了指程沛基，转头对邵子俊道："放了他。"

邵子俊反应过来，极不情愿地为程沛基解开手铐。两兄弟扶着郝婆离开。街坊们如看戏散场似的，指指点点地离开。

何浩辉说："婉婷，跟报案那个老板娘录个口供之后收队。"

"收到。"

何浩辉看了眼子俊，示意他回车上。

冲锋车内。

邵子俊对何浩辉说出自己的想法："何 sir，我觉得应该将他们两个带回警署。"

何浩辉摇头说："算了，家庭纠纷，又没有人受伤。"

邵子俊一脸严肃道："根据警队规定，不论有没有人受伤，警察都有义务将疑犯拘捕！他们两个当街打架，明显已经犯了法，我们应该公事公办！"

何浩辉仍然坚持自己的看法："他们是家庭纠纷，性质不严重，又不构成严重犯罪，只要双方肯和解，就没有必要小题大做！"

邵子俊明显不服："你是沙展，我不想再同你争。我只是想向你表达，我完全不同意你的看法！"

何浩辉说："好，你的看法我已经收到了，OK？"

邵子俊转过身去，何浩辉无奈地摇了摇头。

3 车停靠在路边，众人下车稍事休息。

谢庭威摇头道："那个弟弟真的是不争气，这么大个人有手有脚，还好意思让家里人养，真是一个寄生虫。"

梁婉婷说："听街坊们讲，两兄弟时不时动手，但是郝婆次次都帮那个弟弟，太偏心，难怪哥哥不满。"

邵子俊平淡地陈述观点："何 sir，我之所以认为应该抓他们回警署，是因为不想再纵容他们，因为当街打架，怎么说都会影响其他人。"

何浩辉望向邵子俊说："不如我问你一个问题，两兄弟当街互殴，如果一起带回警署，一般会怎么处理？"

邵子俊回答："两个人都会被立案，一起受罚，法官通常会判罚款加警诫，如果重复再犯，就判入狱。"

何浩辉又反问："刚才也说过，他们两兄弟时不时会置气甚至动手。如果真的有一天要判他们进监狱，谁来照顾他们的妈妈？他们家的哥哥是有事情做的。他进了监狱，可能会连工作都丢了。他们一家人怎么生活？那我们不就是逼着他们一家向政府要综援？你是不是这么想的？"

邵子俊不吭声了。

赵绍棠说："子俊，所谓清官难断家务事，真的是这样的，我们和政府都管不了。"

见邵子俊不语，何浩辉站起：

"大家歇够了吗？我们上车吧。"

收队时，邵子俊在更衣室内遇到了关正忠。关正忠告诉邵子俊，郝婆的两个儿子经常是抓了放，放了抓。关正忠同样说，清官难断家务事。关正忠离开后，邵子俊若有所思。

何浩辉来到退休的钱 sir 的茶餐厅，求钱 sir 让郝婆的小儿子在茶餐厅里面打工。钱 sir 正好缺人，一口答应下来。

路上，何浩辉和何乐轩偶遇红姐在水果店前拣水果。这时，红姐恰巧转身，见到何浩辉。

"红姐！"何浩辉招呼了一声。

红姐认出："咦？……你是我老公的同事何 sir？"

"你还认得我？"

"认得，上次见过的嘛……"

红姐望着何乐轩问："你的儿子？"

何浩辉回答："是啊，他叫轩仔。"转头向何乐轩说："叫阿姨。"

何乐轩很有礼貌地马上打招呼："阿姨！"

这时何浩辉的视线却投向红姐的身后，红姐往后一望，见赵绍棠原来在身后。

赵绍棠欲闪避，却已太迟，只有苦笑。

红姐问："老公，你怎么在这里？你……跟踪我呀？"

赵绍棠一怔，尴尬砌词："不是……我只是做你跟班了……"

红姐问："跟班？"

赵绍棠回答道："是呀，怕你买太多了，过来帮你拎啊！"

何浩辉、赵绍棠、红姐三个人六只眼相视对望，气氛有点尴尬。

何浩辉带着儿子随赵绍棠和红姐回了家。何浩辉把水果递给红姐。赵绍棠告诉何浩辉，等到他退休了，他就可以天天陪着红姐了，并让何浩辉一定要珍惜老婆和儿子都在身边的日子。

赵绍棠告诉何乐轩，何浩辉在工作和生活里面背负了很多压力，是个真正的英雄。

何浩辉带着何乐轩离开了赵家。何浩辉告诉何乐轩，男人就要照顾女人，这是男人的责任。

何浩辉和阿轩各自默默地向前走着，起初，二人之间还隔着一定的距离，走着走着，阿轩便主动靠向何浩辉。

当二人肩并肩的时候，阿轩突然伸手牵起了何浩辉的手。何浩辉略微一愣，继而紧紧握住了儿子的手。

2

警署内，邵峰询问陈耀扬蓝名单案子的进展情况。陈耀扬发现了港交所数据中心一位高层的表弟有些可疑，并且最近上街抗议的很少是普通市民，抗议人士的成分非常复杂。邵峰命令陈耀扬不能放过任何一个可疑人物，还有，必须争分夺秒，一定要赶在他们下手前制止犯罪！

汪东凯正在收拾东西准备出发。此时身边秘书的手机响起。

秘书接起电话："喂？……知道了。汪先生，数据中心外面有好多人在抗议，我们是不是该推迟一下？"

汪东凯说："更新数据中心服务器是一件大事。再说，这是半个月前约好的，怎么可以说改就改？"

秘书问："不过现在风头正紧，您又是舆论焦点，还有那么多人在抗议，我怕去那里有麻烦，您真的不考虑改时间？"

汪东凯依然坚持："没有必要。如果'船头惊鬼船尾惊贼'，我们就什么都做不了。最多去那里时大家小心点。"

秘书无奈道："您那么尽心尽力，都是为了香港，可惜无人体谅您……"

汪东凯坚定地说："我们做事，不需要有人认同，只求无愧于心！"

何浩辉带领着冲锋队员四处巡视，维持治安。几个散落各处的 O 记成员的身影落入何浩辉和邵子俊眼帘。邵子俊对何浩辉耳语："O 记？"

何浩辉点点头。

邵子俊低声说："难道汪东凯来要惊动他们？"

何浩辉低声："O 记不会做保安，所以这件事似乎有点不妥。大家提高警觉，汪东凯马上到，注意安全！"

众人："Yes，sir！"

不远处，身着便装的陈耀扬和骆雅琪坐在车里，警惕地朝四周观望。一个西装革履的嫌疑人面色紧张，拎着公文包，左顾右盼，匆匆走进港交所。O 记警察假装看热闹的路人，跟在嫌疑人身后，用隐藏无线设备小声通话。

O 记警察道："目标人物今日一早就用加密电话打电话，打了很久，上班也迟到了，估计他会有动作。"

陈耀扬回复："收到！"

骆雅琪说："目标人物最近都用加密电话，我们查到，不久就会有一批新股上市，他应该是和外人联络，提供内幕消息。但是因为每次联络的时间都很短，所以没法解密。不过可以肯定的是，和他通话的对方来自 M 国。"

陈耀扬道："这可以证实我们估计的没有错，目标人物很有可能就是蓝名单里面的一分子。"

汪东凯和秘书从轿车里下来，几名工作人员迎上前。

其中一个工作人员说："汪先生，前面有一大帮人在抗议，我们安排了你们从后门进去。"

"没问题。"

几个人匆匆走进后门。楼上的落地窗前，一个身影一闪即过。

几名工作人员带汪东凯和秘书参观：

"今日股市期指交收，大家对未来香港股市预期，都抱着乐观态度。而现在距离交易结束还有大概半个小时，估计成交量会有变化。"

工作人员话音刚落，突然一片漆黑。接着传来人们的惊呼声：

"发生什么事？停电？停电！"

工作人员大喊："即刻启动后备电源！"

汪东凯迅速反应过来："大家不要紧张，先恢复电力。"

人群骚动，很多路人低头查看手机。

"哎，这是干什么？发生了什么事？"

"听说大停电。"

"不是吧？停电？！"

"怎么可能？我还等着收盘，上面有几百万呢！"

何浩辉说："坏了！数据中心可能出了事！你们留在这里维持秩序，我进去看看。"

梁婉婷和谢庭威点了点头。

邵子俊赶忙上前说："何sir，我和你一起进去？"

何浩辉点头，和邵子俊朝数据中心走去。

另一面O记便衣赶紧报告给陈耀扬："陈sir，数据中心突然大停电！"

陈耀扬回复："他们真的动手了！A组封锁前门，B组封锁后门，盯紧目标人物，不可以让他跑了。其他人跟我进去！"

陈耀扬和骆雅琪冲出轿车。散落各处的O记便衣纷纷冲到港交所数据中心门前就位。陈耀扬带领一队人冲进大厅。何浩辉和邵子俊拦住陈耀扬一行。

何浩辉问："陈sir，究竟发生什么事？"

"着急办案，暂时不方便讲。"

陈耀扬说完推开何浩辉，与骆雅琪一起冲向楼梯间。陈耀扬和骆雅琪冲进办公区，办公区的灯突然亮了。

工作人员激动地说："来电了！来电了！"

另一个工作人员说："……没有啊，电脑还没工作！"

工作人员疑惑："怎么只是灯来电了？"又转头看着陈耀扬："两位找谁？"

骆雅琪亮出了警官证，对工作人员耳语了几句。这时，只见嫌疑人收拾东西正往办公室外走，看见有警察朝自己走来，立刻夺路而逃。

骆雅琪对嫌疑人大喝："你别跑，站住！"

楼梯通道内，骆雅琪奋力追赶跑下楼梯的嫌疑人。

突然骆雅琪失足一跌，但仍努力爬起追赶，刚追出几步，便面色痛苦地蹲了下来，眼睁睁看着嫌疑人推开门跑进地下车库。

操作大厅内灯火通明，但四周墙壁上的大屏幕和工位上的电脑屏幕仍然黑着。汪东凯紧皱双眉焦虑等待，接待汪东凯的工作人员匆匆走进：

"汪先生……"

汪东凯问："后备电源启动了吗？"

工作人员摇摇头回答："不知道为什么，两个备用的电源都完全没办法启动！现在正努力修复中。"

汪东凯秘书说："两个后备电源同时都不工作了？怎么可能呢？你们怎么干事的……"

汪东凯摇摇头，用眼神制止了秘书：

"现在说什么都没用了，先尽快恢复电力！"

工作人员点点头，跑出操作大厅。

嫌疑人跑进地下车库，上了汽车，连忙发动。陈耀扬冲进地下车库，嫌疑人一脸惊慌，正欲开车走人，却见几个O记便衣和一瘸一拐的骆雅琪赶来，将他的车子团团围住，嫌疑人陷入绝望。

陈耀扬与O记便衣押解嫌疑人一起走过大厅，恰好撞见何浩辉与邵子俊。

何浩辉上前询问："陈sir，停电是不是有人刻意破坏？"

陈耀扬回答："不知道。"

何浩辉望向嫌疑人问："这个是？"

"疑犯。"

陈耀扬押着嫌疑人，与O记众人扬长而去。这时从楼梯间走出一个保洁员，拎着水桶拖把，不停地朝陈耀扬的背影张望。何浩辉警惕起来，上下打量保洁员，保洁员立刻低头从何浩辉身边走过。

何浩辉对子俊目光示意，低声说："有点不对……"

邵子俊疑惑问道："不对？"

何浩辉说出疑点："他的鞋……有没有见过清洁工，做这个工作时会穿一双擦得这么亮的皮鞋？"

何浩辉拿出对讲机说："婉婷，你即刻去控制室，检查一下机房的监控，看一下有什么可疑的情况。"

梁婉婷回复："Yes，sir！"

何浩辉布置完任务，从后跟上了保洁员。保洁员来到保洁室门口，敲了敲门，见无人应答，才推门进去。

何浩辉稍等片刻，走到保洁室门口敲了敲门：

"有没有人？"

无人应答，何浩辉猛然推门，发现里面空空如也，有个小门敞着。

何浩辉马上反应过来："他从后门走了！……我们分头追！"

O记的人刚接到撤离消息，几个人正准备上车。保洁员焦急地朝门口张望。正在这时，邵子俊从后面跑来，保洁员一见慌了神，但他并不敢往门外跑，情急之下进了旁边的楼梯间，匆匆往楼上跑。邵子俊紧随其后。

邵子俊大喊："警察！你站住！"

保洁员反而跑得更加急促，到了二楼，他见有一个小门，于是推开跑了进去。

保洁员推门来到二楼露台，往下一看，吓得没敢跳。这时，邵子俊推门而入。保洁员见邵子俊追来，无奈跳了下去。邵子俊毫不犹豫，跟着一跃从二楼跳下。他身手矫健，来了一个落地翻滚，顺势起身将一瘸一拐的保洁员制服。

此时，冲进露台的何浩辉朝楼下望去，邵子俊一手擒住保洁员，一手向何浩辉做出"OK"手势，而何浩辉也朝邵子俊伸出了大拇指。

这时港交所的电力已经恢复，但是还剩几分钟就收市了，到底会不会推迟收市时间，成了股民讨论的话题。

这次"短暂"的断电，正是路易斯针对香港的金融狙击的一部分！阴谋已经在慢慢地展开。

大屏幕上的时钟显示 15:59，已经将近收盘时间。

接待汪东凯的工作人员问："汪先生，还有不到 1 分钟就收市，考不考虑延长交易时间？"

汪东凯反问："如果延长交易，能不能保证不再停电？"

工作人员犹豫道："断电的原因还没查到，没人保证不会再停电……"

另一个工作人员说："但是今日期货交割，如果不延长时间，有的股民可能会损失惨重……"

汪东凯下定决心："如果再次停电，政府和股民的损失更大，到时谁负责？"

屏幕显示 15:59:50。大厅里顿时鸦雀无声，所有的目光都聚集在汪东凯身上。

"准时收市！"汪东凯语气坚定道。

汪东凯准时收市的命令，引起了香港市民的一片哗然。

警笛声阵阵，港交所数据中心外停驻数辆警车。

人群中，莱卡一边拍照，林蔚言一边随机采访周边的路人。

电视外景主持人站在抗议人群附近进行直播：

"港交所数据中心在今天下午 3 点 30 分，突然发生严重的停电事故，历时长达 30 分钟，造成股票和期货市场同一时间停市……"

陈耀扬手下押解着嫌疑人走进警车。

赵绍棠正在警车旁守卫，看到陈耀扬，打招呼：

"陈 sir！有收获？"

陈耀扬回答："或许吧！"

陈耀扬押解犯人上车，O 记的几辆汽车一溜烟驶走。没过多久，只见何浩辉和邵子俊押着保洁员走出。赵绍棠看到这个场景异常奇怪。这时，梁婉婷从里面跑出，连忙对何浩辉说："何 sir，监控有发现……"

梁婉婷将手机里下载的监控录像给大家看。监控录像显示：保洁员偷偷进入机房打扫卫生，之后鬼鬼祟祟用后背对着摄像头，再之后，迅速离开。

何浩辉马上反应过来："他特意用身体挡住镜头，一定是在这个时候干的！"

谢庭威崇拜地看着何浩辉问："何 sir，我听子俊讲，你光看他的这双鞋，就判断他有问题？"

何浩辉回答："这双鞋只是让我怀疑，但是确定他有问题，就是他进保洁室之前敲门！"

"敲门？"

何浩辉回答："你回自己家，或者进自己办公室之前，会不会先敲门？"

谢庭威恍然大悟，向何浩辉投去佩服的目光。

何浩辉下达指令："阿俊、阿威，先押疑犯回警署。婉婷，即刻叫车增援，保护汪先生顺利离开。"

三个人异口同声："Yes，sir！"

3

方大宇进入韦志玲办公室：

"找我，韦小姐？"

韦志玲问："是。想好这期头条做什么了吗？"

方大宇犹豫地回答："暂时还是想先做金像奖……"

韦志玲叹了一口气道："唉，歌舞升平现在没人看，这个时势，大家的焦点都在民生议题上面。"

方大宇感叹："韦小姐你很接地气呐。今天港交所数据中心大停电，这个新闻你看了吗？"

"我知道。香港人十个有八个都炒股，这么个大事件个个都在说……有共鸣。"

"我是这么想的，数据中心大停电而影响整个股票市场，很难轻易发生，有发挥空间。"

韦志玲想了想，又问："那我们应该先从哪个角度讲起好呢？"

"韦小姐你有什么好的建议？"

韦志玲犹豫地说："大停电的时候……汪东凯就在数据中心里面视察。"

方大宇立刻兴奋起来："又是汪东凯？这家人现在几乎得罪了全宇宙的人，停电的时候他又正好在里面？这个新闻先要和他拉上关系才够劲爆！"

韦志玲补充说："今天是期货到期的日子，但是停电之后，并未延长交易时间……"

方大宇略一思忖道："有了！这次的标题就叫《贪官衰神汪东凯发言，连累股民损失几个亿！》"

韦志玲不置可否道："不过你最好查清楚，到底是不是汪东凯下的命令，不可以信口开河！"

"这个当然，我立刻找人去查。"

O记那边陈耀扬手下拿着一份资料快步走向陈耀扬：

"陈sir，疑犯很快承认了，他叫高云霄，帮一家外资公司做内幕交易，炒一只即将上市的科技股。这几天他不停地调动资金和转账，今天这只股上市，所以他们应该就有动作……"

陈耀扬问："内幕交易？那断电那件事呢？"

陈耀扬手下回答："他不承认是他干的。"

陈耀扬接过手下手中的资料，何浩辉打来了电话：

"陈sir，我们刚刚捉到个疑犯，录了口供。这个人叫黄德发，他承认断电这件事是他干的。黄德发之前是港交所数据中心的工程师，最近用杠杆炒股赔了好多钱。因为他是管刀疤冯贵利借的钱，刀疤冯要他切断交易所的电力系统，就当还清了钱，所以他就去干了。另外黄德发辞职之后，门卡都交还给了公司，这次他能顺利进入到港交所，都是因为刀疤冯帮他复制了张门卡。"

陈耀扬听完何浩辉的话，异常吃惊。

陈耀扬赶紧说："把他带到O记再问一次，看他有没有讲错、遗漏的。"

何浩辉回答："没问题。不过……陈sir，有件事我不明白，你们O记什么时候开始做商业罪案调查科的事情了？为什么要查内幕交易？"

陈耀扬想了想还是说："这是O记的事，暂时不方便告诉你。"

林蔚言找到何浩辉，想了解一下港交所数据中心断电的真正原因。两人分析，这次断电极有可能就是针对汪东凯个人的；并且当时O记提前出现在现场，似乎背后还有什么隐情。何浩辉警察的直觉告诉他，这些看似没有关联的事情，似乎没那么简单……

陈耀扬让骆雅琪派人紧盯刀疤冯的家和公司，一有什么风吹草动，即刻汇报。

但是让陈耀扬没想到的是，刀疤冯是阿Ken的人，阿Ken已经安排让刀疤冯跑路去泰国……

安娜向路易斯汇报汪东凯没有延长港交所交易时间的决定。路易斯微笑着告诉安娜，汪东凯已经钻进他们布下的大网之中了……

车窗外夜色深沉，雷声隐隐。

一辆轿车停到医院停车场，汪东凯和汪太太两人戴着口罩、墨镜，包裹得严严实实地从车上下来。

汪东凯扶着一路咳嗽的汪太太往医院走去。阿 Ken 两个手下开着一辆车跟在汪东凯车后不远处，两人见汪东凯和汪太太走进医院，彼此对视，其中一个下车，离去。阿 Ken 另一个手下开车到汪东凯的车附近停下，下车，鬼鬼祟祟地开始对汪东凯的车动手脚……

抗议人群坐在路边休息，刚才跟踪汪东凯车的阿 Ken 的其中一个手下奔到大家面前，高声告诉众人消息：

"我刚刚见到汪东凯带着他老婆进了医院。"

"肯定？"

手下回答："肯定。他们两个包得严严实实，一定怕被人认出来。"

手下起身煽动抗议的人们：

"汪东凯进了医院！我们一起过去找他，管他要我们的血汗钱！"

混在抗议人群里的阿 Ken 手下纷纷应和，煽动抗议人群的怒火。见时机成熟，一些手下带头走在前方，振臂高呼："汪东凯出来！还我血汗钱！"

抗议人群跟着高喊："汪东凯出来！还我血汗钱！"

汪东凯开着车，汪太太坐在副驾驶位。车刚驶出医院不久，突然抛锚了。

汪东凯在车内尝试发动汽车，却打不着火。

汪太太问："发生什么事？"

汪东凯回答说："奇怪了，刚才车还好好的，现在就打不着火了……"

汪东凯正低头检查车内仪表，汪太太突然面露惊恐之色指向窗外。只见窗外，几个人正迅速朝他们冲来。

EU3 车远远跟随着抗议人群，何浩辉密切关注着队伍的一举一动。突然他看见有些许阿 Ken 手下正往前奔去，顿时心生疑虑：

"棠哥，去看下。"

赵绍棠回复："好。"

EU3 车追随阿 Ken 手下而去，刚开过一个街口，就看到有一群人正袭击汪东凯的轿车，用雨伞击打车窗。赵绍棠与何浩辉惊讶地对视，赵绍棠连忙加速将车开过去。

何浩辉马上报告："总部，圣德华医院附近，有群人围住袭击一辆车和车里面的人，请求增援，over。"

此时，赵绍棠已经将车开到轿车附近的街边。

何浩辉马上做出指示："下车！棠哥，将车停在那个小巷口，随时支援。"

车内众人："Yes，sir！"

何浩辉带领谢庭威、梁婉婷手持盾牌下了车。赵绍棠将车缓缓驶离。附近的阿Ken手下阿四见赵绍棠下车，忙与阿Ken手下A小声嘀咕了几句，之后几个手下匆匆离开。几个人刚走，何浩辉一行赶到。

何浩辉大喊："警察办案！所有人退后！立刻退后！"

听到警察来了，围攻轿车的人群愣了一下，阿Ken手下A立刻高呼："我们是为民请命，警察又怎么样？我们不怕！"

何浩辉一边带领几个人迅速来到车头站成一排保护车内的人，一边继续警告众人："请大家保持冷静，不要再攻击，立刻退后！否则我们会做出拘捕行动！"

听了何浩辉的话，有些人萌生退意。领头的人不甘心就此失败，加紧煽动："就是这帮警察帮助贪官，对付我们无辜市民！我们要公平！要公平！"

头目A眼神示意，假扮成抗议者的几个手下连忙附和。

几个手下纷纷说道："贪官搞得我们没了血汗钱，绝对不可以放过他们！"

一群人气势汹汹地冲着何浩辉几人逼近，还有人朝他们扔鸡蛋、挥舞雨伞。梁婉婷被雨伞狠狠打到：

"哎！"

邵子俊转头看向梁婉婷："婉婷！"

梁婉婷一看，顾不得自己，大喊："阿威小心！"

梁婉婷话音刚落，几把雨伞朝谢庭威头上砸去。邵子俊怒气上涌，一边拿出喷雾器，一边回头询问何浩辉：

"何 sir？"

何浩辉一把按住邵子俊道："冷静点，不要冲动，先看看情况！"

虽然抗议人群不断朝何浩辉几人扔东西、推撞，但何浩辉依然带领大家只用盾牌抵挡。

何浩辉转身与车内的汪东凯交流：

"汪先生，我们帮你开路，你开车先走。"

汪东凯慌忙说："开不了，我的车熄火了……"

何浩辉略思索道："婉婷，我和你带汪先生他们上EU车！阿俊、阿威你们两个殿后，记住，尽量少用武力！"

何浩辉、梁婉婷一左一右将汪东凯和汪太太护到身后，跑向冲锋车。邵子俊、谢庭威左手持盾牌，右手拿警棍，在后面拦截要追上去的人群。二人被人群攻击也不还手，一点点往后退着……何浩辉和梁婉婷护着汪先生和汪太太赶往小巷，几个人抬眼望去，却见一群人手持棍棒围住正上车的赵绍棠，作势欲打。

何浩辉马上反应过来："不好！婉婷，带汪先生他们先去个安全地方。"

梁婉婷立马行动起来："Yes，sir！汪先生、汪太太请跟着我走！"

汪太太跑了两步，不小心扭到腰，疼得俯下身去：

"哎呀！"

梁婉婷道："汪太太？"

汪太太痛苦地说："我扭到腰。"

汪太太手扶着腰试图继续前行，可刚走两步又痛苦地俯下身去。这时，邵子俊和谢庭威赶到。

邵子俊道："汪太太，不如我背您！"

何浩辉说："阿俊，阿威，你们和婉婷掩护汪先生他们去个安全地方。我去支援棠哥！"

汪太太迟疑，邵子俊已不由分说地背起汪太太，谢庭威和梁婉婷用盾牌护着汪东凯，一行人朝另一方向跑去。不远处，赵绍棠正被人围攻，阿 Ken 几个手下用木棍击打赵绍棠，赵绍棠闪避，仍被击中，额角流血。何浩辉见状飞奔过去。

何浩辉高喊："棠哥！"大吼着冲上前，与阿 Ken 手下搏斗。

邵子俊背着汪太太，梁婉婷和谢庭威护着汪先生狂奔，突然前方警笛声响起，几辆冲锋车朝他们驶来。冲锋车里的警察们纷纷下车，朝邵子俊他们跑来。邵子俊和梁婉婷、谢庭威将汪先生与汪太太交给来增援的警察。正在这时传来一声枪响。

邵子俊喊道："是何 sir 和棠哥！"

只见何浩辉举枪对天鸣枪，围攻棠哥的阿 Ken 手下被震慑住！

这时邵子俊一行也冲至，阿 Ken 手下见状立即四散奔逃，众警察快步追去。何浩辉上前扶起头破血流的赵绍棠，赵绍棠在何浩辉的怀里晕了过去。

何浩辉失声高喊："棠哥！"

何浩辉对跑至的梁婉婷说："婉婷，叫救护车！快点叫救护车！"

邵子俊、谢庭威同时赶到，增援的警车和救护车也呼啸而至。

邵子俊关心地问："何 sir，棠哥怎么样？"

何浩辉顾不上回答，马上做出指示："子俊、庭威，快去追带头的那几个！"

邵子俊和谢庭威看了看昏迷不醒的赵绍棠，咬牙追了出去。邵子俊和谢庭威一起向前追赶，前方有岔路，阿 Ken 手下两个人一左一右逃窜。邵子俊与谢庭威分头追赶。邵子俊紧咬前方穿黑衣的阿四不放。阿四借着熟悉地形，左躲右闪，闪到另一个小巷，迅速从腰包里掏出一件白色外衣，打开穿在身上。之后他迅速环顾四周，发现路边放着一辆送货的小推车，于是推起推车向前走去。

这时，邵子俊正好跑来，迎面看到换了装推着车的阿四，子俊看了一眼，并未起疑，之后继续向前追去。邵子俊来到巷子尽头，四下张望，猛然意识到什么，回身返回，却发现小巷里只剩下被弃路边的推车，邵子俊又气又懊悔。

众人正等救护车，何浩辉一脸焦急，看着躺在地上的赵绍棠。坐在旁边的梁婉婷拍拍何浩辉的肩头，安慰道："不要担心，救护车马上就到，棠哥一定没事。"

何浩辉脑海里闪现当年爆炸时，霍启泉牺牲的画面。

赵绍棠的手突然动了动，何浩辉恰好看到，激动低头，只见赵绍棠用力睁开眼。

何浩辉惊喜又关切地问："棠哥，你怎么样？"

赵绍棠虚弱地说："……放心，应该死不了……不过……何 sir，你这么大力抱着我胳膊，我真的好痛！"

何浩辉不好意思地笑笑，赶紧松开抱住赵绍棠的手臂。这时邵子俊和谢庭威回来。

梁婉婷说："棠哥，刚才何 sir 见到你被人打，疯了一般地冲进去。"

赵绍棠向何浩辉感激地笑笑。

梁婉婷问："你身上有枪，为什么不开枪自卫？"

"我当时听到人群中有人叫他们停手，我怕开枪，伤到无辜，要内疚一辈子。"

何浩辉道："但是必要时候，要保护自己。"

赵绍棠带着信任的眼神说道："并且我很有信心，你们一定会赶过来救我……"

五个人相视而笑。

第 十 章

程家兄弟

1

刀疤冯红光满面地从楼上下来，将手里的钥匙交给了代客泊车的小哥。突然，刀疤冯的手机短信提示音响起，他低头看一眼手机，内容是："外面有警察！"

代客泊车小哥将车开来，小哥刚下车，刀疤冯便迫不及待地跳上车。与此同时，陈耀扬的车快速驶近。刀疤冯慌不择路，一把转动方向盘将车朝另一个方向飞驶而去。陈耀扬等人紧紧追赶。

刀疤冯的车向前疾驰，突然发现前面因施工路断了。他想掉头，却见骆雅琪等追至，于是慌忙下车，连忙闪身进了旁边的小巷。

陈耀扬、骆雅琪下车追捕，差不多就要追到刀疤冯，突然小巷尽头驶来一辆轿车，车门打开，将刀疤冯救了上去，之后汽车迅速扬长而去。陈耀扬和骆雅琪望洋兴叹。

阿 Ken 救了刀疤冯，警告刀疤冯千万不要乱跑，只要船一到，立刻安排刀疤冯跑路。

赵绍棠担心红姐，着急出院。全车的队友答应帮他照顾红姐，他才勉强同意留在医院继续观察。赵绍棠叮嘱梁婉婷一定要"监视"红姐按时吃药。

谢庭威、梁婉婷到赵绍棠家照顾红姐，二人放下外卖和日用品。

梁婉婷说："棠哥有特别任务，要过两天再回来，他叫我们来照顾你。"

红姐追问："什么特别任务？"

梁婉婷道："你知道棠哥经验丰富，车技更是不用说，上面很看得起他，这个任务非他不可。"

红姐有点担心地说："这个任务危不危险啊？"

梁婉婷继续说："你放心，危险的事情上司不会要棠哥去做的……"

谢庭威接过话："现在是吃药的时间了，先吃药……"

谢庭威连忙为红姐斟水。梁婉婷把五粒药丸递上，包括那粒红色药丸，看着红姐把药丸全部吞下。与此同时，谢庭威用手机拍下红姐吃药的短片，然后发送给赵绍棠，好让他安心。

梁婉婷说："好，吃完药，我们吃饭。"

红姐却说："我还没饿。"

谢庭威提议："那我们一起拼拼图好不好？棠哥吩咐过，他回来的时候，应该要拼好了。"

红姐抱怨道："有没有搞错？人不在这里都要我做功课，拼得眼睛都花了。"

"不怕，有我们在这里。"梁婉婷说。

谢庭威附和道："我们帮你一起拼。"

红姐跟梁婉婷、谢庭威一起低头拼拼图。

汪东凯和汪太太拿着一束鲜花和水果篮到医院看望赵绍棠，对整个3车的同事表示感谢。汪东凯衷心感谢 EU 守护香港。大家听到汪东凯的话，竟然微微有一丝感动。

2

虽然棠哥住院，但是3车出勤仍然没有停。众人刚上车，就接到电台的通知，有人在街上持刀砍人。何浩辉眉头一皱，3车即刻出发。

警笛的声音由远及近传来。3车刚驶入街口，只见街上的人正四散奔跑，似乎被什么吓到。

车刚停下，就听砰的一声巨响，一只血手拍上车窗玻璃。

何浩辉喝令："大家小心！下车！"

冲锋队员小心翼翼地下车，发现上次兄弟争执案中的程沛基，一身鲜血，包在石膏上的绷带已经断裂，刚刚就是这只手的手掌拍上车窗玻璃，此时他正拿着带血的刀在路上缓走。

何浩辉大声道："站住！"

程沛基缓缓转身，持刀望向何浩辉一众。

何浩辉手按枪袋，准备拔枪，同时大声喊道："放下武器！"

程沛基眼神涣散，似听不到何浩辉的警告。见程沛基没有反应，何浩辉拔出配枪，其余众人都摸着枪袋也准备随时拔枪。程沛基继续前行着，刀尖不停滴血，路上留下一道长长的血痕，十分恐怖。

何浩辉更大声喊道："我再讲一次，即刻放下武器！"

程沛基终停步跪下，手一松，刀落地上。何浩辉与邵子俊交换眼神，随后手枪回袋，两人协力上前制服程沛基。梁婉婷和邵子俊扶起程沛基，红色的鲜血染上邵子俊的衬衣。

两名巡警也上前，帮程沛基处理伤口及叫救护车。

巡警紧急报告："呼叫总台，运东街有人严重受伤，叫救护车过来！"

邵子俊看清楚程沛基的容貌，又透过他衣服上的破洞看到了他身上的伤口。

邵子俊说："我认得他，是郝婆家老大！……他身上有好多刀伤！"

谢庭威边望楼上边推测："郝婆他们好像住在楼上？他是不是从家里出来的？"

何浩辉迅速反应过来："婉婷、阿威，你们两个留在这里维持秩序，我和阿俊上楼看一下。"

梁婉婷、谢庭威回复："Yes, sir!"

何浩辉和邵子俊转身匆匆跑向副房。周遭的路人都闻声来围观。何浩辉和邵子俊进入楼内。楼下聚集了看热闹的群众，巡警在照顾程沛基，谢庭威和梁婉婷留守在大楼门口，帮忙维持秩序。何浩辉和邵子俊小心上楼，远远便听见郝婆的哭喊声。只见郝婆满身是血地坐在楼梯上，一脸悲痛欲绝。郝婆听到声音，情绪激动。

郝婆问道："你们是什么人？"

何浩辉回答："阿婆，我们是警察。"

郝婆抓住何浩辉的裤脚，可怜地乞求说："不要抓我的儿子！求你们不要抓我的儿子！"

二人见状，对看一眼，猜到肇事者是郝婆的小儿子。何浩辉正要给予指示，邵子俊已擅自行动，直接绕过郝婆，冲上楼。

何浩辉提醒："子俊，小心，不要轻举妄动……"

何浩辉想追上去，但郝婆拼死缠着他不放，崩溃哭喊。何浩辉只能驻足安抚郝婆。邵子俊冲进房内，精神恍惚的程沛德满身是血地呆呆站在房子中间。程沛德一见邵子俊，情绪激动起来，连连后退。

程沛德走近窗口威胁邵子俊："你不要过来！你再过来我就立刻跳下去！"

邵子俊安抚道："你不要冲动，有什么事回警署再说！"

程沛德冲到窗前，一条腿顺势跨出去。

"我不要回警署，我不要！为什么每个人都要打我？一定要逼死我？"

邵子俊尝试缓和程沛德的情绪："没有人逼你！但你犯了法就要负法律责任。"

何浩辉这时赶到现场，见状连忙挥手制止邵子俊继续说下去，同时安抚程沛德。

何浩辉说："阿德，你要冷静。我们不是来抓你，是来帮你！"

程沛德盯着何浩辉，再看了看这满地狼藉的副房。

程沛德的情绪崩溃："你帮我？怎么帮？你当我是白痴呀？我宁愿跳楼去死，也不愿进监狱！"

郝婆也进到屋内，听到儿子要跳楼，一下子腿都软了，连哭带号："阿德，你不要做傻事！你有什么事，我怎么办？"

程沛德怒喊："你住嘴，你吵得我好乱，你们天天跟我吵，吵得我想要死！"

郝婆一怔，泪涟涟。

何浩辉上前劝阻："阿德，你冷静点，不要吓你老妈！"

邵子俊慢慢靠近程沛德。

程沛德情绪崩溃道："外面的人欺负我，不给我钱，还要打我。每个人都看不起我，连我亲哥哥都跟我说，我在他这里白吃白住，说我是垃圾！"

何浩辉大声劝阻："你不是垃圾！你还年轻，有大把机会。你不记得了，你还要去茶餐厅试工呢？你去那里上班，就是开始你的新生活了。"

程沛德先是一呆，继而脸上露出一丝期待。

"开始……新生活？"

何浩辉继续缓和程沛德的情绪："是啊，你可以的！信我！"

两人对话间，邵子俊已慢慢移动到程沛德面前。正在这时，邵子俊的对讲机突然响起：

"运东街中了刀伤的男人，已经证实死亡！现场情况比较混乱，请32号车过去支援！"

情急之下，邵子俊赶紧把对讲机关掉，但已经来不及。郝婆听到对讲机里传来的话，顿时崩溃。

"哥哥！哥哥死了！被我砍死了！"程沛德浑身一震，失声号哭，"哥哥，对不起！"

梁婉婷和谢庭威正疏散着看热闹的群众。

这时听到郝婆的喊声："不要啊……儿子！"

郝婆凄厉的大喊声划破天际。一道人影从众人眼前晃过，嘭的一声巨响，重重摔在3号车前方几米处。看热闹的民众发出尖叫声，急忙闪避。梁婉婷和谢庭威也震惊地看着跌下的人，一时之间目瞪口呆。

坠楼者奄奄一息，有几个大胆路人好奇上前查看，有人甚至举起手机拍摄。梁婉婷立即回过神来，和谢庭威一起上前疏散民众。

谢庭威上前，大声喊道："所有人向后退开！全部向后退开！"

梁婉婷也大声喊道："即刻向后退开！不要妨碍警察办案！"

二人走近，见坠楼者昏迷在血泊中，正是郝婆二儿子程沛德。梁婉婷、谢庭威脸上的神情微微一变。

邵子俊半个身子都探出窗口，一只手伸向下方，浑身震颤，手在发抖。郝婆冲向窗口，失声痛哭，转身捶打邵子俊。

郝婆狂叫："你害死我儿子！你为什么不拉住他啊？为什么？你这个死警察！你害死他了！"

何浩辉上前拉住郝婆，邵子俊却仍茫然失措。

事发现场，地上一摊殷红的鲜血，挡风玻璃上大大的血红手印。3车的队员望着眼前一幕，都感到难过。

何浩辉抖擞精神道："我们办案，经常会碰到不幸的事情。警察的责任，就是尽力避免这种事情发生。但是如果避免不了，我们就要将后面的事情处理好！阿基和阿德两兄弟虽然走了，但是他们的老妈仍然需要人照顾，仍然要继续生活，所以大家应该向前看……"

众人到更衣室换衣服，各自走到储物柜前，默默无言地更衣。何浩辉从衣柜里取出随身物品，邵子俊和谢庭威都像失了魂。何浩辉想开口说点什么缓和一下气氛，却欲言又止。

谢庭威衬衫都穿反了，何浩辉忙提醒他："喂，你的衬衫穿反了！"

谢庭威低头打量自己，迟钝地发现："是啊！"

何浩辉忍不住担心："你没事儿吧？"

"没事儿。"谢庭威苦笑自嘲，"我们做警察，什么场面未见过？"

谢庭威说着，扣衬衣扣子时又扣错了。何浩辉看到，但没再说什么。

谢庭威换好衣服，关上柜门，说："先走了！"

更衣室里只剩下何浩辉与邵子俊，何浩辉上前，试图开口与邵子俊搭话。邵子俊却嘭的一声用力关上储物柜门，拒绝与何浩辉眼神交流，欲低头离开。何浩辉忍不住拦住邵子俊的去路。

何浩辉道："这事纯属意外，没有人想这样，你不需要因为拉不住阿德而觉得内疚。"

邵子俊激动地说："如果那天听我的话，按照规矩将两兄弟带回警署，或者今天的这宗悲剧就不会发生！"

何浩辉叹了口气，尝试开解邵子俊："没人会有预知能力，也没人想要这个结果。但是事情已经发生了，我们可以做的就是加强自己的抗压力，不要让自己再受负面情绪影响。"

邵子俊冷笑道："Yes, sir！"

何浩辉想再说些什么，邵子俊已经转身而去。看着邵子俊的背影，何浩辉皱眉叹气。

何浩辉一边吃饭一边用手机查阅"如何缓解焦虑情绪"的词条，旁边已经写满了整页纸。这时何浩辉接到蔡卓欣的电话，不由得有些紧张。电话那端传来了何乐轩的声音……

原来是何乐轩跟小朋友一起踢球进了球，打电话跟何浩辉分享。何浩辉跟蔡卓欣倾吐出他眼睁睁地看着程家兄弟身亡，但是无能为力的郁闷之情……

何浩辉挂断电话后不久，短信提示音响起，他打开一看是蔡卓欣发来的讯息。短信里是一张阿轩画的威蛋超人，下面还歪歪扭扭地写着几个字"我的爸爸"。何浩辉定睛看着，已激动得热泪盈眶。

3

《量子新闻》大楼内，方大宇的关于数据中心停电影响股票市场的头条，网上的点击量已经超过了五十万！韦志玲带领全体人员给方大宇鼓掌。知道自己选题被偷的林蔚言神色冷淡，象征性地拍了拍手。

方大宇又把新闻的触角放到了郝婆惨死的两个儿子的身上。随着《量子新闻》的报道，程家兄弟的惨死也被归责到汪东凯的身上。这条新闻随着各种媒介，在港岛四处传播、发酵。

程沛德坠楼的地面上，血迹已经干了，但仍然能看到明显的印记。这里摆放着程沛德、程沛基的照片，照片周围布置着蜡烛和白菊花。有法师正在进行路祭仪式，街坊邻居及祭奠群众围绕，神情哀伤。方大宇神情肃穆，带着林蔚言和几个手下到场。哭成泪人的郝婆，被社工搀扶着，她想要上前一同跪拜，被劝止。

社工劝郝婆："婆婆，你一天都没吃过东西，身体那么虚弱，不要跪了。你的儿子都不希望看到你这样。"

方大宇上前道："是啊，身体要紧，婆婆，你听社工的话吧！"

郝婆听不进去，拼命挣开两人，奔上前跪在地上，边哭边上香。摄影师在不远处拍下这辛酸的一幕。

郝婆哭喊："阿基、阿德，你们死得好惨啊！为什么死的不是我这个老太婆？老天不长眼啊！我求你换我去死吧！你让我两个儿子回来吧！"

不远处方大宇手下不停对着他们拍照。网络媒体主持人走近现场，采访郝婆旁边的方大宇："请问您是死者哪位？"

方大宇回答："我是网媒《量子新闻》的总编辑方大宇。我和我同事在这里，是想向死者表达最深切的哀悼。死者身处于社会底层，生活本来就捉襟见肘，但是由于官员的无能以及种种决策上的错误，他们被迫走上不归路。我在这里，希望所有市民要团结，一起声讨要为这件事负责的官员！"

方大宇说完拿起一枝白菊花，一脸郑重地走到程沛德的遗照前，将菊花放下。《量子新闻》的员工列队，依次放下手中的菊花。林蔚言最后一个走过去，放下菊花，一脸忧思。

马路对面，邵子俊手捧鲜花，见到郝婆凄凉的模样，心情沉重。他想上前拜祭，却有些迟疑，犹豫了一会儿，终于下定决心迈出脚步。刚踏出脚，便被人捉住手臂，子俊扭头一看，是梁婉婷。

梁婉婷上前劝阻："你不要过去，婆婆她老人家可能会受不了刺激。"

邵子俊细想也觉得梁婉婷说得对，便问道："你怎么来了？"

梁婉婷回答："不只我，他们都来了。"

梁婉婷指指邵子俊身后。

"他们？"

邵子俊回头，才发现何浩辉、谢庭威穿着便装在不远处，邵子俊有些意外。

"这束花，我代表大家送过去啦。"梁婉婷说着拿走邵子俊手中的花束。

邵子俊说："多谢。"

梁婉婷过了马路，将花献上。只见伤心的郝婆从衣袋里掏出一个红色首饰盒，里面有一副金耳环。

郝婆说："阿基，你每天熬夜打工，我知道你很辛苦……这么多年来连老婆都娶不到，攒了钱买了一对金耳环给我。如果你不是没有了这份工作，你就不会天天待在家里，跟弟弟闹到打架。都是我不好，拖累你们两兄弟，我真是对不起你。"

郝婆的一番话使得周围祭奠的人和看客无不动容，很多人抹起了眼泪。郝婆一边哭一边说，越说越激动，突然晕厥过去。祭奠的人和周围邻居呼啦一下全都围了上来。社工也上前扶住郝婆："郝婆！郝婆你醒醒！"

众人七嘴八舌："郝婆你没事儿吧？""阿婆你醒一下，醒一下啊！""快点叫救护车！"

社工道："郝婆两天都没吃过东西，肯定是顶不住了……"

梁婉婷细心观察郝婆症状说："……她应该是低血糖，有没有带含糖的饮品？"

旁边有人递上来一瓶饮料，林蔚言立刻接过饮料打开，喂到郝婆嘴边。郝婆喝了几口饮料，似乎缓了过来。

林蔚言问道："阿婆，您好点没有？"

郝婆面色惨白，含泪点了点头。方大宇手下挤进人群，频频对着郝婆拍照。不远处，邵子俊和何浩辉几个人看着眼前的场面，心中五味杂陈……

程家兄弟身亡惨案的影响力不断扩大。刘先生找到汪东凯，认为现在流言四起，舆论压力太大，所以他决定给汪东凯放几天假。汪东凯喝了口咖啡，考虑几秒，点点头。

清晨，天还没有亮，但是太阳似乎随时都会破空而出。刀疤冯和阿 Ken 的两个手下在码头等船。可是船迟迟不来。

刀疤冯一脸焦急地问道："现在几点了？为什么船还没来呢？"

阿 Ken 手下说："不要那么心急，就快到了。"

刀疤冯不耐烦地抱怨："还等，这样等下去，马上天就要亮了，你们是在玩我吗？"

阿 Ken 另一个手下说："你这么说是什么意思啊？你以为我们想来陪你喝西北风？不知所谓！我们走！"

见阿 Ken 两个手下负气转身离开，刀疤冯气上心头：

"喂！你们准备过河拆桥吗？不要走！"

刀疤冯怒气冲冲，上前试图拦住阿 Ken 两名手下。一名手下突然掏出手枪，扣动扳机，当场把刀疤冯打死。血泊中，刀疤冯不可思议的表情凝固在脸上……

林蔚言一边喝饮料一边等人，突然顾客们骚动起来。几个顾客纷纷起身涌向酒吧一隅挂在墙上的电视。林蔚言的注意力也被吸引过去。

汪东凯和助理走出财政司，众记者围追堵截。

记者抢着问："汪东凯先生，听说您被停职了，是否与之前所涉贪腐及港交所数据中心断电传闻有关？"

汪东凯助理回答："汪先生只是休假，请不要过度猜测……"

新闻一出，酒吧内顿时一片沸腾，大家议论纷纷：

"汪东凯真被停职了？难道那些贪腐丑闻都是真的？"

"助理不是解释是休假吗？"

"休假不就等于停职吗？"

"我看哪，股市还要跌，这么下去，香港经济要完了。"

"怎么会这样？"林蔚言话音刚落，何浩辉出现在她身后。

林蔚言问道："何 sir，汪先生休假了？"

何浩辉回答："我都看到了。"

"可大家众说纷纭，事情闹得沸沸扬扬。"

何浩辉却说："不过想想也是预料之中的事，或许终于有人得偿所愿吧……"

林蔚言深思："你是说……这一切都是暗中布局的结果？"

何浩辉道："现在还没有证据，说什么都是揣测。不过，我总觉得《量子新闻》有问题。你看，你们最近每次报道，虽然角度不同，但最终矛头都指向汪东凯，可以说做到了从各个方位精准打击。"

林蔚言若有所思："如果真有问题，那么我们总编方大宇的嫌疑最大，最近几次都是由他亲自执笔，报道有关汪东凯的新闻。"

何浩辉又提出另一个问题："韦志玲是你们集团的总裁吧？她人怎么样？"

林蔚言回答："如果说为人的话，她对我们员工不错，没什么架子，经常请大家吃饭，做事比较公允。"

何浩辉又问："其他方面呢？"

"工作上呢，她喜欢听大家的意见，集思广益。"

"报道方向上，如果韦志玲不同意，方大宇能自己决定？"

林蔚言回答："韦总是一个尊重记者、认同新闻自由的人。方大宇发布的那些文章韦总没有干涉，我发的内容韦总也没有干涉过。难道你怀疑我们韦总？何 sir，那你就多虑了，如果我们报社真有问题，嫌疑最大的肯定是方大宇……"

服务生将一瓶啤酒放在何浩辉面前。何浩辉拿起来喝了一口，若有所思。

4

邵子俊手里拎着两袋水果走到郝婆家门口。大门敞开，郝婆却不见人影。

邵子俊喊道："阿婆，阿婆，我是邵子俊，我来看你了……"

邻居的门打开，邻居探身出来。

邻居说："年轻人，郝婆这几天整个人好像变傻了，每天到天黑就出去，都不知道去哪儿了……"

邵子俊担忧地说："那……麻烦你照顾下她。我姓邵，是警察，这个是我的手机号码，她有什么事都可以打给我。还有，我买的东西，麻烦你交给她。"

邻居恍然："原来你是警察？你是有心了！前几天有一个便衣来找过阿婆，他还留了钱，也让我们帮忙照顾下婆婆。放心啦，远亲不如近邻，我会照顾她的！"

听邻居这样说，邵子俊先是诧异，之后若有所思。

邵子俊刚走出楼门，就看见郝婆头发散乱，两眼无神，推着一车废纸箱走过。

邵子俊连忙上前想帮忙：

"郝婆，我帮你推。你吃饭了吗？没有的话，我去给你买吃的？"

郝婆先是毫无反应，似乎邵子俊的这些话她都没有听见。直到邵子俊上手推她的小推车，她才上下打量邵子俊，突然疯了一样爆发，发疯追打邵子俊。

郝婆嘴里怒骂："死警察，我认得你！就是你！就是你害死我儿子！"

邵子俊边闪边退："郝婆，不是，不是啊！"

郝婆一口咬死："你不要不承认！就是你！你一开始就吓唬我儿子，说要抓他。我儿子从小到大性格都很好，都是你，是你害死他！"

郝婆边高声哭骂边揪着邵子俊捶打，引来路人纷纷围观，还有人举起手机拍摄视频。

邵子俊握住郝婆手腕解释："郝婆，你听我解释，我并没有针对他，全部都是一视同仁，我们做警察都是按规矩办事的！"

"什么按规矩？你根本没人性！我的阿德要去跳楼，你还跟他说他哥哥死了，你还去刺激他！你根本想逼死他！阿德，老妈对不起你，眼睁睁看着你死什么都做不了！"

不明事情原委的路人议论纷纷：

"这个警察怎么能这么做呢？"

"是啊。"

"还说是市民的公仆，一点都不专业！"

路人都冲着邵子俊指指点点。心存愧疚的邵子俊在大庭广众下被群众指责，唯有松开了拉着郝婆的手。

邵子俊说："郝婆，你起来，我走！"

一位邻居见状忙走上前，扶起郝婆道："郝婆，你不要激动，对身体不好。别理他，我带你回屋。"

郝婆被邻居劝说离开，围观人群也慢慢散开，留下邵子俊一脸无辜。

邵子俊找到黄sir，递交了两份报告，不但承担了程沛德跳楼的责任，还申请调离3车。黄sir二话不说，将两份报告都扔进了纸篓。邵子俊满脸委屈地看着黄sir，一言不发。

邵子俊回到家里，告诉邵峰，他不单责怪自己没有救下阿德，并且觉得何浩辉的做法有问题——如果前一次按规定把两兄弟带回警署坐了牢，他们之间就不会有冲突，不会搞出这出惨剧。

邵峰问邵子俊："你有没有想过，就算抓两兄弟坐牢，他们出来之后会不会是一样的结果？"

邵子俊情绪有些失控，忍不住饮泣起来，邵峰也很难过，拍了拍邵子俊的肩膀，说道："或许这些，都是作为一个警察应该承担的。"

警署食堂内，何浩辉找到鉴证科的同事，印证他认为的阿德死亡的疑点。何浩辉在现场观察，阿德衬衫上的脚印，应该不是阿基的，因为那个鞋印是一个球鞋印，而阿基那天穿的是拖鞋。鉴证科同事因为纪律，只略点头，但不能回答。何浩辉继续说，他还注意到阿德脸上有个红印，好像是由硬物造成的。鉴证科同事实在忍不住搭话，哥哥手上并没有佩戴任何戒指，阿德和哥哥打架前，有可能同另一个人发生过肢体冲突。

何浩辉紧接着来到郝婆家附近的唐楼，向一个卖水果的老板娘打听阿德的事：
"大婶，你认不认识住在附近的那个阿德，程沛德？"
大婶回答："当然认识，都是老邻居了，他们一家人有时还过来帮忙。"
何浩辉又问："他们出事的那天，你记不记得，有没有什么特别的事发生过？"
大婶想了想说："……那天我有见过他。为什么我特别记得？因为他穿了件新衣服上街的，他平时很少穿这么整齐。"
何浩辉深思："他心情很好？"
"很好。他看上去很开心。"
"后来有没有人看到他跟人吵架，甚至动手呢？"
大婶再想了想说："我不是很清楚。不过后来，在那边靠墙角落，是有人吵过架，并且吵得很大声。"
何浩辉接着问："是不是阿德跟人吵架？"
"我没有亲眼看到是谁……总之是听到有几个人在那边吵。"
"你有没有听到他们吵的是什么？"
大婶努力回忆道："听到一点点……好像是什么抗议游行，还有给钱什么的。"
何浩辉追着问："还没有其他？"
大婶无奈回答："没有了……之后我就做生意，没有再留意了。"
何浩辉来到小巷，见墙上许多窗口已被木板围封，巷子里商铺大都关门了。何浩辉查看商铺门口，并没发现监控。他继续沿街向前走，巷子尽头是大三元游戏机铺。

何浩辉站在游戏机铺门口，查看门口的监控探头，探头正对着一个地下停车场。而这个监控探头无法拍到小巷里的情景。何浩辉巡视一圈，离开。

EU3 车在街上巡逻。副驾驶座的何浩辉和后排座的邵子俊分别看向窗外。

　　突然何浩辉在街上看见郝婆穿着一身新衣服坐在地上，又哭又闹，两名巡警在劝阻，郝婆跟两人拉扯。

　　何浩辉吩咐道："等一下……停一停！"

　　何浩辉带着众人从车上下来。梁婉婷和谢庭威负责疏散看热闹的路人，何浩辉和邵子俊朝郝婆走去。

　　何浩辉问道："发生什么事？"

　　巡警说："师兄，这个阿婆跟着一帮人说要去抗议游行，我们搜她身，发现她的包里面带了好多生鸡蛋和颜料，怀疑他们要搞事，之后那几个人就丢下阿婆走了。"

　　郝婆向何浩辉大叫："不是啊，不是啊。这警察冤枉我，还打我！"

　　何浩辉蹲下问："阿婆，警察身上都有录像机，如果录到你说谎，你要坐牢的。"

　　郝婆一听，顿时停止哭闹。何浩辉起身，对两位巡警耳语两句，两位巡警转身离去。何浩辉将郝婆扶起来，扶着她走到 3 车前。邵子俊紧跟其后。郝婆一见警车，以为要抓她去警署，大力抗拒。

　　郝婆大声喊道："我不去警署！我不去警署！救命呀！救命呀！"

　　何浩辉放缓语气："阿婆你不要害怕。我是担心你刚才太激动，怕你不舒服，所以想扶你到车里坐一下。放心，我们不是要抓你回警署。"

　　郝婆闻言略安心。

　　邵子俊问道："阿婆，你为什么要去参加抗议游行？"

　　郝婆一口咬定："我没有参加！"

　　"我知道你一定是被人带来的，告诉我，带着你们的领头的是什么人？"

　　郝婆撒赖："没有人带着我。你看到了吗？人在哪儿啊？"

　　邵子俊语气强硬道："阿婆，只要你讲出那个领头的你就没事，可以立刻走！"

　　"又说不抓我，原来讲来讲去，都是要抓我！"郝婆大声哭叫道，"我两个儿子都是你们逼死的，难道你们还想整死我？你们还有人性吗？"

　　何浩辉拗不过只能说："阿婆你不要太激动，没人说要抓你，你想走现在可以立刻走。"

　　"你说的！"

　　郝婆随即转身要走。

　　邵子俊一脸急切问："何 sir？"

　　何浩辉冲着邵子俊摇摇头，示意他不要着急。

　　何浩辉对着郝婆背影道："你想走就走啦，我是怕你赔了都不知道是怎么赔的……"

　　郝婆回头问："我赔什么？"

何浩辉说："我听说，他们叫人去游行，好大手笔，每人 4000……"

郝婆立刻驻足道："什么？不是 2000 吗？"

何浩辉装作不知道，继续套话："2000？那是带头的少给你一半啊。谁让你去的？"

郝婆悻悻然道："我哪知道他是谁？他叫大家去，说有钱分，我就去咯！给人 4000，就给我 2000，一定是落到他自己口袋了！"

邵子俊急切上前拉住郝婆询问："知不知道他叫什么名字？你记不记得那个带头的长什么样？我们可以给你照片，你认一下。"

郝婆突然意识到自己说漏嘴，连忙推开邵子俊。

郝婆马上改口："我不记得了，全都不记得了，你们别再问了，究竟是不是让我走啊？"

何浩辉安抚道："是，你想走就走。"

郝婆转身走去，但何浩辉仍跟在郝婆身边，尝试游说。

梁婉婷和谢庭威下车过来，见邵子俊望着郝婆和何浩辉的背影，仍然一脸不甘。

邵子俊问道："我知道阿婆一定记得那个带头的人的样子，为什么不问清楚，这么轻易就让她走？"

梁婉婷倒说："查问证人要有方法的，硬把她带走，她可能更加什么都不肯说，倒不如慢慢让她说。"

邵子俊坚持："这样是不符合规定的。"

谢庭威也说："规矩是死的，人是活的，有时我们做事，都要懂得灵活变通一下。"

邵子俊仍然坚持自己的看法："灵活变通？可能就是因为这样，阿婆的两个儿子才搞出这么大的事情。"

梁婉婷说："如果真有问题，上头一定会处理。"

谢庭威也说："没处理就是没问题！"

邵子俊仍在争辩："但是我们作为公职人员，就应该按照规矩做事！所有程序都要清清楚楚，不可以自己想怎么做就怎么做。还有……"

邵子俊还欲说什么，见何浩辉已朝这边走回来，也闭嘴不再说话了。

第 十 一 章

拨开迷雾

1

红姐从邻居聊天中知道了赵绍棠受伤的消息，马上给赵绍棠打电话，让赵绍棠回家。赵绍棠回到家里，知道红姐不是让自己提前退休，才长长地出了一口气。

红姐一边用药酒给赵绍棠擦伤口，一边拿出了记事本，说："我是你的负担。做警察的，别人家的都是担心警察们在外面的安全。而我们家相反，你每天都按时回家。自从女儿走了，那么多年为了照顾我，你拒绝了升职加薪，我根本不忍心让你提前退休……"红姐说着，眼圈红了，低头抹泪。

赵绍棠心中颇为感慨："呐，等我退休之后就能天天陪着你了……"

冲锋车在路上巡逻，邵子俊看到一些本来无关紧要的事，非要多次停车下来检查路人。大家都被子俊这种紧张的状态搞得很尴尬。

何浩辉整理完内务后，与棠哥交换了一下眼神，走开了。

邵子俊关柜子门时，柜子里有杂物挡住了门，导致关不上。邵子俊很生气地多次大力摔柜子门。

赵绍棠道："你干什么？先坐下，我知道你心里不舒服，不过你先听我讲完。"

邵子俊被赵绍棠拉回到座位上。

"你知道吧，我之前有一个女儿，都长大到22岁了，去欧洲玩漂流失踪……"

赵绍棠说到这里强忍着泪水。

赵绍棠接着说："这件事之后，我一直都责怪我自己，当时陪着她去就好了，我也变得很易怒，差点耽误了一起大案。是我自己被心魔困住，好久好久都走不出去……但是，你要记住，如果你身为一名警察，那么你就要承受任何痛苦经历！不论面对什么意外，或者是处理案件的过程之中，发生了任何令人悲痛欲绝的惨事，我们都一定要学会控制自己的情绪。这是作为一个专业的警务人员，我们必须有的心理素质。"

赵绍棠一席话让邵子俊感慨万千。

邵子俊回答："棠哥，我明白你讲这话的意思。"赵绍棠见子俊情绪稳定了，便走开了。

何浩辉走过来道："棠哥，你刚才讲得很好。今日大家在 3 车上工作，这是缘分。但是下一分钟，没有人可以知道会发生什么事。我明白，大家想的、做的方式可能各有不同，但是我们要求同存异。我们相同的，就是我们是一支专业的纪律部队的成员，我们不是普通人，不时要面对危险甚至生死抉择，所以我们一定要坚强，不可以被情绪和心魔控制。我们除了要承担责任之外，还要学会放下。"

赵绍棠打趣道："何 sir，你不要吓我们啊。什么面对危险、生死抉择呀，我一听见就脚都软了，我刚刚才出院，千万别再回去了。"说完大笑起来。唯有邵子俊并未完全释怀，这一切何浩辉都看在眼里。

2

何浩辉独自一个人专心查看临街店铺门口的摄像头。突然，梁婉婷、谢庭威还有邵子俊身着便衣，从四面八方出现在何浩辉身旁。

何浩辉问道："你们怎么在这里？"

梁婉婷回答："下了班，大家都没事儿做，想和你一起找证据咯。"

何浩辉十分感激地说："多谢你们！那我们分头找，婉婷、庭威，你两个去左边，子俊同我去右边。众人一家一家店铺寻找证据，在大三元游戏机铺门口会合。"

邵子俊道："这条街现在正在重建，好多店铺都搬走了，连监控都拆了。"

谢庭威说："这个地方这么偏僻，平时都没有什么人，那天正好是个礼拜六，肯定人更少。"

"何 sir，唯一的监控就是这个了。"梁婉婷指了指游戏机铺门口，"不过是对着个停车场。"

众人一脸沮丧。

何浩辉安慰道："不着急，慢慢来，只要我们再细心点，我就不信找不到线索。"

蔡卓欣背对着店门，正整理货架上的糕点。何浩辉匆匆走进，见蔡卓欣背对着他在忙碌，也没打扰。

蔡卓欣继续手里的活儿并未转身说："你来干什么？"

何浩辉有些尴尬道："今天下班早，想来看看你，多谢你那天发阿轩画的奥特曼画给我……"

蔡卓欣闻言将身子转过来：

"哦，那天从电话中听到你有点失落，所以先……"

何浩辉道："没想到我在儿子心目中的形象那么高大……阿欣，幸好你发给我，多谢你。"

蔡卓欣说："自从回到香港，阿轩开心了，说话也多了。他成天跟我说你带他去攀岩……又说红姐的事情……还叫我要注意身体……看来跟爸爸一起玩真的很重要。"

何浩辉憨笑道："总算有了一点点的地位……你刚才背对着我，怎么知道来的人就是我？"

蔡卓欣指了指货柜上的镜子道："在这块镜子里面看到你了嘛。"

何浩辉看着镜子发呆，突然掏出手机拨通了邵子俊的电话：

"子俊，20 分钟后大三元门口见……"

何浩辉挂了电话，对蔡卓欣道："你想不想看我破案？"

蔡卓欣愣了片刻问："行吗？"

何浩辉回答："原则上是不可以，不过你的这块镜子给了我灵感，所以可以破例一次。"

何浩辉拉着蔡卓欣的手朝门口走去，两人来到游戏机铺对面。

蔡卓欣有点不好意思道："不如我就留在这里吧？我怕妨碍你做事。"

何浩辉答应："好，你就在这里等我。"

何浩辉过了马路，与在门口等候的邵子俊会合。二人一起走进游戏机铺，边走边掏出警官证：

"警察查案，麻烦你们配合。"

邵子俊说："老板，我们想借你们店铺的监控看看。"

老板答："警官先生，你们想看什么时候的呢？"

何浩辉和邵子俊盯着监控录像屏幕，大三元游戏机铺对面停车场门口的广角镜里，清楚地显示出几个人正在殴打阿德的画面：程沛德面对镜头，跟阿四争执，阿四全程背对镜头，他纠集几个阿 Ken 手下对程沛德拳打脚踢一顿后离开。

邵子俊道："这个人的身形我好像见过……我想起来了！他是那天拦我们的车，打伤棠哥的那个古惑仔。"

何浩辉点头："立刻通知陈 sir 过来复制这段视频！"

何浩辉从游戏机铺里走出，天上下起了蒙蒙细雨，蔡卓欣一直站立在雨中。

何浩辉快步来到蔡卓欣身边问道："你怎么不找个地方避雨呢？"

蔡卓欣回答："我没带手机，怕你出来找不到我。你案子怎么样？"

何浩辉笃定地说："破了！"

蔡卓欣惊讶："啊，破了？"

何浩辉解释说："我进去就是要拿一段很重要的监控视频。让我有破案灵感的人就是你，是你让我想到这个破案的关键。"

"你这么说，就是这个案子我也算参与了，立了大功啦！"

何浩辉笑着点了点头。

蔡卓欣莞尔一笑道："那你想怎么样感谢我？"

何浩辉想了想说："除了现在陪你淋雨之外，就是要请你吃饭了。"

两人一边说笑，一边淋着雨向前走去。

何浩辉找到郝婆，带着她来到茶餐厅，跟郝婆说明了真相。

郝婆心情沉重地哭诉："原来是这帮人害死阿德！警官，是我怪错你们……我求下你们，一定要抓到他们，帮我的阿德报仇！"

何浩辉继续问："婆婆，游戏机铺的这个监控视频里面，有没有哪个人是你认识的？"

郝婆回答："这帮人个个都背着镜头，看不到样子，我不认识。"

何浩辉再次确认："真是一个都不认识？"

郝婆再看，仍是摇摇头。

何浩辉说："不要紧，总之您放心，我们一定会尽全力将这件案子查个水落石出。"

何浩辉反复查看视频，终于发现了线索……

天色尚早，朝霞满天。何浩辉驱车来到阿德与人发生争执的地方，径直走向墙壁处。何浩辉仔细地观察墙壁。

邵子俊招呼道："何 sir！"

何浩辉转头，发现邵子俊从后面走来。何浩辉指指墙面，眼神询问邵子俊，邵子俊点头说："视频里面这个古惑仔有一个双手扶墙的动作，就可能会在墙上面留下指纹。我们只要拿到这个指纹，就可以找到他。"

何浩辉竖起拇指夸赞："果然观察入微。"

邵子俊谦虚地说："和何 sir 你比这又算什么呢？你可以冷静分析，抛开所有偏见和成见去追查真相，这方面我还要学。"

何浩辉讶异："你几时变得这么谦虚的？"

邵子俊回答："老爸教的，他说满招损、谦受益，人要懂得谦虚才能学到东西。"

二人相视一笑。

阿四正跟阿 Ken 两个手下吃饭喝酒，陈耀扬和骆雅琪走了进来，陈耀扬朝阿四出示拘捕令。阿四一愣，起身想跑，被骆雅琪制服。陈耀扬和骆雅琪带着阿四离开茶餐厅。

梁婉婷给郝婆看阿四的照片。

郝婆激动地说："是，就是他！是他给我钱的，叫我们跟着他去游行、搞事！你要抓到他，帮我的阿德报仇！"

梁婉婷道："婆婆放心，我们已经抓住他了！你将你知道的事情全部告诉我，我们警方一定会将所有事情查清楚。"

阿四一脸嚣张，靠坐在椅子上，显然不把骆雅琪和她的同事放在眼里。骆雅琪将阿四指纹与墙上指纹的对比图片、录像视频截图、鉴证科调取的阿四 DNA 化验结果、郝婆证词一一放在桌上。

骆雅琪审问："屠阿四，我们现在怀疑你涉嫌刑事毁坏和袭警，另外还与教唆他人、扰乱公共秩序的案件有关。每个案子都有人证和物证。如果你肯配合认罪，说出谁是幕后指使者，我们就会帮你向法官求情；否则所有罪名由你来背，起码要坐牢七八年！"

阿四看着面前堆放的证据，脸色渐渐凝重，露出一脸犹疑。

陈耀扬正伏案办公，何浩辉和邵子俊敲门走进。

何浩辉直接问道："陈 sir，阿四的案子审得怎么样？"

陈耀扬回答说："雅琪还在审他。"

何浩辉继续问："听说你们查的那个刀疤冯死了，那港交所数据中心停电事件的线索是不是就断了？"

"跟你们无关的事情，我无可奉告。"

何浩辉继续说："我只是想帮你。以前在 O 记的时候，我和刀疤冯交过手。我知道刀疤冯有个同母异父的弟弟，叫阿龙，这个信息没有其他人知道。他们两兄弟虽然不是一个老爸生的，但是感情很好。阿龙现在跟阿 Ken。我想这个会是数据中心停电案的突破口，你试下在他身上查一下，可能会有线索。"

陈耀扬说："我们 O 记手上还有其他线索，刀疤冯只是其中的一个。你不用担心他死了我们就没办法了。不过多谢你有心提供新线索给我。"

何浩辉道："不用谢，总之希望你快点破案……"

正在这时，骆雅琪匆匆走进，与何浩辉打个招呼："何 sir，你在这里？"

陈耀扬问道："阿四有没有承认？"

骆雅琪回答说："他承认破坏 EU 车，殴打他人和教唆他人闹事。不过始终一口咬定这些都是他自己所为，没有人指使。"

何浩辉追问："阿四有没有说他为什么打阿德？"

骆雅琪说："他承认那天想拉阿德去参加抗议游行，阿德不肯去，所以就打他。"

何浩辉听骆雅琪说完当天发生的事情，不禁异常唏嘘："如果阿德那天没有看到他，去试了工，或许结果就会不同。"

"原来这些都是这个阿四搞出来的。"邵子俊带着歉意望向何浩辉，"我错怪你了。"

何浩辉淡淡一笑道："不要紧，只要我们找出真相，都算是对阿德和阿基两兄弟有个交代。"

何浩辉与邵子俊准备离开。陈耀扬两个手下带着一脸桀骜的阿四走进办公室，三人来到陈耀扬手下的办公桌前，办公桌上放着阿四的随身物品。

"核对一下，没问题的话就签个名。"

阿四看了一下桌上的物品，签完字后将确认单交回。陈耀扬手下接回单据的时候不小心将桌上阿四的随身物品碰掉，证物袋里的手机、项链、钱包等物品散落一地。阿四见项链掉落地上导致吊坠与链子断开，立刻紧张地蹲下去捡。陈耀扬两个手下以为他要闹事，一把将阿四按在墙边。阿四急得不行，激动反抗，陈耀扬两名手下一起制服阿四。

陈耀扬手下说："想干什么？不要闹事！"

看到这一幕，何浩辉走上前，一样样捡起掉落的物品，拿起吊坠时只见吊坠被摔开，里面有一张泛黄的照片，照片上是小男孩与老太太的合影。阿四见吊坠被捡起，也平静下来。

陈耀扬道："没事了，走啦！"

陈耀扬两个手下带着阿四离开办公室。何浩辉与邵子俊也走出了办公室。何浩辉与子俊在走廊中看着阿四的背影。

何浩辉道："这个阿四带头砸烂其他人的车，还带人上街闹事，一定不会这么简单，他后面多半有人指使。没猜错的话应该是阿Ken。子俊，查一下这个阿四的家庭背景。"

阿Ken知道阿四被抓，让手下通过律师转告阿四，只要阿四守口如瓶，在钱上不会亏待他。

3

灯火通明的店里空无一人。烤箱里烘烤着蛋糕，电磁炉上煲着汤，旁边桌上的相框里放着几张何浩辉及家人在菜市场买菜、街上走路、茶餐厅吃饭的照片。这时，门开了，一个穿帽衫戴口罩的人鬼鬼祟祟地走进店里，他环顾了一下四周，之后拿起了照片……

何浩辉正在处理公务，手机铃声响起，见来电的是蔡卓欣，连忙接起电话，蔡卓欣让何浩辉赶紧到店里一趟。

何浩辉匆忙赶到店里，顺着蔡卓欣惊恐的目光望去。只见桌上相框里的照片已经不见，电磁炉上的锅里，飘着那几张何浩辉及家人在菜市场买菜、街上走路、茶餐厅吃饭的照片，每张照片上都打了大大的红叉。何浩辉禁不住倒吸了一口冷气。

何浩辉托赵绍棠的关系，单独来到了阿四的监房。阿四听到脚步声，抬头便看到何浩辉。何浩辉走到监房门口，阿四一扭头，一副不合作的样子。

何浩辉问道："我见你这条项链断了，要不要找间金铺修好呢？"

"不用了，多谢！"

何浩辉继续说："你这条项链挂的吊坠很漂亮，里面是不是你和你外婆的合照？"

阿四惊讶地看着何浩辉，愤然说："你查我的底？我跟你说，我阿四烂命一条，全家都死了。我是一个孤儿，你别想威胁我！"

何浩辉道："你父母在你四岁的时候因为车祸去世，是你外婆养大你的。你外婆为了养你，每天都去捡垃圾卖钱。不过不幸的是，在你17岁那年，她发现自己得了癌症，因为怕你担心，就一直瞒着你。直到她有一天突然在街上晕倒了，被送到了医院你才知道，最后她在医院住了两天，就去世了……"

阿四满眼泪水，为了不让何浩辉察觉，转身背对着他拭泪。

何浩辉继续说："我打听过，你外婆这个人很坚强，从来都不会求人帮忙，一点点带大你，邻居街坊很尊重她。我想她老人家泉下有知，一定希望外孙平平安安，自食其力，好好地生活；而不是想见到你坐牢，失去自由。"

何浩辉等了半晌，阿四并不答话。

何浩辉起身，靠在阿四背对着的牢房门前，抛出绝杀："郝婆和你外婆差不多年纪，她眼睁睁看着自己的两个儿子死得那么惨。你试想一下，一个老人家，孤苦无依，她后面的日子怎么过啊？"

阿四的脸上露出伤痛悔恨之色，头垂得更低了。何浩辉慢慢走开，留下阿四对着月光沉湎于自己的思绪中。

陈耀扬和手下正在审阿龙：

"一个礼拜前，水警打捞到刀疤冯的尸体。我们一直想联系他的亲人来认尸，直到这两天才找到你，你是他同母异父的弟弟。"

陈耀扬略做停顿，观察对面阿龙的反应。阿龙表情悲伤，强忍着眼里的泪水。

"我们警方一直在查刀疤冯，因为有证据显示，他同港交所数据中心断电案件有关。你同你哥关系那么好，或多或少都应该知道点事情，我希望你可以和我们警方合作。"

阿龙回答说："阿 sir，我阿哥的事我从来不过问，什么港交所数据中心断电，我听都没听过！"

陈耀扬继续说："以我们掌握到的证据，刀疤冯只是听命令做事，幕后指使是另有其人。我想，你不想你哥死了之后还要给人背锅吧？"

阿龙还是坚持："什么给人背锅？我都不知道你在说什么。你们警察有本事就自己去查，不要来烦我！总之我什么都不知道！"

陈耀扬又说："阿龙，别生气嘛。我知道你很够义气，但是你讲义气也要看下对象！"

阿龙忍不住接陈耀扬的话："这话是什么意思？"

陈耀扬示意旁边做笔录的手下，手下立刻拿出一份尸检报告递给阿龙：

"这个是你哥的验尸报告，他不是跌落水里淹死的，而是被人打了两枪，让人把尸体扔到海里的。"

阿龙翻看尸检报告，激动地说："不可能！这不是真的！"

陈耀扬将几张刀疤冯的尸检照片递给阿龙，说道："所以这件事，很明显是杀人灭口，有人想让他永远闭嘴，我想你心里有数！你哥被人出卖，死得不明不白，你这个做弟弟的会安心吗？如果你隐瞒，要对这样对你哥的人讲义气，那我无话可说！"

阿龙看着哥哥尸体的照片，痛苦地抱头饮泣。正在这时，陈耀扬的手机响了。

陈耀扬接起电话："喂？……阿四要求见何浩辉？"

何浩辉和邵子俊坐在阿四对面，阿四慢慢抬起了头。

阿四坦白："何 sir，我想通了……其实所有的事，全部都是阿 Ken 指使我去做的！我知道他经常同一个叫作安娜的女人见面，每次都神神秘秘，不知道说些什么。不过有一次阿 Ken 喝多了，和我说安娜跟外国一个大基金合作，所以很有钱，本来想帮蒋坤的社团上市，但是之后安娜和蒋坤翻脸了，所以就转头跟阿 Ken 合作。阿 Ken 说只要钓住安娜这条大鱼，就可以和蒋坤平起平坐，叫我们好好跟着他，以后一定有大钱赚……"

何浩辉问道："你有没有见过那个安娜？"

阿四点了点头。这时骆雅琪走近，对何浩辉耳语了几句。何浩辉眼神示意子俊，二人一起走出审讯室。

何浩辉和邵子俊兴冲冲地走进办公室，陈耀扬正在等候。

何浩辉激动地说："陈 sir，招了，果然是阿 Ken 主使！"

陈耀扬也说："我们搞定阿龙了，他说是阿 Ken 指使他哥刀疤冯，致使港交所数据中心断电。不过阿 Ken 都是受托于一个叫安娜的女人，近期他们两个合作，阿 Ken 在这个女人身上赚了不少钱。"

"没错！阿 Ken 背后就是这个安娜！而安娜背后就是那个外国基金！"何浩辉笃定地说。

陈耀扬问道："有没有人见过那个安娜？"

何浩辉回答："阿四说他见过。"

陈耀扬迅速做出反应："马上叫同事来跟阿四画一个安娜的样子。"

何浩辉道："外国基金同香港社团合作，目的是通过社团去搞乱香港社会秩序，从而影响金融市场。这个外国基金很有可能是 EGM，安娜也可能是这个基金在香港的代理人，也就是金融狙击计划的执行者。"

邵子俊佩服地望着何浩辉说："你之前的怀疑和推测，基本完全准确！"

"所以现在我们不单要捉住阿 Ken，更重要的是引出这个幕后黑手安娜！"

何浩辉与陈耀扬四目相望，心有灵犀。

骆雅琪带队去抓阿 Ken，阿 Ken 反应很快，提前溜走。带队的骆雅琪无功而返，向陈耀扬汇报：已经冻结了阿 Ken 所有的账户，但是阿 Ken 有地下赌场的生意，无法控制阿 Ken 的现金。听完骆雅琪的汇报，陈耀扬若有所思。

地下赌场里摆着好几张牌桌，赌客们兴奋地押注。陈耀扬戴着眼镜，与骆雅琪假扮赌客走进赌场。一位看场子的立刻迎上前招呼：

"两位老板，欢迎呀，这边！"

看场子的边打招呼，边与其他几个保镖模样的阿 Ken 手下眼神交会，示意这是自己人。接着，陈耀扬和骆雅琪被带到一张赌桌前，陈耀扬边走边环顾四周，赌桌下一包包现金尽收眼底。

地下赌场附近，EU3 车停靠在树丛里，何浩辉和邵子俊一马当先从车上下来，之后悄然靠近地下赌场。何浩辉用手势示意大家将赌场包围。

赌场内，骆雅琪耳环耳机里传来何浩辉的声音："EU 已经就位。"

陈耀扬示意骆雅琪，二人突然掏出证件：

"警察！"

随着骆雅琪一声大喊，在座的赌客慌忙起身，四散奔逃……赌场门口，何浩辉身着制服带领 EU 队员在门口埋伏，见赌客们拎着赌资从里面跑出来，立刻上前将赌客们制服，人赃并获。

阿 Ken 知道何浩辉抄了他的赌场，大怒，决定报复何浩辉。

4

蔡卓欣在招呼客人，端咖啡、拿蛋糕。何乐轩坐到窗边的一张桌子旁写作业。门突然开了，一群古惑仔走进店里，横七竖八地坐在椅子上。蔡卓欣心里咯噔一下，但还是带着笑脸走上前询问。

蔡卓欣问道："几位想吃点什么啊？"

其中一个古惑仔说："我们没什么可吃的，就是来坐一下。"

古惑仔们直勾勾地看着店里的客人。客人见来者不善，吓得纷纷起身离开。一个古惑仔索性坐到阿轩对面，捏着阿轩的脸道："脸上肉还挺多的嘛。"

阿轩挣扎："放开，不要掐我。"

蔡卓欣说："你们干什么？放开我儿子！"

古惑仔挑衅道："见你儿子很可爱，跟他玩一下咯，是不是玩不了啊？"

这时，几个古惑仔开始摔桌上的杯盘……门口有路人看到想进来帮忙，却被站在门口的两个古惑仔拦住。

蔡卓欣见状忙上前制止："住手，你们再不走，我就报警！"

与此同时，机警的阿轩按下了电话手表："……爸爸，爸爸……"

"死孩子，还敢打电话？！"

坐在阿轩对面的古惑仔一把拿下阿轩的电话手表，重重摔在地上。何浩辉突然接到何乐轩的电话，还没开口，就听到里面传来何乐轩的哭声。

何浩辉立刻知道蛋糕店出事了。赵绍棠一踩油门，车急速朝着蛋糕店驶去。

蛋糕店内，古惑仔一脚将手表踩碎。

何乐轩哭喊："放手！还我手表……"

蔡卓欣疯了一样冲过来，从古惑仔手里拉过何乐轩，护在身后。

蔡卓欣怒喊："你们到底是什么人？为什么欺负小孩？为什么砸我店？"

古惑仔凶狠地说："为什么砸你的店？问问你老公何浩辉干了什么就知道了！他这个混蛋不长眼，惹了不该惹的人，我们这是替人办事！"

古惑仔说着，又继续在店里乱砸。蔡卓欣阻拦不及，被古惑仔推到墙边。正在这时，外面传来警笛声，古惑仔闻声纷纷逃窜。

古惑仔临走时恶狠狠地对蔡卓欣说："这次便宜你了，下次就不是砸店的事了！"

古惑仔刚走，何浩辉首先冲进店里。店里已是狼藉一片。蔡卓欣紧紧搂着何乐轩蜷缩在地上。

何浩辉问道："阿欣、阿轩，你们有没有受伤呀？"

何乐轩扑向了何浩辉。何浩辉俯身一把抱住何乐轩。这时，蔡卓欣俯身撑地试图站起，手不小心被碎玻璃割伤，血顿时流出。何浩辉带着何乐轩紧张地走过去。

何浩辉紧张地说："阿欣，你这只手在流血呀……"

"走开！如果不是你，都不会搞成这样！"

蔡卓欣一把挥开何浩辉的手。何浩辉紧紧抱着何乐轩，心疼愧疚地看着头发散乱的蔡卓欣，心中深深自责。

医生正给蔡卓欣处理伤口。

何浩辉一脸关切地问："医生，她没大碍了吧？"

医生回答说："没什么事，一个星期不要沾水，不要让伤口感染就行了。"

何浩辉摸了摸阿轩淤青的小脸问："你还痛不痛啊？"

何乐轩坚强地说："不疼，我是男人。"

"我儿子真是一个坚强的男子汉，厉害！"

何乐轩却说："爸爸你才厉害，你人都还没到，那帮坏人听到你的警笛声就被吓走了！"

医生离开，何浩辉一脸愧疚地对着蔡卓欣，踌躇半晌，低声开口："这两天你们都不要在店铺里面住，还有我怕他们会去家里骚扰你们，不如我在家里陪你们住几天，有什么事我都可以保护你们，好不好？"

蔡卓欣转过头不理何浩辉，何乐轩开心地拉着何浩辉的手，一手拉着父亲往外走，一手示意："好呀，我们走吧！"

蔡卓欣抱着被子从卧室出来，何浩辉从客厅沙发起身接过蔡卓欣手中的被子。

何浩辉问："轩仔睡着了？"

蔡卓欣点点头。

何浩辉内疚道："对不起，都是因为我……"

蔡卓欣终于开口："你和我讲对不起有什么用？我最怕的是阿轩有事！那帮人

真是没有人性！我见他们这么对阿轩，但是自己又没办法保护他，我真是……"

蔡卓欣掩面哭泣。何浩辉伸手想抱蔡卓欣，停在半空又无力放下。

何浩辉许诺："我答应你，不会放过这帮坏人！"

蔡卓欣却说："你抓了他们又怎么样？你抓这一帮，另一帮又来报复！你能抓多少？！"

"我知道，这么多年来我要你承受了好多委屈……这次还伤害到阿轩……但是我是一个警察，抓坏人是我的职责，我不可以因为怕他们报复就由得他们胡作非为。"

"讲来讲去，都是你有责任，你身负伟大的使命！是我们活该，让你抓贼束手束脚！"

何浩辉无奈地说："我不是这个意思……"

蔡卓欣对何浩辉下最后通牒："你知不知道，你之前的事曾经令阿轩心理出了问题，导致我要带他去加拿大看心理医生！这次回来，他刚刚好了一点，现在又受到惊吓，刚才还做噩梦！何浩辉，你知道的，阿轩是我的底线！我不会再让他受到任何伤害！"

何浩辉呆了呆道："阿轩有心理问题？你之前为什么不告诉我？"

"你知道又怎么样？没用的，我们离婚啦！"

蔡卓欣说完，起身走进卧室，狠狠地关上了房门，留下何浩辉独自黯然神伤。

次日，蔡卓欣端着一盘切好的水果来到何乐轩房间门口，门开着，只见屋里何浩辉正和阿轩说话。

何浩辉说："阿轩，对不起，爸爸的事吓到你，还让你做噩梦。"

何乐轩却说："我在外婆家每天都做噩梦。但最近和爸爸去攀岩，胆子变大了不少，棠叔还说爸爸是大英雄，所以我不再怕！因为爸爸是超人，专门抓坏人！"

何乐轩说着，将自己画的咸蛋超人拿过来递给何浩辉。何浩辉接过画，将阿轩紧紧抱在怀里，十分感动。

何乐轩期待地看着何浩辉："爸爸，我还想吃你煮的饭。"

何浩辉一口答应："好，爸爸给你煮！"

"不过我有个要求。"

"说。"

何乐轩小声说："可不可以……不要再做那几道菜？我吃够了！"

听到父子俩的对话，门口的蔡卓欣破涕为笑。何浩辉这才意识到蔡卓欣站在门口。阿轩则跑到蔡卓欣身边，紧紧搂住了蔡卓欣。

陈耀扬站在工作人员身边，听取骆雅琪报告："根据刑事情报科搜集到的资料，阿 Ken 一共有三部手机，其中一部用得最多，主要都是同他手下联络；另一部手机不打电话的，只是用来查数；第三部手机的使用率就最低，他只会用来打给几个女人或者是发讯息，似乎这部手机是专门同他的情人联络的——不过最近这段时间，他只跟同一个女人保持联络，而且有点奇怪。"

陈耀扬问道："怎么奇怪？"

骆雅琪回答："这个女人会给阿 Ken 钱，而且每次给的金额都很大。如果她是阿 Ken 的女人，应该是阿 Ken 给她钱才对。"

陈耀扬思索片刻："这个女人……很有可能是安娜！有没有监听过阿 Ken 手机？"

O 记警察说："有！我们监听他们这两天的通话和讯息，其中有一条讯息，是她约了一个人，明天下午两点在一间餐厅见面。"

陈耀扬问道："查没查到他们约在哪儿？"

"这个……查不到……"

陈耀扬推测说："如果这个人真是安娜的话，她极有可能是约了她的同党见面。大家注意，我们明天要提前布防，这次的目标人物是安娜和她的一个未知身份的同党。我们已经由阿四那边得到安娜相貌的拼图，等会儿发给大家。"

安娜驾驶轿车正赶往约会地点。此时手机响起，安娜看了一眼来电显示，接听了电话：

"喂，什么事？有事我们见面再说！"

电话那头的阿 Ken 说："放心，我这个电话没人知道。我想告诉你，我打算离开香港几日，过一段时间再回来。"

安娜问道："为什么要那么着急走啊？"

"我手下阿四被警察抓了，刀疤冯的弟弟又让警察问话，我现在很麻烦，为了帮你，被警察盯死了。警察查封了我几间赌场，你知不知道我亏了多少钱啊？你要补偿给我！"阿 Ken 说。

听到这里，安娜骤然紧张起来：

"你说什么？警察盯上了你？"

"是呀，我都是为了帮你——"

没等阿 Ken 把话说完，安娜已经挂断手机。她一个急刹车，把车停到路边，将手机里的电话卡拔出来，折坏，之后打开车窗，扔到窗外；继而又拿出一张新电话卡，插入手机，用手机发出了一条短信："有问题，约会取消。"

　　不一会儿，韦志玲看到短信："有问题，约会取消。"

　　安娜发去消息的人竟然是韦志玲！

　　韦志玲思索了片刻。为了保证万无一失，她还是拆下电话卡很隐蔽地扔进了咖啡里，环顾四周之后站起身，朝咖啡厅门口走去。陈耀扬在咖啡厅门口装作等人，看见韦志玲从咖啡厅里走出，陈耀扬眉头紧锁。

第 十 二 章

蓝名单

1

箭马酒吧一角，陈耀扬和何浩辉一边对饮，一边聊着天。

何浩辉问道："怎么样，捉没捉到安娜？"

陈耀扬摇摇头说："她应该是得到风声，觉得不对劲，所以没有出现。"

何浩辉有些失望。

陈耀扬话锋一转："但是有件事有点奇怪，你看下……"

陈耀扬递给何浩辉平板电脑，指了指里面韦志玲的照片。

何浩辉认出："《量子新闻》的老板韦志玲？"

陈耀扬说："我进去的时候，她刚从茶餐厅出来，神情还不太自然，甚至有点慌张。"

何浩辉同样提出说："我一直都觉得这个女人可疑，《量子新闻》次次爆料，都可以好精准地打击汪东凯，可以说是专门针对汪东凯的舆论打手。"

"所以我觉得，韦志玲很可能就是安娜想约见的人！"

何浩辉推测道："如果真是她，所有事就讲得通了。安娜通过韦志玲制造舆论攻击汪东凯，又用阿 Ken 这帮社团的人鼓动市民上街、上门抗议，扰乱社会治安，矛头直指汪东凯，最终让他倒台。"

陈耀扬问："他们这么大费周章地整走汪东凯，有什么好处？"

何浩辉回答说："汪东凯是香港重要的金融专家，他身为财政司副司长，肯定会守护香港的金融体系。假设安娜是 EGM 的代理人，那她这么做就很合理，因为 EGM 要清除所有阻碍他们计划的人，重点人物就是汪东凯。至于清除了他之后，他们下一步要做什么具体动作就不得而知。"

"那我们就将重点放在韦志玲身上！我就不信她可以密不透风，她迟早要露出马脚。不过《量子新闻》的人员出入都好严格，不容易派人进去抓住她，你有没有办法？"

何浩辉眼珠子一转："或者有个人可以帮忙。"

咖啡店内，何浩辉拿着两杯咖啡走来，将其中一杯交给林蔚言。

林蔚言问道："要我帮忙，就一杯咖啡吗？"

何浩辉说："一杯咖啡确实有点不够，或者我向警方申请一些线人费咯。"

林蔚言笑了笑："那倒不用！我之前怀疑过方大宇，于是暗中跟踪了他一段时间，但是都没什么发现……至于韦小姐，我一直都认为她是个好老板，不觉得她有什么不妥。"

"或者就是因为她隐藏得好……不过以我的判断，就算背后的事她真是有份参与，她也应该不会是一个专业罪犯，所以不可能所有事情都没有破绽。"

林蔚言点点头。

何浩辉说："我们现在很需要你的帮助，如果韦志玲真是有问题，你应该可以发现一些蛛丝马迹。"

林蔚言想一想道："我尽力而为，希望可以帮到你们！"

"麻烦你了！"

"不要客气啦！"

林蔚言连续一段时间偷偷跟踪韦志玲，韦志玲所有的行踪都被林蔚言拍成了照片。陈耀扬将一沓韦志玲和人见面的照片放在何浩辉面前。

陈耀扬说："林蔚言照的这些相片，印证了我们的猜测。韦志玲这几天见的客人，全部都是各大基金公司的经理，而当中有两个人的名字和蓝名单上面的英文缩写吻合，所以有九成可能就是他们要进行金融狙击计划！"

何浩辉确认说："那就要叫林蔚言继续盯紧韦志玲。"

陈耀扬表示赞同："没有错，除了叫她盯紧韦志玲的行踪之外，还要叫她特别留意韦志玲接触过的那些人。"

"好。"

韦志玲通过中间人孙以宁准备给蓝名单上的人转钱的时候，发现林蔚言似乎在跟踪她。

过了一会儿，孙总的车缓缓启动，正要驶出停车场，随即被两辆警车前后夹击，孙总的车只得停下。

一身警装的何浩辉正从3车上下来往警署走，陈耀扬过来说："有消息！"

何浩辉停步，陈耀扬过来递上平板电脑。

陈耀扬道："同事刚刚查过了，这个是同《量子新闻》有合作关系的广告公司的孙老板。他说韦志玲找他帮忙，将一笔本应该给《量子新闻》的广告费，转去了一家贸易公司的银行账号；同时韦志玲还叫他在星期五之前，将另外的几笔钱分别汇给韦志玲的几个客户。"

何浩辉点点头："要检查一下收钱的这几个客户究竟是怎么回事，还有再检查下韦志玲指定汇入的贸易公司背景和老板有没有问题。"

"这家贸易公司我已经查了，刚刚成立两个月，这笔钱是他们公司收到的第一笔入账。至于公司老板，是一个叫李淑兰的中年女人，背景似乎也没什么不妥当的。"

何浩辉想了想道："但是没做生意就先收钱？这家公司……似乎是特意为了收这笔钱而开。"

陈耀扬微微点头，同意何浩辉的推断。

何浩辉看看腕表说："我要执勤，保持联络。"

"好。"

2

一身便服的邵子俊下了车，忽然听到一阵高亢的吵闹声。

王先生怒骂："八婆，你撞到我的车！老虎不发威，你当我是病猫呀？！"

关女士回怼："是我撞你又怎么样？谁让你停在我的车位上！"

邵子俊转过弯，看到两个吵架事主剑拔弩张，车子被撞的王先生拎着一根棒球棍从车里气势汹汹地走下来。

邵子俊立刻掏出手机："喂？我是 EU3 车警察邵子俊，下班之后见到有纠纷，麻烦立刻派同事过来……"

王先生道："死八婆！你敢撞我的车，我要你赔到破产！"

关女士说："赔你条命！我怕你？我老公是议员，我打一个电话，成队人来帮忙！"

被激怒的王先生一棍子砸在顶着他车头的关女士的车的玻璃上，车玻璃顿时碎成网状。关女士也不甘示弱，从包里取出防狼喷雾，冲王先生脸上一通狂喷。王先生捂着脸惨叫连连。旁边围观的几个人有的惊呼，有的用手机拍视频。邵子俊赶忙跑上去拿出警察证阻止："停手！警察！"

王先生一听警察二字，立刻将棒球棍一扔，顺势躺倒，惨叫得更高声。关女士愣了一秒，也躺倒在地上，滚到棒球棍旁边哀号。

王先生马上求救："哎呀，警察救命呀，这个八婆用催泪喷雾喷我！"

关女士争辩道："不是啊！阿sir，这个无赖用棒球棍打烂我的车！你看下我的车！他还想用棍子打我，吓得我跌倒，扭了脚！"

邵子俊过去搀扶关女士。可关女士要赖不起来。邵子俊忙脱下外套，搭在了穿裙子的关女士腿上。

邵子俊小声耳语："您走光了……看一下，周围的人在拍您啊……"

邵子俊话音未落，关女士一下子爬起来。邵子俊又转身扶起王先生。王先生一边起身，一边捂着脸哀号："阿sir你主持公道呀！她喷我，我现在眼睛好疼，什么都看不到，可能会瞎！"

邵子俊问："谁有清水？"

有路人递过来一瓶水，邵子俊拧开瓶盖，递给王先生：

"先生，你用清水抹一抹面，先洗一下眼睛。"王先生接过水，邵子俊掏出纸巾，给他擦拭。

邵子俊接着说："你们不用说了，刚刚发生什么事我全部都看到了，你们也应该很清楚自己做过什么，而且这么多位街坊，过程都拍到了。"

邵子俊边说边观察两人的状况。只见王先生擦洗一下，除了眼睛有点红，并无大碍。关女士腿脚灵活，也没有扭伤。

"这里是停车场，人多车多，万一撞到哪个都不好，如果有争论，应该开到一边，慢慢说。"

突然一阵警笛声，2车从远处开来。邵子俊冲2车挥了挥手。随后2车几个人来到车旁，讨论如何处理。

关正忠对关女士和王先生说出了处理方案："有两个解决方案。一，你们都跟我回警署，我会叫人帮你们拖两辆车回去，再按照情况，看下应该告哪个，又或者两个都告！二，私下和解，你们两位商量，签一份和解协议，然后各走各的。你们自己选。"

肇事的两人本来还很强硬，一听要把车拖走又面临控诉，立刻急了。

关女士着急地说："阿sir，明明是他先不对，为什么要告我啊？"

关正忠回答："没说要告你，现在我们还没查清楚这件事。等查清楚之后，哪个要负责就负责，要罚款就罚款，要坐牢就坐牢！"

王先生一听说还要坐牢，登时软了下来："警察先生，不用这么大阵仗啊，又罚款又要坐牢？"

邵子俊说："不想大阵仗，最好就私底下和解；否则就采用第一个方案，人回警署，车拖走。"

关女士也软了下来："其实和解也可以的。不过他要跟我道歉，他打破了我的车玻璃！"

"那你还撞了我的车！"

王先生还想争辩，邵子俊连忙阻止："王先生，我亲眼看到你用棒球棍，打碎关女士的车玻璃，这是刑事毁坏，后果可大可小，你自己想清楚。关女士，就算王先生停了你的车位，你也可以用其他方法处理，可以叫管理处介入，不是一来就撞人家的车，这样做同样属于刑事毁坏。"

关女士说："……好了好了……就是大家都有不对，是不是啊？"

关正忠转向王先生："王先生？"

王先生点了点头。

关正忠最后仲裁："既然你们两个都同意和解，就写份和解书，两个人签名坐实。"

邵子俊不经意间询问："对了，关女士，你老公……是哪位议员？"

关女士回答："什么议员啊？你听错了，我什么时候说我老公是议员？"

邵子俊反应过来，若有所思，立刻给何浩辉打电话，让陈耀扬查一下这个关女士。

何浩辉信守承诺，给阿轩做新菜。虽然仍然手艺不佳，得到了差评，但是一家三口的感情已经在不知不觉之中重新变得融洽。就在这时，何浩辉的手机响起，他接起电话。

陈耀扬一边往停车场走，一边在打电话：

"……何 sir，我已经查了这个姓关的女人，真是有线索，甚至可能同蓝名单有关！你和子俊立刻来顺利围的大排档，我在这里等你们，见面再详细讲！"

"好，我们马上过来！"

何浩辉挂断电话后立刻起身，匆匆就要出门，却意识到蔡卓欣面色有异，连忙解释："阿欣，他们发现了重要线索，我要立刻出去。"

蔡卓欣脸色阴沉下来，说道："何 sir，你去就去，根本不需要和我交代。"

何浩辉看着蔡卓欣冷下来的脸色，想解释又无从说起，只得摸摸何乐轩的头说："轩仔，陪妈妈好好吃饭，爸爸很快就回来。"

何乐轩懂事地大力点头，何浩辉抄起外衣，快步走出家门。

蔡卓欣与何乐轩面面相觑。

3

陈耀扬点了一桌菜，何浩辉和邵子俊坐在对面，三人边吃边谈。

陈耀扬说："我查过这位关女士，背后果然不简单！"

何浩辉问："怎么不简单？"

陈耀扬回答："关女士的老公，或者应该说是前夫，就是姜议员。"

何浩辉迟疑道："姜议员……是她前夫？"

陈耀扬点头："没错，而且他们是几个月前刚离婚。你记不记得《量子新闻》的韦志玲，曾经叫广告公司孙老板，给一家公司汇了一大笔钱？"

"记得，这家公司刚刚成立了两个月。"

"这家公司的大股东李淑兰，曾经给姜议员做了十几年的管家，去年才退休。"

邵子俊一脸惊讶道："那就是说……这个管家李淑兰，在退休之后自己开了这间公司，然后就收了韦志玲的一大笔钱？"

陈耀扬点头。

何浩辉推测："他们背后关系这么密切……很明显，是韦志玲特意兜了一个大圈，秘密向姜议员利益输送。姜议员在不在蓝名单里面？"

陈耀扬回答道："查过，蓝名单里面的 WZL 和 JQ 两个英文缩写，应该就是指他们。"

何浩辉拿起酒杯，一笑，转头向邵子俊举杯说："阿俊，做得好！全靠你够细心，不放过任何一个细节。"

陈耀扬也向邵子俊举杯："厉害！"

邵子俊一笑，和二人碰杯："两位前辈过奖啦！是因为我记得何 sir 曾经讲过，好多事表面上看好像没关系，但是其实背后有若隐若现、千丝万缕的关系！"

陈耀扬摇头道："邵子俊，我发觉最近你好像对何 sir 的态度变了啊！"

"没有吧……我一向都是对事不对人。我反而觉得陈 sir 你和何 sir 越来越合拍才是真的！"

陈耀扬不以为然："是吗？就算是，都只限于工作上！"

何浩辉也不以为意，向二人举杯："那就已经很好了！就为我们工作上的合拍，干杯！"

三个人心照不宣，开心碰杯。

陈耀扬补充说："另外，商业罪案调查科那边，已查到广告公司老板其他几笔汇款的入账账户，都同韦志玲之前接触过的那帮基金经理，或多或少有关系！"

何浩辉想了想，分析："这件事，安娜应该是总指挥，她一边指使《量子新闻》

的韦志玲对汪东凯进行舆论攻击，一边叫龙兴的阿 Ken 派人上街游行抗议闹事。再加上姜议员，他利用自己的身份在政府内部施压。三方人马夹击，里应外合，终于逼到汪东凯辞职！"

"那他们下一步……"陈耀扬说。

邵子俊说道："下一步就是孙老板发出去的资金完全到位之后，下礼拜一香港股市汇市开市，他们这帮人就会有大动作！"

陈耀扬表情凝重地点点头，何浩辉也赞许地看着邵子俊。

陈耀扬和骆雅琪正向坐在对面的关女士进行问询。骆雅琪把一份文件放到关女士面前，问道："你认不认识这位李淑兰女士？"

关女士回答："……认识，不过不熟，没有什么来往。"

"据我们所知，李淑兰女士在你家里做了十几年工，你们关系不错，那都不算熟？"

关女士警惕地问："你们到底想问什么？"

陈耀扬反问："李淑兰女士开了家公司，公司账户这个月 14 号突然有一大笔钱存入。你可不可以解释下这笔钱是怎么来的？"

"她公司账户有钱入账关我什么事？"

骆雅琪接着问："李淑兰女士今年 66 岁，除了在你家里做工，没做过其他的工作，这笔钱属于什么收入？"

"我怎么知道？"

陈耀扬下了最后通牒："如果你不肯合作，我们只有请李淑兰女士亲自来讲给我们听……"

关女士明显慌了，连忙拿起放在面前的文件看了看："哦，我想起来了，这笔钱是一家广告公司给的策划费，是我介绍给她的。"

骆雅琪接着说："关女士，你毕业之后就结婚，一直都是家庭主妇……"

"家庭主妇有什么问题？家庭主妇不代表无工作能力。我做家庭主妇也可以兼职做其他工作的。"

骆雅琪追问："那麻烦你解释一下，这个广告公司的策划工作究竟是什么？有没有具体内容？"

关女士表示拒绝："这个是公司的商业机密，我没有授权不能随便告诉你。"

陈耀扬继续施压："关女士，我们有理由怀疑你协助他人从事洗黑钱活动，一旦证据确凿，你要有坐牢的心理准备。"

面对排山倒海的问题以及工作人员的警告，关女士显然已经招架不住了，无法自圆其说，显得六神无主，额头冷汗直冒：

"哎呀，是他说要和我离婚，我不同意，一直在跟他吵。"

陈耀扬推测说："你的意思是……这笔钱，是姜奇议员……要你同意离婚的分手费？"

"是呀……"

陈耀扬向邵峰汇报最近的行动进展，陈耀扬说，他会暗中调查姜议员；不过，目前最重要的，还是用韦志玲引出她身后的安娜！

韦志玲正在办公，接到了骆雅琪的电话，骆雅琪告诉韦志玲，让她来警署协助调查。韦志玲挂断电话，内心慌张，她沉吟片刻，立即拨打安娜的电话……

陈耀扬带领手下立刻出动，这次行动的目标就是一定要抓到安娜！

咖啡厅里顾客络绎不绝。O记工作人员布防在咖啡厅里：扮成便衣的工作人员有的装作顾客坐在咖啡厅里，有的化装成服务员端茶倒水，骆雅琪化装成带位员站在门口。

陈耀扬坐在酒店不远处的轿车上进行总指挥：

"大家要小心留意，韦志玲同安娜随时都会出现！见到她们就立刻汇报！一有我命令就立即展开拘捕行动！"

化装成服务员的骆雅琪用无线耳机汇报："还剩五分钟就到约定时间……我看到了，韦志玲已经出现！"

只见韦志玲显得忧心忡忡，走到咖啡厅门口。骆雅琪面带微笑，将韦志玲引到角落位置坐下。

桌子下方，早已安装好窃听器。骆雅琪一边往门口走，一边汇报：

"韦志玲已经坐下了！"

陈耀扬面部紧绷，屏气凝神，等待安娜出现。骆雅琪刚到门口，安娜迎面走来。

骆雅琪问："小姐，几位？"

安娜望过去说："我朋友到了。"韦志玲朝安娜招手，安娜径直走到韦志玲对面坐下。

陈耀扬提醒："全体注意，两个目标人物已经到达，大家做好准备！"

咖啡厅里看似一片祥和，实则气氛紧张。安娜保持警惕，边暗地里扫视整个空间，边询问："大家不是说好了单线联系的吗？"

韦志玲担忧地说："因为有特殊情况我才找你的。今天有警察给我打电话，叫我去警署协助调查，我怕有什么变化……"

安娜立刻抬起手，打断韦志玲的话。陈耀扬身躯前倾，急于得到想要的对话，可安娜却并没有接韦志玲的话，而是沉默片刻之后说：

"你等一等，我先去洗手间，回来再说。"

安娜起身，向洗手间走去。韦志玲随手翻看面前的餐单。看着安娜走去洗手间的方向，骆雅琪进行汇报："安娜进了洗手间。"

时间过去良久，未见安娜从洗手间出来。

陈耀扬指示："1号，跟进去看一下。"

假装顾客的1号女警起身，走进洗手间。1号女警走进洗手间，只见一个顾客在洗手，另一个顾客是个老太太，从隔间推门走出。1号女警挨个巡视隔间，却是空无一人。直到打开最后一个隔间的门，依然不见安娜。

1号女警汇报："安娜不在洗手间！"

陈耀扬冲出轿车，奔进咖啡厅，与洗手间出来的老太太擦肩而过。陈耀扬快速跑进洗手间，忽然脑中闪现出刚才擦肩而过的老太太的身影，于是转身追了出去。陈耀扬冲出咖啡厅，扮成老太太的安娜已经坐进车里。陈耀扬拔枪追过去，车子飞速开走。陈耀扬飞奔追去，奈何车速太快，只能望洋兴叹。

4

林蔚言开车来到韦志玲家附近，停好车正打算下车，突然看见一辆车驶进韦志玲家别墅。林蔚言把车停在路边，警惕地环顾四周，之后悄悄走向韦志玲家门口，躲到一棵树后，监视着韦志玲家的窗口。韦志玲忧心忡忡地坐在沙发上，此时一男子走到韦志玲身后，把韦志玲搂进怀中，低声劝慰：

"不要这么紧张，我在这里。"

韦志玲和男子依偎在一起。

韦志玲抱怨道："那个安娜真是离谱，一声不吭就走了，我想再找她都找不到，完全消失了！"

男子却说："她应该是感觉到有危险，所以先走了。但是你对她仍然有义气，在警署什么都没有说。"

韦志玲解释："我没说，不是因为我对她有义气，我是在——"

"我知道，你都是为了保护我！但作为一个男人，我怎么可以老是藏在你的后面，什么都要你一个人顶？我要站出来，承担起我的责任！"

韦志玲情急道："千万不要，你已经为我牺牲了那么多，不要再露面。那帮警察应该会盯紧我，我估计之后会有很多麻烦。你今天真是不应该这么冲动，跑过来找我。”

男子却担忧地说：“我收到你的电话，怕你一个人会害怕。”

“我是有点害怕……安娜通过我转钱出去，这帮警察迟早都会查到。与其坐在这里等着人来抓，不如我们趁早远走高飞？”

男子沉默不语。

韦志玲说：“我知道这样对你不公平，你还有大好前途，我这个要求很自私。”

“乱讲！我们两个还要这么计较吗？只要可以和你在一起，我什么都可以不要。”

韦志玲甜蜜地说：“……我知道我没有挑错人。”

夕阳即将落山，天色渐暗，依然不见别墅内有任何动静。林蔚言思忖片刻，从地上捡起一块石子，扔到停在门口的车上。车子顿时发出尖锐的警报声。窗口人影晃动，果然惊动了屋里的人。只见先是韦志玲出现在窗口，继而男子也走了过来。林蔚言不由惊讶地张大嘴，这个男子竟然是姜议员。她连忙举起手机拍下照片，并按下了发送键，将照片发给何浩辉。

陈耀扬和骆雅琪"请"姜议员到警署协助调查。姜议员面对他和韦志玲的亲密的照片，承认跟韦志玲是男女朋友的关系，但是矢口否认跟韦志玲还有其他的关系。

韦志玲接受调查的时候，回答同样滴水不漏。

根据分析，周一开盘，EGM 基金将会有大动作。可是截至目前，案情还没有实质性的突破。只剩下 24 小时，香港警方一定要找到案情的突破口……

案情陷入僵局，陈耀扬找来何浩辉和邵子俊。何浩辉认为现在产生了一个情感的三角关系，或许姜议员的前妻是个突破口。

陈耀扬和骆雅琪将韦志玲的照片放到关女士面前，问道：“你认识不认识相片里面的这个人？”

关女士迟疑了片刻说：“不认识。”

陈耀扬看了看骆雅琪，骆雅琪拿出韦志玲和姜议员依偎在一起的照片，放在关女士面前。

陈耀扬继续问：“这样你应该认识了？”

关女士看见这张照片果然绷不住了，情绪开始激动起来，怒骂道：“哼！这个女人不要脸，主动勾引我的老公！她都不照一下镜子，自己多大了，还学人做狐狸精？！”

“那你知不知道，你收的那笔分手费，就是你所讲的广告公司策划费，是韦志玲通过孙以宁给你的？”

关女士不以为意："我不管谁给的，怎么给的，总之肯给就行！"

陈耀扬说："这件事不是你想的这么简单。韦志玲是一个意图搞垮香港经济的外国集团在香港的一个头目。她和你前夫姜议员有联系，姜议员因为利益帮这个集团做事。可以讲，你前夫涉嫌勾结外国势力，危害香港经济安全。"

关女士满不在乎地说道："我只是个家庭主妇，什么香港经济安全，我一点都不知道，也和我无关。"

关女士说完，摆出了消极抵抗的态度。陈耀扬再次与骆雅琪交换眼神，骆雅琪立刻领悟，起身给关女士倒了杯咖啡放在面前：

"关女士，你十九岁大学未毕业就嫁给了姜议员。当时他也没什么钱，但是你甘心和他共患难，这么多年都是无怨无悔。都是因为有了你这个后盾，姜议员才能安心在事业上奋斗，才有今日的成就。但是这个男人，有名有利之后就背叛你，同另一个女人在一起，给你发现，就只想用钱来摆平。但是你对他付出的感情、付出的时间，同所有的牺牲，真是用钱就可以补偿的吗？"

骆雅琪的话切中要害，关女士为之所动，眼里泛起泪光。陈耀扬忙将纸巾递给关女士。关女士思考良久，抬起了含泪的双眼："当初他提出和我离婚，我从来都没想过要分手费，是他们提出给的。他说就算离婚之后，我们还有孩子，经济上还有开销。这笔钱是他管韦志玲要的。他还说这笔钱我们可以两个人分，签了合同的。"

陈耀扬问："合同？合同在哪儿？"

陈耀扬和骆雅琪向坐在对面的韦志玲进行问询。

陈耀扬问："你意思是，给姜议员前妻分手费是你的主意？"

韦志玲回答说："没错。我之前讲过，我希望他前妻不要再纠缠我们。只要用钱解决得了的，就用钱解决。由头到尾阿奇都没参与，是我自己的决定。"

骆雅琪将关女士的问询录像视频放给韦志玲看。看了关女士的视频，韦志玲并不为所动："她这么讨厌我，做出什么样的事情我都不意外。"

骆雅琪拿出合同放到韦志玲面前。

陈耀扬继续说："但是姜议员前妻说，姜议员拿到你那笔钱之后，特别跟她签了份合同，详细写好了钱由两人平分，上面还有姜议员的签名。"

韦志玲震惊之余，想起了姜议员当时离婚之前对她的花言巧语，甚至为了要到韦志玲的钱，向韦志玲许诺，无论什么事情他都可以帮忙。韦志玲想到这里，一脸哀伤，泪水浸湿了合同。

陈耀扬继续劝诱："你想一下，他为了钱可以放弃一个同他共患难了几十年的老婆，更何况是你？这种人最自私，除了自己的利益不会对人付出真感情！"

韦志玲情绪激动："一直以来，我都因为让他参与金融狙击计划而自责。但是我没想过他会这么对我！"

韦志玲面对姜奇的背叛，将姜奇如何引导汪东凯提出简易公屋计划的过程，一五一十地交代了出来。本来成功引导汪东凯后，他前妻的那笔分手费是可以由安娜出的，但是韦志玲认为这样就会让她和姜奇之间的感情不单纯，所以最后她决定自己来出这笔钱。

陈耀扬对韦志玲说："韦小姐，现在将你所知道的讲出来都不算晚，将来如果需要进入司法程序，我们会代你向法庭求情。"

韦志玲坦白说："最近我们已经通过好多基金公司的经理在市场上大量做空，如无意外，明天一开市股市同汇市就会大跌……"

5

阳光明媚，正是上班时分，路上行人匆匆。大厦外的电子大屏幕上，显示股市刚刚开市。

有人驻足观看大屏幕，有人一边赶路一边用手机打开行情软件，查看股市行情。

陈耀扬与骆雅琪站在电脑前，观看股市走势。众人表情严肃，气氛紧张。屏幕里那根折线慢慢展开，小幅高开，继而走势平稳。

工作人员汇报："根据商业罪案调查科发来的报告，目前股市成交量与上一个交易日持平，走势平稳，一切正常！"

众人紧绷的情绪放松下来，禁不住纷纷鼓掌。

邵峰说："根据《量子新闻》老板韦志玲交代，他们计划在今天发起新一轮金融狙击，昨晚我们已经实施了抓捕行动……我们连夜出击，将各个犯罪嫌疑人抓获，同时对怀疑对象实施监控。由于处置及时，今日大盘走势平稳。另外，据金管局、港交所负责人透露，他们将在近期推出系列利好政策，令香港金融稳中向好。目前为止，只剩 U 盘第三层文件包里那个'金融核弹'还未找到答案。"

阮 sir 点了点头道："虽然我们的行动粉碎了 EGM 的阴谋，可我相信他们不会就此善罢甘休，一定会积蓄力量，妄图进行下一轮反攻。大家一定要高度重视，做好准备，会会这枚'金融核弹'！"

大家踌躇满志，目光坚定。

游艇上，安娜手机视频里显示出路易斯的脸。

"韦志玲将我们收买的那些官员的名字，全部交代给警方了！我们这条线已经全军覆没！"

路易斯愤然道："这个蠢货！我们辛辛苦苦布的局全被她毁了！"

安娜问："那我们现在该怎么办？"

"先让他们高兴一阵子，我会立刻给他们一个惊喜。"

安娜了然："明白！我就知道，最后获胜的一定是我们。"

警署内，姜议员身边陪伴着律师，面对坐在对面的陈耀扬和骆雅琪，侃侃而谈。

陈耀扬问道："你在韦志玲的主使之下，诱导汪东凯提议用几块闲置地皮兴建简约公屋，怎么解释？"

姜议员回答："我的决定没有受任何人的影响，我本身是有这个观点，我一直对传媒都这样说，有什么问题？"

陈耀扬接着问："但你之后又去廉政公署告汪东凯？"

"我是一个对社会有责任的议员，当我看到看不过眼的事情时就帮市民发声，这又有什么问题？"

"你和前妻签了分手费合同又怎么解释？"

姜议员解释说："我前妻年纪不小了，我怕她一个女人乱花钱，又或者会给别人。所以我跟她说，有一半钱是我的。而且我们还有女儿在外国，其实我只是为保障她的利益，根本没想过要这笔钱。再说，我到现在一分钱都没拿过……"

律师也同样滴水不漏："我当事人的行为和言论，完全未触犯任何香港法例。如果说他有错，就错在认识了一个有心计的女朋友。但是他不犯法，而且我当事人也是受害者。"

陈耀扬和骆雅琪脸上都露出鄙夷和无奈的神情。

姜议员和律师刚到立法会门口，立即被大批记者团团围住。

记者抢着问："姜议员，可不可以讲一下，为什么你会被警方叫去问话？"

律师刚要制止记者提问，被姜议员拦下，他义正词严地说：

"你们应该收到讯息，警方怀疑我和《量子新闻》总裁韦志玲存在一些不法的行为，当中涉及利益输送，所以警方请我过去协助调查。"

记者问："事实是怎么样的呢？"

姜议员回答："我可以在这里回答你们的提问，就证明我没问题。如果一定要讲什么事，就只能说我自己遇人不淑。韦小姐这种传媒人误导了我和大家。我希望大家以后都要用自己的眼睛去认清事实，不可以被别有用心的人，用虚假言论去误导！现在我郑重声明，利用公权力打击我、报复我的人，他们用的卑鄙手段对我完全没有作用，我一定不会屈服！就算他们怎么样故作姿态，怎么样侮辱我的人格，我都不会怕！我仍然是一如既往，无畏无惧，继续为弱势群体发声，为市民大众请命！"

"姜议员你这么讲，难道政府里面有人针对你？"

姜议员一脸严肃地说："我曾经得罪过不少高官贵人，是因为我立志要维护普罗大众的权益，所以难免令某些人的利益受损！我甚至收到过不少次的死亡恐吓！但是我早已置生死于度外！我更加不怕他们用手上的权力来打压我！在正义同真理面前，我绝对不会计较个人荣辱得失，因为我始终是站在市民这边！"

姜议员慷慨陈词，引来围观者和记者的掌声。甚至有人高呼支持姜议员的口号。

"听不听得到？这些就是市民的声音，也是正义的回响！我要说给打击我、诬蔑我的人听，就算你们有权力，但是我身后有千千万万支持我的市民，我一点都不怕！"

众人支持声中，闪光灯咔咔作响，姜议员宛如战胜归来的英雄，向大家挥手致意。

何浩辉站在电视机前，看着姜议员当众作秀，他的嘴角掠过一丝鄙夷的笑。

第 十 三 章

周雄归来

1

　　宽敞的会议室内，大会议桌两侧坐满了身着警服或西装的重要参会人员，整个会议室的气氛显得异常隆重而紧张。

　　会议室门开了，首先走进门的是香港特别行政区政府的代表刘先生及其随从，而紧跟在他身后进来的是汪东凯。除阮 sir、邵峰外的参会人员，对于汪东凯的出现颇为意外。刘先生在主席位落座，朝着汪东凯示意了一下，汪东凯会意地坐在下首一个空位上。

　　刘先生环视众人，眼神中满是亲和。刘先生说道："经过特别行动组的努力，关于 EGM 基金对香港的金融狙击，我们也已经有了一些突破。"

　　听到刘先生这么说，大家不禁议论纷纷。

　　刘先生继续说："我们抓捕了蓝名单里的部分人员，从而意识到了 EGM 基金这次的计划大大超过了我们初始的判断。经过调查，我们已经证实了汪东凯先生是被安娜、韦志玲等人设计陷害才不得不引咎辞职。而随着蓝名单上的部分人员的落网，汪东凯先生身上的嫌疑也被全面洗脱，汪先生也可以复职了。"

　　汪东凯听到刘先生这么说，朝刘先生投去感激的目光，然后起身朝大家鞠躬示意。

　　刘先生看向邵峰，邵峰接受示意后坐正身子，清了清嗓子，说："经过对蓝名单落马人员的审讯，我们知道 EGM 基金将对香港发动新一轮的金融狙击，但他们将采用什么样的手段和方法，我们还不得而知。"

　　刘先生把话接过去继续说："'金融核弹'肯定是指毁灭性的打击，所以我们绝对不能掉以轻心，要特别重视，高度戒备。"

　　众人面露难色，低声议论。

　　刘先生提出针对金融狙击案，要成立一个特别行动组。特别行动组分成两部分：一部分由汪东凯负责，专门负责监控金融市场，希望能够提前预判出"金融核弹"的真相；另一部分由总警司邵峰负责，主要是针对金融狙击计划产生的实际罪案。各部门立刻拿出进入特别行动组的人员名单。

会议结束之后，邵峰单独找到阮 sir。阮 sir 看到突然来访的邵峰颇为奇怪，知道邵峰必然有很重要的事情跟自己说。

邵峰试探着推荐何浩辉进特别行动组，但是害怕阮 sir 介意何浩辉参与过周雄案子的过往。但是，邵峰没有想到阮 sir 竟然说，只要何浩辉还是纪律部队的一员，就具备调入特别行动组的资格，至于何浩辉以前发生过什么，他不是很关心。

邵峰听完阮 sir 说的话，有了几分感动。

破获了蓝名单的案子，何浩辉暂时收获了难得的空闲时间。他觉得这段时间是修复家庭关系的最好机会，于是定了一家阿轩早就想吃的餐厅，请蔡卓欣和阿轩吃饭。饭桌上，何浩辉承诺阿轩，以后下班后和假期会多陪阿轩。阿轩听到何浩辉的承诺，兴奋异常。一家子气氛显得特别温馨。

这时，何浩辉接到了邵峰的电话，电话那头的邵峰语气异常神秘，让何浩辉赶紧来箭马酒吧。何浩辉到箭马酒吧时，邵峰和陈耀扬已经在等他了。两人看到何浩辉进来，脸上的表情非常严肃，仿佛有什么大事发生。

何浩辉奇怪地看向两人，抱怨地说："刚陪乐轩吃完饭，好不容易能跟他享受一段亲子时间，找我来到底有什么事情？"

邵峰让何浩辉少安毋躁，坐下再说。

何浩辉发现两个人的表情好像有些不对，乖乖地坐下。

邵峰说："针对 EGM 基金对香港的金融狙击，港府专门成立了特别行动组。警队也专门相应地成立了特别行动组。"

陈耀扬插话说："邵总警司负责特别行动组。"陈耀扬刻意强调"总"这个字，显得别有深意。

何浩辉这时看到邵峰略显严肃的表情，奇怪地问："天大的好事，为什么这么严肃？"

邵峰突然说道："……何浩辉，你已经被批准加入应对 EGM 基金金融狙击案的特别行动组。"

何浩辉听到邵峰的话，微微一愣。

陈耀扬对何浩辉说："你听明白，你也被批准加入特别行动组了。"

何浩辉听到这个消息反而有些犹豫。何浩辉的反应有点出乎邵峰和陈耀扬的意料。这时陈耀扬憋不住了，说道："本来觉得这是一个好消息，想给你一个惊喜。没想到你是这个反应，真没意思！"

邵峰问："你有什么问题？"

何浩辉回答："我可是刚刚答应要抽出时间来多陪陪阿轩，还准备陪他去郊游……"

邵峰点了点头说："我一直以为你是很希望重回一线办案的，并且上司也没有介意你周雄案子的事情。"

何浩辉问："你推荐的吧？"

邵峰答："你知道就好。"

何浩辉没有说话。

邵峰说："我提醒你，这是个牵扯到香港金融安全的大案子，是你洗刷你作为'警界之耻'的好机会。当然你完全可以留在 EU，多陪陪阿轩。我不干扰你的选择。"

何浩辉下定决心："好，我决定了，我决定加入特别行动组。"

邵峰道："那阿轩的事情……"

何浩辉说："我来给阿轩解释。"

邵峰拍着何浩辉的肩膀，说道："这是大案子，进了特别行动组好好干。你进特别行动组有什么要求，尽管说。"

何浩辉沉吟片刻，向邵峰提了一个小小的请求……

2

一个看似普通的港股交易日，作为港股中流砥柱的股票"林氏集团"出现了不正常的波动，敏感的汪东凯隐隐感到这反常的市场表现或许跟金融狙击有关。

此时林涛正在享受着跟女儿难得的早餐时光，本来不让任何人打扰的林涛，听到了助手的耳语，急匆匆地直奔企业家联盟而去。

企业家联盟内，三五成群或坐或立已经聚集了不少人。这些人都是以林涛为首的香港企业家联盟的成员。这些企业家表面镇定，但是林氏集团股票的大跌，每个人都压抑着自己的担忧和不安。

林涛在众人瞩目中走进企业家联盟俱乐部，脸色始终阴沉，扫视了众人一圈，开门见山地说道："今早的新闻各位都看了吧？有人在市场上散播林氏集团企业债将会展期的消息，导致不但是我们公司的股票，甚至连恒生指数都受到了很大的影响。林氏集团的股票是恒生指数的权重股，也是基金和普通香港市民重仓配置的股票。如果任由林氏集团的股票下跌，不但林氏集团会有所损失，香港市民也会有所损失……"

在场的企业家们都互相看看，各有心事。一旁的林涛清了清嗓子，继续说道："诸位都是林某多年的老朋友，有的即便不是朋友，也是香港企业家联盟的一员，其实今天我请大家过来，是想让大家帮个忙。"

众人听到这里不禁都微微一愣。

作为林涛多年合作伙伴的梁先生率先发言："您是企业家联盟的主席，有什么话您尽管说。"

林涛说："那好，一来请大家帮我寻找是谁在释放消息，故意针对我。还有，我林氏集团的股票，诸位手里都有不少，我想让你们握紧你们手里的股票……"

林涛的这个要求，言下之意是让诸位企业家牺牲自己的利益来稳住自己公司的股票。这些企业家听完林涛的话，表面沉默却各怀心事。

林涛面对沉默的众人："各位考虑得怎么样？我知道在座诸位，有的因手里的林氏集团的股票，已经开始蒙受损失。但是只要我林涛在，我想大家都应该对林氏集团有信心。"

这时，一位留有一抹小胡子的企业家率先打破了沉寂："林先生是香港商界当之无愧的大佬，我们当然对林氏集团是有信心的。但是大家都是生意人，利字当先嘛……"

此话一出，不少企业家已经点头附和。

林涛反问各个企业家："大家都知道林氏集团的股价一直高高在上，大家是否想过这次是个抄底林氏集团股票的好机会呢？"

小胡子暗藏机锋地说："但是金融行业里面有一句老话，永远不要去接下落的刀，我们怎么知道现在林氏股票是不是一把正在下落的刀？买也好，卖也好，我就怕我们握住手里的股票，反而逆市增仓，然后再有人爆出什么实锤，这把刀砍到我们的头上，我们可就万劫不复了。"

他的话音刚落，企业家们中附和者更众。

林涛看着众人的反应，拨通了电话，说道："拿出所有的流动应急资金，接住大资金的抛盘。"林涛这话就是在向各位企业家表示，他先用钱吸纳自己集团的股票，给众人做出一个表率。即便如此，不少企业家仍然按兵不动。

林涛知道众人心中所想，说道："我想诸位最关心的问题，就是林氏集团企业债展期的传闻到底是不是真的。"

林涛此言一出，果然触动了诸位企业家的心思。

林涛继续说："我今天既然来找各位帮忙，我也不想瞒诸位。企业债展期确有其事……"众人沉寂，心中各自盘算。

就在场面尴尬之时，林涛的秘书带着一个三十多岁的年轻人走进了企业家联盟俱乐部。这个人是姗姗来迟的财通集团老总——周世豪!

周世豪初一亮相,满脸倨傲。

林涛急忙上前说道:"周先生,早就听说过你的大名了。您的企业从初创到上市仅仅用了两年的时间,可以说是一飞冲天。您加入企业家联盟之后,我一直想跟您一起喝茶,但是您一直很忙。今天终于得见真容了。"

周世豪语气客气,还带了一些冷淡:"林总是香港商界当之无愧的大佬,今天林先生邀约,还是要给您一些面子的。确实很忙,所以来晚了,林先生不要见怪。"

林涛听出了周世豪言语之间的傲慢之意,但是仍然笑笑说道:"我正在想办法融资偿还企业债,但融资的消息被别有用心的人利用了。虽然公司现在遇到了一些困难,但相信凭借我多年经营的人脉和建立起来的信誉,应该能渡过难关。"

不少企业家听完林涛的这些话,脸上露出了一丝鄙夷,似乎对林涛的解释不以为然。林涛对着企业家们继续说:"林氏集团现在出现的问题,据我分析,涉及一个庞大的外国基金对香港金融界的大计划。针对林氏集团的行动仅仅是一个开始。这次我不单单是自救,也是想救香港。我想如果林氏集团垮掉,对于香港金融界的后果,是不需要我多说的。我死无关紧要,是不是香港的死活大家都不要管了?而且这次倒下的是我,下一个倒下的就是你、你、你……"

林涛的话直指企业家俱乐部的企业家,众企业家被林涛的话深深触动。

密切关注股市行情的汪东凯发现,现在持有林氏集团的股票大户和大基金暂时还未参与抛售行动。他知道只要一个大基金开始出货,就会造成对林氏集团股票的恐慌性抛售,就会造成整个市场大幅动荡的后果!

汪东凯决定给林涛打电话,代表港府对林涛表示支持。

林涛的话没说完,电话响起,没想到打来电话的人竟然是汪东凯!林涛小声感谢汪东凯之时,被一旁的周世豪听了个正着。此时周世豪的脸上闪过一个不易察觉的表情,他隐隐觉得出风头的机会来了。

林涛刚挂断电话,周世豪抢先说道:"既然林老板这么说,我相信林老板。我现在就开始买林氏集团的股票。"

周世豪此言恰似惊雷,吸引众人目光。林涛更是惊喜。周世豪当即电话遥控下属,拿出现金买进林氏集团的股票。

在周世豪的带动下,众人纷纷买进股票。

林涛看到危机暂时解除,心中不禁如释重负,来到周世豪的身边,说道:"周老弟,谢谢你起了个好头!"

周世豪微微一笑,回答:"林先生,您客气了。您知道,我就是做股票交易软件生意的，我最清楚林氏集团股票的价值，这也是一个逢低吸纳林氏集团股票的最好机会……"

林涛知道周世豪此话是给了自己莫大的面子，对于周世豪更加钦佩。

林涛说道："周先生年轻有为，以后有需要我帮忙的尽管说。"

"当然！"周世豪回应。

林涛主动伸出手，与周世豪握住。

3

健身房内，梁婉婷偶遇了邵子俊，便向邵子俊大吐苦水。原来婉婷妈妈这次约上了闺蜜兰姨，一起劝说梁婉婷辞职。梁婉婷"求"邵子俊帮忙一起说服妈妈。

邵子俊陪梁婉婷一起来到婉婷妈妈面前，他先是采用软化策略，对梁婉婷的妈妈一顿猛夸。但是没想到婉婷妈妈早就识破了邵子俊的伎俩，把邵子俊给顶了回去。

邵子俊毫不气馁，跟婉婷妈妈开始解释说："伯母，你和婉婷是亲母女，但是我们EU3，也算是出生入死的拍档，就算有什么危险，我们也一定会保护婉婷，我知道婉婷也一样会这么做。一个人真是很难得遇到几个可以用生命去彼此守护的人，所以我觉得我是有资格在这里帮她讲几句。"

婉婷听子俊说得真挚，眼眶红了，婉婷妈妈也有所动容。

虽然如此，婉婷妈妈仍然说："但是她每天都这么危险，我真是很担心。"

邵子俊说："我知道。你可能不知道，婉婷是警队自由搏击的冠军，射击、格斗的成绩都是头几名。你应该对她多点信心。我相信她绝对可以照顾好自己，而且会是一个出色的警务人员。"

陪着婉婷妈妈一起来的兰姨，听到这里，不由得十分吃惊，问："婉婷，你这么厉害，为什么没听你说过？"

婉婷妈妈得意地替女儿回答："我女儿低调嘛！"

说到这里，婉婷妈妈有些欣慰地看着婉婷。

邵子俊趁热打铁，接着说："婉婷不单单身手好，连心理素质都很强，心胸宽广，好多男警察都不及她！"

梁婉婷接着说："其实，从小到大我都不喜欢玩毛绒玩具，反而玩玩具枪，我也不喜欢弹钢琴，但是好喜欢练拳……做警察是我这辈子最喜欢的事情，每一次穿着制服，我都特别骄傲，我希望我可以凭自己的努力做到督察！妈，我知道你为我付出了很多，小的时候，我做很多事情，都是为了你开心，但是这次，我想坚持自己的理想，也希望你仍然会因为这件事而开心……"

梁婉婷说到这里，隔着桌子，拉住妈妈的手，婉婷妈妈显然被说动了。婉婷妈妈语气缓和地说："其实你都这么大了，我哪儿还管得了你这么多……"

梁婉婷听到母亲的弦外之音，立马说道："妈，那就是你同意我继续在 EU？"

婉婷妈妈回答："不过要答应妈妈，一定要注意安全！"

婉婷妈妈对着邵子俊叮嘱："你也是！"

邵子俊笑着回答："Yes madam！"邵子俊冲婉婷妈妈敬了一个礼，逗得众人都笑了。邵子俊帮梁婉婷大功告成，婉婷感激地望着子俊，露出微笑。

何浩辉来到蔡卓欣工作的蛋糕店。何浩辉的突然到来，让蔡卓欣有些诧异。

蔡卓欣问："有事情吗？"

何浩辉点了点头，低声说："我有事情跟你说。"

"说吧。"蔡卓欣眼神充满期待，等待着何浩辉的答案。

何浩辉说道："邵 sir 昨天告诉我，我要调岗到特别行动组了。我可以重新回到办案第一线来证明我自己，来洗刷我的耻辱。"

蔡卓欣听到这里，脸上没有任何表情，只是淡淡地说："那恭喜你。"

何浩辉奇怪地问："你不为我高兴吗？"

蔡卓欣回答："你跟我说的这件事情跟我没什么关系，你跟我更没什么关系，所以我没什么可高兴的。你回到办案第一线，我只是更多了一些担心。我只是想提醒你，你答应要抽时间陪阿轩去郊游的，你跟阿轩说过这是你的承诺。"

何浩辉说道："我想过这个问题。我可以告诉阿轩，这个承诺依然有效，只不过要推迟一个月。我相信阿轩一定会理解我的，他不是最喜欢他爸爸抓坏人、当英雄吗？"

蔡卓欣依然冷淡地说："你跟我说没有用，你自己去跟阿轩说吧！"

此时场面显得异常尴尬。正好一个客人走进了蛋糕店。

蔡卓欣说："对不起，何 sir，我要工作了。"蔡卓欣微笑地看着那个客人，完全不搭理何浩辉。何浩辉听出了蔡卓欣语气之中的情绪，无奈地转身离开。

邵峰家中，邵峰给邵子俊约法三章，叮嘱邵子俊进入特别行动组需要注意的事项。邵子俊纵然有些不耐烦，也没有吭声。邵峰打趣邵子俊，现在他是邵子俊的长官，即便有情绪也只能忍耐。邵子俊听到父亲打趣自己，忍不住露出了笑容。父子两人相视一笑。

原来何浩辉跟邵峰提出了一个小小的请求，就是要把邵子俊一起调进特别行动组。邵子俊得知这个消息，吃惊之余也有一些感动。

4

何浩辉和邵子俊精神抖擞地来到特别行动组报到。何浩辉立即投入了工作状态。他认为目前金融狙击案的唯一线索就是那个叫安娜的女人；现在这个女人已经在香港消失得无影无踪，无论如何也要找到她，找到她才能找到金融狙击案的突破口！

陈耀扬找到了安娜入境时的照片。何浩辉和邵子俊兵分两路：邵子俊去查安娜在香港的公司，而何浩辉觉得蒋坤一定会有安娜的线索，决定去见蒋坤。

蒋坤的办公室内，化装的安娜突然到访，让蒋坤颇为意外。安娜希望蒋坤提供香港排名前十的企业家的详细信息和行踪。

"路易斯在香港的计划，已经远远超过了我的能力了。"蒋坤告诉安娜。此时他也不愿跟路易斯再有任何瓜葛。

安娜听到蒋坤的话，知道蒋坤已经失控，威胁蒋坤说："没那么容易全身而退！"说完愤然离开。蒋坤看着安娜远去的背影，若有所思。

随后，安娜拨通了一个电话："那个蒋坤不听话了，你可以回来了。"

电话那边接听的人没有说话，只轻轻地嗯了一声。

安娜挂断了电话，脸上露出了可怕的神情……

邵子俊跟原属重案组的女警察骆雅琪来到安娜的公司，公司职员告诉他们，安娜已经很长时间没有回公司了。邵子俊异常失望，关于安娜的线索暂时也断了。

夜幕之中的大海上，一艘小渔船逐渐靠近了香港码头。一个人站在船头，远处的点点灯光照到了这个人的脸，这个人竟然是周雄！

这时船老大的儿子站在甲板上怯生生地看着周雄。周雄微笑着招呼船老大的儿子过来。船老大的儿子犹豫了片刻便来到周雄的面前。周雄拿出一沓钞票递给船老大的儿子，微笑地说："这些钱拿去买糖吃。"

船老大的儿子怯生生地不敢接。周雄便鼓励小孩收下。小孩开心地接过钞票，转身跑回了船舱。船马上靠岸，周雄的兄弟们纷纷出了船舱。周雄对着兄弟们说道："马上就要到香港了，有一个老朋友我要会一会……"

周雄说完之后，脸上露出了一丝阴恻的笑容。

特别行动组内，何浩辉刚刚来到自己的工位，便发现桌子上放着一个包裹。何浩辉奇怪地看着包裹，发件人的名字是"蔡卓欣"。何浩辉看到是"蔡卓欣"寄来的，觉得有些奇怪。

这时陈耀扬正好从何浩辉的身边经过，看到了何浩辉的包裹。陈耀扬打趣道："老婆给你东西，还需要通过包裹？"

何浩辉回答："对啊。"

陈耀扬问："难道是想给你一个惊喜？今天是什么特别的日子吗？"

何浩辉想了一下，如梦初醒："今天是我的生日。"

陈耀扬微笑地说："那肯定是一份很特别的生日礼物，赶快打开看看。"

何浩辉拿着拆纸刀一点点地打开包裹。陈耀扬也很感兴趣地凑到何浩辉的面前，准备看看包裹里面到底是什么。包裹终于露出了真容，里面是一个手环。看到这个手环的时候，何浩辉和陈耀扬脸上同时露出了恐怖的表情——原来这个手环跟当年霍启泉手上戴着的手环一模一样。

何浩辉拿起了手环，就在一瞬间，手环上的红灯开始闪烁，并且发出了嘀嘀声，陈耀扬和何浩辉同时脸色大变。何浩辉迅速看了看左右，特别行动组的众多探员都在忙碌工作着。

何浩辉对着陈耀扬说道："我来处理。"

何浩辉抱着包裹冲出了办公室，来到了一片空旷的草地上。偌大的草地上，不少人在休闲娱乐。何浩辉拿着纸箱，纸箱里面手环的红灯越闪越快，嘀嘀声的频率也越来越快。何浩辉将包裹放在了草地上，朝着周围的人大喊："大家退后！退后！"草地上的人奇怪地看着何浩辉，把何浩辉当成"怪物"。

何浩辉大喊："大家一定要退后！这里面有炸弹！"

大家听到何浩辉的话，惊恐地往四周跑。何浩辉卧倒在地上。场面一片安静。这时，一段"优美"的音乐响起，一首"生日快乐歌"从包裹里面传出来，被何浩辉吓坏的路人听到歌声显得更加奇怪。何浩辉慢慢地朝着包裹靠近，包裹内手环上的红灯已经完全熄灭，音乐停止，所有人都看着何浩辉这个"神经病"。何浩辉的表情异常难看。

办公室内，何浩辉手里拿着手环，看着陈耀扬。

陈耀扬说："周雄回来了。"

何浩辉点头："他送给我一份终生难忘的生日礼物。"

陈耀扬看着手环，面沉似水。

5

海边，何浩辉约见蒋坤和钟岚君。三人正在寒暄之中，根本没有注意到暗中正有一双眼睛注视着他们。

何浩辉询问蒋坤，能不能提供阿Ken的消息，因为阿Ken跟安娜合作，肯定会有安娜的信息。蒋坤告诉何浩辉，虽然阿Ken属于龙兴，但是他一直跟社团不睦，在独自运作，他无法帮到何浩辉。

何浩辉拿出入境处提供的安娜照片给蒋坤和钟岚君看。两人看到照片，矢口否认认识安娜。何浩辉劝说蒋坤，阿Ken和安娜现在做的事情会把想做正经生意的龙兴推到万劫不复的境地。蒋坤听完何浩辉的话，脸色阴沉，虽然表面波澜不惊，但明显已被何浩辉说动。

深夜，小街旁，街上的行人很少。

刚刚离开办公室的蒋坤，来到路边的垃圾桶旁边，放松地拿起了一支香烟，刚准备点燃。这时一辆摩托车沿着街，轰鸣着飞速行驶过来。车手戴着头盔，根本看不到他的脸。

此时摩托车已经开到了蒋坤的附近，车手从怀里拿出了一把枪。刚好路过的阿婆碰巧看到了车手手里的枪，不由得发出一声惊呼。阿婆的惊呼引起了蒋坤的警觉。

千钧一发的时候，蒋坤下意识地躲开。车手一击未中。蒋坤立刻拿起身旁的垃圾桶向车手扔去。车手勉强保持平衡，开车躲闪。这时车手已经完全没有开枪的机会，无奈只能开着摩托车走远。蒋坤看着摩托车的背影，脸色变得异常阴郁。

在周雄的隐蔽处，车手来给周雄复命。这个车手身材肥胖，是周雄带到香港的最得力的手下之一。周雄看着肥仔回来，微笑地问肥仔："事情办得怎么样了？"

肥仔吞吞吐吐地回答道："马上就要得手了……突然出了一点小问题……关键的时候被蒋坤躲开了……"

肥仔说完，紧张地看着周雄。周雄安慰肥仔说："不要紧，猫抓老鼠的游戏才刚刚开始。"

周雄的脸上浮现了一丝得意的笑容。

蒋坤办公室内，蒋坤问钟岚君："休养得怎么样？"

钟岚君晃了晃胳膊，回答："已经好得差不多了。"

钟岚君看着桌上一大堆资料、现金、票据，奇怪地问："你突然找我过来就是为了交代这些？"

蒋坤说："这不重要吗？这是我所有的财物，包括动产和不动产。"

钟岚君问："你这是什么意思？"

蒋坤回答："没什么意思，你先替我保管一下。"

钟岚君着急地说："你今天要是不告诉我到底发生了什么事，我是不会帮你保管这些的，还是你自己留着吧！"

蒋坤说："你听我的。忘了钟伯临走的时候怎么跟你交代的了？！"

钟岚君说："就是因为我一直记得，你是我唯一的亲人了！为什么有事不肯跟我商量，一定要瞒着我？"

蒋坤愣住了，随即眼眶微红，神情也变得柔和，良久才开口。

蒋坤说："我感觉到安娜他们的计划应该会对香港不利，我已经深陷其中，我怕我会出什么意外……"

钟岚君问："会有什么意外？你是不是有什么事情瞒着我？"

当钟岚君说到这里的时候，蒋坤沉默不语。

钟岚君见蒋坤不愿说出实情，只好离开。

钟岚君走了之后，空荡荡的房间内，蒋坤一个人看着窗外沉思。蒋坤拿起手机，拨通了何浩辉的电话："喂，何 sir，有件事情想请你帮忙。"

何浩辉问："什么事？"

蒋坤请求道："你要帮我保护钟岚君。"

何浩辉问："为什么？"

"这么多年，EGM 基金的事情我已经深陷其中，不好脱身，但我不希望阿君出事。"

何浩辉追问道："你说得再清楚一些。"

蒋坤回答："我可以把我所知道的所有关于 EGM 基金的事情都告诉你，只是希望你能保护好阿君。"

"好，明天上午十点，我在警察总部等你。"

第二天上午，蒋坤刚走进车库，准备去见何浩辉，突然手机接收到了一条信息。蒋坤犹豫了一下，还是点开。然而点开后蒋坤立刻神色大变！匿名信息里有一张照片，照片上是被五花大绑丢在一间仓库的角落的钟岚君，还有一行文字："钟小姐在我们手里。想保她性命就一个人来长兴大楼。记住，千万不要报警。"

蒋坤压抑住内心紧张的情绪，开车绝尘而去。

警署门口，何浩辉四处张望，时不时看看手表。邵子俊问："何 sir，时间都已经到了，蒋坤到现在还没有来，会不会出事了？"

何浩辉略显犹豫地回答："昨天他跟我通电话的时候，语气就有些怪怪的。"

何浩辉拨通了蒋坤的电话。

蒋坤的电话响起，看到来电的是何浩辉，正在开车的蒋坤犹豫了一下，并没有接。

何浩辉发现蒋坤没有接电话，隐隐觉得情况不妙，于是让邵子俊查出蒋坤的位置，立刻赶去。

蒋坤的车在一栋废弃大楼的工地前停下。蒋坤从副驾驶位的储物箱里掏出一把手枪，然后下车。蒋坤刚走进大楼，就看到柱子上手脚被绑、嘴被塞住的钟岚君。钟岚君看到蒋坤突然出现，脸上没有放松的表情，反而显得异常焦急，嘴里发出急切的呜咽声。

蒋坤刚要上前，周雄从钟岚君被绑的柱子后一边鼓掌一边走了出来，微笑地看着蒋坤："大哥就是大哥，真是胆量过人，说一个人来，就真是一个人来。你就不怕我把你们俩一起杀了吗？"

蒋坤说："那天晚上想杀我的也是你？"

周雄说道："怎么样？是不是很刺激？！"

周雄向手下示意，一名手下走到钟岚君身后，将绑在她身上的绳子解开。钟岚君把塞在嘴里的异物扔在地下，警惕地看着身边的周雄。

钟岚君问周雄："你到底想要干什么？"

周雄轻蔑一笑，手里的枪指向钟岚君："这没你的事了，钟小姐，你可以走了。"不明所以的钟岚君刚要开口，却被蒋坤打断：

"既然雄哥已经发话了，阿君你就到外面等我吧！"

钟岚君丝毫未动。

蒋坤微怒地说："阿君，听话，快走！"

钟岚君无奈，一步一回头地离开。

周雄说："蒋坤，你我本来无冤无仇，但是没办法，你现在对于老板失去作用，她让我随便处理你。那我就选择一个最刺激的方法了。"

周雄刚准备举枪射杀蒋坤。

突然警铃大作，周雄不自觉地看向外面。蒋坤趁此机会，举枪击中周雄胸口，周雄应声倒地。两名手下见状，立刻将倒地的周雄向柱子后面拖去。其他手下纷纷向蒋坤射击，蒋坤迅速躲到身旁的柱子后面。子弹在蒋坤隐蔽的水泥柱子上不断地炸裂。蒋坤捂着手臂上的伤口咬牙坚持。

何浩辉等警察刚下警车就听到了枪声，以何浩辉为首的警察纷纷拔枪。众人刚准备进入大楼，就看到钟岚君跌跌撞撞地从里面跑出。

何浩辉上前扶住钟岚君。

钟岚君着急地喊："何 sir！蒋叔还在里面，我跟你们一起去救他！周雄在里面！"

何浩辉吃惊："周雄在里面？！里面太危险，赶紧离开。"

钟岚君坚定地回答："我一定要跟你们一起回去救他！"

这时楼内又传来几声枪响。钟岚君跟着何浩辉等一众警察冲进大楼。大楼内，蒋坤的情况已经危险异常，蒋坤不时向对面还击，但很快枪里的子弹就打光了。

中枪的周雄竟然完好无损，他破败的外套下露出里面穿着的防弹衣。他甩开两名搀扶的手下，将嵌入防弹衣的子弹取出扔在了一旁，起身疯狂地向蒋坤躲藏的柱子射击。这时一名手下跑到周雄身旁："雄哥，外面来了好多警察！"

周雄微微一笑，轻声说道："我们走……"

蒋坤见周雄及其手下已经离开，趁势从离自己最近的门向工地外跑去，快到车前时忽然从车后闪出一个人影。蒋坤下意识举枪，发现竟然是阿 Ken。

蒋坤气喘吁吁地说："你怎么在这？"

阿 Ken 说："我自然是来帮忙的。"

蒋坤冷笑一声说："你不是来帮倒忙的就好。"

蒋坤说完伸手去拉车门。阿 Ken 一把把车门关上。

阿 Ken 问蒋坤："你怎么知道我是来帮你的？"

阿 Ken 话音刚落，周雄带着兄弟们来到了两人的身边。

蒋坤看着众人，脸色大变。

周雄把枪递给阿 Ken 说道："这一直是你最想做的，你来动手。"

阿 Ken 接过了枪，微微一笑说："谢谢！"

此时的蒋坤如同被围猎的猎物。他拼尽最后的一丝力气，准备反击。阿 Ken 毫不犹豫地朝着蒋坤开枪。蒋坤中枪倒地。

这时何浩辉和钟岚君赶到，正好看到这一幕。钟岚君不敢相信眼前的这一切，已经哭出声来。何浩辉看到周雄，拼命朝周雄射击。周雄躲过了何浩辉的射击，并没有还击，反而朝着何浩辉挑衅地一笑，比了一个胜利的手势……

第 十 四 章

宝刀未老

1

特别行动组的会议室内，大屏幕上出现了周雄的照片。

会上何浩辉向组员分析案情：蒋坤死之前曾经想告诉他 EGM 基金的内幕，所以他判断周雄是给 EGM 基金做事，周雄杀蒋坤就是为了灭口；杀了蒋坤之后，周雄和阿 Ken 又同时失去了踪迹……

就在警察对周雄毫无线索之时，何浩辉排查周雄在香港的关系，认定周雄回香港之后一定会去找一个人，就是周雄弟弟周杰的结拜兄弟阿翔。阿翔是目前找到周雄的突破口！

因为周雄归来，何浩辉和陈耀扬来到霍启泉的墓碑前祭拜。

何浩辉在师父的墓碑前发誓，既然周雄重新出现，他就一定要抓到周雄。只有抓住周雄，师父在天之灵方能安息。

两人拜祭完霍启泉，离开时遇到了前来拜祭蒋坤的钟岚君。此时的钟岚君双眼红肿且充满戾气。

何浩辉看到钟岚君这般模样，不由得对钟岚君异常担心。何浩辉劝说钟岚君，千万不能冲动做出傻事。钟岚君并不说话。何浩辉无奈，只得带着陈耀扬离开。

钟岚君看到何浩辉两人走远，吩咐手下，一定要找到周雄为蒋坤报仇。

邵子俊对于安娜的追查并未停止。

邵子俊判断安娜之所以躲开了香港警方的追踪，是因为安娜改变了自己的相貌。邵子俊顺藤摸瓜，找到了专门给安娜做造型的设计师。设计师担心安娜给自己招惹麻烦，便将给安娜做的三张面具的设计图都交给了邵子俊，并且给邵子俊透露了一个关键信息：安娜喜欢去一家意大利餐馆。

邵子俊和陈耀扬对这家意大利餐馆进行了严密的监视。一个酷似安娜的女人出现在这家餐厅的监控中。设计师从女人戴着的眼镜上判断，这个女人就是安娜！

经过几天的监视，女人再次出现在意大利餐厅。这个女人在餐厅窗前的位置上坐定。陈耀扬立刻下达准备行动的命令。邵子俊此时假装食客，坐在女人不远处，打量着她。虽然这个女人跟安娜的身形相似，但是警方无法确定，需要再听一下这个女人的声音。

邵子俊起身走向女人，说道："小姐你好，我是从新加坡来的，不知道可不可以帮我换点港币呢？"

女人正忙着用手机回复信息，没搭理邵子俊。邵子俊又说："小姐，帮下忙吧！"

女人觉得子俊故意找茬搭讪，放下手机瞪了邵子俊一眼，腾地站起身来。邵子俊认定这个女人就是安娜，说道："你以为不说话，我就不知道你是谁？"

邵子俊边说边伸手去摸女人的脸，试图摘下女人的面具。

女人大惊，大喊"非礼"。

女人一边说一边往门口走，邵子俊紧随其后。这时他听到女人的声音，立刻意识到认错人了！

邵子俊想离开餐厅，却被女人一把抓住。女人对着邵子俊大喊"非礼"。邵子俊焦急万分，欲挣脱往外跑，却被周围的人推到墙角并团团围住。邵子俊正有口难辩之时，陈耀扬带着一众警察冲了过来，及时亮出警官证给邵子俊解围。

就在此时，邵子俊看到易容后的安娜就在马路对面，便不由分说地朝马路对面冲去。可安娜早已经察觉，转身往一个小巷拐去。等邵子俊赶来，安娜早已不见了踪影。邵子俊望着空空荡荡的街巷，追悔莫及。

回到特别行动组，邵子俊向何浩辉表示，这次没抓到安娜是他的责任，他愿意接受处罚。何浩辉反而鼓励邵子俊，认为邵子俊有进步，开始懂得承担。何浩辉判断，经过这次对安娜的抓捕未果，安娜暂时不会出现，现在所有的重点要放到周雄的身上。

香港警方在不断努力下，终于找到了阿翔的线索。何浩辉带人立刻赶到了现场，冲进阿翔藏身的大厦。何浩辉与邵子俊各自持枪，藏身在单元大门左右两侧。

邵子俊用手轻轻推了推门，大门纹丝未动。何浩辉冲骆雅琪使个眼色，骆雅琪会意上前敲门，无人回应，屋内却"奇怪"地隐约传出一些声响。

骆雅琪用手拧动门把手，慢慢地推开了门。见门打开，骆雅琪用眼神询问何浩辉，何浩辉迅速左右观察，举枪朝门里走去。

邵子俊和骆雅琪带领其他小组成员分左右两边进入房间。众人小心翼翼地在房间内搜索，却并没见到一个人影。

这时，里屋传来声响。骆雅琪举枪走进里屋，发现房间内并没有人，声音是从角落餐桌上的一台电视机里传出的。电视机里，正循环播放着当年何浩辉给周雄下跪的画面！众人看到画面，脸上的表情复杂，一名O记警察抄起桌上的遥控器，立刻就要按下关机键。何浩辉刚走到门口，突然意识到了什么，立刻高声阻止："不要！"

但是何浩辉的阻拦已经完全来不及了。这名O记警察已经按下关机键。

何浩辉冲到了警察的面前，就在他推开警察的那一瞬间，电视机发生爆炸！

何浩辉和这名警察同时倒在地上。何浩辉眼前一片漆黑，缓了半天，才慢慢地睁开了眼睛，伴随着的是一阵耳鸣，好不容易何浩辉才恢复了正常。

直到这时，何浩辉才发现那名警察躺在地上，不省人事。但他发现这名警察还有气息，便不顾自己的伤势，忍痛大喊："叫救护车！"

对面的大楼内，周雄选择了一个极佳的角度，欣赏着何浩辉所在的房间发生的一切。

周雄所在房间的墙上贴着一张大图，图上凌乱地画着一些线路。随着对面窗口传来一声巨响，几只酒瓶碰撞在一起。

何浩辉苦苦寻找的阿翔，此时正穿着电讯公司的衣服，坐在周雄的身边。

周雄向兄弟们介绍阿翔："跟大家正式介绍一下，这是我弟弟的结拜兄弟阿翔。我弟弟的兄弟，就是我的兄弟。我这次回来是一定要照顾他的。"

阿翔说："雄哥，我其实早就等着你回来。你回来了，我们就可以给杰哥报仇了！"

周雄听到了周杰的名字，脸上露出了一丝悲伤，说道："是，他的仇我是一定要报的！"

阿翔说："雄哥，你说的那个地方我去过了，那里的安保很严格，估计很难进去。"

周雄微微一笑："别担心，我有另外的计划。"

医院的走廊内，何浩辉包扎后走出了急诊室。所幸何浩辉的伤不严重，受伤的警察也脱离了危险期。经历了之前的变故，何浩辉隐隐觉得从杀蒋坤开始，周雄似乎在策划一个很大的计划。

2

蛋糕店内，蔡卓欣正准备打烊，看到何浩辉徘徊在蛋糕店外，便走出了蛋糕店。

何浩辉告诉蔡卓欣，周雄已经回来了，他担心周雄会伤害蔡卓欣和阿轩，为了安全，他们要尽快离开香港；在蔡卓欣离开香港之前，他会签了离婚协议书。

蔡卓欣没有说话，看着何浩辉，若有所思。

一间豪车车行外，车行老板在等着一个尊贵的客人，这个客人就是财通公司的老总——周世豪！

车行老板看到周世豪应约而来，脸上露出兴奋的笑容，热情地上前招呼周世豪："周先生，时间刚刚好！我为了给你定这款车，实在是费了不少的工夫啊！"

周世豪客气地回答："麻烦了。"

车行老板："不麻烦，应该的。如果你再看上任何车型，我们怎么样都帮你搞到。麻烦你稍等，我把车先开出来，你先看一下。"

车行老板说话间，已经把周世豪带到了他定的那辆车前。一个叫陈勇的车行伙计，站在那辆车的旁边。

当周世豪看到跑车的那一刻，眼神就彻底被这辆跑车勾牢。周世豪急不可待地上了这辆跑车，坐到了副驾驶位。陈勇立刻跟着周世豪上了这辆车，坐到了主驾驶位。

陈勇向周世豪打着招呼："周先生你好！今天由我来陪你试车。"

周世豪看了陈勇一眼，问道："我好像没见过你？"

陈勇淡定地微微一笑："我叫陈勇，新来的。"

周世豪的注意力立刻又放到了眼前的这辆跑车上。陈勇刚准备向周世豪介绍："周先生，让我先给你介绍一下这部车的设备，这个——"

周世豪微微一笑说："我早就已经对这辆车有充分地了解了，你不用再介绍了。"

陈勇问："真的不用了？"

周世豪答道："不用了，试车吧！"

车行老板立刻接茬儿："对，对，别让周先生等急了，赶紧试车！"

这辆挂着试车牌的跑车急速驶过公路。试跑了一圈，陈勇和周世豪同时下车，互换位置，分别坐好。

陈勇叮嘱着周世豪："周先生，我提醒你一句，这辆车不是很好操控。你第一次开，千万不要猛踩油门。"

周世豪不耐烦地说："你就放心吧，我又不是第一天玩儿车，我知道的。"

周世豪发动跑车，猛踩油门，跑车在公路上绝尘而去。坐在副驾驶位的陈勇满脸无奈。

自从何浩辉去了特别行动组之后，梁婉婷升职做了 3 车的沙展。此时 3 车正在正常巡逻，电台突然呼叫 3 车，一辆跑车堵住街道，已经引起了现场交通的混乱，希望 3 车立刻前往处理。

车行内，车行老板正坐在椅子上刷着手机。陈勇一个人走进了车行。

车行老板看到陈勇一个人回来，奇怪地问道："发生什么事了？"

陈勇无奈地回答："别提了。我们刚开出去没有多久，周先生就要自己开。我提醒他，这辆车不好控制，千万不要深踩油门，他不听。我就又提醒了他一句，说这辆车还在磨合，不能开这么快。他就赶我下车。"

车行老板着急地说："这辆跑车很难操控的。他第一次开，万一磕碰了怎么办？他还没有付清全款呢！你赶紧去把他找回来！你找不到他，你也不要回来了！"

陈勇说："我又不知道他开到哪儿去了，我怎么找？"

就在车行老板手足无措的时候，周世豪助理的电话铃声响起，助理接电话："喂，周先生。"

电话那头的周世豪说道："跟车行说，这辆车我开了一阵，跟我想象的不太一样，我不要了！我把车停在了白沙街，叫他找人来开回去。"

周世豪的助理通知老板，车不要了，停在了白沙街。车行老板听到之后，吃惊而沮丧，让陈勇立刻去白沙街把车开回来。

白沙街的交通已经一片混乱，周世豪试驾的那辆跑车就横在马路的中间，车内空无一人，但是钥匙还插在车上。这奇怪的跑车引起了不少行人围观，后面被挡着的车在不停地按着喇叭。

3 车在街边停稳，谢庭威和梁婉婷从 3 车上下来，朝着跑车方向跑去。另外两名 EU 也下车安抚着被堵的车主。梁婉婷和谢庭威来到了跑车前面，周围的行人看到警察出现，自动散开。梁婉婷面对堵塞的交通异常着急，根本没时间端详这辆昂贵的试牌车。在香港，豪车车行给客户试车的时候，会专门给汽车挂上试车牌。在香港市民心里，试车牌就是豪车的"身份证"。

梁婉婷对着谢庭威："庭威，赶紧把车开走。"

谢庭威犹豫着回答："师姐，这是一辆试牌车，肯定很贵的，我见都没见过，我不会，要不……你来？"

梁婉婷这时才仔细地看了看这辆车，说道："我……我也不会……"

后面的车又开始按喇叭。梁婉婷和谢庭威对视了一眼，同时想到了一个人，异口同声地说道："棠哥！"

谢庭威飞快地回到 3 车前，敲了敲 3 车的玻璃。谢庭威对着赵绍棠说："棠哥，特殊情况，需要你下车帮忙。"

赵绍棠点了点头下车，飞快地跟着谢庭威一起来到跑车前。

赵绍棠看了一眼跑车："奔驰限量款……"

谢庭威好奇地问："这车大概多少钱？"

赵绍棠微微一笑："靠咱们的薪水，几辈子都买不起。"

谢庭威担心地说："那更只能由你来了……"

赵绍棠信心十足道："交给我。"

赵绍棠开门上车，熟练地把车摆正开走。瞬间交通恢复了正常。谢庭威和梁婉婷长长地出了一口气。

赵绍棠把车停在了马路边。谢庭威、梁婉婷、赵绍棠站在跑车前，脸上同时露出了困惑的表情。

梁婉婷奇怪地说："这么贵的车，怎么会莫名其妙地被扔在了马路上？"

赵绍棠说："这是一辆试牌车，查一下这附近的豪车车行，看看有什么线索……"

赵绍棠的话音刚落，陈勇急匆匆地赶了过来，来到了跑车前面说："不好意思，我是车行的，刚才有位先生试车，把车停在这里就走了。"

赵绍棠问道："你们车行试车，没有人跟着吗？"

陈勇回答："是我跟着的。中途他让我下车了，他要自己试。"

赵绍棠问："试车的人叫什么名字？"

"叫周世豪。"

梁婉婷听到周世豪名字的时候，微微一愣。

3

梁婉婷等人收工，在停车场遇到了何浩辉。老同事重逢，大家异常高兴，相约到饭堂一起吃饭。

饭堂内，梁婉婷说起了周世豪试车的事情，并且感慨，最近跟周家颇有缘分。梁婉婷还跟何浩辉说起了两天前发生在周家的另一件事情……

两天前，3 车在巡逻的时候，接到了一个业主的报警电话。3 车赶往现场，正是周世豪家的报警系统自动报警。就在梁婉婷和谢庭威准备进周家检查情况的时候，正好遇到匆匆赶回的周太太。周太太拒绝两人进屋，给出的理由竟然是怕警察把家里的贵重物品碰坏了。何浩辉听到这里，觉得事情似乎有些反常，事出反常必有妖！

就在梁婉婷与何浩辉闲聊的同时，周太太接到了一个电话，电话那头的人告诉周太太，周世豪已经被绑架，立刻准备五亿现金赎人！打电话的人赫然就是周雄！周雄还没等周太太多说，就挂断了电话。

周世豪的助理劝说周太太马上报警，周太太怕报警之后，劫匪会伤害周世豪，所以在报警与不报警之间一直犹豫不决。

当何浩辉得知在林氏股票下跌的当口，周世豪是第一个出手帮林涛的企业家的时候，他凭借着警察的敏感，觉得周家出现的情况不是偶然。何浩辉决定跟邵子俊一起去周世豪家看看。当他们到了周世豪家之后，本来左右犹豫的周太太看到警察来访，内心崩溃，终于告诉何浩辉周世豪被绑架了！

何浩辉得知这个消息，立马向邵峰汇报，他认为周世豪的绑架案可能跟周雄有关，希望特别行动组从重案组接手周世豪的绑架案。邵峰经过考虑，答应了何浩辉的请求。

特别行动组的警察前往周家别墅，何浩辉向周太太详细了解情况。

何浩辉问周太太："你是怎么知道周世豪被绑架的？"

"我到外面办事，刚刚回家就接到了绑匪的电话……"周太太说。

何浩辉继续问："绑匪电话里都说了什么？"

周太太着急地回答："他们让我准备五亿赎金，等他们电话，他们还说不让报警。阿 sir，你说现在到底应该怎么办？"

何浩辉回答："既然事情已经发生了，我们会先把你的老公救出来。"

周太太看着安装窃听器的邵子俊，对着何浩辉问："阿 sir，为什么不派一些经验丰富的人来？他这么年轻，他行吗？"

邵子俊听到周太太的评语，并不介意，反而耐心地对周太太解释："虽然我从警的时间还不太长，但是我也是经过了严格的训练的，你可以相信我的职业素质。我们会监听你的手机，如果绑匪打来电话，你正常接听就可以。"

周太太并不搭理邵子俊，继续跟何浩辉交流："我应该跟绑匪说什么？"

何浩辉回答："你跟绑匪谈话的目的有两个，第一，尽量拖延时间，第二，引导绑匪多说些话，我们警方就可以获得更多信息。周世豪有没有什么慢性病？"

周太太说："他有高血压，还有风湿性关节炎。"

邵子俊接过话茬儿："那你就要跟绑匪说，你先生风湿严重，不可以待在潮湿的地方，而且不能乱吃东西，问绑匪给他吃什么。"

周太太仍然不搭理邵子俊，对着何浩辉问："问太多的问题，会不会弄烦了绑匪，伤害我老公？"

邵子俊看到周太太完全不理睬他，显得异常无奈。

何浩辉说："周太太，我刚才跟你说过，你一定要尽量拖延时间。绑匪没有拿到赎金之前，他们大概率是不会伤害周先生的。"

周太太将信将疑地点了点头。这时周太太的手机响起，周太太变得非常紧张。

陈耀扬示意全场静音，戴上监听设备后做了一个"OK"的手势。邵子俊示意周太太接听。此时扩音设备已经装好，周太太和对方的声音在场的每个人都可以清晰地听到。

周太太颤声地问："喂？"

电话里绑匪的声音经过了特殊处理，让人无法判断：

"周太太……"

周太太着急地问："我老公怎么样了？"

绑匪回答："他暂时没事。"

周太太立马接话："什么叫暂时没事？"

何浩辉用笔写下几个字："我老公有风湿。"

周太太看了，连忙追问："对了，我老公有风湿性关节炎，如果照顾不好，他会犯病的！"

何浩辉用笔又写下几个字："再次确认你老公还活着。"

周太太马上跟周雄提出要求："我要看到我老公还活着。"

周太太的话刚说出口，对方就挂断了电话。

周太太转头问何浩辉："电话断了，我要不要再打过去？"

何浩辉刚要回应，周太太的手机叮的一声，显示收到一条信息。周太太看了一眼手机，惊叫一声。

何浩辉拿过手机，发现陌生号码发来一段衣衫不整的周世豪被五花大绑、正在遭受毒打的视频，视频里周世豪不断发出惨叫。配合视频还有行信息："准备五个亿现金！"

周太太急忙问道："怎么办？他们提出要五亿现金。"

何浩辉立刻决定："绑匪再打电话来的话，你不要很快答应对方的要求，要跟绑匪讨价还价，说没有那么多现金，问他可不可以转账。目的是多跟绑匪沟通，好让警方取得更多线索……"

何浩辉还没说完，手机再次响起，周太太接起电话。

绑匪凶狠地说："人你看见了，钱如果不准备好，别怪我撕票！"

周太太立刻说："多少钱我都给你，只要你放了我老公！"

何浩辉无法阻拦，只得继续根据周太太的话随机应变。

"好！"

周太太犹豫道："可是，我手头没有那么多……"

"现在有多少？"

周太太低声询问身边的助理："有多少？"

周世豪的助理回答："一个亿左右。"

周太太回复："一个亿左右。可不可以转账，方便些？"

"我是老派绑匪，就喜欢现金。快点准备，具体交接地点和时间，等我电话！"

周太太放下电话，吩咐身边的周世豪的助理："快，快点去准备现金……"

周世豪的助理急匆匆地出门。周太太跟周雄刚才一番对话，早就把何浩辉对她的叮嘱忘到了九霄云外。

何浩辉朝着邵子俊和陈耀扬使了一个眼色，两人会意地跟着何浩辉来到周世豪家客厅的角落。

何浩辉说："我们不能让绑匪牵着鼻子走，要尽快找到周世豪。"

陈耀扬问："我们有绑匪的什么线索？"

何浩辉回答："按照现在的线索，周世豪把车扔在白沙街，我们先从那条街查起。子俊，你留在周家关注绑匪的信息。耀扬，我们重新寻找周世豪失踪的线索。"

4

何浩辉和陈耀扬立即返回特别行动组，重新翻看周世豪失踪时白沙街的监控录像。监控录像的画面显示，一开始车内的周世豪脸上异常平静，并没有任何表情。车行驶了一段时间，周世豪突然刹车下车，把车横在马路的中间。

继而在画面的角落，何浩辉和陈耀扬看到周世豪上了一辆七座车。遗憾的是，在监控的画面中，无法看到这辆车上的人。那天周世豪的反应显得异常诡异，陈耀扬甚至提出了周世豪是假装被绑架，实质是为了骗周太太钱的假设。何浩辉让陈耀扬去车行再寻找线索。

陈耀扬与骆雅琪走进车行。

车行老板微笑着跟陈耀扬打招呼："你好，想看什么车？"

陈耀扬出示了证件，说道："您好，我是想来了解一下周世豪先生失踪那天，你们店里有没有什么异常情况发生？"

车行老板回答："没什么异常呀，警官，都挺正常的。"

陈耀扬追问："您再想想，有没有什么异常？"

车行老板仔细想了想："如果说有呢，就是马强。这个人在我们店里干了很多年，兢兢业业的，周世豪就是他负责的客户，约看车时间都是跟他约的，但前两天他突然就辞职了，我跟他说等我招到新人交接完了再走，他说家里有急事要尽快走，实在招不到人，他可以给我推荐一个在别的豪车车行有工作经验的人，就是那天带周世豪试车的陈勇。没想到就出了这么个事，我批评了陈勇几句，他还辞职了。不知道这算不算异常情况……"

听完车行老板的讲述，陈耀扬若有所思地点了点头。

陈耀扬在车行外与何浩辉通电话：

"辉哥，果然有线索，车行老板说原本招呼周世豪的应该是一个叫马强的销售，但是他出事前几天突然辞职，还介绍了一个叫陈勇的顶他的位置。我觉得这个马强有问题，我们应该去见见他。"

何浩辉接到电话，立刻跟陈耀扬到一家汽车改装厂会合。

陈耀扬说："已经查过那个陈勇，是个假名字，查不到什么线索。马强这两天都会在这个厂，找人改他的车。"

何浩辉问："查过马强的底没？"

陈耀扬回答："马强好赌，好几次因为赌车被带去问话，但都没有确实的证据，很快就被放出来了。"

何浩辉和陈耀扬说话间走进了改装车工厂。改装车工厂内，一个改装师傅在低着头干活儿。一个年轻人站在改装师傅的身边，指挥着师傅。这个年轻人就是马强。这时何浩辉和陈耀扬来到了马强的面前。

何浩辉问："你是马强？"

马强上下打量着何浩辉和陈耀扬："我是，有事？"

陈耀扬说："向你打听一件事情……"

马强奇怪地说："什么事？"何浩辉和陈耀扬向马强出示了证件。

何浩辉接着问："听说你前几天从车行辞职了，你为什么辞职？"改装师傅这时也停下了手里的活儿，看着何浩辉和陈耀扬。

马强不客气地说："怎么？辞职不可以吗？犯法吗？"

何浩辉微笑道："当然不犯法……我只是想问你认不认识陈勇？在哪儿能找到他？"

马强跟何浩辉对视："警察先生，陈勇我不认识，也不知道去哪儿找他。想找他你们自己去找。"

陈耀扬气急地说："你如果在这不说的话，咱们就换个地方说！"

"我没有犯法，难道你们想平白无故地抓我吗？"

何浩辉用眼神制止了陈耀扬。这时何浩辉的手机响了起来。何浩辉一边接电话，一边拉着陈耀扬往外走。电话那边是邵子俊：

"何 sir，已经接到了绑匪的电话，他已经定好了交赎金的时间和地点！"

何浩辉挂断电话，脸色异常严峻。

陈耀扬问："怎么了？"

何浩辉回答："绑匪那边来信了。"

陈耀扬决定："那先把马强带回去再说。"

何浩辉犹豫道："没有切实的证据，带回去也得放。先让其他兄弟盯他几天，我再想想办法。"

警方各个部门各司其职为这次行动做着准备。

特别行动组警察给周太太身上安装窃听器。这时银行经理带着押送人员，把装着现金的黑色尼龙袋送到周太太家里。

一切准备就绪之后，周太太带着助理开车上路。几辆警方的轿车远远地跟在后面，何浩辉和邵子俊就在其中的一辆车中。

陈耀扬坐镇特别行动组内，向参加行动的警察布置任务。

陈耀扬说："这次交赎金是抓周雄的大好机会，但是周雄这个人做事狡猾，极度残忍，大家行动过程中一定要高度戒备，要确保市民安全，避免殃及池鱼！"

周太太驾车驶入一个位于半山腰的废弃停车场，刚将车停在一个空车位，手机立刻响起。周太太连忙接听：

"我已经到了你说的那个地方了。"

电话那头的周雄说道："你见没见到左前方有辆白色的车？你现在把钱放到这辆车里面。"

周太太和助理连忙下车，打开后备厢，助理帮着周太太将黑色尼龙袋，一袋袋装到周雄指定的车里。

片刻，何浩辉以及其他警察的车纷纷到达，埋伏在正好能够看到放钱的车的隐蔽之处。

周太太有些不知所措。

而何浩辉坐在车里等待着，同时观察着周围的情况。

周太太脸上的表情异常紧张。众人等了片刻，并没有发现绑匪的踪迹。

何浩辉的声音传入周太太耳中：

"周太，我叫我们同事送你先回家。"

周太太对何浩辉几乎用恳求的语气说道："你们一定要把我的老公救出来。"

何浩辉说："子俊，你带人送周太回去。"

邵子俊点头下车。

何浩辉对旁边的特别行动组成员说："你下车看看。"

邵子俊带着周太太驾车离开。特别行动组成员若无其事地来到了那辆装钞票的车旁，看似无意地查看车内的情况，车内并没有什么异常。其中一个警察假装系鞋带，观察车下的情况。蹲下的警察赫然看到车底有一个炸弹，炸弹上还闪着红光，惊呼：

"有炸弹！"

陈耀扬得到了车底有炸弹的信息，立刻通知何浩辉："现在抓紧疏散有可能被波及的路人！拆弹专家马上就到！"

何浩辉等人立刻进行人员疏散。片刻拆弹专家开着车来到了废弃的停车场内，身穿拆弹服的拆弹专家下车。何浩辉来到拆弹专家面前，看了拆弹专家一眼，拆弹专家穿着厚厚的防护服，何浩辉根本没法看清拆弹专家的脸。

何浩辉指示："炸弹就在车底。"

拆弹专家点了点头，朝着何浩辉做了一个往后退的手势。

拆弹专家钻入车底，片刻又钻了出来；继而打开了后备厢，然后又小心翼翼地关上了后备厢。

何浩辉隔着一定的距离，举着步话机："这辆车里面有几袋现金，是不是要先搬下车？"

拆弹专家拿着步话机："我刚刚看过，这个是中东地区的重力炸弹，是钱的重量触动了引爆装置，就好像地雷一样。如果把钱搬下车，炸弹就会失去压力而爆炸。我需要现场引爆。"

拆弹专家朝着何浩辉又做一个后退的手势。何浩辉后退。拆弹专家不断朝着何浩辉做着后退的手势。何浩辉带着特别行动组的警察不断往后退，退至离拆弹专家很远的地方……

在何浩辉的视线内，只有身穿着防护服的拆弹专家在车内。何浩辉等人等了半天，拆弹专家和汽车没有半点动静，拆弹专家似乎在车内一动不动。正在这时，何浩辉的手机铃声响了，他忙接起电话：

"喂？"

电话那头的警察报告："何 sir，我们派去支援你们的拆弹专家，在半路被几个匪徒挟持了……"

何浩辉闻言一脸惊骇，对着身边小组成员命令道："跟我来！"特别行动组的成员显得有些莫名其妙。

何浩辉大喊："快点呀！"

何浩辉带着特别行动组成员跑到了车前，只见车内后座已经被掀起，后备箱的钱已经被拿走，只有"拆弹专家"的防护服挂在汽车内。何浩辉一把拽下防护服，转头看到车旁下方正是一条公路，车来车往。此时何浩辉面沉似水。

5

何浩辉坐在茶水间内，面前放着一杯咖啡。这时赵绍棠微笑着朝何浩辉走了过来。

赵绍棠端起了面前的这杯咖啡，问："给我的？"

何浩辉面带笑容道："工作了一天，棠哥你辛苦了！"

"那我就不客气了。"

赵绍棠喝了一口咖啡，问："有什么事？说吧！"

何浩辉回答："没事。"

赵绍棠别有深意道："真没事？"何浩辉没说话。

赵绍棠看了一下表："既然没事，多谢你的咖啡，我回家去给老婆做饭了。"赵绍棠站起来转身欲走。

何浩辉终于忍不住："等等！"

赵绍棠露出了笑容："你怎么会无缘无故请我喝咖啡？肯定有事，说……"

"你也知道周世豪被绑架了。在周世豪被绑架的当天，陈勇就辞职了。"

赵绍棠点了点头："查到他的信息了吗？"

"名字是假的。"

"继续说……"

何浩辉沮丧地说："现在呢，知道陈勇线索的人只有马强，陈勇是马强推荐到车行的。我已经找到马强了，但他守口如瓶，派人盯了他几天也没发现什么线索。"

赵绍棠有些奇怪地问："那这事跟我有什么关系？我能帮什么忙呢？"

何浩辉说："马强喜欢跟人飙车，而且好赌……你肯定有办法。"

赵绍棠点了点头："我试试吧！"

何浩辉提醒赵绍棠："你是老警察，规矩你是懂的，千万别干违规的事情。"

赵绍棠回答："你放心，我自然会权衡轻重。如果真的要走到那一步也没关系，反正我已经是快要退休的人了。只要能够帮到你就值得。"

何浩辉听到赵绍棠的话，颇为感动。

改装厂内，改装师傅站在马强的改装车前面，满意地看着自己的作品。马强看着自己改装好的爱车，异常兴奋。

马强兴奋地说："大功告成！今晚就开个盘，看到底谁来惹我！"

这时赵绍棠走进了改装车厂，旁若无人地上下打量起这辆车。

马强问："大叔，什么事啊？"

赵绍棠完全不搭理马强，踢了踢轮胎说道："你这辆车改得不错，20寸，235/35胎，不错。V8引擎，最少400匹，扭力不小……不过硬件都在其次，驾驶技术是最重要的，否则改得再好也没用。"

马强好奇地问："阿叔，很懂行嘛。你会赛车？"

赵绍棠回答："嗯，我开车的时候，你还在上小学呢。"

马强接着问："既然是行家，不如比试比试。您开的是什么车？"

赵绍棠一笑："随便一辆车我都能赢你。我就在这里挑一辆。"

改装师傅愣了一下："啊？"

赵绍棠环视了四周，找到了一辆在改装厂里面停着的很普通的车，说："就这辆吧！"

改装师傅问赵绍棠："这辆车没改装过，你肯定？"

赵绍棠充满自信："没问题。我可以同你签约，如果我撞坏了这辆车，我原价赔给你。"

改装师傅难以置信，但还是点了点头。

马强提醒赵绍棠："大叔，你不要开玩笑，这可不是闹着玩儿的。"

赵绍棠不以为意："谁跟你开玩笑？你想赌什么？"

"你赢了，十万；如果你输了，别说我欺负你，你给我一万就行了。"

赵绍棠继续加码："十万太少了，我赢了，你给我二十万，敢不敢？"

马强看着赵绍棠，咬了咬牙："行！"

第 十 五 章

连环套连环

1

飙车路段的起点上，两辆车蓄势待发。赛道的前端能隐约看到大海……这是一场夺人眼目的比赛，成了地下车圈的一场盛事。比赛还没开始，场上的气氛就异常热烈。

组织者宣布规则："现在先宣布一下规则……规则很简单，终点在海边，谁先停下谁就算输。"

这个规则刚一宣布，围观的人都议论纷纷。一个摩登女郎拿着旗帜，搔首弄姿地随时准备发令。马强在车上跟赵绍棠对望，脸上露出了稳操胜券的表情，并且对赵绍棠做出了一个拇指向下的手势。赵绍棠朝马强礼貌地一笑。摩登女郎摇动着赛车的旗帜，开始倒计时。两辆车的引擎同时轰鸣。摩登女郎的旗帜落下，观赛者发出疯狂的呐喊声。

赵绍棠和马强的车同时开出。赵绍棠屏气凝神，熟悉地操纵着汽车，脸上的表情非常轻松。马强全神贯注，紧张地驾驶着汽车，跟赵绍棠脸上轻松的表情形成了鲜明的对比。

两辆车离海边越来越近。赵绍棠丝毫没有停下的意思。马强看到赵绍棠没有停下的意思，咬了咬牙，继续跟赵绍棠飙车。

这时两辆车马上就要到海边了。赵绍棠仍然没有停下的意思。此时马强的脸上已经露出了惊恐的表情。

车马上就要冲进大海，马强在惊恐之中猛踩刹车，他的车立刻停下。赵绍棠的车仍然继续行驶。眼看赵绍棠的车马上就要冲进大海，所有人都屏住了呼吸。就在车即将冲下海的一瞬间，赵绍棠突然来了一个漂移，车轮紧紧地贴在码头边缘停下，汽车离海几乎只剩 1 厘米！人们看到赵绍棠精湛的车技，先是惊呆了，然后爆发出欢呼声。

马强和赵绍棠同时下车。经过几乎拼上性命的比赛，下车后的马强脸色已经变得铁灰。

马强几乎是哀求赵绍棠："我现在没那么多，先给你几万，晚一点还给你。"

赵绍棠说："这个钱，我可以不要。"马强听完眼睛一亮。

赵绍棠接着说："不过你要回答我一个问题。"

"什么问题？"

赵绍棠问："你认不认识一个叫陈勇的人？"

马强反问赵绍棠："你找他干什么？"

赵绍棠回答："听说他是一个高手，我想和他较量一下。"

马强脸色变了，瞪着赵绍棠，很紧张地问："你到底是什么人？"

赵绍棠道："你不要管我是什么人，你知道道上的规矩，愿赌服输。否则你就还钱……我也不是第一天出来混的！"

赵绍棠冷冷地看着马强，马强被赵绍棠的气势所压倒。

马强犹豫了一下："我是认识一个叫陈勇的人，都是出来混的。我欠了他一大笔钱，还不起，也惹不起他。避无可避，他突然跟我说，可以不要我还，但是就要我辞了车行那份工，让他去顶我的位置。其他的事情我就不知道了。"

赵绍棠看着马强，点了点头。

2

香港警察精心策划了行动，却被周雄"完美"地拿走了赎金，警察面对周雄又经历了一次惨败。何浩辉来到周家安慰周太太。

何浩辉对周太太说："钱被绑匪拿走了，是我们的责任。但是我们还有机会，我们会尽全力救周先生回来。"

何浩辉话未说完，电话响起。守在旁边的周太太一把抓过电话接听。

周雄先声夺人，挖苦周太太："不听我的话，不信守你的承诺，你就会付出代价。"

周太太恳求道："是这些警察自己找上门来的，不关我的事，我都是按照你们的吩咐做的，求求你们把老公还给我吧！"

周雄得意地说："你即便报了警，钱还是被我拿走了！"

周太太回答："钱你们已经拿走了，什么时候能放我老公回来……"

周雄说："还不能放他。"

周太太问："为什么？"

周雄愤怒道："因为你报警，之前的交易取消，赎金要涨到 10 个亿！"

周太太几乎喊了出来："10亿？！"

坐在对面的何浩辉赶紧摇头。另一边邵子俊在本子上写下"不能给"三个字，但还没来得及举给周太太看。

周太太脱口而出："好！我答应你！"何浩辉跟邵子俊交换了一下无奈的眼神。

周太太请求道："这次实在是太多了，要多些时间筹措……"

周雄说："给你五天时间。"

周太太哀求道："五天？五天时间太短了……"

这次邵子俊抢先举起了手中的本子，露出"拖付款时间！"五个字。周太太看着邵子俊犹豫，结果电话那边立刻传来了周世豪被殴打的惨叫声。

周太太立刻几乎哭了出来："别打了，别打了，我答应！……能不能让我跟我老公说两句话？"电话那边停顿了一下，突然传来了周世豪的声音。

周世豪哭喊："老婆，给他们钱，无论用什么办法一定要救我！"

周太太哭着说："老公！老公！……"

电话被挂断。

电话被挂断之后，周太太如坐针毡，手足无措。她随后抓起自己的手机，刚要拨打出去却被何浩辉一把按住。

何浩辉问："周太太，你真的想听周雄的，要给他10亿？"

周太太反问："不然呢，我老公在他手上啊！"

何浩辉和邵子俊对视一眼，相对无言。

周雄藏身的公寓内，他正在看一本《了凡四训》。

阿翔走到周雄的面前，好奇地问道："老大，因为他老婆报警，您追加了赎金，看似是您不希望她报警，但我怎么看都觉得您是希望她报警啊？"

周雄狡黠地一笑，所答非所问："对周先生要好一些，别动不动就动手。他是咱们的大客户，对待大客户要有应有的尊重，别那么没文化。"

肥仔问："老大，这本书您都看了好几天了，这是武侠小说吗？"

周雄一边合上书一边说："这本书写的是，人要多做善事，可以改命。"

阿翔、阿胜、肥仔等人听了面面相觑，都蒙了。

邵子俊坐在周世豪家别墅外，脸上的表情有些沮丧。何浩辉坐到了邵子俊的身边，邵子俊一开始还没发现。

何浩辉说："找了你半天，原来你在这儿……"

邵子俊道："楼里太闷了，出来透透风。那个假拆弹专家，现在也没有线索。"邵子俊说到这里，语气变得更加沮丧。

何浩辉安慰道："你不要太过于沮丧。车行马强的那条线索有突破……"

邵子俊听到何浩辉的话，仿佛开心了一些：

"什么突破？"

何浩辉回答："据棠哥说，那个陈勇免了马强一笔赌债，让马强辞职，然后他给马强替班。现在我们找不到陈勇的线索，陈 sir 会去抓马强，看看他能不能找到新的线索……"

"也不能放过阿翔这个线索。"

"钟岚君是不会放过阿翔的，盯着钟岚君。"

邵子俊点了点头。

何浩辉想起什么，又问："对了，被周雄炸伤的那个同事怎么样了？"

邵子俊回答："他已经从 ICU 转到普通病房了，他的情况已经好多了。"何浩辉听到这个消息，脸上的表情也放松了不少。

"好了，继续干活吧！"何浩辉拍了拍邵子俊的肩膀，"你最近有点变化啊！"

邵子俊听着一愣："什么变化？"

何浩辉欣慰地说："你比原来变得更有耐心了。"

"有吗？"

"当然！老实讲，周太很难缠的，她在不断地质疑你的经验和能力，你不但没有反驳，态度还一直那么友善。你刚到 EU 的时候肯定是做不到的。"

邵子俊微微一笑："你要是不说，我根本都没有意识到。"

何浩辉和邵子俊相视一笑。

邵子俊说："现在已经很晚了，周世豪的绑架案那么紧张，你又不回家，你是不是应该给嫂子打一个电话，报一下平安？"

邵子俊的话提醒了何浩辉。何浩辉点了点头，拿出了电话。邵子俊会意地转身回到了别墅。

何浩辉拨通了电话："喂……"

蔡卓欣拿着电话，脸上的表情有些复杂："我正准备给你打电话……"

何浩辉问："你们现在还安全吗？"

蔡卓欣回答："今天我跟阿轩都没有出门……"

何浩辉略微有些停顿："……你和阿轩什么时候去加拿大？你和阿轩留在这里，我有点担心。"

蔡卓欣的目光变得坚定，似乎下定了决心，说："我们可以不走吗？"

何浩辉听到蔡卓欣的话，有些吃惊："不走了吗？"

蔡卓欣坚定地说："我考虑过了，周雄回来了，现在你最需要的就是支持和帮助，我们不能在这个时候离开你。"

何浩辉脸上的表情既兴奋又有些担忧："那你还打算在那份协议上签字吗？"

"我觉得你提这个问题，情商有点低。"

何浩辉马上明白了，笑着说："听到你说的话我有点激动，一激动我就没过脑子。"

蔡卓欣说："婉婷已经给我打过电话了，她下班之后会来陪我们。我觉得，你想让我和阿轩彻底安全，你就得尽快把周雄绳之以法。为了你的师父，为了我们，你一定要抓住周雄！"

"明白！"

蔡卓欣和何浩辉同时挂断了电话。何浩辉脸上露出了一丝感动。

周太太带着周世豪的助手来到了书房内，刻意躲开了警察的注意。

周太太满脸焦虑地看着周世豪的助手，问："现在我们公司能不能拿出十亿的现金？"

周世豪的助手几乎不敢相信自己的耳朵："十亿？"

周太太说："对，十亿。"

周世豪的助手回答："除非抛售你所持有的财通的股票，否则完全没有可能。"

周太太一狠心说："那抛，现在就抛……"

周世豪的助手说："周太太，我提醒你，这么抛售股票的话，恐怕会引起证券市场的波动，不但凑不够十亿现金，或许还会引起财通公司的停牌。"

"不管怎么样，要先试试看。"

周世豪的助手没有说话，但是仍然在犹豫。

周太太最后拍板："不要再等了，现在就办。"

3

周雄带着手下肥仔来到了合生大厦的 1036 房间。房间里面乌烟瘴气，二人穿过厅堂来到最里面的房间。

房间内，被绑住手脚的周世豪在床垫上呻吟。肥仔跟身边的人说："你们怎么可以这么没礼貌，这么对待周先生呢？赶紧松绑。"

周雄看着肥仔一笑："阿翔呢？"

周雄的手下不敢说话。肥仔立刻意识到阿翔的去向，骂道："又买去了，这事迟早得坏他手里！"

周雄说："真是没想到，他竟然沾上了那个东西。"

肥仔问："雄哥，我们现在怎么办？"

周雄沉吟了片刻，没有说话。

何浩辉和邵子俊在车内，透过车窗看着不远处的废车场。

邵子俊道："我一直在盯着钟岚君，她进这个废车场已经有一段时间了。"

何浩辉肯定地说："看来，她应该是有线索了。"

邵子俊问："现在我们要不要冲进去？"

"我已经通知其他兄弟了，等他们来了，我们立刻就进去。"

邵子俊点了点头。

废车场内笼罩着一种肃杀的气氛。阿翔被五花大绑地扔在废车场的地上。钟岚君的兄弟们已经把阿翔团团围住，对着阿翔拳打脚踢。阿翔的脸上已经是伤痕累累。钟岚君朝着兄弟们使了一个眼色，兄弟们停住了手。

钟岚君恶狠狠地问阿翔："说吧，周雄到底在什么地方？"

阿翔虚弱地回答："雄哥是我的老大，我不会出卖我的老大。有本事你就杀了我。"

"我不会杀你的。因为你而坐牢，你不配。"

钟岚君的话音刚落，阿翔突然浑身抽搐。原来阿翔染上了毒瘾，他也是去买毒品的时候被肥龙抓住的，现在阿翔的毒瘾犯了。

钟岚君给肥龙使了个眼色，肥龙就从兜里掏出一包白粉，在阿翔眼前晃晃。

钟岚君继续问："周雄在哪？"

阿翔痛苦地挣扎着，仍然不说。钟岚君拿过纸包打开，准备往地上倒。

阿翔无法拒绝地哀求钟岚君："我说……我说……"

阿翔刚准备说出周雄的下落，何浩辉一干人冲进了废车场。钟岚君看到警察突然出现，不甘心地带着兄弟们离开了废车场。钟岚君临离开前，恶狠狠地看着远处的何浩辉。

何浩辉和邵子俊站在阿翔的面前。阿翔此时被毒瘾折磨得越来越难受，痛苦不堪。

何浩辉问："周世豪绑架案是不是周雄带着你们干的？"

阿翔没有说话，点了点头。

何浩辉继续追问："他现在在哪儿？"阿翔在毒瘾的折磨下已经分不出眼前的人到底是谁，他流着口水和鼻涕，用力地拍着地。

阿翔歇斯底里地说："赶紧把东西给我……周雄在合生大厦1036房间！赶紧把

东西给我！"

何浩辉带着飞虎队立刻赶往合生大厦 1036 房间。房间外，飞虎队的警察举着枪严阵以待。邵子俊和何浩辉同样举着枪，站在飞虎队的后面。飞虎队瞅准机会，迅速破门，冲入房间。

房间内，映入众人眼帘的是烟头、啤酒、外卖，一地狼藉。邵子俊迅速冲向里屋。何浩辉被外卖吸引了目光，仔细检查外卖的包装和餐盒。这时邵子俊从里屋拿着一段绳子出来。

邵子俊说道："看来周世豪应该就是被绑在这里。只可惜我们来晚了一步……"

何浩辉再次扑空，满脸阴郁，认为现在唯一能做的，就是突审马强！

审讯室内，马强看着眼前的何浩辉，显得异常紧张。

何浩辉问："你知不知道你参与了什么？"

马强说："陈勇免了我欠他的赌债，然后他去顶了我的班，仅此而已。"

陈耀扬接着说："我们查过你的背景，之前就是参与一些赌车的小案子，没有想到你的案子越做越大了。"

马强奇怪地问："什么？"

何浩辉厉声道："要不然我们怎么能把你请到这里来？陈勇顶替你上班的第一天去陪周世豪试车，之后周世豪就被绑架了，陈勇也失踪了。现在你已经是绑架案的从犯了。"

马强吃惊："啊？这么大的事，可真的跟我没关系……我只是欠陈勇的赌债而已！"

何浩辉追问："平时你怎么跟陈勇联络？"

马强回答："电话。"

"把他的电话号码给我。"马强把电话号码给何浩辉。何浩辉让陈耀扬去查这个电话号码的通话位置。片刻之后，陈耀扬返回了审讯室，对着何浩辉摇了摇头。

何浩辉继续问马强："周雄肯定给他们换了境外卡，本地卡都销毁了。你想想还有什么联系方式？找不着陈勇，这个事你脱不了干系。"

马强诚恳道："我真的不知道其他的联系方式了。"

何浩辉问："你说你是跟他在网络上一起赌博认识的？"

"对。"

何浩辉接着问："他都喜欢赌什么？"

"只要能赌的，他都好赌。但是他好像最喜欢赌球……每周都赌，最爱英超。"

"你们都在哪个赌博网站上下注？"

"稳赢。"

"他喜欢哪个队？"

"上次我去拿钱的时候，他穿的是曼城的球服……"

何浩辉和陈耀扬对视了一眼。何浩辉问道："你知道他在网站上的用户名吗？"

马强回答："我曾经在网上给他转过账，他好像叫盆满钵满的鹿。"

何浩辉立刻找到技术支持科同事，希望通过这个用户名找到陈勇的踪迹。技术支持科的同事回复何浩辉："这个用户名最近一次登录是在上周，给本周曼城的比赛下了注。从下注之后，就再也没有登录的信息。没有登录就没有办法锁定 IP 地址。"

何浩辉皱了皱眉头。陈耀扬说："现在离这周的英超还有两天，密切监视他，看看他有没有什么动静。"

"现在不能放过任何的可能性。24 小时锁定这个账号，只要他有动作立刻通知我。"

4

随着交赎金的时间逐渐临近，周太太愈发显得焦躁不安。这时何浩辉和邵子俊走进周家别墅，周太太如同看到救星一般地看着两个人。

周太太满怀期待地问："有我老公的消息了吗？"

何浩辉只能回答："暂时没有……"

周太太实在控制不住自己的情绪，彻底爆发："为什么到现在还没有我老公的消息？！"邵子俊安慰道："周太太，你一定要冷静，我们一定会竭尽全力救出周先生。"

"竭尽全力，你们天天都在竭尽全力，但是我真的不知道你们每天都在干什么……"

周太太对着何浩辉："阿 sir，警方真的重视我老公的绑架案吗？你们能不能再多派一些经验丰富的警察来办我先生的案子？"周太太一边说着，一边有意无意地看了一眼"年轻"的邵子俊。邵子俊知道周太太话里面的含义，但是仍然没有吭声。

何浩辉说："周太太，你一定要相信我们警方，我们对每一个案子都会选择最合适的警察来处理的。"

周太太依然是话里有话的："相信，我怎么能不相信你们呢？！"这时周太太家的座机再次响起。周太太听到了电话声音，显得更加紧张。

何浩辉道："接电话……"

周太太颤抖地接起了电话："喂……"

周雄说："周太太，我想提醒你，你交赎金的日期马上就要到了。照你这么在股市上卖股票的这种方法，你老公是不可能活着回来的。我劝你还是聪明些，想想别的办法。"

周雄的电话挂断。周太太拿着电话，若有所思，随即做出了一个决定，她打算去找企业家联盟，只能让香港其余企业家帮忙……

企业家联盟内，以林涛为首的香港企业家如约而至，在林涛的号召下，企业家联盟的企业家几乎全体出现。周太太没有想到是这么大的阵势，既有些吃惊又有些高兴。

周太太吃惊道："林先生，你能召集这么多的企业家到这里来，我实在是没想到。"

林涛说："周太太客气了，企业家联盟就是让本港的企业家互相帮助，你有什么希望我们帮忙的，你可以尽管说。"

周太太一咬牙说："我想要借钱。"

林涛有些奇怪地问："借钱？"

"对，借钱。"

梁先生试探地问："今天资本市场上出现了财通公司的大抛盘，你要借钱跟这个事情是不是有联系？"其余的企业家也准备说话，但是周太太根本没给他们说话的机会。

周太太继续说："我知道诸位有很多疑问，但是我只能告诉你们的是，只要你们能借给我钱，帮我渡过了这个难关，我和我老公以后肯定会跟诸位有个交代……"林涛和其他企业家目光相接。

林涛爽快地说："好！既然有周太太的这句话，我们也不多问了。你到底要借多少钱？"周太太也很直接地回答："十亿！"

周太太此言一出，众人都很吃惊。

林涛几乎不敢相信自己的耳朵："十亿？！"

周太太道："十亿，五天之内就要！"

林涛略微沉吟了一下："周世豪是企业家联盟的一员，我们香港企业家同气连枝，上回林氏集团出现问题的时候，周先生第一个出手相助，所以今天你这个忙我是一定要帮的。"周太太听完林涛的这句话，脸上露出了笑容，长长地出了一口气。

就在周太太向林涛等人借钱的时候，周世豪被周雄关在一座废弃的工厂内。周雄不但给周世豪提供非常丰盛的食品，此时还亲自给周世豪整理着衣服，周世豪被周雄这莫名的举动吓得瑟瑟发抖。

周雄语气舒缓地说："之前呢，让你受苦了。没办法，希望你配合一下，这个戏也是演给你老婆看的。你不受点罪，她也不着急。"

周世豪拼命点头："理解，理解。"

周雄微笑地看着周世豪。周世豪无法从周雄的表情上判断他到底想干什么，面对这样的周雄，周世豪既困惑又恐惧。

离开了企业家俱乐部，梁先生对于周太太借这么多钱，感到异常奇怪。梁先生思考再三，拨通了林涛的电话："这个周太太今天的表现很古怪，并且她短时间需要借这么多的钱，这个事情实在有些蹊跷……"

林涛也犹豫道："确实有些蹊跷，但是大家毕竟同气连枝，当初周世豪还帮过我，不管怎么样，咱们先筹钱吧！"

梁先生说："那就明天下班后来我家吃饭，商量一下怎样筹措资金。"

梁先生万万没想到，在他跟林涛商量的时候，周雄的手下阿胜正拿着望远镜，密切监视着他的行踪！

5

废弃工厂里放着一个白板，白板上画着密密麻麻的路线。

阿胜向大家介绍说："梁家附近的道路我们全都摸清楚了，这条半山公路是梁先生回家的必经之路，是一条双车道，但却是单行线，对面不可能来车……"

周雄抬手打断了阿胜，起身在白板上先画了一个非常急的急转弯，边画边说："这有一个急转弯……"

周雄指向其中一个手下："阿勇，你是第一辆车，在急转弯前的匝道等着，会有人通知你，你得到通知就马上就把车开进主路，让梁先生的车在你后面，压着他的速度，过了这个弯道立刻把车横在路中，逼着他把车停下来。我是第二辆车，他的车进入半山的单行路后，我会跟在他车后，过了弯直接堵他后路。肥仔第三辆车……"

周雄指着肥仔："跟在我车后面，和我们拉开点距离，当我们进入急转弯并且你看不到我们的时候，你就把车横在路中央，假装修车。这个弯道角度很大，就算后面来车也看不到前面发生了什么。"

肥仔和阿勇频频点头。

周雄说："姓梁的一把车停下来，咱们的人马上下车，破窗绑人，三分钟内搞定一切。"

阿胜补充道："两头夹堵！"

周雄肯定："对！瓮中捉鳖！"

周雄在白板上的代表梁先生车辆的图案上重重地画了个叉。

特别行动组办公室内，警方也正在开会。

何浩辉说："根据阿翔的口供——跟我们的推断一样——周世豪绑架案的幕后真凶就是周雄。周雄的计划一直都不只是绑架周世豪，而是连环绑架。他的下一个目标是利丰银行的梁先生。"

此言一出，众人哗然，邵峰也不由得皱紧了眉头。

陈耀扬问何浩辉："不好意思，何 sir，其实从昨天开始我就有一个疑问。"

"请讲。"

陈耀扬问："如果说周雄早就计划好了，那为什么到现在都没有行动？这会不会是他布下的陷阱？"

大家纷纷点头表示同意。

何浩辉却说："我倒不这么认为。如果真的是周雄故意制造的烟幕弹，那么他早就该释放出来，而不是等咱们自己发现。所以绑架梁先生的计划肯定是真的。"

其中一位部长发表自己的看法："可就算是真的，阿翔也已经被我们抓了。周雄意识到阿翔失踪，他的计划有可能泄露，他就不会再实施绑架了，否则风险就太大了。"

其实周雄当然知道阿翔有可能落入警方手里，警方通过审讯阿翔，或许会判断他会放弃计划。但是他要反其道而行之……

利丰银行总部大楼门前，一个更换广告牌的胖胖的工人时不时偷偷瞥向大楼门口。梁先生在一群人的簇拥下出来，告别众人后坐上一辆等待已久的蓝色豪车。

梁先生上车后拨通电话："儿子，今天银行临时有些事情耽搁了一会儿，你先替我接待一下林伯伯和张伯伯。我已出发回家了，可能会晚点到，会尽快赶回去。"

眼看蓝色豪车驶离，混在大楼门口的肥仔拿出手机拨通了电话："老板收工了！"然后挂断电话，也上了一辆车，向蓝色豪车驶去的方向跟去。

停在半山公路路边的一辆面包车里，主驾驶位的一个蒙面匪徒 A 刚刚挂断电话，顺手拿起对讲机，说："老板收工了！"说完，蒙面匪徒 A 顺手把对讲机揣进裤兜里，视线则落在了后视镜上，观察着身后路面来车的情况。

山下等待的车内，蒙面匪徒 B 放下手中的对讲机，紧盯着进山的来路。蓝色轿车马上就要进入半山公路。停在路边的蒙面匪徒 B 的车辆缓缓启动，跟在蓝色豪车后进入了半山公路，之后的道路立刻变得狭窄。在拐角出口埋伏的面包车车内异常安静，蒙面匪徒 A 裤兜里的对讲机忽然传来声音。

肥仔说："打头的，开工了！"

蒙面匪徒 A 扭动钥匙开始打火，面包车却打不着火。后视镜内，梁先生的蓝色轿车已经开了过来，蒙面匪徒 A 的眼睛里面露出了一丝着急。蒙面匪徒 A 努力扭动着钥匙，但是仍然打不着火，他加速扭动着钥匙……

蒙面匪徒 B 跟在蓝色轿车的后面，发现蓝色轿车都快要开过了，匝道上的面包车仍然纹丝不动。蒙面匪徒 B 脸色一变，意识到出了问题，猛踩油门。

面包车内的蒙面劫匪 A 还是无法打着火。他的脸上已经沁出了汗水，满脸焦急，眼看着蓝色轿车就要开过，进入拐弯处，他着急地开始砸车。蒙面劫匪 B 拼命地加速，超过了蓝色轿车。这时面包车终于打着了火，发动了起来。面包车紧跟在蓝色轿车的后面。蒙面劫匪 B 的车在拐弯处横了过来，挡住了蓝色轿车。蓝色轿车前路被挡，准备倒车。面包车挡住了蓝色轿车的退路。蓝色轿车只能停下。

肥仔见前车即将过弯，把车停在进弯处，下车打开前车盖假装修车。跟在肥仔车后的一辆黑色轿车也停了下来，肥仔看了一眼车道，确认来车无法通过后，强装镇定地继续修车。

以蒙面劫匪 B 和面包车上的蒙面劫匪 A 为首的四五个周雄的手下同时下车，围住了蓝色豪车。蒙面劫匪 B 拿着铁锤敲碎了车窗玻璃，司机立刻护住梁先生。就在这千钧一发之际，从梁先生身后的座位上，邵子俊突然出现了！

蒙面劫匪 B 看到邵子俊，感到非常吃惊！邵子俊没等他反应过来，抬枪将蒙面劫匪 B 打死。

肥仔被身后传来的枪声惊到，转身准备跑去查看情况，却见身后停下的黑色轿车内，竟然是何浩辉、陈耀扬等警方人员。何浩辉、陈耀扬以及后排坐着的两名警察听见枪声，顿时一惊。何浩辉以为出现了意外，大喊："行动！"

四人立刻下车。肥仔见四人纷纷下车，下意识向腰间摸去，瞬间拔出了手枪。何浩辉见状立即拔枪，击毙了肥仔。

还没从蒙面匪徒 B 瞬间倒地的情况中反应过来的匪徒们，目光被身后突然传来的枪声吸引过去，发现何浩辉等人已经冲了过来。以何浩辉为首的警察分头向匪徒们开枪，一瞬间两名匪徒倒地。剩余的三名匪徒一边还击，一边向头车方向退去。寡不敌众的三名匪徒，很快又被击毙一名。蒙面匪徒 A 见情状不妙，抛下最后一名匪徒，扭头朝头车跑去，路过蓝色豪车时向车胎开了两枪。

在蓝色豪车后排埋伏的邵子俊突然打开车门，用车门做掩体击毙了仍在还击的最后一名匪徒，随即举枪朝将要上车的蒙面匪徒 A 射击。蒙面匪徒 A 开门时后背中了邵子俊的一枪，立马倒地。片刻的枪战之后，劫匪横尸当场，场面归于平静。这时梁先生下车跟何浩辉相视一笑，然后同时点了点头。

原来虽然香港警方分析，周雄因为阿翔被抓有可能取消行动，但是何浩辉却劝说大家，请大家相信他的判断：周雄这人就是个悍匪，明知警方已经知道了他的计划，他还是要挑衅，还是会干这一票！在最关键的时候，是邵峰选择支持何浩辉。

这时何浩辉和邵子俊分别揭开劫匪的蒙面头套。为首的那个蒙面匪徒 B 竟然不是周雄！

何浩辉还没来得及反应，突然电话铃响起，何浩辉接听，脸色大变！而同时，半山公路上的蓝色防弹车里，梁先生也同样接听了一通电话，随后情绪崩溃的冲下车来。

6

在废弃工厂内，一张空桌子前，四面坐着人，皆被捆绑。这四个人分别是周世豪、林涛、财通的天使投资人张先生和一个年轻男子。

周雄走了过来，站在那个年轻男子背后，满脸得意。

周雄向四人问候：“各位好啊，你们不是要商量怎么给周太太筹钱吗？她管你们借钱就是为了赎周先生。现在方便了，让周先生直接跟你们借就好了。很遗憾梁先生不能出席，但梁公子可以代替他。你们可以好好商量了。”

四人之中的那个年轻人就是梁公子。梁公子听到周雄的话，惊恐地看着周雄。原来林涛、张先生、梁公子被周雄连环绑架，何浩辉中了周雄的连环计！

陈耀扬立刻返回特别行动组，对绑架梁先生的那帮劫匪进行审问。但是审问的结果，让大家异常失望：这些绑匪都是周雄请的外援，没有人见过周雄！

韦志玲被抓之后，林蔚言也随之离职。林蔚言拉着原来的搭档莱卡，在自己家的别墅内创办了一家自媒体。林蔚言在搜集新闻线索的时候，突然在网络上发现了林涛被绑架的消息！林蔚言看到这则新闻，如同五雷轰顶。这时林蔚言接到了何浩辉的电话，何浩辉告诉她，他会派警察来保护她。

特别行动组内，大屏幕上显示着几位被绑架的富豪的照片。众人围坐桌前，正在紧张进行案情分析。因为四名富豪同时被绑架，肯定会引起香港金融市场的动荡，所以汪东凯也出席了会议。

何浩辉抢先发言："绑架信息泄露，是因为各家媒体先后接到了匿名电话和邮件，内容都是四位富豪被绑架的照片。我们分析，周雄一伙故意放出绑架消息，意图引起社会恐慌。"

邵峰道："从周世豪绑架案开始，到这次同时绑架三个人，都是针对香港企业家联盟的成员，应该不是巧合那么简单。"

汪东凯说："绑架案已经震惊了全港，企业家联盟的一线大佬们遭到绑架，一定会引起香港金融市场的动荡，并且对企业家联盟的其他成员的心理也造成了沉重的打击。但是这对股市到底会产生什么样的影响，谁也无法预料。"

阮 sir 点点头："嗯，这也许就是周雄绑架案配合 EGM 集团行动的真正目的。我们只有尽快破案才能稳定人心。从现在起，所有人取消休假，24 小时待命，一定要跟绑匪争分夺秒！"

第 十 六 章

周雄之死

1

四位富豪被绑架的消息被周雄传遍了全港。香港警方在压力下被迫召开新闻发布会，各路媒体齐聚发布会现场等待消息。

新闻发布会正式开始，陈耀扬、阮 sir 和几名警官鱼贯而出。众人刚坐到主席台上，闪光灯顿时闪烁一片。

阮 sir 面对记者介绍情况："警方这次召开新闻发布会，是要就近日多家媒体收到企业家绑架信息，向警方核实一事进行回应……"

记者们甚至等不到记者提问的环节，抢先向阮 sir 提问："请问四个富豪是否真的被绑架了？"

阮 sir 稍微犹豫了一下："是的。"

"那这些企业家被绑架的消息是谁泄露到网上的？是绑匪吗？"

"这个我们正在确认……"

"请问警方对于这起绑架案锁定犯罪嫌疑人了吗？"

"这个属于具体办案的细节，我无可奉告。如果有任何进展，我们会通过警方的官方渠道及时向媒体披露。我们也希望媒体不要擅自报道未经警方核实的消息，散播紧张情绪……"

突然，脸色憔悴的周太太走进会场。周太太的出现，出乎所有人的意料。大家的焦点立刻集中到周太太身上。记者们一拥而上，将周太太团团围住。

周太太对着记者，清了清嗓子，说："我今天来，是想通过你们传递讯息给绑匪，我什么要求都答应。只要我先生人能平安归来，我们就离开香港远走他乡，再也不在生意场上做生意了，只求能平安活下去……"

周太太的这一段话，如同一颗炸弹在会场炸裂。闪光灯在周太太的脸上不断地闪烁。

此时港股正在开盘交易之中。

秘书急匆匆地向汪东凯汇报，受多名富豪被绑架和周太太的发言影响，港股大挫，财通股票马上就会跌成垃圾股，另有十几家公司已经宣布紧急停牌……汪东凯听到这里，一脸凝重，良久无语。

周世豪的家里，周太太着急地问周世豪的助理："怎么样，借到钱了吗？"

助理犹豫地回答："现在包括周先生在内的四位企业家被绑架，企业家联盟的企业家都人心惶惶，自顾不暇。能有实力借给我们钱的企业家，要么准备离开香港，暂时避一避，要么根本联系不上。"

周太太激动地说："那怎么办？马上就要交赎金了。"

周太太情绪已经处在彻底崩溃的边缘。

助理道："现在真的只剩下卖公司一条路了。按照公司的架构，你有权力将你手头所有的股票抵押，抵押之后，您和周先生就会丧失掉公司的所有权，相当于卖掉了公司。"

周太太说："不管了，不管是卖也好，抵押也好，只要能筹到钱就什么都不管了。现在最有可能的买家是谁？"

周世豪助理犹豫道："智富……"

周太太病急乱投医，立刻打电话联系智富的李老板。她好不容易联系到李老板，李老板在百忙之中，勉为其难地来到了周家。

李老板轻轻喝下一口茶："周太，我的秘书说你有急事找过我好多次，我今天一下飞机立刻就来了……究竟有什么事？"

周太太着急地说："李先生，我知道这样找你有点唐突。我家里的事情你应该都知道了。我找你，是想把我先生的财通的股权全部卖给你……求你帮帮忙。"

李老板闻言略有迟疑，皱眉沉思，并不开口。

周太太急切地说："我知道，你们智富一直跟我们财通是竞争对手，但是毕竟是同行嘛……"李老板仍然在犹豫。

"李老板，实话说，我到处碰壁，已经走投无路了。你如果不救我们，我……我老公……"周太太越说越激动，忍不住哭出来。

李老板终于开口："周太太你不要这样，我帮你还不行吗？我跟世豪虽然有竞争，可是他有难的时候我如果不救，说不好下一个就是自己。"周太太听到李老板答应相助，感动不已，同时脸上也露出一丝希望。

几名特别行动组警察正在林蔚言家布防。林蔚言忧心忡忡地坐在电话机前，看到何浩辉与邵子俊走进来，林蔚言忙起身迎上前。

林蔚言问何浩辉："何 sir，我爸有没有消息？"

何浩辉摇摇头，林蔚言颇感失望。

林蔚言带着一丝哭腔："警方说绑匪会给家属打电话，可是已经过去 12 个小时了，根本没有人联系我。"

何浩辉安慰林蔚言："林小姐，你要做好思想准备，这次绑匪的目标未必是赎金。不过你放心，警方会不惜一切代价，争分夺秒解救人质。"

林蔚言着急地问："我能做什么？只要我能帮到忙的我什么都可以去做，总比待在家里无所事事好。"

何浩辉说："你的心情可以理解。可你爸爸的身份特殊，我们必须谨慎行事。你现在要做的，就是配合警方保护好自己。"

何浩辉转向特别行动组的几名警察道："这里就交给你们了，一定要严密保护林小姐的安全！"

林蔚言家内的气氛显得异常压抑。

别墅外的街上，突然闪出了一个身影，这个人死死地盯着林涛家的别墅。这个人就是钟岚君。钟岚君刚监视林家别墅没有多长时间，就发现何浩辉出现在她的面前。

何浩辉问："你在这儿干什么？"

钟岚君轻描淡写地说："那你在这儿干什么呢，何 sir？"

何浩辉无奈道："我知道你跟踪警察，就是想通过警察找到关于周雄的线索……"

钟岚君说："是啊！"

何浩辉用规劝的语气说："我只是想提醒你，如果为了抓周雄，你做出违法的事情，我一定会抓你的。上次你抓阿翔就已经越界了。"

钟岚君反问何浩辉："你通没通过阿翔找到关于周雄的线索？明明是周雄杀了你的师父和我的爷爷，还指使阿 Ken 杀了蒋坤，你不去抓周雄，为什么总是盯着我？"钟岚君说到这里情绪不由得有些激动。

何浩辉道："周雄我肯定会抓，但作为一个警察，我不能放任你做傻事……"

钟岚君坚定地说："周雄杀了我的亲人，任何人都不能阻止我给他们报仇，包括你……"钟岚君和何浩辉对视了一眼。

钟岚君不耐烦地说："阿 sir，请不要打扰我逛街……"钟岚君的意思，明显就是想结束跟何浩辉的对话。何浩辉看着钟岚君，无奈地转身离开。

2

四面没有窗户的房间里，只有白炽灯照明，令人分不清白天还是黑夜。空荡荡的宽大房间里只有角落处堆放了一些建筑材料。林涛和另外三名人质，分别坐在椅子上。林涛冷汗淋漓，身体显得非常虚弱。

就在林涛将要坚持不住的时候，周雄带着几个用黑头巾蒙面的持枪人走进来。周雄笑眯眯地在四个人身后走了一圈，扫视几人，几人噤若寒蝉。周雄停在林涛身后，拍拍林涛的肩膀。

周雄语气中竟然带着一丝歉意："难为了，林会长。"

林涛问周雄："你们想干什么？"

周雄用假惺惺的语气温柔地说："想请林先生办一件事……"

林涛恐惧道："什么事？"

周雄平静地说："这个事情对于林先生来说非常简单，就是从今天开始，请林先生不断地减持你在公司的股票。"

林涛却说："按照公司规定，我如果遭遇不测，以我个人名义发出的任何指令都是没有意义的啊。"

"那关于你个人的股票，谁发出指令会有意义呢？"

林涛听到这里没有说话。

周雄诡秘地一笑："噢……那我知道了。"

林涛看着周雄的表情，反应过来自己说错了话，情绪变得十分激动，重重地喘着粗气。林涛哀求地说："你不要乱来啊！"林涛说着，十分痛苦。周雄拿出一支胰岛素针剂在林涛眼前晃了晃。

周雄道："林会长，识时务者为俊杰，做事情要考虑周全。您看我，知道您有糖尿病，定期要打胰岛素，我就专门为您准备了胰岛素，您看，我考虑问题多周全！"

周雄狞笑着拿着针剂，说："我虽然准备了胰岛素，但您这么固执，我怎么给您打呀？"林涛体力不支晕了过去。周雄转头盯着剩下的三人，三个人吓得瑟瑟发抖。

周雄说道："同样的要求，林先生没有答应，不知道你们三位答应吗？"

周世豪和梁公子战战兢兢地点头并举起手，张先生惊吓过度没反应过来。周雄走过去拉起张先生的手，微微一笑。

周雄眼神里面露出了一丝凶光："既然你的手不听你使唤了，在你这也就没什么作用了，我替它找个地方发挥它的作用吧……"周雄手起刀落，张先生一声惨叫。

周雄淡定地微微一笑，将这段砍手的视频放到了网上。他的意思很明确，让整个香港始终笼罩在恐怖的气氛之中。

邵峰看到了这段视频，立刻把何浩辉和陈耀扬叫到了办公室。

邵峰说道："那段断手的视频在网络上流传得很广，阮 sir 在警署门口被记者围堵，承受着巨大的压力。根据我们的检验，这是被绑架的张先生的手。现在香港企业家人心惶惶，一盘散沙。以后再出什么问题，没人再敢出手了，谁再出手谁就会被剁手！"邵峰说到这里，何浩辉不禁皱了皱眉头。

邵峰继续说："汪东凯先生刚刚给我消息，因为出现了针对富豪的绑架案，股指大跌，并且已经波及了汇市。上面给我的压力非常大。我们如果不能尽快破这个绑架案，那么对香港的影响不可估量。现在有什么进展？"邵峰说到这里的时候，也显得非常着急。

何浩辉回答："现在我们只有从周世豪绑架案上找到的一条线索。"

邵峰追问："是关于那个陪周世豪试车的陈勇的线索吗？"

陈耀扬回答："是。通过棠哥的帮助，我们发现了马强和陈勇的关联。然后我们审了马强，发现陈勇的突破口……"

邵峰仿佛看到了一丝希望："什么突破口？"

"陈勇喜欢在一个叫稳赢的赌球网站上对英超下注。我们得到这个信息以后，立刻调查了这个赌球网站，发现陈勇确实在上周下过注，我们会密切监视他的 IP 地址。"何浩辉欲言又止。

邵峰注意到何浩辉的表情："你是不是有什么想法？"

何浩辉说："其实我有一个能让陈勇重新下注的办法。"

邵峰奇怪地问："什么？"

何浩辉回答："这个办法必须你，甚至更高层出面……"

邵峰皱了皱眉头："你先说是什么办法。"

何浩辉跟邵峰说完了自己的想法之后，来到了停车场，看到了车前的邵子俊。

邵子俊看到何浩辉，急忙问："陈勇那边有进展吗？"

"目前形势不明朗，需要邵 sir 和高层的努力。如果计划真的能够实施的话，那么应该能够找到陈勇的下落……"邵子俊点了点头。

何浩辉接着说："我在特别行动组留守，查找陈勇的线索。你去林家保护林蔚言的安全。"

邵子俊有情绪地问："非要我去吗？"

何浩辉回答："我派你去自有道理。其他几个富豪家里都收到了索要赎金的电话，只有林蔚言什么消息都没得到。这本身就很奇怪，说明周雄在林涛身上要的不是赎金而是别的东西，我推测他的目的还没有达成。"邵子俊听到何浩辉如此充足的理由，只能答应立刻前往林蔚言家。

林蔚言家别墅内，邵子俊和林蔚言相向而坐，两人都有一些尴尬。林蔚言率先打破了沉寂。

林蔚言说："其实你不用专门来的，这里的警官已经不少了。"林蔚言说着环顾了一下四周，有男女警察好几名已经在林涛家的别墅里面布防。

邵子俊无奈地说："没办法，何 sir 的命令不敢不听。"

林蔚言注意到了邵子俊的情绪，劝说："其实何 sir 还是很有能力的。我之前一直想给何 sir 做一个专访，只可惜出了周雄的案子……但是我相信早晚有一天一定会真相大白的。"

邵子俊说："何 sir 这个人，刚跟他在一起工作的时候其实是很不习惯的。但是只要习惯之后，就会在他的身上学到很多东西，他身上具备了很多优秀警察的特质。"

林蔚言说："他这种人的优点，是需要长期接触才能够发现的。"

邵子俊对着林蔚言："你饿了吧？我去买点吃的。换换口味，吃好点，心情也会好一点儿。"

别墅外的树丛中，周雄的手下们用夜视镜观察着别墅，邵子俊等人根本没有意识到危险就在身边。为首的蒙面绑匪用夜视望远镜看到邵子俊和男警察驾车离开，向周雄汇报。周雄向手下下令，立刻进入别墅。

3

邵峰告诉何浩辉一个好消息：通过跟稳赢公司的斡旋，稳赢公司终于答应了重新开盘，对外的理由是技术原因需要重新下注，现在已经把消息公布在网站上了。

何浩辉眼睛一亮，高兴地说："太好了！"

邵峰说："稳赢公司重新开盘，他们承受了巨大的损失。我们做了很大的努力才说服他们答应，但愿你的办法真的能引陈勇上钩。"

何浩辉说："作为一个赌徒，我想他肯定会上钩的。"

邵峰点了点头说道："只要发现了陈勇的线索，立刻通知我。"何浩辉立刻通知技术支持科，随时关注陈勇的登录信息。

废弃工厂内，四个富豪都被绑着坐在地上。张先生脸色惨白，已经昏倒。其他三个人都闭着眼，不说话。远处阿胜正在专心致志地弄着一枚炸弹。陈勇百无聊赖地守在这四个人的身边。这时陈勇拿出手机，看到稳赢公司重新开盘，脸上露出奇怪的表情。他刚准备点击手机，却看到周雄站在他的面前，冷冷地看着他。

周雄警告道："最后的行动马上就要开始了，不要跟外界联络。"

陈勇点头："明白了，雄哥……"

周雄再次警告："如果我再发现你用手机，别怪我跟你翻脸无情。"周雄离开之后，陈勇心痒难耐。

林蔚言家的别墅外，绑匪 A 手里拿着一个罐子，走到别墅空调外机前，向里面注射着什么。同时，别墅里的中央空调出风口冒出了迷烟……绑匪 A 盯着手腕上的手表，等待着同伙前来接应。

一辆汽车停在了别墅外的道路旁，绑匪 B 从车上下来，绑匪 A 从别墅旁边的小路走过来。两人戴上防毒面具，向别墅走去。

两名绑匪从窗户进入客厅，径直向晕倒的林蔚言走去。绑匪 B 架起地上的林蔚言，跟在绑匪 A 身后向大门走去。绑匪 A 打开别墅大门，发现邵子俊和男警察举枪站在门外。

邵子俊朝着两人大喊："不要动！警察！"

绑匪 A 和绑匪 B 对视一眼，绑匪 B 放下林蔚言，与邵子俊和男警察在别墅庭院里缠斗。绑匪 A 一边跟邵子俊缠斗，一边向周雄汇报他们中了警察的埋伏。几个飞虎队员翻墙进入别墅庭院内。绑匪 B 拔枪准备搏命，被飞虎队员击毙。邵子俊试图生擒绑匪 A，绑匪 A 眼见无法逃脱，举枪要打倒在地上的林蔚言，就在他扣动扳机前的一瞬间被邵子俊击毙。

飞虎队员扶起倒地的林蔚言，其实是穿着林蔚言衣服的女警。此时周雄跟绑匪的无线电通信被切断。周雄这次跟何浩辉的交手，已经输了。

何浩辉走进了别墅，邵子俊朝何浩辉竖起了拇指，两人相视一笑。

原来何浩辉通过对周雄的了解，推测周雄在绑架前必定会进行踩点。而他调取了林家别墅外方圆一公里范围内适合踩点的地段的交通监控录像，发现有一辆白色厢式货车已经连续两天出现。所以他提醒邵子俊或许今晚周雄会对林蔚言实施绑架。

但是这时何浩辉并无胜利的喜悦，反而多了一丝忧虑。因为他了解周雄，周雄这次计划失败，肯定会实施报复。跟何浩辉判断的一样，周雄的报复已经到来……

这时林蔚言的手机响起，她将手机递给何浩辉。

林蔚言说："我刚收到了一封邮件，上面有一个视频通话链接。"

何浩辉将手机递给邵子俊，说："检查一下。"片刻邵子俊检查完毕。

邵子俊说："这个链接是通过海外的多个网关操作的，目前无法跟踪到。"

何浩辉对着林蔚言说："点击连线。"链接一点进去，林蔚言的手机屏幕上就显示出一幅画面。画面里，没有窗的房间内，四个被五花大绑的富豪分别坐在一把椅子上，冲着屏幕。

林涛在屏幕上看到女儿，突然冲向屏幕，屏幕后面的绑匪下意识地把拿在手里的手机屏幕向旁边一闪，两个蒙面绑匪立马上前将林涛按回座位上。

林蔚言看着屏幕惊呼出声。此时，周雄的脸覆盖住整个屏幕。

周雄用林涛的语气："乖女儿，爸爸马上来看你！"

林蔚言着急地问："周雄，你想怎样？"

周雄走到四个被绑的富豪处，说："我想他们给我死去的兄弟赔命！"

周雄突然语气凶狠，举枪冲着几人。林蔚言吓得惊呼。

何浩辉阻拦周雄："周雄，赎金已经准备好了，只要你放过他们！"

周雄却并不理会何浩辉，自顾自走到四个人身边。

周雄用游戏的语气说："跟你们玩一个游戏，看看先选哪个杀。点兵点将，点到谁就是谁……"

周雄用枪挨个点着四名富豪，说到最后一个字时，枪口恰好指向林涛。周雄举枪对准林涛，即将扣下扳机。林蔚言急得高喊。

何浩辉大吼道："周雄，你想要什么我们都可以答应你！"

周雄停止动作，狞笑着走到镜头前，目露凶光。

周雄说："何 sir，这么快就屈服了？怎么每次都不让我尽兴呢？我的条件很简单，谁先交赎金就先放谁。听说周世豪的赎金已经准备好了，我可以先放了他。不过有个条件，送赎金的人必须是刚刚杀了我兄弟的那个警察！"

何浩辉转头看了眼邵子俊，一脸犹豫。

周雄接着说："还有，只许他一个人送。如果你们敢耍花样，我就从林涛开始杀！"

林蔚言转头看着何浩辉，泪流满面，露出一脸迷茫。

邵子俊对着周雄："你兄弟是我杀的，我给你送赎金！"

何浩辉想阻止，邵子俊话已出口。周雄看着屏幕对面的邵子俊，冷笑点头："等你哟！"

周雄说完，链接断开。林家别墅内一片安静，似乎掉一根针都能听到。

4

废弃工厂的厂房内，阿胜带着几个兄弟在抽着烟，打着牌。周雄在灯下一边看着书，一边喝着茶。周世豪等四个富豪被绑在废弃工厂的角落，疲惫得昏昏欲睡。陈勇看守着这四个富豪。陈勇看了一眼正在不远处打牌的阿胜等人，又看了一眼在远处看书的周雄，发现两拨人都没有注意到自己。陈勇又看了一眼身边已经彻底睡着的四个富豪，便安心地坐在四个富豪的身边，拿出了手机，忍不住在网站上开始下注。

同一时间，何浩辉得到了陈勇下注的讯息，并且锁定了 IP 地址的位置。何浩辉异常兴奋，立刻召集组员开会。

何浩辉说："现在已经通过陈勇登录的 IP 地址，锁定了陈勇落脚的大致范围。但是现在时间很紧，我们不能挨个去搜查，所以我们还需要一些信息，再缩小一些范围。"

邵子俊反复研究着周雄跟林蔚言连线的视频："从视频上看不到他们的位置……"

陈耀扬说："这帮人不可能不吃不喝，总要露头的。"

何浩辉与邵子俊被陈耀扬一言惊醒，互相对望。何浩辉再次调出视频。视频放到林涛冲过来，周雄的手下把手机屏幕闪到一旁的那个时间段，画面上一个东西一闪而过。

何浩辉说："等等，停下。"视频停止。

何浩辉说："把画面放大。"画面被不停放大到几十倍。何浩辉等人仔细查看，发现画面中的桌子上面有吃剩的饭盒，饭盒上有"富明茶餐厅"五个字。

何浩辉说："同周雄的通话视频里隐约能听到一丝丝微弱的电钻声，说明他们附近有建筑工地。我们结合 IP 地址、建筑工地、富明茶餐厅这三方面的信息进行分析，就能大致确定绑匪所在位置！"

通过对三方面信息的分析，警察很快就确定了周雄的准确位置。何浩辉等人立刻展开行动。

邵子俊来到放赎金的小货车前面，何浩辉拍拍邵子俊的肩膀，犹豫了一下，提醒邵子俊："别往上看，你爸肯定在上面看着呢。他这会儿应该是最紧张的，因为他儿子要去玩命。"

邵子俊回答："放心吧，师父，我一定活着回来。"

何浩辉皱了皱眉头，还没反应过来怎么回答，邵子俊已经扭头上了车。何浩辉转身上了另一辆轿车。楼上，邵峰站在窗边往下看着邵子俊，一言不发。

营地，陈耀扬与飞虎队员集结，整装待发。港警这次行动兵分两路，一路去送赎金，一路去解救人质，目的是要不惜一切代价救出人质，确保赎金安全，一举歼灭周雄团伙！

邵子俊看看后视镜中何浩辉的车，毅然启动小货车出发。何浩辉带领的警队车辆也陆续启动。与此同时，陈耀扬和飞虎队开始行动。

邵子俊开车来到一家报废汽车停车场，把车停到其中一列废车处。他下车搜寻片刻，找到一辆破旧的红色轿车，打开车门，从座椅上拿起一部翻盖手机。

邵子俊按下回拨键，周雄的声音从手机里传出："回车上！"

邵子俊拿着手机，走回小货车，开车离去。翻盖手机被放在副驾驶座位上。

周雄再次下达指令："沿着这条路一直走……"

邵子俊神情淡定，继续驾驶。小货车沿着道路越开越远。

邵子俊将车停在路边，远远看到一艘游艇驶来。周雄带着手下押着周世豪出现。见到邵子俊，周雄用枪指着周世豪的头，冲手下使了个眼色。手下立刻下艇，开始验钞，没问题后从小货车上搬下黑色尼龙袋。

邵子俊对着周雄："把周世豪放了。"

周雄回答："拿到钱，自然放人。"

两公里外，车里的何浩辉通过监视器，等待周雄的下一步动作。他的额角已经渗出了汗水。

突然，何浩辉看到周雄的一个手下走到邵子俊前方，与此同时监视器显示一片雪花。何浩辉无法判断到底出现了什么样的情况，于是立刻发出指令："所有人，去码头！"

飞虎队员悄悄推进，对关押人质的废弃工厂形成包围之势。飞虎队和陈耀扬分成两队，冲进废弃工厂。陈耀扬用消音枪，打掉几个分布在外的监视器。

监控室内，周雄的一个手下发现几个屏幕显示雪花状态，察觉不对，正低头查看时，飞虎队员破门而入，三下五除二，干掉周雄手下。

飞虎队员一边观察监控屏幕，一用无线步话机与陈耀扬通话。飞虎队员说："陈 sir，左手第三个房间，关了一名人质，有两人看守。"

陈耀扬带队冲进门，迎面正好遇到了陈勇。陈耀扬开枪，陈勇应声倒地。陈耀扬看到林涛就在房间内，脸上露出了笑容。

此时，陈耀扬的步话机传出其他人员的回复，所有人质都已被营救出来。就在陈耀扬刚刚准备放松的时候，他身后已经倒地的陈勇挣扎着准备再朝陈耀扬开枪。在千钧一发的时候，陈耀扬突然转身，将陈勇彻底击毙。

此时码头那边，邵子俊被周雄手下用枪指着头，另一个手下从他身上搜出监控设备和枪。邵子俊对着周雄说："放了周世豪。"

周雄一挥手，手下真的放了周世豪。周世豪跌跌撞撞地往前跑。周雄举枪对着周世豪。

周雄发出变态的笑声："你猜我这一枪是打你还是打他？"

周雄的枪在邵子俊和周世豪之间两边摇摆。

邵子俊对着周雄："刚接到消息，人质已经被我们解救，你现在拿钱走还来得及！"

周雄说："想骗我！"

邵子俊说道："我有现场视频，你可以看。"

邵子俊边说边掏出手机，扔到前方地上。周雄冲邵子俊身后的手下一努嘴，手下捡起手机，走到周雄面前，打开手机。就在此时，邵子俊顺势后退，拉着周世豪到旁边的障碍物后躲避。周雄看完视频，抬眼看到了正在后退的邵子俊和周世豪，迅速开枪，手下也跟着他一起射击，火力密集。邵子俊扑在周世豪身上保护，但眼看障碍物就要被火力击破。邵子俊带着周世豪躲开了子弹的袭击，躲到了集装箱的后面。周世豪抱着头，异常惊恐。

邵子俊安慰周世豪："周先生，你冷静一点。"

周世豪根本没有听进去，害怕地大叫起来。这时何浩辉带着一些警察赶来接应邵子俊和周世豪。

何浩辉嘱咐手下："带周先生去安全的地方！"

何浩辉的手下带着周世豪离开。何浩辉朝着周雄射击，暂时缓解了邵子俊的危急境地。

邵子俊也朝周雄开枪。

何浩辉一把拉着邵子俊说："先撤，等支援来。"邵子俊看起来有些不甘心。何浩辉命令邵子俊立刻走！

何浩辉带着邵子俊且战且退。这时从另外的方向传来了枪声，不远处竟然是钟岚君倚靠着集装箱朝着周雄射击。何浩辉看到钟岚君异常吃惊。两人对视了一眼。钟岚君冷冷地看着何浩辉，朝着何浩辉做了一个手势，指示自己的撤退方向。

钟岚君朝着周雄等人开枪，被周雄躲开。周雄等人被钟岚君所吸引，钟岚君起身朝着她刚才指给何浩辉的方向跑去。何浩辉眼睁睁地看着钟岚君吸引周雄等人离开。这时一队警察赶到了何浩辉和邵子俊的身边。

何浩辉对着邵子俊说："赶紧去救钟岚君！"

何浩辉等人穿梭在集装箱中寻找钟岚君和周雄的踪迹。而此时钟岚君利用地形，干掉了周雄的几个手下，但她寡不敌众，也被周雄的手下打中，中枪后仍然坚持还击。

何浩辉等人好不容易找到了受伤的钟岚君，随后众警察朝着周雄等人开枪。周雄身边的手下纷纷倒地，周雄开枪且战且退。

何浩辉来到钟岚君的面前，这时钟岚君一息尚存。何浩辉控制不住自己的情绪，朝着钟岚君嘶吼着："阿君……"钟岚君呻吟着说："何 sir，答应我，一定要抓住周雄，替我给爷爷报仇……"何浩辉握着钟岚君的手，点了点头。钟岚君脸上露出了一丝微笑，永远地闭上了眼睛。

何浩辉放下钟岚君的尸体，发疯一般地朝着周雄射击。周雄被何浩辉打中，忙挣扎侧身爬起，躲到集装箱后还击。此时，手下阿胜开枪支援周雄，扶着周雄且战且退。何浩辉马上就要追上周雄和阿胜两人，两人跑到海边，眼看就要逃上小艇，阿胜出人意料地朝何浩辉扔出一枚炸弹。

在炸弹的掩护下，周雄强忍剧痛，发动小艇逃跑。何浩辉则一枪将阿胜击毙。此时，水警已经赶到，何浩辉冲上水警小艇，朝着周雄追击而去。

周雄脸色灰白，驾艇逃窜。何浩辉与水警驾艇紧追其后。何浩辉举枪狂射，周雄的左胸被何浩辉打中，随后周雄踉跄着落入水中。小艇上装着钞票的皮箱也被枪打中，钞票在海面上漫天飞舞！

此时，何浩辉摇摇晃晃，倒在水警身前晕了过去。原来不知何时，何浩辉的胸口早已被爆炸的碎片炸伤。

5

人质被港警成功解救，各路媒体齐聚警署大会议室，闪光灯闪烁一片。

阮 sir 居中而坐，发表讲话："警方经过多方突围，终于在今天上午救出了所有人质。现在，请林涛先生讲话。"

林涛在林蔚言的搀扶下走上台："……我被绑匪绑架后，从来没有放弃过希望，因为我一直坚信香港警察一定会倾尽全力营救我们！在此，我郑重呼吁所有的香港民众团结起来，与黑恶势力做斗争……"

警署门口，周太太跟周世豪拥抱团聚。周太太激动地哭着说："老公，为了给你筹赎金，公司没有保住，在那个时候只有智富的李总能够出手帮忙……"

周世豪安慰老婆："没关系，只要我活着，一切都可以从头再来。"周太太看着周世豪点了点头。

卧室里的何浩辉脸色略显苍白，胸口缠着纱布。何浩辉身边的手机响起，电话里是何乐轩的声音："爸爸，你是不是受伤了啊？"

何浩辉急忙回答："没事！"

何乐轩关切地询问何浩辉："爸爸……你痛不痛呀？"

何浩辉温柔地回答："不疼……"

这时何浩辉看到蔡卓欣走进了卧室，立刻对着电话改口说道："不疼……是假的。"

　　何浩辉安慰了何乐轩几句，挂断了电话。何浩辉满眼温柔地看着蔡卓欣，告诉她："阿轩在电话里说，我们三个人从今以后再也不分开了。"

　　蔡卓欣没有说话，何浩辉知道蔡卓欣此时的无言等于默认。蔡卓欣和何浩辉相视一笑。

　　这时，陈耀扬来看望何浩辉。

　　陈耀扬在何浩辉的床边坐下，关切地问："你的伤怎么样？"

　　何浩辉开玩笑地说："死不了。"

　　陈耀扬苦笑道："看来伤得确实不重。"

　　何浩辉突然想起来："你问过周世豪了吗？他到底为什么自己上了周雄的车？"

　　陈耀扬说："陈勇带周世豪试车试到一半的时候，骗他自己已给他戴上了炸弹手环，并且在一个无人的停车场引爆了一颗炸弹来吓唬他。周世豪吓坏了，就自己戴着炸弹手环主动上了周雄的车。"

　　陈耀扬的回答解开了一直萦绕在何浩辉心头的疑惑。

　　何浩辉突然想到了钟岚君，问道："钟岚君怎么安顿的？"

　　何浩辉说到钟岚君的时候，不禁有些黯然神伤。

　　陈耀扬说道："她的兄弟们已经妥善地给她安葬了……"

　　何浩辉不禁喃喃自语："周雄……都是因为周雄……"

第十七章

阴魂不散

1

何浩辉的伤还没好全，就回到特别行动组上班。邵峰告诉何浩辉，从周雄落海到现在，已经过去三天了，海警还没有找到周雄的任何踪迹。何浩辉认为现在不但不应该放弃对周雄的寻找，而且还应该增派警力扩大搜索的范围……周雄活要见人，死要见尸！何浩辉对于周雄如此执着，陈耀扬颇为无奈。

一间幽暗破败的普通民居里，一个人赤裸着上身，独自处理着身上的伤口。这时，一缕阳光透了进来，看清这个人的脸，就是周雄！

周雄听到屋外有细微的脚步声。他异常警惕地快步来到门边。门被推开，一个人悄悄走进了这个房间，周雄从后面紧紧地锁住了这个人的脖子。这个人已经快要喘不过气来，挣扎着说："周雄……是我……"

周雄听到这个人的声音才反应过来，来的人是安娜！她手上拎着的给周雄的吃喝，已经洒落了一地。

周雄松开了手，沮丧地说："对不起，没认出你。最近真是有点精神紧张，老板让我做的事情没做好，那几个企业家又被警察救走了。"

安娜微微一笑说道："虽然这四个企业家都被香港警方救走了，但是这步计划里面最重要的一环已经成功了。财通公司被收购，才是释放'金融核弹'最重要的一个环节……"

周雄点了点头，说："我现在手边没有帮手，我们下一步需要人手，你要尽快再给我招募一些人手来……"

安娜说："这个你放心，你要知道，有钱能使鬼推磨。你先把伤养好，这样我们才能更好地实施老板的计划。"

2

　　何浩辉听从了赵绍棠的建议，专门来接阿轩放学。蔡卓欣嘴上揶揄何浩辉，但是内心却十分欣慰。

　　何浩辉在学校门口遇到阿轩的班主任秦老师，秦老师向何浩辉发出邀请，希望何浩辉成为学校教授安全知识的义工。何浩辉为了阿轩开心，一口答应了下来。何乐轩看到何浩辉答应，自然异常开心。

　　何浩辉信守曾经对阿轩的承诺，准备周末带阿轩去室内游乐场玩。阿轩听到异常兴奋。在何浩辉的努力下，一家三口的关系似乎已经修复如初。

　　何浩辉带着阿轩玩了室内游乐场的所有项目。一家三口玩得有点累，坐在长椅上面休息。蔡卓欣让何浩辉陪何乐轩多坐坐，她去给何乐轩买饮料。蔡卓欣刚走，何乐轩想去洗手间，何浩辉陪他一起去……

　　何浩辉带着何乐轩走进了洗手间。何浩辉看着洗漱池上方的镜子，突然感到镜子里面的自己，显得异常沧桑和疲惫。何浩辉心有所动，急忙用水洗了好几把脸。何浩辉似乎在洗脸的过程中，得到了些许的放松。何浩辉卸下了几分疲惫，才想起阿轩上洗手间的时间好像有些长了，忍不住问："阿轩，好了吗？"

　　这时洗手间内显得出奇安静，何浩辉没有听到阿轩的任何回应。何浩辉刚想进去，突然镜子里反射的一个身影直击何浩辉余光，这个身影何浩辉永远忘不掉！这个身影是……周雄！

　　何浩辉立刻回头，那人背影一闪而过走向外面，何浩辉赶紧追上去。背影就在前方，何浩辉穿梭在人群中紧追不舍，终于在那人消失前一把将其抓住，大喊："周雄！"

　　那人惊诧回头——并不是周雄——狠狠地骂了何浩辉一句"神经病！"这时何浩辉突然意识到了什么，发疯般地往洗手间方向跑。

　　洗手间的门被逐一推开，整个洗手间空无一人，何浩辉彻底慌了。

　　室内游乐场内，一个小丑在做着表演。何浩辉茫然张望，周围是茫茫的人潮，根本看不到何乐轩的身影。何浩辉意识到何乐轩丢了！

　　蔡卓欣买饮料回来，何浩辉告诉蔡卓欣，阿轩被他弄丢了。蔡卓欣听到这个消息，几乎不敢相信自己的耳朵。

　　蔡卓欣和何浩辉分头寻找，但是却一无所获。何浩辉一边找着何乐轩，一边拿起了电话报警，焦急地说道："喂，我是何浩辉，我现在在游乐场，我儿子十分钟前失踪了……"

　　蔡卓欣敲开了游乐场广播室的大门。游乐场内响起了寻人启事："紧急插播一条寻人启事，今天 14 时，一名身穿鹅黄色外套的男童走失……"

3 车呼啸而至，身着警服的梁婉婷、谢庭威和 EU 队友们下车，冲进游乐园。梁婉婷第一次看到如此表情的何浩辉，此时的何浩辉脸色已经变得铁灰。

梁婉婷立刻安慰何浩辉："何 sir，你先不要着急，我们帮你们一起找。"

梁婉婷、谢庭威立刻开始分头寻找。何浩辉看着梁婉婷和谢庭威远去的背影，突然感到一阵莫名的无力。

何浩辉坐到刚才跟何乐轩一起等蔡卓欣的长椅上，神情异常沮丧。恍惚之中，何浩辉猛然回头，发现竟是谢庭威。

何浩辉仿佛看到了救星："找到了吗？"

谢庭威回答："婉婷和阿嫂都还在找，让我先跟你会合……"

何浩辉着急地说："你和婉婷发没发现什么可疑的人物？"

谢庭威奇怪地问："没有什么可疑人物……你怀疑阿轩是被人拐走了？"

何浩辉面色沉重地说道："我刚刚可能见到周雄了！"此言一出，谢庭威大为震惊。

谢庭威问："何 sir，你是不是太敏感了？周雄不太可能还活着吧？"

此时在一个正好能看到谢庭威和何浩辉的隐蔽处，一个人正在盯着谢庭威和何浩辉。这个人正是周雄！

谢庭威说道："何 sir，我觉得不太可能。退一万步讲，即便是何乐轩被拐，也不太可能是周雄。再说现在完全不能轻易认定阿轩就是失踪了。再找找。"

何浩辉着急得都有些语无伦次："你们不会明白的，肯定是周雄……怪我……太不小心……怪我……"就在这时何浩辉的手机响了。

何浩辉脸上露出了笑容："……阿轩找到了！"

谢庭威听到何浩辉的这句话，脸上也露出了笑容。何浩辉和谢庭威急匆匆地来到室内游乐场的一角。何乐轩安静地趴在蔡卓欣的肩上，睡眼惺忪，困顿程度有些不正常。

何浩辉对着梁婉婷问："你们在哪找到阿轩的？"

梁婉婷神情舒缓地说道："鬼屋后面。我们发现他的时候他还正睡觉呢！"

何浩辉皱了眉头，看着迷糊得不正常的何乐轩，面露疑惑。何浩辉上前抱过何乐轩。

何浩辉问："阿轩，你记不记得刚刚发生了什么？你怎么会跑到这儿来？是不是有人把你带走了？带走你的人在哪？"

何乐轩迷迷糊糊地看着何浩辉，努力眨巴着眼睛不说话。

梁婉婷说："找到了就好。如果没有什么事情了，我们就先走了。"

蔡卓欣已经放下心，说："虚惊一场，麻烦你们了。"

谢庭威说："阿嫂客气了，这都是我们应该做的。"何浩辉看着何乐轩，何乐轩一脸茫然。

游乐场外，何浩辉紧紧地领着何乐轩，生怕何乐轩还会再次走失。

蔡卓欣安慰何浩辉："你用不着太紧张了，可能只是阿轩跟你走丢了而已。现在不是已经找到了吗？"

何浩辉没有说话，反而把何乐轩的手捏得更紧。

何乐轩难受地说："爸爸，你弄疼我了……"此时蔡卓欣发现了何浩辉神情的异样。

蔡卓欣奇怪地问："你没事吧？"

何浩辉不说话，但是心里却是满满的疑惑。

何浩辉、蔡卓欣带着何乐轩回到家里。何浩辉为了弥补丢失阿轩的过失，亲手给阿轩换衣服，准备哄阿轩睡觉。就在何浩辉脱下阿轩的裤子的时候，发现了一件让何浩辉彻夜难眠的东西——张放在阿轩裤子里面的纸条，并且这张纸条上有一个图案——周雄的骷髅文身。这张纸条一定是周雄放进去的！

周雄在藏身处，正放松地看着书。

安娜奇怪地问："你今天去游乐场，都已经成功找到了何浩辉的儿子，为什么不趁机解决掉他？你不是跟何浩辉有仇吗？"

周雄微微一笑："这你就不懂了。让何浩辉产生随时会失去家人的恐惧，这会影响他的判断。只要让他失去理性判断，那么向他复仇，就是轻而易举的事情。不着急，猫抓老鼠的游戏，我可以跟他慢慢玩。"

安娜恍然大悟道："你说的也有道理。他现在是我们最主要的敌人。"

周雄放下了书，脸上的笑容显得异常诡异。

3

办公室内，邵峰手里拿着那张纸条，纸条上的文身图案赫然在目。站在一旁的陈耀扬表情也是异常严峻。

邵峰严肃道："看来你对于周雄没死的直觉是很准确的。"

陈耀扬仍然不甘心："会不会这不是周雄，而是我们没有掌握的周雄的手下？"

何浩辉肯定地说："这个人单独见到了阿轩，但是并没有伤害阿轩，这个事情就好像是恶作剧一样，这很像周雄干的事情。如果是周雄的手下，他们肯定一心要给周雄报仇，阿轩早就没命了。"

邵峰说："现在周雄已经从大概率死了变成了大概率还活着，那么我们的重点就要转到寻找有关周雄的线索上来。"

何浩辉道："明白。"

邵峰接着说："周雄已经找到了阿轩，已经威胁到了他们母子的安全。你尽快和阿欣商量一下对策。"何浩辉听到邵峰的话，皱了皱眉头。

3车正在日常巡逻，突然接到商场报警，有一位南亚裔人士打了一名外籍男子。3车立刻前往现场处置。

高档商场内，客人已经把双方团团围住，保安在维持秩序，围观的群众议论纷纷。梁婉婷和谢庭威急匆匆地来到了围观的群众面前。围观的群众看到梁婉婷和谢庭威出现，立刻让开了一条道路。这时他们看到了一个南亚裔人被商场保安紧紧地控制着。这个南亚裔人的身边，还站着一位南亚裔女士，她搂着一个南亚裔小孩的头在不停地哭泣。

外籍男子脸上还带着淤青，他看到梁婉婷和谢庭威赶到，一副可怜兮兮的样子，说："警察先生，这个……人，打我。香港是一个法治社会，怎么能够在光天化日之下随便打人呢？"他一边说，一边朝着梁婉婷靠近。

"先生，慢慢讲，慢慢说。"梁婉婷向外籍男子做出了不要再往前的手势。

梁婉婷询问保安："到底发生了什么情况？"

保安回答："我赶到的时候，就看到这个南亚裔人在打这位先生。"

外籍男子对着梁婉婷，指着自己的脸："你看看，这是我的伤。他把我打得这么严重，我是一定要起诉他的。"

梁婉婷来到了南亚裔男子的面前："请问先生，你是不是袭击了这位先生？"男子看着梁婉婷，并没有说话。

这时谢庭威主动来到了南亚裔男子的面前。

谢庭威用粤语说道："会说粤语吗？"南亚裔男子点了点头。

谢庭威微微一笑说："你看我的脸，你可以信任我的。"

南亚裔人仔细看了谢庭威一眼，紧张的情绪有一些舒缓。

谢庭威问："人是你打的吗？"

南亚裔男子回答："是。"

谢庭威问："你为什么要打这个人？"

南亚裔男子微微停顿："……警官，我只能告诉你，打他我一点都不后悔。你们秉公处理吧，我会承担我应该承担的责任……"

谢庭威点了点头："那请跟我们回警署。"

谢庭威听到了南亚裔男子的回答，心中有很多疑问，满脸疑惑。

台灯下，何浩辉看着眼前的蔡卓欣，蔡卓欣神情平静似水，看不出任何情绪的变化。何浩辉和蔡卓欣之间的气氛显得有些尴尬。

蔡卓欣率先打破了沉寂："你是不是准备让我带着阿轩回加拿大？"

何浩辉点了点头："周雄都已经找到了阿轩，只不过这次他没有伤害阿轩，但是不代表他下次不会伤害阿轩。为了你们的安全，还是回加拿大躲一躲……"

蔡卓欣仍然语气平静地说："可是……阿轩他刚熟悉这边的老师和同学，现在就让他离开吗？"

何浩辉着急道："这些跟你们两个人的安全相比都是小事。"

蔡卓欣没说话，只是点了点头。

何浩辉说："你原来也说过，不伤害孩子是你的底线。"

蔡卓欣回答："是，这话我是说过。"

何浩辉小心翼翼地说："所以这次周雄切切实实地威胁到了阿轩，所以……"

蔡卓欣语气依旧平静："其实，自从我决定留下来之后，就已经下定了决心，无论发生什么事情，我和阿轩都不会再离开你了！"蔡卓欣说这话的时候，眼神里面露出了一丝坚定。何浩辉似乎没有想到蔡卓欣会这么回答，在感动之余也有一些担心。

何浩辉还是有些担心："但是阿轩的安全……"

蔡卓欣说："只要周雄没死，难道我们去了加拿大就一定会安全吗？我们在你的身边，给你支持！"蔡卓欣看着何浩辉，眼神更加坚定。

4

林蔚言在互联网上发现了南亚裔人士在商场打外籍男子的新闻，觉得这则新闻可以深度挖掘。

林蔚言找到南亚裔男子，对他进行深入采访。

林蔚言说："请问您是古普塔先生吗？"

古普塔警惕道："我是……"

林蔚言自我介绍:"我是记者。您的事情在全香港已经引起了很大的轰动,引发了香港市民的讨论。但这个案子还是有很多让人不解的地方,您能给我讲述一下来龙去脉吗?"古普塔看到林蔚言,十分犹豫。

林蔚言再接再厉:"古普塔先生,您完全可以跟我说。虽然你袭击凯文先生的事情是既成事实,但是我不相信你会在你太太和孩子面前袭击一个陌生人。"

古普塔似乎被林蔚言真诚的态度打动:"你真的相信我吗?"

林蔚言真诚地看着古普塔说:"我相信您这么做一定是有原因的,我会如实把这个原因报道给香港市民。虽然不能改变你袭击人的事实,但孰是孰非,我相信香港市民自有公断。"

古普塔听到林蔚言的话,眼睛里已经含着泪花:"打他我承认,但是他太欺负人了,太欺负人了……"古普塔说完痛苦地蹲在地上。

伤心的古普塔跟林蔚言讲述了他跟那个凯文的过往……

原来古普塔是一名外卖员,曾经给凯文送过餐。当凯文发现是古普塔给他送来外卖的时候,认为外卖"很脏"。这明显带有种族歧视的言语,让古普塔十分受伤。

那天,本来打算给儿子买生日礼物的古普塔在商场再次遇到凯文。凯文再次当着古普塔儿子的面,侮辱他们一家人。古普塔不能容忍家人受到伤害,忍无可忍的他用尽全身的力气,朝凯文的脸上重重地打了一拳。

林蔚言听到古普塔的讲述,内心的情绪非常复杂。林蔚言决定再去采访凯文,询问凯文事情的真相。

凯文刚刚走出自己所住的高档公寓,被林蔚言截住。

林蔚言直截了当地问:"您好,请问您是凯文先生吗?"

凯文:"你是?"

林蔚言回答:"我是记者,我是专门来采访您的,关于您在商场里面被袭击的事件……"

凯文听到林蔚言是记者,立刻来了兴致,整了整衣服。林蔚言把凯文的这个细节看在了眼里。

"事情很明显,我在商场正常购物的时候,被那个'南亚垃——'"

凯文的话刚说了一半,知道失语,略微停顿。

林蔚言追问:"凯文先生,您说什么?"

凯文说:"我是说,我是莫名其妙地被那个南亚裔人袭击的。"

凯文说到南亚裔人的时候,厌恶的情绪溢于言表。

林蔚言问:"你原来认识这位南亚裔人士吗?"

凯文回答："……不认识……"

林蔚言如同连珠炮一样发问："我发现您停顿了一下，您到底是认识还是不认识？"

凯文撒谎："不认识。"

林蔚言说："凯文先生，有件事情我非常好奇，一个陌生的南亚裔人士在商场与您偶遇，他为什么会当着自己的老婆和孩子的面袭击你？这完全不合情理。你是不是隐瞒了什么事实？"

凯文被林蔚言问得语塞。

"没有……"

林蔚言道："我已经采访过了古普塔。他说他曾经给您送过外卖，您曾经对他进行过种族方面的侮辱，然后您在商场里面对他们一家再次进行了侮辱。"

凯文翻脸："他在胡说！香港是个法治社会，我已经正式起诉那个南亚裔人，我相信香港的法律会给我一个公正的判决。"

林蔚言咄咄逼人："凯文先生，我会如实将对古普塔的采访告诉香港市民，让香港市民做出自己的判断。"

凯文道："我警告你，你别想让舆论对我进行道德审判，影响法官的判决。"

林蔚言坚定地说："您用不着威胁我。作为记者，揭露事件的真相是我的责任。"

凯文道："随便你，那只是那个'南亚垃圾'的一面之词。公司还有事情，我要先走了。"

林蔚言追着凯文："凯文先生，香港市民需要事情的真相……"林蔚言看着凯文的背影，一脸厌恶。

5

安娜带着一个叫八皮的年轻人走进了周雄的藏身处。周雄背对着二人，并未起身也没有抬头，而是一直盯着手里的平板电脑。

安娜拍了一下周雄："这么认真在看什么？我带了个人来。给你介绍一下，这位是雄哥。"

八皮跟周雄打着招呼："雄哥你好！我早就听过你的大名，一直都想跟雄哥你学。"

安娜说："这位是八皮，是给你找来的新兄弟。"

周雄对八皮："你之前……"

八皮回答:"我之前在东南亚做,在香港没案底。"

周雄打量着八皮,拍了拍他的肩膀:"好好跟着我,不会让你吃亏的。"

八皮点了点头:"放心,雄哥,我一定好好干。"

安娜示意八皮先出去。等八皮出了门以后,安娜说:"现在找人真的好难,但是老板说计划要立刻开始……"

周雄说:"人我找到了。"安娜听到周雄的话,脸上露出了一丝困惑。

何浩辉坐在车内,警惕地观察着何乐轩学校外的可疑人士。这时校门打开,秦老师带着何乐轩走出了校门。何浩辉紧走几步,来到了秦老师和何乐轩的面前,拉着何乐轩就准备往车里走。

秦老师喊住了何浩辉:"何 sir,等一下。"

何浩辉停下了脚步,问:"有什么事?"

秦老师:"哦,其实还是义工的事情。您最近有时间吗?"

何浩辉犹豫了一下:"有时间,当然有时间。"

秦老师说:"你肯定听说了南亚裔的外卖员在商场袭击外国金融机构驻香港高管的事情了?"何浩辉点了点头。

秦老师认真地说:"这个治安案件现在已经成为香港的一个社会热点。现在对于这个案件的讨论已经超越了案件本身,上升到各族裔的矛盾问题了。我觉得香港社会是一个包容的社会,无论是哪个族裔,生活在香港都应该被平等对待。我希望你能够站在警察的角度,针对这个问题给同学们讲一下,并不是哪个族裔的犯罪率就一定会高……我认为同学们在小的时候就应该树立这种观念。"

何浩辉说:"秦老师,你的建议非常好。但是我不是给同学们讲这个话题的最好人选,我向你推荐一个人……"

何浩辉推荐的人选就是谢庭威。谢庭威如约来到了学校。

教室内,秦老师身边站着羞涩的谢庭威。

秦老师介绍谢庭威:"同学们,这位是 EU 的谢警官……我们鼓掌欢迎谢警官给大家讲一讲少数族裔是怎样和谐地融入香港社会这个大家庭的……"

小学生们发出雷鸣一般的掌声。谢庭威站在讲台上,看着台下一双双清澈的眼睛,突然觉得一阵紧张,身体不由得微微发抖。

秦老师握了握谢庭威的手,低声道:"没关系的,不要紧张。"谢庭威的手被秦老师握住,如同触电一般地缩了回来。

谢庭威鼓足了勇气,清了清嗓子:"同学们,我叫谢庭威。其实香港对于我来讲,根本就不存在什么融入的问题。因为我出生在香港,从出生的那一天起,我就是香港的一分子，我仅仅是皮肤比你们黑一些罢了……"

这时有的小朋友发出了会心的笑声。小朋友的笑声更给谢庭威增加了几分信心。

谢庭威更有信心地说："我在香港出生，在香港长大。从小到大，我见过不少人的白眼，甚至是歧视。但是每次我都会将负面的情绪转化成自己努力读书的动力。因为我知道，想要其他人看得起自己，除了成绩好之外，就是要自己首先看得起自己，一定要有自信……"

谢庭威越讲越放松，显得神采飞扬。学生们不断地发出笑声和掌声。秦老师满脸崇拜地看着台上的谢庭威。

秦老师和谢庭威并肩走在走廊里。

秦老师夸奖："谢谢你，谢警官。你刚才讲得非常好……"

谢庭威不好意思地说："我讲的都是发生在我身上的事情。"

秦老师说："现身说法一般都是最打动人的。我专门注意了学生们的反应，大家听得很认真。"

谢庭威得到了肯定，长长地出了一口气："小朋友们喜欢就好。"

秦老师期待地问："这次效果这么好，不知道你有没有兴趣，下次再来给学生们讲一次呢？"谢庭威看到了秦老师期待的眼神，不由自主地点了点头。

秦老师伸出了手，跟谢庭威握手，微微一笑："下次用不着那么紧张……"两人对视，谢庭威似乎感受到秦老师炙热的目光。

秦老师微笑道："我一会儿还要上课，就不送你了。"

秦老师给谢庭威留下一个笑容，然后转身离开。谢庭威看着秦老师的背影，有些呆住了。

6

周雄的隐蔽处，两个戴着头套的人被八皮带到了周雄的面前。两人的头套被摘了下来，竟然是古普塔和凯文！

古普塔和凯文对视了一眼，完全不相信面前竟然是对方。两人被绑着，惊恐地看着眼前的周雄和八皮。

周雄和八皮的脸上露着得意的微笑。八皮手里拿着枪，似乎在把弄着。凯文看到八皮手里的枪更加害怕。

凯文问："你们想干什么？"

周雄微微一笑："我知道你们两个有矛盾，所以我专门制造机会，让你们两个握手言和。"

古普塔和凯文完全不知道周雄到底是什么意思。

周雄说："俗话说得好，冤家宜解不宜结。我把你们请来，就是专门让两位解开你们之间的误会。"周雄朝着八皮使了一个眼色。八皮把二人身上的绳子给解开。

周雄语气舒缓地说："你们握个手。"

古普塔和凯文都没有动。八皮把枪举了起来。古普塔和凯文只好握手。

周雄道："光是握手显得没有诚意……你们再拥抱一下。"凯文仍然显得异常嫌弃。

周雄厉声道："抱一下！"古普塔和凯文被迫又拥抱一下。

周雄露出了满意的笑容："这才像话嘛，很好！"

周雄朝着八皮使了一个眼色。八皮突然朝着凯文和古普塔各开一枪，二人应声倒地。

周雄吩咐道："把凯文的尸体放到引人注目的地方，把那个南亚裔人的尸体放到让人很难发现的地方。"

八皮道："明白，雄哥。"

周雄脸上露出了一丝微笑。

街边，包括林蔚言在内的记者将古普塔的老婆团团围住。古普塔的老婆被眼前的阵势吓呆了，此时已经掉下眼泪来。

记者甲："现在警方已经发现了凯文的尸体，请问古普塔是不是杀人凶手？"

古普塔老婆哭得更加伤心了："我老公他是不会杀人的。"

记者乙："听说古普塔已经失踪了。如果不是他杀人，他为什么会失踪？他是不是已经畏罪潜逃？"

古普塔老婆情绪已经崩溃："我不知道，我什么都不知道的。我相信我老公，他是不可能杀人的。"众记者还是不停地往前挤。眼看古普塔老婆就要被众记者挤倒，这时林蔚言拦在古普塔老婆面前。

林蔚言对着其他记者："你们还有没有一点人性？！你们没有看到她现在的情绪很差吗？"林蔚言此言一出，众记者都不吭声了。林蔚言带着古普塔的老婆冲出了众多记者的包围圈。

特别行动组办公室内。陈耀扬对着何浩辉："我跟重案组的兄弟们问过了，古普塔到现在还是下落不明。"

何浩辉严肃地问："凯文的死因是什么？"

陈耀扬说："枪击身亡……"

何浩辉说："听新闻报道，他是一家国际大银行驻香港的高管……"

陈耀扬说："是。"

何浩辉听到这里的时候，没有说话，若有所思。

陈耀扬问："你在想什么？"

何浩辉说："我在想，这个案子会不会跟周雄有关？会不会跟金融狙击有关？"

陈耀扬说："何浩辉，你会不会太敏感了？难道香港所有的案子都跟周雄有关系？都跟金融狙击有关系？"

何浩辉说："也不是不可能……"

陈耀扬情绪有些失控："我看你是真的应该去看看心理医生。要不要我替你约一下？"

何浩辉若有所思道："现在最关键的事情，就是要找到周雄。只要找到周雄，一切就能够水落石出。"

3车正在巡逻中，一名外国男子突然出现在3车前方，把赵绍棠吓了一跳。赵绍棠紧踩刹车，男子应声倒地。谢庭威和梁婉婷下车，扶起男子，发现该男子已经奄奄一息。

梁婉婷着急地问："他怎么莫名其妙地突然闯到了马路中间？好像棠哥没有撞到他啊……"谢庭威扶起了这名外国男子，发现自己手上都是血。

梁婉婷有点害怕地说："怎么出了这么多的血？"

谢庭威查看男子的伤势，脸上变了颜色："师姐，他身上的不是撞伤，是枪伤！"

梁婉婷听到这里也有些吃惊。这时男子暂时恢复了神志，瞪大了眼睛，惊恐地看着谢庭威。他用手指着谢庭威，好像有什么话想说，但是没有说出来，立刻又昏了过去。

梁婉婷奇怪地问："他这是什么意思？"

谢庭威道："他伤得很重，先把他送到医院再说。"

梁婉婷立刻叫来救护车把这个男子送到医院。

3车巡逻结束，到了吃饭的时间。

赵绍棠问："婉婷，刚才的那个外国人怎么样了？"

梁婉婷回答："刚刚接到消息，现在还在抢救。幸好我们给他送医院送得比较及时，否则的话就不好说了。"

赵绍棠奇怪地说："他为什么在上车前一直指着庭威……到底是什么原因？"

梁婉婷说："我也很奇怪。所以我专门问了重案组的师兄，原来他是被一个南亚裔人士开枪打伤的。他在神志不清的情况下，估计是把庭威误当成罪犯了……"

赵绍棠和梁婉婷脸上都露出了一丝无奈。

梁婉婷遗憾地说："庭威，莫名其妙地就被人误会……"

这时候梁婉婷发现了谢庭威在神游，脸上似乎还带着幸福的微笑。

梁婉婷重重地拍了谢庭威的肩膀："喂……"谢庭威被吓了一跳。

"你有问题……"

"什么问题？"

梁婉婷犹豫道："这两天我一直觉得你有问题，你这两天上班老是魂不守舍的。你是不是出了什么事？"赵绍棠笑而不语。

谢庭威急忙解释："没有……没有……"

梁婉婷奇怪地说："真的没有？棠哥，你是不是也觉得他有问题？他连自己被冤枉都不太关心……"

赵绍棠打趣："这都看不出来吗？庭威恋爱了……"

谢庭威被赵绍棠说中了心事，顿时脸变得很红。

"这么大的事情还跟我们保密……改天带过来，我们给你参谋参谋。"

谢庭威更不好意思了："现在八字还没一撇呢，我还没跟人家说呢。"

赵绍棠呵呵笑着："对女孩子呢，喜欢人家就要跟人家表白，然后大胆去追。你如果不说，人家怎么会知道呢？"

梁婉婷鼓励说："庭威，你放心，你就大胆去追，我们做你的坚强后盾。"谢庭威点了点头。

何浩辉也接到了一桩西方男子被袭击的案子，警察的直觉让他觉得现在发生的一切没那么简单……所以何浩辉找到了邵峰。

邵峰看着何浩辉："你是觉得这两宗案子有联系？"

何浩辉点了点头："可能是最近一段时间，我的神经有些过敏……"何浩辉说到这里的时候，还有意无意地看了一眼陈耀扬。

何浩辉说："但是这两宗案子，初步判断都是南亚裔人士作案，最关键的是受害者都是外国金融机构的高管。作案者是相同的族裔，而受害者有相同的职业，并且案发时间离得这么近，不免太凑巧了一些。"

邵峰对着陈耀扬问："你怎么看？"

陈耀扬推测说："我个人觉得还是南亚裔对白人的报复。"

邵峰补充道："千万不要忘了四个富豪绑架案的经验。在现在的大背景下，只要跟金融业有关的案子，都不能脱离我们的视线，并且应该密切关注。"

邵峰的话音刚落，陈耀扬的电话铃声响起。

"……我知道了。"陈耀扬挂断了电话。

邵峰问："什么事？"

陈耀扬面色凝重："重案组的同事刚刚通知我，又发生了一桩针对外籍男子的谋杀案……"

邵峰道："你们现在就去现场……"

案件发生在一座公园，一个警察把何浩辉和陈耀扬迎进了案发现场。

何浩辉问："什么情况？"

重案组警官说："一位女士在公园晨跑的时候，突然遇到了被害人被人袭击……"

何浩辉问这位女士："请问您看到凶手了吗？"

女人回答："我看到了，但是现在我脑子里面一片空白……但我能慢慢地回忆起来。"

何浩辉问："那一会儿会有警官让你给凶犯画像，希望你能配合警方。凶手有没有什么特殊点是你觉得印象最深刻的？"

女人语气肯定地说："这个凶手是个南亚裔……"

"你确定？"

"我确定！"

何浩辉把陈耀扬拉到一边："又是外籍男子遇害，又是南亚裔作案。虽然受害者的身份不明，但是特别行动组必须接管这些案子了。"

陈耀扬说："我还是觉得，这个不过是南亚裔向白人采取的报复行动。"

第 十 八 章

兰崖军团

1

特别行动组经过调查，知道了公园内的死者名叫米歇尔·琼斯，持 M 国护照入境中国香港，身份是软件工程师……他最后一次出现在大众视线之中，是两天前在重庆大厦。从那以后，他就从大众的视线之中消失了。本来最近这一系列针对外籍人士的伤害事件都有一个犯罪特征，就是犯罪嫌疑人都是南亚裔，而受害者都是外国金融机构在香港的高管，而米歇尔·琼斯的软件工程师的身份，打破了这一系列案件的犯罪特征。至于这些案件会不会还是跟金融狙击有关，还需要继续寻找线索。

面对这诡异的案情，邵子俊提出了一条破案思路，认为香港是个禁枪的地区，这一系列案件都跟枪械有关，或许犯罪分子手里的枪，应该是个突破口。

香港小街边，一个穿着性感的年轻女孩百无聊赖地站在街边。她掏出一根细支香烟，叼在嘴上点燃，朝着小街的左右观望，似乎是在等人。

这时一个白人男子从不远处摇摇晃晃地朝着女孩走了过来，手里还拿着一瓶威士忌。他已经有些醉意，来到女孩面前，色眯眯地看着这个女孩，还打着呼哨。女孩转身看着白人男子。

白人男子放肆地调戏："哈喽，这么早就做生意？"

女孩生气道："你才做生意呢！"

白人男子说："哦，对不起……你不是出来做生意的？"

女孩道："当然不是！"

白人男子仍然没有放弃："那你是在……"

女孩微微一笑："等人……"

白人男子说："你的朋友什么时候会来？"

女孩情绪有些失控："你到底想干什么？"

白人男子说："我很喜欢你。反正你的朋友还没有来，我们要不要一起找个安静的地方，一起等你的朋友过来……"

外籍白人男子从怀里拿出钱包，钱包里面有厚厚的一沓现金，还有不少信用卡。女孩的眼睛彻底被外籍白人男子的钱包勾牢。

白人男子说："我可以付给你一笔丰厚的茶水费。"

女孩点了点头："那我等人的这段时间，你可能就要破费了。"

白人男子先把一张1000元港币的大钞给了女孩："这钱你先拿着。"

女孩接过钱，二话不说，就放到自己的兜里：

"我先说清楚，这钱是你给我的。"

白人男子爽快地回答："当然。"

女孩问："就在这里吗？"

白人男子犹豫道："这里不方便吧……我们还是找一个安静的地方吧……"

女孩问："哪儿？"

白人男子回答："附近有个酒店，要不然就去那儿？"

女孩说："好啊。但是我要先通知我的朋友一声。"

白人男子见目的达到，脸上露出不怀好意的笑容："没问题。"

女孩离开白人男子大约一步的距离，拨通了电话："我遇到了一个老外'色鬼'，很有钱……准备好，到了地方再通知你们。"

女孩来到了白人男子面前："走吧。"白人男子很自然地搂住了女孩。女孩脸上先表现出一丝拒绝，但是瞬间消失，脸上露出了谄媚的笑容。

女孩和白人男子拐进了一条小巷。这时两个南亚裔人突然出现在女孩和白人男子面前，二人都吓了一大跳。

南亚裔甲威胁道："你为什么骚扰我们香港女孩？"

白人男子轻蔑地说："跟你们有什么关系？"

南亚裔乙说："当然跟我们有关系。你骚扰我们香港女孩，犯了大错。现在你必须掏钱，才能弥补你犯的错误。"

白人男子坚决道："不可能。"

南亚裔甲又恐吓："我最后说一遍，你必须给钱。"白人男子朝着他重重地打了一拳。这时，南亚裔甲突然拿出了手枪！白人男子根本没有想到他会拿出手枪，脸上露出惊恐的表情。

南亚裔甲朝着白人男子开枪，白人男子应声倒地，顿时鲜血流了一地。两个南亚裔男子看到白人男子已死，立刻逃窜。

女孩被眼前的情况彻底吓傻，颤抖地拿出电话："喂，我报警，有个白人男子被南亚裔人打死了……"

3 车在案发小巷里面停稳，谢庭威和梁婉婷从车上下车。赵绍棠无意间透过车窗看到女孩，惊呆了……

女孩看着白人的尸体，一动不动，浑身颤抖。

梁婉婷上前询问："你好，小姐，我们是 EU。你是这桩凶杀案的目击证人，我们例行向你问讯。"

谢庭威也来到了女孩面前。

女孩大大咧咧地问谢庭威："你也是南亚裔？"

谢庭威回道："有什么问题吗？"

女孩说："我不接受南亚裔的询问。"

梁婉婷有些情绪，说："小姐，你这样说话很无礼啊！"

女孩理直气壮地说："你说我无礼就无礼吧！我被南亚裔人吓坏了，看到这位警官就有心理阴影。我希望这位警官回避。"

谢庭威说："没关系，我回避。"谢庭威往车内走。没有想到的是，这时赵绍棠下了车，往女孩的方向走。谢庭威看到赵绍棠下车，异常吃惊：

"棠哥……你……"

赵绍棠打断谢庭威："你不是搞不定吗？我来帮你，没事的。"

这时赵绍棠来到了女孩面前，跟女孩面对面，端详着眼前的这个女孩，心里更是觉得有些吃惊。赵绍棠的视线不禁在女孩的脸上多停留了一段时间。女孩发现赵绍棠的表情有些奇怪。

女孩说："喂……"

赵绍棠反应过来："你好，小姐，请问你的姓名是？"

"关……ying。"

赵绍棠问："哪个 ying？"

"新颖的颖。"

赵绍棠关切地问："你父母叫什么名字？"梁婉婷和关颖同时感觉到有些奇怪。

关颖不耐烦道："这件事情跟你有关系吗？"

赵绍棠说："这也是例行询问的一部分……"

关颖却回答："我不想说。"

"你现在的住址……"

"没住址。"

"怎么能够没住址？"

"没住址，就是没住址。"

"你跟死者的关系？"

"没关系。"

"那你是碰巧从这里路过，看到了这桩案子？还是……"

赵绍棠的这个问题，触到了关颖的痛点。

关颖彻底爆发："你到底是什么意思？你在怀疑我吗？我只是一个目击证人而已！我不愿意配合你们的问询！"

关颖不再搭理赵绍棠和梁婉婷，急匆匆地朝着小巷外走去。她刚来到街道上，正好遇到闻讯前来采访的林蔚言。

关颖听说林蔚言是记者，对着林蔚言大吐苦水，说警察对她的询问不符合正常的程序。

小巷内，梁婉婷对赵绍棠刚才的表现有些奇怪……因为按照规定，没有特殊情况，作为车长的赵绍棠下车是严重违反规定的行为。

梁婉婷问："棠哥，刚才你的表现有点奇怪啊！尤其是你为什么要问这个女孩子关于父母的问题。还有，车上还有其他两位同事，庭威回避，还可以让他们两个人来的，你何必……"

赵绍棠说："我做错了事，我会跟上级解释，一切都跟你们没关系。"

梁婉婷拍了拍赵绍棠的肩膀，没有说话。赵绍棠看着不远处正在接受采访的关颖，脸上的表情异常复杂。

2

特别行动组内，何浩辉认为这些案件都跟南亚族裔有关，为了方便调查，需要谢庭威帮忙。当务之急，就是要摸清南亚裔嫌疑人枪支的出处。何浩辉和邵子俊找到谢庭威，提出让谢庭威帮助调查案子。出乎两人意料的是，谢庭威一口答应下来。

谢庭威来到南亚人聚集区的市场内寻找线索。他在一个卖玩具的摊位前站定，随意地拿起了一把玩具枪，朝着摊主做瞄准状，看似不经意地扣动了扳机，一颗弹珠从摊主的脸旁擦过。

摊主看到谢庭威对枪感兴趣，微微一笑地问："怎么样，和真枪没什么区别吧？要不要买一把送给小孩子玩？现在用假的，长大就可以用真的了。"

谢庭威点了点头："我也是南亚人，我知道规矩的。等不及小孩子长大，有真的吗？"摊主看了看四周："这里是香港，怎么可能有真枪卖？"

谢庭威拿出 1000 元港币放在桌上，问："想赚钱吗？"

摊主道："当然想。"

谢庭威用规劝的语气："想赚钱就得玩命。"谢庭威说完，拿了把假枪，冲摊主露出别有深意的表情，把钱放下，转身就走。

摊主犹豫了一下，赶忙追出来，小声跟庭威说："看你也是自己兄弟……我听说最近有批'真家伙'要到，但我不敢保证能弄到。你留个联系方式，如果真有可能弄到了，我就联系你。"

谢庭威看了一眼摊主："我过两天再来找你。"说完扬长而去。

何浩辉根据谢庭威提供的信息，判断最近可能有一批枪到港；如果这件事跟周雄有关，或许会通过阿 Ken 的渠道。何浩辉决定彻底排查跟阿 Ken 有关的货运公司。没过多长时间，警察就查到了阿 Ken 货运公司仓库的信息。

事不宜迟，何浩辉立刻带人突袭仓库，抓到了阿 Ken 的手下阿强，并且在仓库里面发现了一批枪械。何浩辉通过阿强，又追踪阿 Ken 电话，确定了阿 Ken 藏身的位置。

何浩辉立刻带人前去抓捕。众人来到阿 Ken 藏身的房间外严阵以待。房间外的走廊内，来往的闲杂人等看到荷枪实弹的警察纷纷躲避。

何浩辉瞅准机会撞开门，带着警察们冲了进去。房间内杂乱无章。阿 Ken 没有想到何浩辉突袭，两人四目相对。阿 Ken 脸色一变，把面前的桌子掀翻，趁着这个当口跳窗逃跑！窗外是一个遮雨棚。阿 Ken 跳到遮雨棚上面，遮雨棚承受不住阿 Ken 的重量，他重重地摔在地上。

阿 Ken 还没有爬起身，眼前出现了一双皮鞋。阿 Ken 抬头发现邵子俊正看着自己，立刻准备起身。邵子俊将阿 Ken 死死地按在地上，给阿 Ken 戴上了手铐。阿 Ken 脸上的表情异常阴郁。

审讯室内，何浩辉列出了阿 Ken 所有的罪行。本来嘴很硬的阿 Ken 此时心理防线彻底瓦解，承认是周雄让他把这批枪械送给兰崖军团的老大巴朗，并且指认最近几桩案子都是巴朗所为。

何浩辉让阿 Ken 跟巴朗联系接货的事宜，并且假意放了阿 Ken，一边监听阿 Ken 电话，一边跟踪阿 Ken，希望能够通过阿 Ken 钓出周雄……

阿 Ken 离开了警署，心态放松地走进了一家理发店。

理发师热情地跟阿 Ken 打着招呼："肯哥，老规矩？"

阿 Ken 没有说话，坐定，点了点头。身边的客人不说话，都在享受着服务。阿 Ken 闭上了眼睛，理发师拿着剃刀开始给阿 Ken 修脸。剃刀在阳光下熠熠发光。

一间普通的打边炉店内，店内放着咿咿呀呀的粤剧录音。一群社团的老前辈正围着桌子打边炉。整家店只有一桌，桌边四位大佬。四个人你一筷子，我一筷子，大口大口吃喝。

大佬甲感慨："我们好久没有在一起吃饭了……还是这家的味道最好。"

大佬乙说："本来以为香港已经用不到我们这群老家伙了，就好像这家老餐厅要关门了一样。"

大佬丙道："不能这么说，关键时候还要靠我们这群'老鬼'。"

大佬丁手一挥道："不管那么多，先吃吧！"

四个大佬大快朵颐，吃得很享受。

大佬甲跟着粤剧录音哼着曲儿："现在我们才知道阿 Ken 为了帮外国人做事，连自己的老大蒋坤都敢杀。"

大佬乙说："我们自己怎么争怎么抢，都是我们自己的事情。帮着外人搞香港，从来没听说过。"

大佬丙道："再不上家法，他是不是连我们都要杀了？"

大佬丁附和："上家法吧！"

理发店中，阿 Ken 闭着眼睛躺在椅子上。理发师将热气腾腾的毛巾盖在阿 Ken 的脸上。阿 Ken 突然意识到情况不妙，准备起身。理发师微微使劲，让阿 Ken 无法站起身，阿 Ken 的腿一直不断地挣扎。片刻之后，阿 Ken 的腿也一动不动了……理发店中其他客人根本不知道发生了什么。

阿 Ken 被杀的新闻上了报纸的头条。周雄提醒巴朗，非必要不要再见面，下一步行动听他安排。

何浩辉也得到了阿 Ken 被杀的消息，何浩辉希望通过阿 Ken 钓出巴朗的计划也暂时落空了。

3

中国香港发生的针对西方人士的暴力案件引起了外国媒体的关注。刘先生立刻找到汪东凯等人商量对策。

刘先生紧锁眉头，对着汪东凯说："目前的金融市场情况怎么样？"

汪东凯回答："这条新闻出来之后，恒生指数下跌了三千点，目前还在下跌的趋势之中。"

旁边一个官员加入了讨论：

"现在不少外来资金在不计成本地抛售股票。"

刘先生追问："能追踪到抛售掉股票之后的资金动向吗？"

那位官员回答："这些资金都在陆续离开香港，转到新加坡和东京的股票市场。"

汪东凯继续说："金融投资需要一个稳定的社会环境。这些恶性案件是金融狙击计划的一部分的可能性已经非常高了。这个计划就是逼走外来资金，让香港股市的资金池越来越小——资金池的规模变小，EGM 基金操纵股市就会变得越来越容易。"

另外一个官员也加入了讨论：

"我们根据对房地产市场的监控发现，最近突然有不少高档楼盘的房产在进行抛售。通过大数据的汇总排查，我们发现这些地产的业主大部分也是西方人士。"

汪东凯担忧地说："现在只是少量的抛售，如果形成房地产抛售的趋势，恐怕……"

刘先生阻止了汪东凯继续往下："你觉得这是不是 EGM'金融核弹'的内核？"

汪东凯说："现在来看，这都是常规的金融攻击的手段，还称不上是什么'核弹'。"

刘先生点了点头："警队那边有什么消息？"

现在巴朗已经浮出了水面，巴朗的照片已经出现在特别行动组的会议室内。港警正在紧张地进行案情分析。

何浩辉做着介绍："这是兰崖军团的巴朗。"

邵峰听到这个名字的时候皱了皱眉头。

年轻警察发出了疑问："兰崖军团？"

邵峰回答："今天有不少其他部门的兄弟可能听说过兰崖军团，但是不是特别了解。你是老 O 记成员，跟兄弟们多说几句。"

何浩辉娓娓道来："我们香港呢，一直有不少从东南亚来的移民。有的移民已经成功地融入了香港社会。但是少部分一直游离在我们的主流社会之外，逐渐形成了他们自己的社团，我们就叫他们兰崖军团。他们有自己的组织结构，几乎不吸纳其他族裔的人。他们大部分的活动区域在重庆大厦附近。因为他们很多是'偷渡'来港，所以无法落实他们每一个人的准确身份和住所。所以涉及兰崖军团的罪案一直都是我们头疼的问题。通过阿 Ken 的口供，兰崖军团是受到周雄的指使，做了这些案子。他们做的这些案子现在看来也是 EGM 基金金融狙击的一部分。"

邵峰布置任务："现在最关键的就是要阻止罪案继续发生。何浩辉，你尽快做一份计划。"

邵子俊和何浩辉在茶水间讨论着下一步计划。两个人同时想到了一个想法……

邵子俊和何浩辉坐在餐厅的角落，两人面前已经摆了一大桌子的菜。这时谢庭威走进了餐厅，坐到了邵子俊和何浩辉的对面。

谢庭威环顾四周，问："婉婷和棠哥还没到吗？我打电话叫他们。"

邵子俊说："今天晚上他们不会来了。"

何浩辉继续说："就我们三个人。"

谢庭威已经感到了有一些奇怪："为什么在这么好的餐厅，单单请我一个人吃饭？"

何浩辉说："上次你帮我们找到了线索，我们这次专门请你吃饭感谢你。"

谢庭威微微一笑，说："小事一桩……"

何浩辉和邵子俊听到谢庭威这么说，默契地相视一笑。

何浩辉说："刚收工还没吃东西吧？先吃吧！"

谢庭威大口大口地吃了起来。

何浩辉突然说："最近有没有谈女朋友？我好像记得你父母一直很想让你成家的……"

何浩辉这话说完，自己也觉得有些尴尬。谢庭威停止了吃东西，满脸狐疑地看着何浩辉和邵子俊。

谢庭威道："先是让我吃大餐，然后又问我恋爱的事情……你们很反常。"

何浩辉有些尴尬地说："有这么反常吗？"

谢庭威点了点头。

何浩辉只能单刀直入地说："希望你去兰崖军团做一个真正的卧底……"

谢庭威停住了吃饭："你们没有搞错吧？！"

邵子俊真诚地看着谢庭威："你看看我们，像是在跟你开玩笑吗？"

谢庭威抬头看了看何浩辉和邵子俊，没说话，继续低头吃饭。

谢庭威自嘲道："我哪是卧底的材料？"

何浩辉着急地说："你怎么不是？你上次去查黑枪的线索表现得那么出色！"

谢庭威听到何浩辉夸奖自己，脸上露出了一丝得意。

何浩辉说："这次让你卧底跟你上次的任务有所关联……"

谢庭威一直没抬头，只是点了点头。

何浩辉接着说："现在我们已经确定，前段时间那些袭击外籍白人案件的主使就是兰崖军团的巴朗。但是现在我们没有确凿的证据抓巴朗。"

谢庭威有了一些兴趣，问："然后呢？"

何浩辉听到谢庭威搭茬儿，继续往下说："我们希望你能打入他们的内部，找到他们犯罪的证据……你刚才不是说了吗，这是小事一桩！"

谢庭威说："我是说过，但是我只是说替你们找线索是小事一桩。"

"最重要的是，巴朗应该跟周雄有关联，我更希望你找到关于周雄的线索……"

谢庭威奇怪地说："周雄？"

何浩辉回答："对，周雄。"

谢庭威顿时摇着头，眼前的东西也不吃了，说："我吃完了，你们找别人吧！"

邵子俊开口说："庭威，对于一个警察来说，能接到这么大的案子，并且去执行关键任务，可是千载难逢的机会。我不是南亚裔，我要是南亚裔，这种机会还能轮到你？！"

谢庭威却说："你知不知道兰崖军团很危险的？！你们也应该知道周雄是更危险的……"

何浩辉认真道："庭威，我们会尽全力保护你的安全。"

谢庭威为难地说："何 sir，你们又没有办法去卧底，怎么保护我？我是 EU，不是重案组，我从来没有卧底过的。"

邵子俊激将："这项任务对你确实是个挑战，但咱们年轻人就是应该挑战自己。"

谢庭威根本不上当："你也了解我的，我从来不挑战自己。何 sir，我是真的不行，不要盯着我了，找别人，好不好？"

邵子俊着急地说："你上次也说了，你和棠哥只要能帮我们就一定会帮我们，现在怎么说话不算数了呢？"

谢庭威微微一笑："去兰崖军团卧底这个任务是非常重要的，找到关于周雄的线索更重要。我拒绝的原因，不是因为我害怕危险，而是因为我知道自己有几斤几两，不是我不想帮，这实在超过了我的能力。如果这次任务失败了，我心里会很愧疚，也会让你们前功尽弃。我相信一定有比我更合适的人选。"

何浩辉鼓励道："庭威，我觉得你就是最合适的人选，我相信你的能力！"何浩辉异常坚定地看着谢庭威。

谢庭威真诚地看着何浩辉："我是真的没能力完成这个任务，你们抓紧时间找找别人。"

谢庭威拒绝了何浩辉的建议。

4

一家玉石工厂发生了失窃事件，在玉石工厂供职的南亚裔员工拉杰被厂主误会成盗贼，还差一点引起一出家庭惨剧。事件的根源还是在于一些人对少数族裔持有偏见。

谢庭威下班回家，跟父母一起吃晚饭。电视新闻正大肆报道最近南亚裔相关的罪案，报道里面自然掺杂了一些外籍白人对南亚裔的看法。谢庭威的父亲对这些偏见愤愤不平，让儿子一定要好好工作，为辛辛苦苦工作的南亚裔人正名。

一天下班后，谢庭威在四周无人的停车场内拨通了何浩辉的电话：

"何 sir，我想好了，我接受这个任务。虽然我的能力可能不太够，但是这个任务无论多么危险，无论多么困难，我一定努力完成！因为只有打掉兰崖军团，才能为全香港遵纪守法、辛苦工作的南亚裔正名！"谢庭威说到这里的时候，脸上露出了少见的坚毅表情。

邵峰看完谢庭威的资料，认真地看着何浩辉，问道："你真的觉得他是最合适的人选？"

何浩辉说："虽然他一直是 EU，没有卧底的经验，但是他在警校的各项成绩都很出色。"邵峰没有说话，在非常认真地做研判。

何浩辉继续推荐谢庭威："庭威一直是我的同事。他表面上嘻嘻哈哈的，但是办事还是很认真的，并且能够快速提供枪案相关的线索，他已经初试锋芒了。我相信他具备这个能力。"

邵峰提高了音量："我从来没有怀疑我们警察的能力。但你应该知道兰崖军团的危险性，他从来没有接触过重案，这对于他来说是更加危险的。我们要为执行任务的警察的生命负责。还有没有其他的选项？"

何浩辉动了感情，说："刑事侦缉处（Criminal Investigation Department，缩写 CID）的兄弟说，安插在兰崖军团的线人，已经失联了很长一段时间了。我们真的没有时间再去找别人了。他是我同车的兄弟，你应该知道我更在乎他的安全。"

邵峰做出了决定："用最快的时间给他补习一下卧底条例。其他需要我配合的跟我说。"何浩辉高兴地说："Yes，sir！"

赵绍棠家里，红姐坐在饭厅里面看着平板电脑，表情显得有些异样。赵绍棠在厨房里面给红姐做饭，根本没有发现红姐的异常。

赵绍棠在厨房里面招呼着红姐："马上就可以吃饭了。"

红姐仿佛根本没有听到赵绍棠的话，默默地抹着眼泪。

赵绍棠端着菜走出厨房，看到了红姐正看着平板电脑落泪。

赵绍棠奇怪地问："你怎么了？"

红姐哽咽道："阿棠，我看到我们的女儿了。"

赵绍棠在奇怪之余，看到平板电脑上正好显示的是林蔚言采访关颖的画面。原来关颖跟赵绍棠去世的女儿长得几乎一模一样——这也是那天赵绍棠看到关颖后，表现得异常奇怪的原因。

红姐的情绪异常激动，站起身就要往外面走："阿棠，我们现在就去找女儿！走啊，走啊！"赵绍棠劝说："你先吃饭，我明天就去找。"

红姐看着平板电脑："阿棠，一定要把我们的女儿找回来啊！"红姐说到这里泪如雨下。赵绍棠看到此时的红姐，心如刀割。

特别行动组的一间空荡荡的房间内，谢庭威如同一个学生一样坐在椅子上。

何浩辉对着谢庭威说："从现在开始，你要复习在警校里学习到的全部卧底知识——从熟悉各种窃听设备，到发送各种暗号，再到跟踪与反跟踪的技巧，还有遇到各种突发情况的应对措施。还有你现在从外形到气质，一看就是个警察，你要从内到外变成一个彻头彻尾的烂仔。"

谢庭威为难道："这恐怕需要一点时间哦！"

何浩辉说："从现在开始，你要完全服从邵子俊的安排，不能有半点懈怠，明白吗？"

谢庭威犹豫："我尽量吧……"

何浩辉以命令的口吻说道："不是尽量，是必须全部掌握！否则你就会没命的。"

"我缓口气，然后开始。"

邵子俊严肃地说："缓什么气？现在，立刻，马上开始，你只有两天的时间。"

"啊？"谢庭威吃惊地看着何浩辉和邵子俊。

邵子俊拿出一幅画像给谢庭威看，说："这就是通过目击证人的描述，画出的杀害米歇尔·琼斯的罪犯的样貌，你要特别留意……"谢庭威看着画像，一脸迷茫。

两天的时间，谢庭威努力朝着一个"烂仔"逐渐靠近……

何浩辉急匆匆地走进了EU饭堂，发现赵绍棠早就等在那里。何浩辉坐在赵绍棠的面前问："有事？"

赵绍棠回答："你和子俊把威仔调走，是不是执行什么秘密任务去了？"

何浩辉微微一笑："什么事情都瞒不过棠哥的眼睛……你不会是专门来找我落实这个事情的吧？"

赵绍棠为难道："不是……我其实是有一桩私事想要找你帮忙。"

何浩辉奇怪地问："私事？"

赵绍棠回答："我想让你帮我查一个人的信息。"

"什么人？"

"前几天出警，我们遇到一桩南亚裔杀害一名白人男子的案子。"

何浩辉说："这个事情我知道。"

赵绍棠脸上的表情异常复杂，说："其中有个目击证人叫关颖……所有跟南亚裔相关的案子都被特别行动组接管了，所以你肯定能找到关颖的信息。"

何浩辉道："找到她的信息倒是不难，但是我有点好奇……"

赵绍棠平静地说："我为什么要找她？"

何浩辉点了点头。

赵绍棠直截了当："因为她跟我死去的女儿长得非常像。自从红姐无意之中看到了关颖接受采访的新闻后，病情又有了反复。她这两天都会出门去找女儿，我怎么劝也劝不住。所以我想，是不是找到关小姐，让关小姐当面跟她说清楚比较好……"

何浩辉说："棠哥，你放心，我会尽快把关颖的信息给你。"

赵绍棠感动道："多谢！"

两天集训的时间匆匆而过。谢庭威为了尽快地进入角色，穿着古惑仔的衣服，行为动作有了几分粗鄙的样子，但是神情和眼神仍然透露着单纯和善良。

此时，谢庭威正在饭堂内，大口大口地咬着一个烧鹅腿，边吃边说：

"不得不说，特别行动组的伙食就是要好些。何 sir，这个任务完成之后，能不能把我也调进组里？这样我就能每天吃到这么好的伙食了。"

何浩辉问："邵子俊，他这两天表现得怎么样？"

邵子俊没说话，叹了一口气，轻轻地摇了摇头。

谢庭威抬头看了两人一眼说："你们安心吧，我心中有数，没问题的。"

何浩辉认真地说："庭威，这不是开玩笑的。你千万不要让我觉得我做了一个错误的决定。"

谢庭威仍然笑嘻嘻地说道："从小到大就是这样的，包括考警校，到从警校毕业，每次考试大家老是觉得我会挂，但是我的运气都很好，每次都能过关。"谢庭威拿出了脖子上的挂件，说："一切都是靠它保佑的。"谢庭威紧紧地握住了挂件，满脸虔诚。

何浩辉和邵子俊满脸无奈。

邵峰来到了三人的饭桌前。谢庭威仍然在吃饭，根本没有注意到邵峰出现在他的面前。邵子俊用胳膊肘推了推谢庭威。三人同时在邵峰面前立正站好。

邵峰来到谢庭威的面前，打量着他，问："谢庭威？"

谢庭威向邵峰问好："邵 sir 好！"

邵峰问："他准备得怎么样？"邵子俊犹豫。

何浩辉回答："准备好了。"

邵峰说："最近又发生了几件案子，还是兰崖军团干的。"

邵峰拍了一下谢庭威的肩膀："好好做！你一定要找到兰崖军团的犯罪证据，我们要立刻将他们绳之以法，向全港市民证明，最近的案子虽然是南亚裔犯罪团伙所为，但他们绝不代表全香港的南亚裔。"

"Yes, sir！我一定努力地完成任务。"

谢庭威一身"烂仔"的打扮，认真地对着邵峰立正站好敬礼，仍然是一脸正气。何浩辉看了一眼谢庭威，既有点感动，也有点担心。

5

何浩辉和谢庭威坐在车内，看着何乐轩所在小学的大门口。

何浩辉说道："没想到介绍你参加一次讲座，竟然可能无意之中促成了一段姻缘。"

谢庭威害羞地说："何 sir，现在八字还没有一撇呢……我就是对秦老师的感觉不错。"

谢庭威说到这里，脸有点红。

何浩辉继续"培训"谢庭威："你忘了你做卧底的人设了？你是个色鬼，提到女人怎么会不好意思？"

谢庭威不好意思地说："现在不是还没有当卧底吗？"

何浩辉说："一会儿跟我下车，当面跟她说。"

谢庭威尴尬道："不行，我就在车上看看就行了。"

何浩辉奇怪地问："你卧底前想让我带你来看看秦老师，难道不是来表白的？"

谢庭威回答："不是，当然不是。我就是来……看看……"

这时学校的大门打开，秦老师带着学生们走出了学校大门。何浩辉想拉谢庭威下车，但被谢庭威努力挣脱。何浩辉只好一个人下车。

秦老师带着何乐轩走出了校门。何乐轩看到了何浩辉，飞快地朝着他跑了过去。

秦老师满脸笑容地说："何 sir，今天又来接阿轩了？"

何浩辉点了点头："有时间就来增进一下父子感情，挺好的。"

何浩辉搂着何乐轩，何乐轩的脸上也带着笑容。

秦老师说："何 sir，我有一件事情想请您帮忙。"

何浩辉问："什么事情？"

秦老师的脸上竟然起了一丝羞涩："就是上次你介绍来做讲座的谢警官……"

何浩辉听到秦老师提到谢庭威，不自觉地转身回头看向车子。

秦老师发现了何浩辉的动作，问："怎么了？"

何浩辉掩饰："没……没什么。谢警官怎么了？"

秦老师回答："上次谢警官给同学们做的讲座效果很好，也纠正了同学们关于南亚族裔的不少误会……我想最近他能不能再来做一次讲座？"

何浩辉略微停顿："最近？"

秦老师问："有什么问题吗？"

何浩辉说："据我所知，谢警官最近有很重要的任务，恐怕无法抽身。"

秦老师点了点头说道："哦，是这样啊，那……上次是他代替你，这次你能不能代替他呢？"此时何浩辉看到了何乐轩渴望的眼神。

何浩辉回答："好，没问题。"

何乐轩听到何浩辉的答应，自豪地笑了。

秦老师问道："你知道谢警官什么时候能执行完任务吗？"

何浩辉道："应该很快。"

秦老师点点头，转身离开。

何浩辉带着何乐轩上了车。何乐轩看到了车上的谢庭威。

何乐轩吃惊地说："谢叔叔，爸爸说你去执行任务了。"

谢庭威朝着何乐轩微微一笑，做了一个嘘的动作。

何浩辉说："刚才秦老师主动提到你了，我觉得你们俩真的有戏。"

谢庭威看着车窗外秦老师的背影，脸上似乎有些不舍，他其实真的很害怕这是最后一次见到秦老师。因为他知道他即将面对的，是无法预知的极度危险！

第 十 九 章

生死之间

1

谢庭威以基兰这个隐藏身份开始了卧底生活，孤身一人走进了南亚村。南亚村是香港南亚裔最大的聚集区，也是兰崖军团的大本营。

谢庭威的目的地是南亚村内的黑拳馆。何浩辉给他提供了准确的线报，此时巴朗就在黑拳馆中。邵子俊和何浩辉正守在南亚村的路口，密切关注着谢庭威的动向。

谢庭威经过盘查进入了黑拳馆。他刚走进黑拳馆就看到拳台旁的笼子里关着一个浑身是伤、满身是血的南亚裔人。谢庭威从笼子边经过的时候，极力压抑着内心的恐惧，不让自己的恐惧被人发现。

黑拳馆内所有人的目光都聚焦到了谢庭威身上。谢庭威被带到巴朗跟前，他强装镇定，行印度礼："你好，我叫基兰，是桑托介绍我来的。"

谢庭威说的桑托，是被香港警察控制的巴朗的心腹——当然巴朗不知道桑托已经被控制……

巴朗的副手伊亚看向巴朗，没有说任何话。

谢庭威说："我口袋里面有样东西。"

伊亚从谢庭威的口袋里面拿出了一个紫檀的毗湿奴吊坠。

伊亚一眼看出："老大，这个是桑托的护身符。"

巴朗走到了谢庭威的面前，上下打量着谢庭威。

巴朗问："你认识桑托？"

谢庭威回答："我们是中学同学，这次刚刚在监狱里面遇到了。"

巴朗追问："哪个监狱？"

谢庭威回答："旺角监狱。"

巴朗目光如电，继续问："什么区？哪个仓？"

谢庭威道："C区，3号仓。"

巴朗点了点头，似乎不再追问，但是又突然问道："你做过什么？"

谢庭威把背景背得纯熟："我在旁遮普邦当过兵……"

巴朗感兴趣地问："你当过兵？"

谢庭威点了点头，说："听桑托说来香港跟了个大佬，我就想……你们做什么的啊？"

巴朗对手下示意，手下过来脱谢庭威的衣服，根本没人听他说什么。

伊亚推谢庭威上拳台："上去！"

伊亚打开旁边的笼子，用锁链牵着受伤的南亚裔人出来。旁边的手下们已经在纷纷下注了。伊亚把人牵上拳台，给他解开锁链。

巴朗对这个人说："杀了你面前的这个人，我就放你走。"

谢庭威还想跟巴朗说些什么，但是突然受伤的南亚裔人像野兽一样把他扑倒在地。谢庭威还没反应过来，就被这人一阵狂揍。

谢庭威根本没有还手之力。旁边的人纷纷起哄。谢庭威挣扎着爬起来，可他被打蒙了，反击根本无力，被打得满脸是血，不停倒地。

谢庭威在接连被打下，求生的本能终于被激发出来，开始有力反击。巴朗和伊亚通过谢庭威的还击，看出谢庭威身手不错，两人相互对视一眼。

此时谢庭威和对手都是在以命相搏。谢庭威用尽所有的力气终于把南亚裔人打倒在地，南亚裔人再也爬不起来。

巴朗和伊亚等人走上拳台，两个人架着站都站不稳的谢庭威。

巴朗死死地盯着谢庭威，又问："为什么来香港？"

谢庭威大口大口地喘着气，说："失手打死了人。"

巴朗从伊亚手中接过枪，上好子弹后塞到谢庭威手里，拉起他的手，让枪指着趴在地上的南亚裔人的头，命令道："杀了他，我就收下你。"

谢庭威微微一愣，说："我不可以杀人。"

巴朗几乎咆哮："你不杀人……警察都不杀人！那你可能就是警察！"

巴朗一把夺过枪指着谢庭威的头。

谢庭威挣扎着："我不是！我不是！"

巴朗厉声说："那你为什么来找我？"

谢庭威拼命不松口："桑托叫我来的！"

巴朗问："桑托没跟你说我们是干什么的吗？"

谢庭威冷静地说："桑托只是告诉我，你是南亚裔的老大，跟着你有饭吃，但是没说要我跟着你杀人。"

巴朗威胁道："你不杀了他，我就杀了你！"

谢庭威手里拿着枪，此时他意识到，现在只能赌，赌输了，等待他的只有死！

他扣动了扳机。枪声没响，原来枪里并没有子弹。

巴朗看到谢庭威开枪，脸上闪过了一丝笑容，说："这个是警察的线人，我最讨厌就是出卖我的人。"

谢庭威听到巴朗的话，强行平顺着自己的呼吸。

巴朗对着身边的人说："把他留在公司。"伊亚让人架着谢庭威离开。

伊亚问："真的留下这个基兰？"

巴朗把枪交给伊亚，说："现在风声紧，将所有枪收好，没我的命令不要乱来。搞定这个线人。这几天不要有任何行动。"

伊亚又问："这个基兰呢？"

巴朗说："身手不错，现在我们正需要人，先找人盯着他，有问题立刻干掉。"巴朗做了一个割颈的手势。

伊亚点头："是！"

伊亚把手枪交给旁边的手下，手下把枪用油布包好带出门去。

何浩辉和邵子俊眼睁睁地看着巴朗手下把谢庭威带进了一家废品公司，这是巴朗明面上的正经生意。何浩辉让同事监视废品公司，暂时离开。

何浩辉接到重案组的电话，知道 CID 安插在巴朗身边的线人已死，推断死亡时间就在昨天，而昨天就是谢庭威卧底进兰崖军团的日子。这时何浩辉收到了谢庭威的信息，内容是"game over"！

谢庭威刚刚来到废品公司就遇到了一个南亚裔人，这个人就是杀害米歇尔·琼斯的凶手，名叫希瓦。

谢庭威请希瓦和其他手下喝酒，将其他人全部灌倒，然后偷偷溜出了废品公司。还没有完全醒酒的谢庭威，根本想不到一个南亚小孩在后面紧紧地跟着他。

南亚村的小贩摊位前，有不少客人在挑选着货品。谢庭威摇摇晃晃地混入了客人之中。骑车的小孩表情严肃，全神贯注地盯着谢庭威。谢庭威在各个小摊之中穿梭。骑车小孩微微一愣神，便发现谢庭威在人群之中消失了。小孩脸色一变，骑着单车寻找着谢庭威的踪迹。

逼仄的小街两旁，大大小小的店铺林立。此时细雨落下，道路显得有些泥泞。谢庭威行走在小街之中，用余光扫视着身后，随后在一个小餐馆前停住了脚步。餐馆门口人很少，谢庭威走了进去。

谢庭威从何浩辉身旁走过，坐到他后面，与他背对背坐着。何浩辉闻到一股酒味。

谢庭威招呼老板："老板，炒河粉。"

何浩辉低声道："喂，怎么喝了这么多？"

谢庭威抱怨着："不喝出不来啊！"伙计给谢庭威端上一盘炒河粉，谢庭威大吃起来。

何浩辉谨慎地说："遇到了什么困难想要 game over？巴朗不信任你？"

谢庭威冷冷地说："巴朗让我用枪打死线人，应该算是过关了吧！"

何浩辉吃惊地问："那个线人是你打死的？"

谢庭威心有余悸地说："那把枪的重量不对，而且又是在闹市区，我赌对了，里面没有子弹。"

跟踪谢庭威的小孩此时正骑着车，不停地找寻他的目标。他已经越来越接近谢庭威所在的餐馆了。

小餐馆内，谢庭威继续说："我现在就要归队，这次出来之前我把他们都灌醉了，就是没打算回去。"

何浩辉犹豫了一下，说："我还是希望你留在巴朗那里，完成卧底任务。"

谢庭威实在忍受不了，虽然声量很低，但是情绪有些激动，说："你有没有被人用枪逼着去杀人？开枪的时候，我甚至不知道那个人究竟是线人，还是咱们的同袍！万一那把枪里有子弹，该怎么办？"

何浩辉没有说话。

谢庭威难过地说："你知不知道我过关很难的……"

何浩辉鼓励道："我明白，这个事情很危险。但你在那么紧急的情况下还能冷静分析，说明你是有能力继续下去的。而且，如果现在放弃的话，还不如当初不去，这样等于打草惊蛇。"

谢庭威埋头吃炒河粉，没有说话。

何浩辉让步："你要是不回去，可能就再也找不到巴朗了，那所有的计划就会失败。这样吧，周雄的事我们去解决，只要你找到那批枪，你就可以归队了。"

谢庭威听到这话，似乎改变了自己的想法，抬起了头。

何浩辉说："我跟上头请示过，你在里面有任何过激行为都会得到豁免。"

骑车的孩子拐进小餐馆所在的小街，他用两脚在地上擦着，让单车慢慢前行，往一家家铺面里张望。接待谢庭威的那个伙计正在门口收拾东西，骑车的孩子来到小餐馆门口，向里面张望，但是里面早已空无一人……

伊亚知道谢庭威离开了废品公司，追问谢庭威："你到底去哪儿了？"

谢庭威说："吃了盘炒河粉，还找了个'楼凤'。"伊亚询问了"楼凤"的详细地址。谢庭威知道伊亚一定会验证他的话的真假，现在能救他的只有3车的同事了。

跟谢庭威判断的一样，伊亚果然派手下前往谢庭威提供的"楼凤"的地址。伊亚手下来到门前，放肆地敲门。门缓缓地打开，屋内出来一个妖艳的女子，身穿睡衣，酥胸微露——这个女子竟然是梁婉婷！原来梁婉婷接到何浩辉的信息后紧急化妆，专门到这个地址来掩护谢庭威。

梁婉婷问："你找谁啊？"

手下说："找你！"

梁婉婷上下打量，而后一笑："你知道我是谁吗？"

手下道："你叫阿娟？"

梁婉婷回答："是呀！不进来吗？"

梁婉婷把门大开，还闪出一条路来。手下往里看了看。

屋内，两个EU持枪对准门口，如果伊亚的手下进屋，他们立刻就会开枪。

伊亚手下站在门口踌躇了很久，最终并没有进屋。

手下问："想问一下你，认不认识一个叫基兰的人？"

梁婉婷回答："没听说过！"手下听了一愣，几个人互相看了一下。

梁婉婷妩媚一笑，说道："你傻嘛，来我们这儿有谁会用真名的？"

手下听了觉得也有道理，立刻掏出手机，里面有偷拍的谢庭威的照片，递给梁婉婷。

梁婉婷说："他啊……"

梁婉婷突然不说话了，扬起手，做了要钱的手势。伊亚手下只能掏出几张钞票交给她。梁婉婷仔细把钱叠好，放进自己的胸衣里。

梁婉婷说："他说他叫阿威，今天白天来过，你们找他干什么啊？"

手下追问："你说的是真的？"

梁婉婷魅惑地一笑，一只手搭在对方肩上："钱我就收下了，是真是假，你进来试一下啊。我这里有客人，还有没有要问的？要不要一起？"

手下推开梁婉婷的手，离开房间。梁婉婷见他们走远了才关上门。屋内，两个EU松了口气，把枪收好。

伊亚被梁婉婷的这出戏彻底骗过。谢庭威看到伊亚远去的身影，他知道他又躲过了一劫！

2

赵绍棠来找何浩辉，询问关颖的情况。何浩辉告诉赵绍棠，关颖是个不良少女，经常跟一些不三不四的烂仔混在一起，并且她好像没有固定住所……

何浩辉提醒赵绍棠，虽然关颖像他的女儿，但是毕竟不是他的女儿；如果跟关颖纠缠太深，或许会伤害到红姐。

警署门口，赵绍棠见到关颖，不但告诉了她红姐的状况，并且请关颖去家里吃饭。关颖犹豫了片刻，最后还是答应了赵绍棠。赵绍棠听到关颖答应，脸上露出了一丝笑容。

关颖去赵绍棠家不但吃了饭，还将错就错地答应红姐，留在赵绍棠家，给红姐当女儿。

红姐和关颖两人气氛温馨，赵绍棠看着眼前的情况，一言不发，若有所思。

南亚村村口，何浩辉和邵子俊监视着黑拳馆。这时两人看到谢庭威大大咧咧地站在黑拳馆的门口。

何浩辉叹了一口气，说："也不知道你是怎么教的他……他就这样站在门口，怕巴朗发现不了吗？"

邵子俊为难道："就那么几天的时间能教什么？他已经很不错了好吗？"

谢庭威站在黑拳馆的门口，四下张望，又挠挠头，他也觉得哪里不对，闪身进入黑拳馆旁边的小巷。何浩辉和邵子俊看到此景，不约而同地笑了。

邵子俊欣慰地说："你看，他懂的。"

何浩辉说："要是多给点时间，一定会更出色。"

这时巴朗和伊亚从拳馆里出来，在前面走着。隔了一段时间，谢庭威从小巷里面出来，跟在巴朗和伊亚的后面。

邵子俊感慨道："这么多天，终于有线索了。"

何浩辉说："这个小子还是有运气的。"

邵子俊问："何 sir，我们在这儿等庭威消息？"

何浩辉思索了一会："庭威的经验还是少，万一跟丢了……我们下车跟。"

巴朗和伊亚径直走进了一家印度餐厅。谢庭威远远地看到二人走进了家印度餐厅，快步走到这家餐厅旁边的隐蔽处，死死地盯着餐厅。

这家餐厅内都是南亚裔人。巴朗和伊亚穿过餐厅的后厨，竟来到了跟之前的那条小巷平行的另一条小巷。两人从这条小巷出来继续往前走。在谢庭威不知情的情况下，他已经跟丢了巴朗和伊亚……

巴朗和伊亚在小巷走了一会儿，他们的身后出现了两个人影。何浩辉和邵子俊代替谢庭威跟在巴朗和伊亚的后面，看着两人走进了一家印度诊所。

何浩辉停下了脚步，对着邵子俊说："不知道里面的情况，要先观察一下。"邵子俊点了点头。

印度诊所诊室里只有巴朗和印度大夫。印度大夫打开保险柜，从里面拿出一个皮包，从皮包里拿出一个用黑色垃圾袋包裹着的卫星电话。

谢庭威在印度餐厅外等了半天，也不见巴朗和伊亚出来。他来到了餐厅的正门，透过玻璃往餐厅里看，发现餐厅内并没有巴朗和伊亚的身影。

谢庭威脸色微微一变，立刻掏出手机打电话："喂，棠哥，我说你听，不要问。从南亚村正门进去有个印度餐厅，餐厅后面的那条街，是不是单行道？"

何浩辉和邵子俊在紧盯印度诊所的时候，突然一群 CID 队员来到了印度诊所的门口，准备进入诊所。何浩辉和邵子俊意识到情况有变，来到了 CID 的面前。

何浩辉亮出自己的证件，问："谁是这里的负责人？"

CID 甲："我。"

何浩辉问："什么案子？"

CID 甲回答："这里有人涉嫌走私违禁药品。"

何浩辉意识到事情正朝着失控的方向发展，说："我们正在查一桩很重要的案子，如果你们现在就进去的话，可能会打草惊蛇。"

CID 甲坚持道："你们有案子，我也有案子，我们都要干活儿。"

邵子俊拦住了 CID 甲："里面的人是悍匪，贸然进去会很危险。"

为首的 CID 犹豫了一下，还是推开邵子俊。

CID 甲："不怕！我们这么多人！" CID 甲吩咐身边的警察："多叫几个伙计在诊所后门守着。"

众人不理睬邵子俊和何浩辉，兵分两路，朝印度诊所走去。邵子俊还想再争辩，何浩辉拉住子俊摇了摇头。

印度诊所内，伊亚从监视器里看到门口来了大量的警察，立刻跑进诊室。

伊亚着急地说："外面有警察！"

正在和大夫有说有笑的巴朗立刻目露凶光。大夫却很镇定，快步来到墙边推开一扇窗，说："这边走。"

伊亚和巴朗刚准备跳窗，CID 已经冲进了诊室。

CID 大声："警察！现在我们怀疑你们同一宗药品走私案有关，你们不要动！"

伊亚看到出现的警察，突然从腰间掏出枪来连开两枪。谁也没有想到伊亚会开枪，巴朗更觉得意外，但趁着警察躲避的空当，二人从窗户跳了出去。

印度诊所外，何浩辉与邵子俊听到枪声齐齐一惊。邵子俊下意识地要向印度诊所冲去，何浩辉一把拉住邵子俊。

何浩辉提醒邵子俊："后门！"二人向后门跑去。

巴朗和伊亚跳到诊所外的小巷内，正好遇到埋伏在此的 CID。伊亚把其中一个 CID 打倒在地，继而拿枪对准了其中一个手里没有枪的 CID，巴朗一把拉过了伊亚，阻止了伊亚开枪。

巴朗和伊亚拔腿就跑。眼看 CID 就要追上两人，巴朗和伊亚也刚刚跑出了小巷。这时在小巷口，一辆摩托车停在巴朗和伊亚的跟前——摩托车上坐着的是谢庭威。

谢庭威大喊："老大，快点上车！"

巴朗和伊亚挤上了摩托车。谢庭威一踩油门，摩托车加速。此时何浩辉与邵子俊追出小巷，望着摩托车远去。

何浩辉感慨地说："庭威运气不错，这次应该可以在兰崖军团站稳脚跟了。"

谢庭威把车停在码头，三人从车上下来。巴朗向伊亚伸出手，示意伊亚把枪交给自己。

巴朗刚收好枪，突然对着伊亚一阵拳打脚踢。

巴朗恶狠狠地说："你怎么能随便就向警察开枪？如果打死了警察，我们做的一切都白费了。这些日子你什么都不要再干了，躲躲风头再说。"伊亚忍着疼，不情愿地点点头。

巴朗转过来，满意地拍着谢庭威的肩膀说："今天多亏了你。"

谢庭威听到巴朗的夸奖，不好意思地笑了笑。

巴朗突然问："不过你怎么会出现在那里？"

谢庭威急忙解释："我跟兄弟送完货，他说让我先回去。我想吃点东西，就开车去了那边，正好看到警察在追你们……"

巴朗看似不经意地问："够胆量！桑托果然没有看错你。你说你们是中学同学，那你们是在哪上的中学呀？"

谢庭威被巴朗一问，突然愣了一下。巴朗像野兽盯着食物一样盯着谢庭威。

巴朗提高了音调，说："不会连你们的中学都忘了吧？！"

巴朗刚要发作，谢庭威突然脱口而出："安托卡，中学叫安托卡。"

巴朗对谢庭威的回答很满意，说："以后跟我吧。明天来拳馆。"

谢庭威脸上露出微笑："好，谢谢老大。"谢庭威在心里长长地出了一口气。

3

何浩辉来到何乐轩班级，代替谢庭威做关于少数族裔的演讲。阿轩对于何浩辉能够来演讲，异常兴奋。何浩辉在讲台上侃侃而谈：

"香港是当今世界最发达的地区之一。之所以有今天的成绩，都是几代香港人拼搏奋斗的结果，这里面就不乏少数族裔的身影，也包括南亚裔人。我今天也不跟同学们讲大道理，就举一些具体的例子。比如说，一百多年前香港有一半的进口货物来自印度，印度的货币曾经一度成为香港的法定货币。多年来，南亚裔在香港社会精英辈出，为香港的繁荣发展做出了很多贡献。有位著名的南亚裔商人叫么地，同学们都知道，在尖沙咀有一个么地道，就是以么地先生的名字来命名的，同时，他也是香港大学的出资人之一……"

何浩辉真诚而生动的演讲，深深地吸引了小朋友们。

赵绍棠家里，关颖做红姐的女儿已经有一段时间。直到有一天，赵绍棠发现关颖通过讨红姐欢心的方式，多管红姐要零花钱。赵绍棠觉得关颖的行为已经超越了他的底线，于是暗下决心，要警告关颖一番。

赵绍棠发现关颖又在跟不良少年喝酒，他知道关颖留在他家就是为了混吃混喝。赵绍棠忍无可忍，向关颖摊牌，如果他发现关颖再骗红姐的钱，就会毫不犹豫地把关颖赶出去。

赵绍棠回到家里，小心翼翼地暗示红姐，关颖并不是他们的女儿。赵绍棠本来以为得知真相的红姐会情绪崩溃，但是让他意外的是，其实红姐早就想起关颖不是自己的女儿。红姐认为关颖本质不坏，把她留在家里，反而更不容易变坏。赵绍棠被红姐的话触动。

谢庭威按时来到黑拳馆向巴朗报到。谢庭威一进入黑拳馆，就热情地跟巴朗打招呼，但巴朗并没有理睬谢庭威，反而叫来了两个手下跟谢庭威站在一起。

谢庭威伸手到口袋里，不露声色地攥住手机。谢庭威刚准备发消息的时候，三人身后突然又出现了三个人，用黑布蒙住谢庭威等三人的眼睛。

谢庭威无奈，只好又将手机塞回了口袋。谢庭威只能感到有人拉着他们出去，上了一辆汽车，然后只能听到关门的声音和汽车发动的声音。

车辆行驶在街道上。谢庭威坐得笔直，试着在黑暗中辨别方向。凭借着对地形的熟悉，他判断出汽车应该是往某处码头开去。

汽车终于停下。谢庭威眼睛上的黑布被扯了下来，他适应了一会儿才看清，今天竟然是巴朗亲自开车。

　　谢庭威三人下了车，果然是码头堆放集装箱的地方。这里集装箱层层叠叠，大家好像站在由集装箱构成的森林里。

　　谢庭威四下看了看，发现根本没有什么标志性记号。这时巴朗掏出钥匙，打开一个集装箱门，谢庭威看到装着棍棒、刀具的塑料编织袋，几乎装满了整整一个集装箱。

　　巴朗招呼三个人："来，把这些搬上车。"三个人开始搬运装车。

　　此时兰崖军团的大本营内，希瓦正在巡逻。伊亚来到希瓦的面前，递给他一支烟。伊亚和希瓦攀谈了起来。

　　伊亚问："怎么就你一个人？"

　　希瓦说："基兰去拳馆了，其他人都出去接货了。"

　　伊亚故意说："基兰去拳馆了？！基兰才来几天就得到老板的信任了，比你当年快多了。"

　　希瓦被说得心里动了一下："基兰运气好啊！"

　　伊亚试探地问："他这个人平时有什么不对劲的地方？"

　　希瓦不太明白，问："不对劲的地方？"

　　伊亚说："或者他平时都干什么？"

　　希瓦说："他平时就是干活，喜欢喝酒，偶尔出去找女人，也喜欢玩手机游戏，手机几乎不离手。"

　　伊亚说："希瓦，我提醒你，你杀米歇尔·琼斯的时候被人看见了，警察肯定有画像。如果基兰是警察，你第一个死。不过现在你的机会来了。"

　　伊亚说完转身离开，希瓦的面部表情异常复杂。

　　码头上，装刀具的袋子马上就要搬完了。谢庭威发现就在袋子后面，还有不少大箱子，但是他无法判断里面装的是什么。

　　巴朗在外面喊道："喂，后面的箱子不用搬。"

　　巴朗的这句话更加引起了谢庭威的好奇，他搬运的动作慢了下来，时刻留意着其他几个人。谢庭威找准机会，趁着别人不注意快速地打开一个箱子，看到箱子里面的东西，微微一愣，箱子里面放的就是他一直在找的枪！

　　谢庭威等人把所有的棍棒、刀具都搬上了车。巴朗把集装箱重新锁上。谢庭威又一次看着四面堆积如山的集装箱，它们几乎长得都一个模样，上面都是自己看不懂的文字。

谢庭威无法留下记号，心中不由得暗自焦急。他试图拿出手机，但是好几次就在他刚要抽出手机的时候，身边就有人经过。谢庭威无奈之下只能放弃。装车完毕，巴朗招呼大家上车。

谢庭威就像没听见一样，一直在想着对策。巴朗已经上车，招呼谢庭威上车。谢庭威仍然站在那里，一动不动。

巴朗有些恼怒，生气地下车，质问道："基兰，你在干什么，听到没有？！"

谢庭威突然扭过身，解开裤子就往巴朗的集装箱上尿尿。

谢庭威带着歉意，说："老大，不好意思，多喝了几杯，没想到出来这么久。"

巴朗看到谢庭威这略显荒唐的举动，怒气顿消，无奈地摇摇头。

谢庭威方便完，立刻上车。巴朗下令众人再次蒙上眼睛。谢庭威等人立刻自己把自己的眼睛蒙上。巴朗仔细检查之后，发动汽车驶离码头。

4

巴朗开车返回了黑拳馆。谢庭威摘下眼罩，迫不及待地下车，嘴里默念着码头名字以巩固记忆，一边往里走一边小心地掏出手机，刚准备给何浩辉输入消息，突然听到巴朗在背后喊自己的名字。谢庭威没有心理准备，手机掉在地上，赶忙俯身要去捡，却被巴朗抢先一步将手机拿在手里！谢庭威心中暗自惊慌，呆呆地看着巴朗。

巴朗看了看谢庭威的手机界面，恰巧一个动画美女搔首弄姿的表情从游戏"世界频道"弹出来。巴朗看到这个界面皱了皱眉头。

原来谢庭威和何浩辉约定的沟通信息的方式，就是网络游戏。也正是这种隐秘的沟通信息的方式，让谢庭威再次躲过了一劫！

这时一辆黑色的 SUV 停在拳馆门口，巴朗立刻迎了过去。谢庭威顺着巴朗的背影望过去，只见在巴朗热情恭敬的迎接中，一个高大的男人从车上下来了。谢庭威只看到这个人的侧脸，却觉得这张侧脸似曾相识，但是实在是想不起来了。

谢庭威之所以觉得这张侧脸似曾相识，是因为这个男人就是周雄！

巴朗的办公室内，周雄打开一个皮箱，皮箱里面装满了美金。巴朗随手拿起一沓钱，掂掂重量，又放了回去。

巴朗微微一笑，问道："雄哥，钱数不对吧？"

周雄看了巴朗一眼。

巴朗继续说："这个可比说好的多了一倍吧？"

周雄真诚地说："唉，当初呢，只想着让兄弟们帮忙做事，没想到给你们南亚裔带来那么多的负面影响，就算是精神损失费吧！"

巴朗感激涕零地说道："雄哥放心，兄弟们一定跟着你好好干，肝脑涂地，万死不辞！"周雄点点头问："你的'偷渡'渠道还安全吗？是不是很可靠？"

巴朗自信满满："当然！"

巴朗的办公室外，希瓦正在警惕地放哨。希瓦突然看到谢庭威朝他走了过来，仿佛看到了救星。

希瓦着急地说："基兰，你可算是来了。你赶紧帮我放一会儿哨，我尿急！"

谢庭威说："你尽管去，我帮你看着。"

希瓦千恩万谢："多谢，多谢。"

谢庭威看着希瓦走远，脚下踩着木箱，趴在外面紧张地偷听。

巴朗的办公室内，巴朗和周雄继续聊着……

周雄试探道："我最近要运一批军火，不只是枪，还有几吨炸药，都要运进香港。有问题吗？"

屋外的谢庭威终于看到了周雄的正脸，当他认出周雄的那一刻，他再也控制不住脸上吃惊的表情。

屋内，巴朗答应道："没问题啊雄哥，其实之前那几批货就可以直接找我帮你运，不用阿 Ken 也行！"

周雄继续说："你知道的，我这个人是很谨慎的，之前咱们并不熟悉，信任是在合作中慢慢建立起来的，这一点也请你理解。"

巴朗起身跟周雄握手："理解，理解，合作愉快！"

这时屋外的谢庭威听到远处传来有人上楼梯的声音，他赶忙从木箱上下来。谢庭威刚下木箱，就发现希瓦已经回来了。

希瓦根本没发现谢庭威偷听，反而对着谢庭威感激地说："多谢了！多亏你帮我顶一会儿！老大专门吩咐的，这里不能没人放哨。"

谢庭威拍了拍希瓦的肩膀，说："都是兄弟，跟我还客气什么！"

两人正在说话间，突然发现巴朗已经站在他们的面前。原来屋内的巴朗听到外面有动静，专门出来查看情况。当巴朗发现是谢庭威和希瓦聊天的时候，才安心地返回办公室。

周雄看到巴朗回来，问："没事吧？"

巴朗说："都是最信得过的兄弟，在外面瞎聊几句。"

巴朗突然想到了什么，走向办公桌，从抽屉里面拿出了一个佛牌。

巴朗献媚地说："对了，雄哥，前几天特意让朋友在家乡给你请了个佛牌，逢凶化吉，财源广进。"

周雄看了一眼佛牌，说道："好意我心领了。不过我不信这些，我只信我自己。"

巴朗道："不是吧，雄哥，佛牌很灵的。我手下兄弟杀那个米歇尔·琼斯的时候，佛牌还替他挡了一刀。"

巴朗拉开门，把希瓦叫进屋。

巴朗说："你跟雄哥说说，你杀琼斯的时候，那个佛牌……"

希瓦领会到巴朗的意思："那天我跟着琼斯，到了个没人的地方，看准时机先是给了他一刀。但没想到这小子运气挺好，他胸前戴了个佛牌，我一刀扎在佛牌上，刀插进去拔不出来了。他扭头就跑，我在后面追，实在追不上我就开枪把他打死了。然后我过去把他的佛牌摘了下来，我觉得这个佛牌替他挡了一刀，还真是能保护他，就戴在身上当护身符了。"

巴朗说："你看我说的没错吧。"

希瓦说："雄哥，这个佛牌确实灵验，要是不嫌弃就送给你吧！"

周雄嫌弃地说："既然这么灵验，还是你自己留着吧！"巴朗和希瓦见献媚未遂，不由得感觉到意兴阑珊。

周雄认真道："运货归运货，但是手上的事情也不能停。兰桂坊白人多，明天晚上带着家伙，要搞出点大动静来。"

巴朗面对周雄的吩咐，满口答应。

EU 的休息室内，3 车的同仁都站在谢庭威的储物柜前。让人奇怪的是，邵子俊还牵着一只警犬……

何浩辉用一根发卡撬开谢庭威储物柜的锁。谢庭威储物柜里乱七八糟，还有一股怪味。梁婉婷竟忍不住用手在鼻子前扇着。何浩辉越过一堆杂物拿出一件谢庭威的脏衣服，放到警犬鼻子前。

梁婉婷好奇地问："到底发生什么事了？是不是庭威失踪了？"

赵绍棠说："庭威要是失踪了，他们两个还会这样四平八稳地站在这里？"

邵子俊问："这样闻闻就可以了？"

何浩辉也拿不准："没准多闻几件管用。"

何浩辉继续翻着，忽然用一支笔挑起一条内裤。

梁婉婷彻底受不了了，说："你们这些臭男人，太恶心了。"

邵子俊拿不准："不会把它熏倒吧？！"

何浩辉说："它可是受过高强度专业训练的。"

这时警犬在嗅谢庭威的内裤。

码头上，警犬在集装箱堆放区内不停地嗅着。邵子俊和何浩辉跟在警犬的后面。

邵子俊问："何 sir，庭威会不会记错了？"

何浩辉看着手机游戏消息界面："应该不会错。"

警犬突然在一个集装箱前停住，在一个地方使劲地嗅，然后规规矩矩地坐好。何浩辉打着手电仔细地审视着这个集装箱。邵子俊却伸出手摸了摸刚才警犬闻的地方。

邵子俊问："这小子到底是留了什么标记？"

何浩辉平静地说："小便。"

邵子俊恶心地抖着手，把手往集装箱上使劲地擦，然后从口袋里掏出湿巾使劲地擦。何浩辉口含手电，掏出工具，三两下就撬开了锁，打开大门。两个人同时用手电照向集装箱的地面，有拖拽的痕迹。两个人来到里面，翻看里面的箱子，在其中的一个小箱子里面发现了满满一箱子枪！

第 二 十 章

断线的风筝

1

特别行动组的会议室内，何浩辉向邵峰汇报，已经起获了巴朗的枪。邵峰建议收网，但是何浩辉认为还没发现有关周雄的线索。邵峰综合各方面考量，决定让谢庭威归队。何浩辉遵从了邵峰的决定。

这时，何浩辉收到了谢庭威发来的信息："兰崖军团今天晚上会有大行动。"邵峰认为，如果巴朗发现枪械丢失，就会立刻查内鬼，谢庭威如果不归队，会有生命危险！

码头内，伊亚打开装枪的箱子，里面空空如也。伊亚拨通了巴朗的电话："老大，枪已经被警察抄走了！我们现在没有了枪，今晚的行动要不要取消？"

巴朗说："这个行动是雄哥定的。要不要取消，我说了不算。我先跟雄哥联系。"

巴朗拨通了周雄的电话："雄哥……"

周雄问："什么事？"

巴朗说："我们的枪被警方抄了。没有枪，我们只能用棍棒。今晚的行动，要不要取消？"

周雄说："今晚有行动的事情，我已经透风给媒体了，不能取消。你要尽自己的力量，能闹多大闹多大。"

巴朗说："好吧，一切听你的。"

周雄说："看来你手下已经有内鬼了，必须开始查了。"

巴朗皱了皱眉头："明白。"

巴朗表情阴郁地看着面前站着的手下，吩咐道："拿一个箱子来。"

一个手下拿过来一个箱子。巴朗拿着箱子，随后转身直接跳上拳台。

巴朗说："大家把手机交上来——这次行动无论成败，不能给警方留下任何可以追查的线索！"

一个手下抱着箱子开始收大家的手机，然后有人给大家分发棍棒和刀具。巴朗让大家安静："兄弟们，这段时间我们干了不少大事，确实让那些曾经无视我们的人感受到了恐惧。但这些还不够，我们需要更大的关注度，更大的影响力！今天晚上，就让他们看到我们的力量！"

在场的人被巴朗蛊惑得群情激愤，举着各自的凶器狂吼，谢庭威混在里面滥竽充数。众人纷纷出门上车。谢庭威又一次被巴朗叫住："基兰，你是第一次参加活动，找个人带带你。"

谢庭威思索："希瓦吧！"

巴朗说："行，你去跟他一辆车。"谢庭威找到希瓦，跟其他手下一起上车出发。

巴朗拿出电话："伊亚，我们里面有内鬼，回来查查他们的手机。"

黑拳馆内空无一人，伊亚像幽灵一样出现。伊亚来到保险柜前，熟练地打开，里面是装有手机的小箱子。伊亚将装有手机的小箱子抱走。

林蔚言与莱卡在街道旁的角落里观察着街面上的动静。

莱卡说："不知道这个小道消息准不准，也不知道会闹出什么动静来。"

林蔚言说："如果真有事情发生，第一时间先报警。"

面包车上，谢庭威坐在副驾驶位，强装镇定，不住地看向车窗外，不知道车会把自己带到哪里去。面包车停了，谢庭威看到蓝卡那酒吧就在不远处。街上人来人往，不少白人在这里聚集，就是不见警察的影子。谢庭威有些焦急。

希瓦亢奋地说："基兰，我们下去。"

谢庭威道："还没到老板说的时间。"

希瓦显然已经等不及了。谢庭威则在盼着警察赶紧出现。

希瓦突然兴奋地叫着："来了！"

谢庭威看到街道的另一头也来了很多手持棍棒的人。

希瓦命令："我们走！"

大家纷纷下车，谢庭威只得跟着他们下去。兰崖军团的人冲进了两家酒吧，准备在里面大开杀戒。

2

一家数码店里，伊亚把装有手机的箱子放在印度老板的面前，先把谢庭威的手机交给老板，说："先解开它，别弄坏。"

老板熟练地把手机接上电脑，手指飞快地在键盘上移动。

酒吧街上开来两辆冲锋车，何浩辉和邵子俊各带一队人，包围了被兰崖军团袭击的两家酒吧。

街道一头的 EU3 车内，赵绍棠一眼看到人群中的谢庭威。

赵绍棠喊道："婉婷，是庭威！"

梁婉婷赶紧过来看："他真被何 sir 调去做卧底？"

赵绍棠说："先去执行任务。"

梁婉婷点点头，拿起装备冲下车。

兰崖军团刚要袭击酒吧内的白人，没想到迅速被警方包围。谢庭威和希瓦站在酒吧的门口，准备带人突围往外跑。谢庭威看到警察队伍最前面的何浩辉，何浩辉也正看着他。希瓦就在谢庭威身边，精神万分紧张，谢庭威看到他的腿在抖。

谢庭威小声说："待会儿记得跟着我，千万别走散。"

希瓦颤抖着点头。谢庭威带着希瓦突围，以谢庭威为首的兰崖军团立刻与以何浩辉为首的警察近身肉搏，兰崖军团的其他人也与以梁婉婷为首的冲锋队员开始近身搏斗。谢庭威冲到何浩辉跟前，对他就是一棍。两个人扭打在一起。

何浩辉小声说："军火已经被抄，他们会查内鬼，上级命令你立刻归队！"

谢庭威却道："我现在还不能回去！"

何浩辉一惊："为什么？"

谢庭威同样低声："我看到周雄了……"

何浩辉听到这里，微微一愣。

周遭人群在南亚裔与警方的冲突下向林蔚言与莱卡所处的角落聚集。莱卡拼命举高相机，却被人群推搡得不知拍向哪里。

林蔚言问："莱卡，你在拍哪里啊？"

莱卡说："人太多啦……我都快站不稳了。"

林蔚言说："这样不行啊……我们要往前走走。"

莱卡闻言一把拉住林蔚言，喊道："前面太危险了，不要再往前走了。"

林蔚言甩开莱卡道："害怕的话，你就在这待着吧，我去前面。"

莱卡无奈地跟着林蔚言向前走去。

数码店的印度老板把手机交还给伊亚。伊亚打开手机里的游戏，翻找了一遍，没什么发现。伊亚打开通话记录，按照时间顺序查看，忽然他注意到一个通话的日期。伊亚思索了一下，拨通了那个号码。赵绍棠独自在车内，手机突然响了。他拿起来看到号码一愣，看看手机显示的来电号码，又看看正在外面跟警察扭打在一起的谢庭威。赵绍棠犹豫了半天，没接电话。电话被挂断，赵绍棠松了口气。

赵绍棠双手合十对天祷告："吉人天相，吉人天相啊！"

以何浩辉为首的警察还在跟兰崖军团的暴徒搏斗。已经有暴徒被警察制服，戴上手铐，也有警察受伤，被同事搀扶着离开现场。

希瓦恐惧道："基兰，怎么办啊？"

谢庭威说："想办法跑。"

希瓦问："怎么跑？往哪里跑？"

谢庭威刚要回答，何浩辉用手势指挥着警察冲散了两人，警察包围了希瓦这一波暴徒。谢庭威看得懂警察的手势，立刻抽身离开眼前的包围圈。何浩辉一边指挥警察进行包围，一边朝谢庭威的方向靠拢。希瓦看到自己马上就要被警察包围，又看到圈外的谢庭威，立刻冲着他大喊大叫。谢庭威犹豫片刻，立刻飞身冲过去拉起希瓦就往外跑。何浩辉让邵子俊赶紧拦住庭威！

谢庭威拉着希瓦跑去的方向，正是邵子俊带队埋伏的地方，两人硬着头皮往前冲，身后还跟着不少巴朗的人。林蔚言带着莱卡抢拍现场镜头。谢庭威经过林蔚言身边的时候，仓促间碰了林蔚言一下。林蔚言发现是谢庭威，一愣，立刻摆脱开人群，追了过去。

邵子俊看到谢庭威冲他跑来，立刻把警棍在空中一旋，指向谢庭威大喊："抓住他们！"

邵子俊身边的警察迅速靠拢过去。

希瓦说："警察围过来了……"

谢庭威停下略做观察，发现不远处有一条小巷子，说道："这边！"

谢庭威带着希瓦等人跑向小巷，身后邵子俊带着一队警察追过来。谢庭威一伙人被警察拦住，又发现另一侧追赶他们的林蔚言和何浩辉。

希瓦焦急地问："怎么办？"

谢庭威咬牙说："拼了……"

谢庭威一伙人困兽犹斗，希瓦更是爆发出全力，拿刀砍向一个警察，警察立刻拔枪。谢庭威见到警察拔枪要打希瓦，飞快撞开希瓦，就在一瞬，警察开枪，谢庭威左臂中枪。所有人都被枪声震慑，愣在原地。林蔚言看到谢庭威中枪，不觉惊呼："庭……"

林蔚言说了一半，及时停住了。希瓦看到了林蔚言的表情。谢庭威趁这个机会拉起希瓦和其他几人跑进小巷。

何浩辉带着警察在后面紧紧追赶。谢庭威带着希瓦，冲出了小巷。这时一辆面包车来到了谢庭威一伙人的面前。谢庭威身上的护身符不小心掉落。

谢庭威痛苦地说："我的护身符！"

希瓦一把拉着谢庭威："别管护身符了，快走！"谢庭威捂着中枪的手臂，跟希瓦等人跳上面包车。

面包车绝尘而去。何浩辉看着远去的面包车，一脸紧张。

3

面包车内，希瓦焦急地问："怎么办？要不要去医院？"

谢庭威却道："去医院会被抓的……把我衣服扯开。"

希瓦赶紧把谢庭威的衣服扯开，露出中枪的手臂。

谢庭威道："包上。"

希瓦立刻扯碎自己的衣服，给谢庭威包上受伤的手臂。谢庭威疼得几乎昏死过去。这时司机的手机响起，司机接听，说了几个"明白"后挂断。

司机说："老板让我们去新界。"

面包车一个急转弯，离开主路。

特别行动组内，何浩辉告诉邵峰，庭威说他看到周雄了，并且他坚决地表示不归队……

谢庭威被巴朗和希瓦及众手下围在中间。巴朗仔细看着庭威手臂两侧的伤口，说："贯穿伤，没子弹，算你小子走运。"

巴朗给谢庭威上药后紧紧地包扎起来。谢庭威疼得满头大汗但一声不吭，巴朗对他的表现很满意。巴朗把刀交给手下，对着手下开始训话："你们要多学学基兰，他保护了自己的兄弟。这样的兄弟，我要好好地奖赏他。"

巴朗让手下给大家分发啤酒，然后举起啤酒。

巴朗说："敬基兰！"

众人回应："敬基兰！"

众人举起酒瓶，喝酒。

巴朗继续说："我们这次的动静比较大，所以我们暂时在这里避避风头。不过大家放心，用不了多久，我们还会有更大的动作，还会再次出击……"

众人欢呼，谢庭威也跟着高呼。

箭马酒吧外，何浩辉接到了林蔚言的电话。林蔚言说，她看到谢庭威跟少数族裔一起闹事儿。何浩辉挂了电话，急匆匆地走进酒吧，邵子俊、梁婉婷、赵绍棠坐在酒吧的隐秘角落，旁边没有客人。梁婉婷和赵绍棠之所以急匆匆地来找何浩辉和邵子俊，是因为他们刚才亲眼看到了谢庭威，并且谢庭威差点就死了。虽然通过现场遗落的弹头判断，他这次伤得并不重，但是下次就不好说了。赵绍棠说，刚才有人用庭威的手机给他打电话，应该是别人在查他。现在警方还没有跟谢庭威联系上，各种信息显示，谢庭威现在处于极为危险的状况之中。

在巴朗的隐蔽处，谢庭威和希瓦住在一间房内，两个人躺在床上都没有睡着，各怀心事。希瓦想到伊亚曾经叮嘱他，如果基兰是警察，他第一个死。希瓦的脑海里不断回想着林蔚言看到谢庭威的表情和几乎脱口而出的话——想要叫他的名字，似乎是认识。

希瓦说："我知道你没有睡。"

谢庭威说："伤口有点疼，睡不着。"

希瓦真诚地说："今天谢谢你……要不是你，我一定会被那个警察打死。"

"都是好兄弟，说这个干什么！"

希瓦没有回答，而是转过身盯着谢庭威，一脸严肃："你真的是第一次来香港吗？"

谢庭威说："当然了。你为什么突然问这个？"

希瓦说："那我怎么感觉，刚才跑路的时候，你好像对那片街区很熟。"

"嗯……那片不是很多酒吧吗？我在加入兰崖军团之前，在那边混过几天。"

希瓦问："那边消费很贵的，你哪儿来的钱？"

"钱对我来说从来不是问题。没有，可以……"谢庭威做了一个抢的动作。

希瓦点了点头。

谢庭威反问："你今天的问题好多啊……怎么了？"

希瓦却说："没事儿，随便问问而已。"

谢庭威没有感觉到希瓦对他的试探，但是感觉到了一丝奇怪，表情复杂地点了点头。

希瓦说："你受了伤，行动不方便，这段时间我跟在你身边，也能随时照顾你。"

谢庭威说："那就多谢了，好兄弟！"

希瓦真诚地说："你是我的救命恩人，这都是我应该做的。"

两人分别躺下，都在琢磨对方刚才的话。两人同时翻身，突然发现对方都没有睡着。

希瓦提议："反正也是睡不着，不如去跟兄弟们一起玩牌。"

谢庭威翻身坐起："好。"

伊亚突然冲进了巴朗的房间："老板！"

巴朗喊道："敲门！我让你先敲门！"

伊亚无奈地退回去，敲敲门板，巴朗这才满意地招呼他进来问："手机查得怎么样？"

伊亚回答："从目前来看，基兰的通信记录问题最大。"

巴朗问："什么问题？"

"我们去诊所那天，基兰打了一个可疑的电话。"

"那在我们行动之前，他有没有打过电话？"

"那倒没有。"

"看来可疑的不只是他，先把基兰叫来吧！"

希瓦和谢庭威，还有几个兰崖军团的手下在玩着一种源于印度的赌博游戏——"拉米"纸牌。谢庭威的手臂绑着纱布，行动很不方便。

手下甲说："基兰，你应该尝试一下希罗达。"

谢庭威并不知道希罗达是什么，但看着大家都盯着他。

手下甲问："你不会连希罗达都没听过吧？！"

谢庭威立刻反应过来："怎么可能？你们太小看我了。"

手下甲说："那你就是不够虔诚。我有个朋友，也中了枪伤，试过希罗达之后立马就好起来了。"

希瓦插嘴："你那个朋友最后不是死了吗？"

手下甲说："那是因为他出了车祸。只要你是虔诚的，神会庇佑你的。"

谢庭威："谢谢你的好意。我现在感觉还不错。"

另一个手下从远处走来，扒拉谢庭威："别玩啦，老大找你。"

谢庭威问："什么事情？"

手下乙回答："老大说是要挨个叫去谈话。"

谢庭威点了点头。

希瓦小声提醒："我跟你说，老板可能心情不好，说话千万小心点。"

"谢啦，希瓦！"谢庭威把面前的钱推给希瓦，跟众人告别离开。

巴朗坐在大桌后面。这时敲门声响，谢庭威推门探出一个头："老板，找我？"

巴朗一副笑脸："来，坐下聊。"

谢庭威警惕地看了一眼伊亚，然后自然地坐在他的对面。

巴朗说："那天去仓库搬东西，之后警方就查抄了我们的货，现在的处境很危险……"巴朗说着，悄悄观察谢庭威的表情。

谢庭威疑惑："什么？"

巴朗直接点明："我怀疑我们当中有内鬼。"

谢庭威犹豫道："老大找我来的意思是……"

伊亚却说："你心里应该很清楚。"

谢庭威大惊："伊亚，你怀疑我是内鬼？"

伊亚反问："你难道不是吗？"

"当然不是！你平时对我有意见也就算了，但是内鬼的帽子不是随便扣的。"谢庭威假装激动，牵扯到了胳膊上的伤口，一脸痛苦。

巴朗安慰道："你是为大家流过血的兄弟，我自然不会怀疑你。但是有件事情，需要问问你……"

巴朗把谢庭威的手机拿出来，递给了谢庭威："伊亚说你这手机里有一个可疑的号码，打过去，向大家证明你的清白！"

在巴朗不容置疑的口气下，谢庭威只好打开手机，看着棠哥的号码犹豫："就是个茶餐厅的订餐电话，这么晚打过去不合适吧？"

伊亚说："别啰唆，赶紧打！"

巴朗也点头示意。谢庭威没办法，只好拨打棠哥的号码，漫长的等待后电话接通。

谢庭威抢先："喂……"

伊亚一把将电话抢过来，不让谢庭威再说话。谢庭威屏息凝神，额角冒汗。电话那头沉默了一会，接着传来何浩辉的声音："哪个衰仔这么晚打电话？！人不要休息呀？！明早不要上工呀？！"

伊亚抢先开口："我想要一份咖喱鱼蛋。"

何浩辉不耐烦地说："咖喱卖完了，今天不营业了！"随即挂了电话。

谢庭威暗中松了口气，伊亚却是像吃了死苍蝇一样不甘心。

何浩辉通过设备，查到了谢庭威的所在，决定明天强行收网。

巴朗处，谢庭威看着伊亚说："你现在满意了吗？"

伊亚没说话。

巴朗笑着："家里出了问题，这都是正常操作。没问题最好！"

谢庭威说："我当然没问题。"

巴朗说："你可以出去了。"

谢庭威转身离开。伊亚看着谢庭威的背影，一言不发。

谢庭威和希瓦的住处，黑暗中，谢庭威的眼睛猛地睁开，借着窗外的月光看向另一张床上背身躺着的希瓦："希瓦？"

希瓦问："什么？"

谢庭威问："那个希罗达到底是怎么一回事？"

希瓦解释说："就是在湿婆跟前，用很多草药还有牛粪和其他一堆乱七八糟的东西混在一起，给你治病。"

谢庭威脱口而出："真的管用吗？我这种伤会不会感染？"

希瓦迟疑："不好说。有病情加重的，但也有立刻就痊愈的，主要是得虔诚……哎，你不是说你都知道吗？"

谢庭威说："我怕他们笑话我……我胳膊疼得实在受不了了，我想试试希罗达。"

希瓦犹豫道："你确定？"

谢庭威无奈："嗯，死马当作活马医吧，总比疼死好……"

烟雾缭绕，尽显诡异的气氛。湿婆神像被许多鲜花编织的花环围绕，神像前摆放着很多贡品。谢庭威装作虔诚地跪在神像前，嘴里不停地祷告，他受伤的手臂露在外面。之前劝庭威做印度传统治疗的手下一副印度神汉的打扮，一边念念有词一边手舞足蹈。其他人围在旁边，都十分虔诚，也跟着念念有词。扮作神汉的手下舞到神像前，用手扇开围着各种材料乱飞的苍蝇，又做了几个奇怪的舞蹈动作，最后将各种材料合成一团，双手捧着转身来到谢庭威面前。材料被手下用手捧着在谢庭威面前画圈，谢庭威被刺激的气味熏得几欲作呕。啪！这团东西直接被糊在了谢庭威的伤口处，谢庭威一下疼得冒起满头大汗，而众人念经的声音更大了。

4

热闹的茶餐厅，戴着鸭舌帽的伊亚走进来找了个角落坐下。服务员打扮的钱sir过来点单："请问先生要点什么？"

伊亚上下打量钱sir，微微一笑：

"你的声音听上去跟电话里不太一样……"

钱sir疑惑："电话？"

伊亚说："订餐电话，那天晚上我们聊过的，忘了？"

钱sir努力回忆，而伊亚的眼神逐渐流露怀疑。伊亚意味深长道："看来……不是这家。"

伊亚刚要起身，钱sir一拍大腿："咖喱鱼蛋！你是大晚上要咖喱鱼蛋的那个！看我这记性，差点忘了。怎么样，今天吃咖喱鱼蛋？"

伊亚一口答应："好啊！"

钱 sir 来到后厨，拨通了电话："何 sir，你说的那个人来过了。差点露出马脚，不过应该还好。"

茶餐厅外，伊亚拿起电话："老板，这个茶餐厅应该没有问题。"

邵峰向何浩辉等警察下命令：在确保谢庭威安全的情况下，一定要把巴朗捉拿归案。

此时高烧的庭威出现了一系列幻觉：立功受奖……警察们对自己刮目相看……接受林蔚言采访……作为南亚裔警察破获了案件，成为南亚人的优秀代表，秦老师献给自己一束玫瑰……模模糊糊之中，谢庭威听见巴朗说："不是都快好了吗？"

希瓦拉着巴朗来到谢庭威床前。谢庭威躺在床上，盖着两床被子，却不住地哆嗦。

希瓦解释说："做完希罗达就成这样了。"

巴朗责难地看着神汉手下。

神汉手下辩解道："他不虔诚。"

巴朗反问："虔诚管用啊？我们的神会跑来香港救人吗？！"

众人听了议论纷纷。巴朗大喝一声，才让这些人安静下来。

希瓦说："老板，已经一天了，他上吐下泻，胳膊现在肿成这样，应该是已经感染了。如果不带他看医生，他要截肢的……"

巴朗犹豫不决。

谢庭威急忙求救："老板，救我……"

很多人都在看着巴朗。巴朗左右权衡，终于下定决心："希瓦，先去拿你的手机，再准备车，你和伊亚带他去诊所。"

希瓦赶紧去准备。大家七手八脚地把谢庭威抬下床。

这时正在准备收网的何浩辉，发现希瓦开车带着谢庭威离开了据点。何浩辉发现谢庭威脸色苍白，决定暂停收网，跟在希瓦的车后面。

希瓦的轿车停在南亚村村口的路边。何浩辉、邵子俊站在南亚村的村口，旁边站着几个身穿便装的警察。

邵子俊问："他们怎么又回南亚村了呢？"

何浩辉说："庭威应该是被带到印度诊所里面了。我带几个人先进去，看看里面的情况。你在外围和其他部门的同事会合，守住南亚村所有通往大路的路口，等我的消息。"

邵子俊说："一定不能让庭威有危险。"

何浩辉点了点头，走进了南亚村。

诊所里间，谢庭威坐在靠窗的桌边，旁边那位印度大夫正在给他打麻药，处理伤口。

印度大夫说："你这个伤本来不严重，非要听他们的做希罗达，你看看，现在都成什么样了？"

谢庭威满头虚汗，悄悄观察着四周，伊亚和希瓦被一道白色的帘子隔在外间。

谢庭威问："医生，我是不是要住院？"

印度大夫一边处理伤口一边说："没必要，巴朗都跟我交代过了。一会走的时候把药带齐，差不多一周就能好。"

谢庭威一脸失望，四下扫了一眼，发现桌上有一部手机，眼前一亮。

谢庭威痛苦地说："医生，要不你再给我加点止疼药？好疼啊！"

印度大夫疑惑道："疼吗？不应该啊……等着啊！"

说着印度大夫起身出去拿药，谢庭威准备偷偷拿起手机。突然超大的电话铃声响起，谢庭威手足无措，印度大夫举着麻药针剂进来正看到这一幕。

"谢谢啊！"印度大夫很自然地从窘迫的庭威手中接过手机，大声接起了电话："说多少遍了，玛萨拉不是这样做的，姜黄要多，辣椒、小茴香都不能少……"

印度大夫正对着谢庭威讲着电话，谢庭威略显烦躁地看向窗外。然而看向窗外的时候，谢庭威愣住了，他的视线中赫然出现了何浩辉，何浩辉在诊所对面有一段距离的一个报刊亭旁边四处张望。

谢庭威假装痛苦："啊！我不行了，我肚子好疼！"

印度大夫困惑地看着谢庭威。

谢庭威说："实在撑不住了。"

印度大夫连忙说："出门左转，快去，快去！"

谢庭威一边道歉一边往外跑。

伊亚说："希瓦，过去帮他！"

希瓦本还迟疑，却被伊亚一个眼神震住，只好不情愿地跟着庭威去了洗手间。

何浩辉躲在报刊亭旁边，不住地环视四周。正说着，身披希瓦外套的谢庭威在希瓦的陪同下，从诊所走出，朝着报刊亭走去。谢庭威跟何浩辉眼神一碰，谢庭威不露声色地摇头示意。何浩辉点了点头。

何浩辉通过耳麦下达命令："全员待命，所有人不要乱动！"

那边正在过马路的希瓦一脸不满地抱怨："你这样被伊亚知道就死定了！"

谢庭威说："你不说我不说，伊亚只会以为我去洗手间了。"

希瓦说："我现在是真信了，你满脑子都是色情。"

伊亚看了看手腕上的手表，站起身来到了洗手间的门口："好了没有？"

洗手间内没有任何动静。伊亚推开洗手间的门，发现洗手间内空空如也，急忙返回诊所。

谢庭威跟希瓦已经站在了报刊亭前："少废话，大不了看完借你看……老板，把你们家所有的色情杂志都拿出来挑挑。"

谢庭威装出一脸兴奋地挑着色情杂志，旁边希瓦焦急张望。

希瓦着急地说："随便拿一本得了，有什么好挑的？"

谢庭威却道："情趣懂吗？我这又拉又吐的，肚子里也空了，不愿意等正好去帮我买份鸡蛋仔。"

希瓦不屑："喊……"转身离去

伊亚已经来到了诊所窗边，朝着窗外张望，寻找着谢庭威和希瓦的踪迹。谢庭威身边，何浩辉假装顾客靠了过来。

何浩辉低声说："庭威，你的任务结束了，赶紧归队，我们要收网。"

谢庭威说："现在不能收网，周雄有一批军火要运到香港，他们有更大的阴谋。我要是归队这条线就断了。"

伊亚透过窗户看到了希瓦，却没有发现谢庭威。

伊亚拿起电话："喂，希瓦……"

希瓦拿起电话："伊亚……"

"你们到哪儿去了？"

希瓦掩饰着："基兰说他饿了，吐得胃里都没东西了，我给他买点东西吃。"

伊亚问："基兰人呢？"

希瓦回答："他在报刊亭。"

伊亚马上命令："你们马上回来。"

伊亚在马路上寻找着报刊亭。

何浩辉说："他们可能已经怀疑你了，你对付不了周雄，你现在必须跟我走！"

何浩辉伸手去拉谢庭威，谢庭威条件反射似的立刻挡开何浩辉的手，但是牵扯到伤口，谢庭威一痛。何浩辉没想到他会跟自己动手。伊亚的视线落在了报刊亭旁边，正巧错过了谢庭威跟何浩辉动手。因为距离太远，伊亚无法看清谢庭威在跟何浩辉说话，却发现谢庭威跟报刊亭的老板距离很近。此时希瓦已经走了过来，朝着谢庭威招呼："好了没有？伊亚已经发现咱们上街了，赶紧回去。"

谢庭威赶紧说："好了好了……"

谢庭威低声对何浩辉说："我知道自己在干什么。这条线索是我拿命拼回来的，我不会让它断掉。"

谢庭威拿起两份杂志,在何浩辉复杂的眼神中走向希瓦,并同希瓦一起朝着诊所的方向走去。何浩辉通过耳麦传达:"各部门注意,行动取消!"

何浩辉向邵峰汇报:周雄还有一批军火要运进香港,他们在酝酿着一个更大的阴谋。邵峰同意谢庭威继续卧底。

报刊亭的老板被两个南亚裔手下暴打,已经被打得血肉模糊,奄奄一息。伊亚朝着两个南亚裔手下示意,两人住了手。

伊亚拿着手机里谢庭威的照片,对着报刊亭的老板:"说吧,你和他到底是什么关系?"

报刊亭老板似乎用尽最后的一丝力气,歇斯底里地说:"我真的不认识他啊!你们打死我好了!"

报刊亭老板几乎是垂死哀号。伊亚看着报刊亭老板的眼睛,点了点头。

手下甲:"继续?"

伊亚摇了摇头:"不用了。把这件事情处理干净,不要被警察盯上。"

两个手下点头。

伊亚向巴朗汇报情况:报刊亭老板不认识谢庭威。巴朗打消了对谢庭威的怀疑,让谢庭威加入最后的行动。虽然伊亚提醒巴朗,还不能完全相信谢庭威,但是巴朗现在无他人可用。

5

赵绍棠执勤完毕,接到警署的消息:关颖被抓了,因为她跟一个网络诈骗集团有关联。赵绍棠急匆匆地赶往警署。

关颖被警察带了出来,看了赵绍棠一眼,急匆匆地走出了警署。赵绍棠从警署追出来,看到关颖要上一辆出租车,立即跑过去关上车门,让出租车离开。

赵绍棠严肃地说:"你把话跟我说清楚。"

关颖说:"大叔,你今天救我出来,我很感谢你,可以了吧!但是其他的事情你就没有必要知道了,也用不着你来管。"

赵绍棠却不容拒绝:"你做那种事情我就要管!"

关颖一怔,态度立刻冷下来:"你以为你是谁?你真觉得你是我老爸吗?我告诉你,我老爸早就死了。"

关颖转身就走,赵绍棠追在后面。

关颖不耐烦道:"你走开啊,不要跟着我!"

赵绍棠喊："那边不是回家的方向。"

关颖说："我愿意去哪就去哪！反正你也不想让我在你家里住了，我不回去你不是更开心……要不是红姐对我那么好，我早就不想回去了。"

赵绍棠也爆发了："你真的以为红姐没有认出你不是我们的女儿吗？她就是没有点破你而已。我们两人觉得你只是误入歧途，想一点点地教你改过。她要是知道你这么做，你知道她会有多伤心吗？！"

关颖听到这里，不由得愣住了，异常沮丧地坐在了路边的台阶上："好，你们都好，你们都有道理，只有我是烂人一个！"

赵绍棠安慰道："你别这么说……"

关颖说："你以为我想做这个吗？我也是有自尊的。我读完了大学，不是来做这种事情的。但是你知不知道现在找工作有多困难，竞争又很激烈，我投了很多简历出去也没有回音，难道我不想找工作吗？"

赵绍棠说："你这么年轻，你未来会找男朋友，你会结婚，如果你的男朋友知道你做过这种事情，他会怎么想？"

关颖情绪爆发："以后？我现在这样还想什么以后啊！"关颖说到这里，脸上挤出了一丝苦笑。

"结婚，我暂时没想过啊，结婚不就等于又要租房，又要养小朋友，我哪有钱啊，不只我啊，现在一些同龄的年轻人，都是这么想的，没办法，得自己稳定了才能考虑结婚喽！"

赵绍棠听完关颖说的话，微微一愣："过去的香港不就是我们每个香港人积极乐观地奋斗出来的吗？我相信只要我们每个人都积极地面对生活，肯定会好起来的。"

关颖问："你面对你的工作很积极吗？你不是也不愿意面对危险吗？你不是也不愿意加班，一有机会就跑回家照顾老婆吗？"

赵绍棠回答："没有人愿意面对危险，包括警察。但是，如果市民的安全受到威胁，每个警察都会积极面对，包括我。"

"你觉得我会相信你说的话吗？我现在没有工作，没有收入，怎么积极面对生活？现实一点啊，大叔……"

赵绍棠说："你如果只是需要一份工作，我可以帮你！"

关颖抬眼看了看赵绍棠，不屑地嗤笑："我跟你说了，我不用你来管啊！"

赵绍棠坚持说："你跟我来！"赵绍棠不由分说，拉起关颖就走。

赵绍棠带着关颖，来到钱 sir 的茶餐厅，让钱 sir 招关颖做服务员。钱 sir 看在赵绍棠的面子上，给关颖一个月 15000 元港币工资。

关颖犹豫道："15000……有点少吧？！"

赵绍棠也觉得有点少，赶紧拉着钱 sir 到一旁，说："15000 是不是有点少啊？"

钱 sir 说："你那么护着她，她到底是你什么人？"

赵绍棠说："我和红姐的干女儿，小小年纪差点走歪路。我想让她走正路，放在你这里我安心些。"

钱 sir 点了点头："我明白。但我实在没办法开出更高的薪水了。"

赵绍棠说："再加 15000，我补给你。"

钱 sir 问："你说的？"

赵绍棠坚持说："我说话什么时候不算数过？"

两人来到关颖跟前，关颖自己拿了苏打水和零食，一边吃喝一边看着餐厅的电视。

赵绍棠说："帮你谈好了，每个月 3 万。"

关颖有点不相信自己的耳朵："这么多？"

赵绍棠说："我骗你干什么？你做不做？"

钱 sir 在一旁附和："你可以去打听打听，3 万呐，整条街都没有这个行情。"

"做，为什么不做！"

"那你明天就来上班吧！"

"好的！"

赵绍棠说："你已经找到工作了，就不能在我家白住了。我跟钱老板说过了，以后你一半的工资直接打给我。"

关颖吃惊："那我每个月的工资不还是 15000？你帮我谈了个啥？"

第二十一章

军 火

1

香港经济日渐下行，市民的生活都要撑不住了。

刘先生给何浩辉和邵峰施加压力，一周之内必须破掉兰崖军团的案子。邵峰跟何浩辉对视了一下，都面露难色，但还是起身敬礼。

巴朗的新藏身处，院内神香的烟气缭绕，一群南亚人坐在天井下对着堂中的湿婆像做瑜伽。谢庭威在人群中努力模仿，尽管姿势有些歪歪扭扭，但看上去比旁边的希瓦还好一些。

忽然，面前的手机亮了，是好友登录游戏的通知。谢庭威抓起手机，正巧与希瓦的眼神对上。

希瓦无奈道："你就不能少玩会？"

"好友上线了，我多少应付两把……"说着拍拍希瓦的肩膀，在对方不屑的眼神中走出了门廊。

站在大门口，谢庭威左右张望，只见陌生的街道上路过的、做生意的基本是南亚人，除了广告牌上多是汉字，其余布置、叫卖声让他仿佛置身印度某街。谢庭威热络地跟门口守卫打了个招呼，指了指马路对面的小摊，随后被放行。谢庭威来到卖印度小吃的摊前，挑了个正对据点门口的椅子——这里刚好在守卫的监视范围内，但又不至于完全被看到。

谢庭威招呼老板："老板，一份拉茶！"点完单后，谢庭威煞有介事地打开游戏，稍稍调整了下姿势防止屏幕被偷窥，然后点开了游戏交流界面。

这时游戏界面上出现了何浩辉用暗语发出的信息："呼叫庭威，最近怎么都没动静了？"

谢庭威同样用暗语回复："内鬼没查出来巴朗不肯行动。上周还悄悄换了新据点，周围都是南亚人。"

何浩辉问："你有没有暴露的风险？上级已经很着急了，或许我们应该立刻收网。"

谢庭威说："不行！那这么多努力都白费了！"

何浩辉说："上级不想冒险。我们会安排新的行动。"

谢庭威叹了口气，郑重地打字："我想办法找机会，给我点时间，一定能搞定！"

何浩辉说："好吧……那注意安全！"

庭威删除信息，收好手机，看着守卫森严的据点以及周围行人、商贩不同寻常的警惕，抿了抿嘴，坚定眼神，然后拿着拉茶起身径直走向据点。

热闹喧嚣的院子当中，一盏吊灯下坐着一群南亚汉子，牌桌上四个人正在玩着"拉米"纸牌。随着一声兴奋的欢呼，一个脸上带疤的汉子赢得了牌局，不顾另外三人的沮丧，开心地收起赌资。

赌桌上的谢庭威趁着神汉手下和希瓦气愤懊恼的时候，看准机会假装碰倒水杯，假意去捡，趁机将手里的一张黑桃 A 塞到了赢钱的疤脸手下的座位底下。

谢庭威喊道："等等！那是什么！"谢庭威拦住疤脸手下收钱的手，指着他座位下的一张黑桃 A。其他人顺势看向纸牌，又愤怒地看着疤脸。

神汉手下愤怒地说："你耍诈！"

希瓦也很气愤："好啊你，我说你怎么能每把都赢，原来是藏牌！"

疤脸手下强撑着说："有病吧你们！谁知道这牌哪来的，万一就是刚才掉的呢！"

谢庭威假惺惺地捡起黑桃 A，装模作样地端详，然后又用手扒拉开牌堆，一张一模一样的黑桃 A 赫然躺在牌堆里。

谢庭威将两张黑桃 A 举在面前："这种情况不是冤枉你吧？你可没少赢大伙钱了，差不多得了。"

疤脸一脸难以置信，旁边的众人早已义愤填膺。希瓦和神汉手下已经忍不住上手抢钱，疤脸不服气地跟他们撕扯扭打，周围一些看不惯的手下也朝疤脸发难，一时间场面混乱。谢庭威躲在人群后面偷偷一笑。

这时听到伊亚的声音："让开，老板来了！"伊亚的声音在谢庭威身后响起，谢庭威转身就看到伊亚推开人群，身后是不太高兴的巴朗。巴朗看了看凌乱的牌桌，直接把一把手枪拍在桌子上。

巴朗说："动手算什么？！有本事用这个！"众人被震住，愣愣地不敢搭话。

巴朗扫视众人："大家都是一个种姓的兄弟，出门在外求的是财，在这起什么内讧？"

希瓦嗫嚅道："老板，他出老千……"

疤脸怒道："你放屁！"

眼看又要吵起来，巴朗几欲发作，谢庭威立刻跳出来，一副和事佬的模样：

"你们少说两句！"

谢庭威转头对巴朗说："本来没多大事，主要是最近大家没活干，手头紧，输得多了难免有怨气……"

巴朗顿了顿，看向众人，众人眼神中满是期待。

巴朗叹了口气："缺钱嘛，我能理解。前段时间跟警方火拼使我们受了点挫折，导致大家跟我一起东躲西藏的。不过你们千万不要觉得我巴朗是怕了，我这样做是养精蓄锐，等待着干一票大买卖！现在，时机差不多到了……"

希瓦问："什么意思？老板你是说我们要有新任务了？"

巴朗点头。众人交头议论，有疑惑也有兴奋。谢庭威眼神放光地看着巴朗。

巴朗说："这次的行动至关重要，都给我调整到最佳状态。明天开始准备车辆，三天后去码头接一批硬货！"

众人面面相觑，随后爆发欢呼，只有伊亚面带疑惑地看向巴朗。谢庭威的手伸向了兜里的手机。

伊亚追问巴朗："现在没有找到内鬼就要接货，会不会太危险了？"

巴朗说："周雄说过，有时候必要的牺牲在所难免。"

2

艳阳下，码头货仓区域空荡荡。一列车队从远处驶来，在一处空地停住。谢庭威从车上下来，举目观察周围的环境，最后目光落在一处"C—14"油漆标识上。随后谢庭威悄悄躲在车后，在游戏界面输入信息："到位。"

另一方向的伊亚接通电话应了两声，随后挂断电话说道："大家准备好，买家来接货了！"

谢庭威立刻收起手机，跟其他人一起向伊亚处集合。路口方向，另一车队缓缓驶来，在离众人不远处停下。车门打开，谢庭威屏息凝视，令人惊讶的是，下车的竟然是之前在诊所给他看过病的印度医生，谢庭威蒙了。

谢庭威问道："这是怎么回事？"

希瓦说："不知道啊。这不是诊所大夫吗？他也干走私了？"

那边伊亚已经指挥手下将一个集装箱打开，里面满满当当地装满了白色的箱子，箱体上都是印度文字和胶囊样式的图案。

谢庭威问："这都是些什么啊？"

希瓦认着字断断续续地念："什么什么酮，看着像药啊……"

"走私药？"谢庭威大吃一惊，暗道不好，刚要掏出手机通信，突然伊亚走了过来。

伊亚说："你们几个，跟我过来一下。"

谢庭威虽然焦急，但也只能无奈收起手机，连同之前一起去码头取货的两个人一起跟着伊亚来到某个集装箱前面。

伊亚说："把手机交出来。"

谢庭威问："为什么？"

伊亚说："让你交你就交，这是老板的意思！"

伊亚身后的其他几个手下更是直接亮出了手枪，指着谢庭威他们三个。谢庭威百般不情愿，但也只能跟其他人一起乖乖上交了手机。

伊亚又指了指打开的集装箱，说："进去！"

希瓦反驳："伊亚你什么意思？老板到底要干什么？"

伊亚道："等会儿你们就知道了！"

众人面面相觑。谢庭威隐隐感到不安。

一队荷枪实弹的警察正整装待发，带队的正是何浩辉跟邵子俊。

陈耀扬说："上级刚刚下达了指令，让我们立刻行动。何 sir，确定码头的具体位置了吗？"

何浩辉没说话，点了点头。

"出发！"

整队荷枪实弹的警察准备出门。

兰崖军团的手下们在药品集装箱前搬运箱子，最后一箱货被装上车，车门关闭。谢庭威这边，他跟另外两个手下，被挡在集装箱里，外面是伊亚和几个手下举着枪看守。

谢庭威问："平白无故把我们关在这里，总得有个理由吧？"

手下甲说："是啊，我们到底做错了什么？你不说清楚就算闹到老板面前我也不怕！"

伊亚扭头看了眼手下甲，又看向谢庭威，得意一笑："好，那就让你们死得明白点。老板怀疑你们几个当中有内鬼，这次接货就是在引蛇出洞，故意设计让内鬼露出破绽！"

谢庭威极力掩饰着紧张的情绪。

手下甲情绪激动："你凭什么判断我们就是内鬼？！"

伊亚说："上次在码头搬棍棒的就是你们几个，我们的货被警察抄了，你们的嫌疑最大。一会如果有警察出现，等待你们的就是死！"

此时的谢庭威强装镇定，但实际上额头已经冒出了汗珠。谢庭威重重地咽了口唾沫，然后开始扫视四周，视线最终落在了一个守卫腰间的手枪上，跃跃欲试。伊亚正向着远处张望，身后的谢庭威不露痕迹地悄悄挪动。就在谢庭威准备动手的时候，伊亚突然转身把枪抵在谢庭威头上。

伊亚问："你难道想跑吗？"

谢庭威已经做好了跟伊亚殊死一搏的准备。这时神汉手下跑了过来：

"货已经成功交易。"

伊亚微微一愣："你确认？"

神汉手下点了点头。

伊亚悻悻收枪，不甘地说："回据点！"

看着伊亚拂袖而去的背影，谢庭威暗暗舒了口气，旋即又开始疑惑。

3

谢庭威躺在床上，拿着手机打开了游戏交流界面：

"人呢？"

何浩辉回复："兵不厌诈。"

谢庭威说："今天太累了，明晚 11 点，YY。"

何浩辉拨通了电话："子俊，查一下名字含'YY'的码头。"

邵子俊回复："明白。"

何浩辉的脑海里面浮现出临行动前的那一刻……

就在警察们准备出门的一瞬间，何浩辉阻止了警察们："等等！"

陈耀扬困惑地看着何浩辉。

何浩辉解释说："庭威提供给我们的码头是个非常正规的码头，但周雄本来就是一个狡诈多疑的人，再加上他还没有找到内鬼，他绝对不会到正规的码头运货。即便他真的有货到，我相信也绝对不会是军火。"

邵子俊顺着何浩辉的话继续说："如果不是军火而是其他的违禁品，顶多是罚款了事。而庭威的身份就会暴露，他的生命安全就会受到很大的威胁。"

陈耀扬补充道："这一切都是你们的猜测。如果巴朗利用我们的这种心理，反而铤而走险真的把军火运进来了呢？"

何浩辉说："如果真是这样，那我们就输了。但是如果我们去了，中了圈套，那就连翻盘的机会都没有了。"

陈耀扬点了点头："停止行动！"

警署办公室内，各部门负责人开部署大会，每个人都在为最后的行动做着准备……

蔡卓欣接孩子放学回来，何乐轩一蹦一跳地来到店门前，发现等在门口的何浩辉。

"爸爸！"何乐轩兴奋地扑到何浩辉怀里。

蔡卓欣也有些意外："今天这什么风，你怎么有空过来了？"

"没空就不可以来看看你们吗？"何浩辉一本正经地回答让蔡卓欣很是意外，愣愣地竟还有些不好意思。

蔡卓欣道："少来……是案子又进展不下去了吧！"

何浩辉眼神温柔，笑笑没有反驳，举起手里一直提着的袋子，说："呐，给你们带了烧鹅，一起吃？"

蔡卓欣道："阿轩下来，爸爸抱累了。咱们进去吃烧鹅。"

蔡卓欣打开店门，三人进店。

何浩辉注意到柜台里摆放的蛋糕："蛋糕剩这么多？"

蔡卓欣说："是啊，都卖不出去。只能自己消化了。"

"卖不掉的蛋糕，我来吃。你陪儿子吃烧鹅。"

说完何浩辉转身从兜里掏出一个小盒子："来，阿轩，看爸爸带了什么给你！"

何乐轩兴奋地喊："星辉卡！爸爸你怎么知道我喜欢这个？妈妈你看，是星辉卡耶！"

何乐轩抱着盒子高兴得上蹿下跳。

蔡卓欣高兴地说："好啦好啦，吃完饭再玩。快去洗手。"

目送何乐轩离开，蔡卓欣收拾桌子，脸色显得不太好。

何浩辉问："我每次回来阿轩都是很高兴的，但是为什么你却显得怪怪的？你是不是不希望我回来？"何浩辉说到这里，心里有些难过。

"我不是不希望你来……"蔡卓欣欲言又止。

何浩辉道："那是……"

蔡卓欣说："我只是觉得你每次来都对阿轩特别好……你知道我觉得你每次来都像什么吗？"

何浩辉问："像什么？"

蔡卓欣犹豫开口："每次都像跟我们生离死别……"

何浩辉一愣:"你怎么会这么想呢?"

"刚带着阿轩回香港的时候,我并没有这种感觉。慢慢地,我的这种感觉越来越明显了。"

"其实你不说,我从来没有这个意识,这可能是我的下意识吧……"何浩辉被蔡卓欣说中了心事,低下了头。

"你知道吗?你每次走的时候,我从来都不跟你说再见。因为我害怕跟你说了再见之后,就再也见不到你了。"蔡卓欣擦拭着眼角的泪水。何浩辉看到了玩耍的何乐轩,他的眼眶也湿润了。

4

特别行动组会议室内,邵峰看着眼前坐着的何浩辉、陈耀扬、邵子俊三人。

邵峰问:"今天晚上的行动准备得怎么样?"

何浩辉汇报:"兰崖军团的行动定在今晚十一点。已经跟其他部门的同事协调好了行动时间,制定了完整的行动计划。"

邵峰说:"这是一场大决战,这次行动不能有任何闪失。行动的细节跟我说说……"

何浩辉接着说:"今晚的行动主要分为两部分。从巴朗出据点开始,重案组和EU 需要合作追踪,但尽量不要打草惊蛇,放他们到码头。"

陈耀扬补充说:"然后,飞虎队接到信号后会立刻实施围捕,水警负责封锁海面。一定做到万无一失!"

邵峰看了一眼邵子俊:"没问题吧?"

邵子俊坚定地说:"放心。"

三人对着邵峰敬礼:"邵 sir!"

邵峰点了点头:"行动吧!"

巴朗站在高台上,下面是一脸兴奋的众手下们。伊亚将收上来的手机放到巴朗脚边。巴朗开始做动员:"兄弟们,做完这一单咱们就有足够的钱回家养老了!想想再也不用背井离乡讨生活的日子!今天晚上只许成功,不许失败!"

众人回应:"只许成功,不许失败!"

人群中的希瓦异常兴奋,而旁边的谢庭威却有些忐忑。从高台上下来之后,巴朗悄悄拉过伊亚,同时将一部手机和一把枪塞到了他的手里。

巴朗说:"有任何情况随时跟我联络!"

伊亚点点头，看向谢庭威的方向，谢庭威正指挥着其他手下们进入一辆厢式货车的车厢。最后一个人也上了车，谢庭威刚要关车门，却被伊亚拉住，示意他也上去。

谢庭威问："我也坐后面？"然后看向巴朗那边，发现他在点头示意，于是在万般犹豫下还是上了车。

伊亚坐到主驾驶位发动汽车。在秘密据点后门的街道上，一辆厢式货车开动。路边负责监视的某警察招呼着其余几辆轿车立刻跟了上去。

何浩辉、邵子俊、陈耀扬坐在监视车内。邵子俊的电话铃声响起，他表情凝重地应了两声。

邵子俊说："何 sir，巴朗他们出来了。"

陈耀扬命令："各部门盯死他们。无人机密切监视码头的情况。"

马路上，司机稳稳地驾驶着货车。警察的轿车与厢式货车保持着一定的距离。

神汉手下汇报："老板，我已经上大路了，没有发现异常。"开车的人竟然是穿着与伊亚相同衣服的神汉手下，他此时正在跟巴朗通电话。

不远处停着另外一辆一模一样的厢式货车，主驾驶位坐着的赫然就是伊亚！巴朗朝伊亚招了招手，伊亚点头之后开着车非常从容地出了据点。货车走后巴朗也收拾起东西，带上行李上了另外一辆轿车离开。

漆黑的车厢内，谢庭威隐隐不安。

旁边的希瓦很不耐烦："怎么这么久才开车……"

谢庭威同样奇怪："会不会是计划有变动？"

希瓦耸耸肩。谢庭威努力透过车厢缝隙想要往外看，但却一无所获。

替补 EU 警察驾驶着一辆普通轿车穿梭在道路上，车上坐着梁婉婷。梁婉婷在通过对讲机进行联络："这里是 EU3 临时机动组。请问货车在什么位置？"

对讲机里传来陈耀扬的声音："货车 5687 已经进入了追踪范围，马上到你们的位置，请准备接力。"说话间，"5687"牌照的厢式货车从侧后方超过了梁婉婷他们。

替补 EU 警察说："到了！"随后驾车紧跟在厢式货车后面。两辆车一前一后一路行驶。没多久替补 EU 警察注意到一些异样的地方，不禁皱起了眉头。

梁婉婷问："怎么了？"

替补 EU 警察："这辆车的行驶姿态有点奇怪……"

梁婉婷紧张起来："怎么说？"

赵绍棠解释说："从这辆货车刚才的上下坡、过弯姿态和过减速带的震动幅度等来看，都不像是装满人的车，更像是一辆空车……"

与此同时，替补 EU 警察又注意到刚路过的路标和指示牌："……不仅如此，他们好像在带我们兜圈子！"

梁婉婷倒吸一口凉气，而前方的货车再一次打转向灯，驶出主路。

梁婉婷说："跟着它！我马上联系何 sir！"

监视车内。陈耀扬拿着平板电脑。何浩辉看了一眼手表："马上 11 点了，码头有情况吗？"

陈耀扬回答："码头上现在一辆车都没有出现。"

何浩辉察觉不对："有问题……"

"滋滋……滋滋……"手机震动。何浩辉掏出手机，发现电话是梁婉婷打过来的：

"什么事？"

梁婉婷说："何 sir，情况有变，对方好像故意派出了一辆空车在带我们绕圈子！"

何浩辉一惊，直起身子思索片刻，果断判断："这辆车肯定是幌子……"

邵子俊说："那说明码头接货的情报也可能有问题。"

何浩辉命令："婉婷，你们盯紧那辆车，等我下一步通知！"

"Yes，sir！"

何浩辉问："巴朗据点那边什么情况？"

陈耀扬回答："刚接到同事的消息，他们说巴朗的据点已经空了。"

邵子俊惊讶："跑了？！"

何浩辉皱着眉头，沉默思考片刻："应该不是跑了，不然庭威会给我们传消息。他们今晚还是会有行动！"

陈耀扬说："我已经通知总部调出了过去一小时之内从巴朗藏匿点出来的所有车辆的监控录像，重点排查了厢式货车。这是总部从交通部门传回的画面。"

何浩辉、邵子俊、陈耀扬三人一起看着平板电脑。画面定格在一辆从街口拐出来的厢式货车上，画面中能看到驾驶货车的正是伊亚。

陈耀扬认出："这是伊亚……"

陈耀扬滑动平板电脑，巴朗的轿车出现在屏幕上，然后轿车从屏幕上消失。

何浩辉问："两辆车后续的画面呢？"

陈耀扬回答："巴朗和伊亚的车随后都在监控画面里消失了，他们应该已经进入了监控盲区……"

何浩辉看着平板电脑上不断播放着的巴朗的车消失的画面，紧锁眉头。

5

伊亚的车驶入一个摄像头背对着的街道拐角，停住。不一会儿巴朗的车也开了过来。两拨人先后下车，巴朗带着几个南亚裔手下换了一辆轿车，伊亚则是带着谢庭威、希瓦换了一辆提前藏在这里的厢式货车。谢庭威抬头发现这是监控的死角，脸上划过一丝紧张。伊亚和巴朗坐着换好的车，分道扬镳。

临时指挥车内，一名警察突然站起："找到巴朗的车了！"

陈耀扬赶忙问："在哪？"

警察回答："正在向码头驶来！"

伊亚驾驶的货车驶入一个漆黑的工厂，路过门口时车灯晃亮了工厂门牌，上面斑驳不清，只能看出"果品厂"三字。车辆在工厂仓库门口停稳，对面一辆面包车早已等候多时。伊亚、谢庭威、希瓦陆续下车，只见对面八皮提着个箱子缓步走来。

八皮问："货带了吗？"

伊亚绕到车后打开车厢，里面花花绿绿的竟然都是玩具枪。

伊亚反问："钱带了吗？"

八皮打开钱箱，伊亚拿起一沓钱捻开一看，里面都是报纸。

伊亚微微一笑："没问题。"

谢庭威和希瓦对视了一眼，脸上同时出现困惑的表情。谢庭威默默地从兜里掏出一只手套，戴在了左手上。两人交易完毕，非常严肃地握手转身，交换车辆驶出工厂。

何浩辉紧紧地盯着陈耀扬的平板电脑。

邵子俊忍不住问："何 sir，现在什么情况？"

何浩辉回答："他们是在假交易。"

邵子俊疑惑道："你怎么知道的？"

何浩辉解释说："上次定的规矩，左手戴手套。"

邵子俊和陈耀扬微微一愣。

何浩辉命令："通知总部，无人机要密切监控这两部车的行踪，尽快找出他们的目的地。"

"知道！"

八皮和伊亚的车离开码头。两辆车绕了几圈停在路边，两人分别在车上打起了电话。

伊亚说:"老板,交易成功。"

八皮说:"老大,事情我已经办妥了。"

巴朗回复:"很好!你现在到码头来找我。"

周雄回复:"你现在过来接我一下。演出开始了!"

陈耀扬拿着平板电脑说:"根据对那两辆车行踪的研究,总部判断他们去的是另外的码头,那是一个废弃码头。"

何浩辉下达指令:"我们现在就去废弃码头。"

黑夜中伊亚驾车驶入一个空旷的场地,周围墙体上刷着"果蔬交易基地"的字样。伊亚远远地就看到前面站了一排人,正是巴朗和几个南亚裔手下。伊亚把车停在巴朗的面前,伊亚、谢庭威、希瓦依次下车。

巴朗点了点头:"他们马上就到,我们先装货。"众人跟着巴朗朝船的方向走去,谢庭威几乎难以掩饰焦急的神情。

巴朗下令:"装车!"

一帮南亚裔手下开始从船上往车上装货,希瓦、谢庭威也帮忙搬运着木箱。谢庭威趁着大家忙碌的时候,偷偷钻进了驾驶室。借着微弱的月光,谢庭威猫着身子从方向盘下面掏出电线。正当谢庭威紧张地研究电线线路的时候,一把枪抵在了他的头上。

伊亚问:"你在干什么?"

谢庭威回答:"我……我东西掉了。"

伊亚接着问:"你要把车开哪去?"

谢庭威赔笑道:"误会了……我不是……"

正在这时,一支车队从大门口驶来,强烈的灯光晃向两人。

手下喊道:"是接货的来了!"车队在不远处停下,扬起的烟尘散去,八皮第一个从车上下来。八皮恭敬地打开车后门,在众人的注视下走出来的竟然是周雄!谢庭威看到周雄,一直很淡定的神情也变得惊讶。

周雄来到车的跟前,巴朗也过来。

巴朗说:"雄哥,请验货。"

"验什么货啊,我还不相信你啊。"周雄冲八皮一使眼色,八皮将一个箱子递到巴朗面前打开,里面是满满的美金。巴朗看到美金满意地点点头。

巴朗满意道:"雄哥真大方,运费给这么多!"

周雄说:"这是你们用命换来的,都是你们应得的。"

巴朗十分感激,对八皮说:"还是看看货吧!"八皮拿铁棍撬开了木箱,里面满满的都是炸弹。八皮冲周雄点头示意没问题。

巴朗吩咐："伊亚，把货车的钥匙给雄哥。"

伊亚一边拿枪抵着谢庭威后腰，一边伸手掏出钥匙。周雄上前接过钥匙的时候，无意间瞥了一眼谢庭威，先是一愣，然后笑了。

周雄说："我见过你……"谢庭威听到周雄的话愣住了。谢庭威根本没有想到他在游乐场找阿轩的时候，周雄见过他的脸！

"没有想到我能认识你吧！"周雄说到这里，所有人都愣住了。

周雄转过身对巴朗说："我把你们当成合作伙伴，但是你们竟然跟警察勾结出卖我！"

谢庭威大喊："伊亚快开枪！咱们暴露了！"

周雄一下注意到伊亚手里的枪。八皮等手下迅速掏出枪，二话不说就朝伊亚开枪，伊亚躲闪不及被击中受伤了。巴朗迅速反击，兰崖军团和周雄一方瞬间开始枪战。谢庭威趁机逃向一边。

6

指挥车开到废弃码头停下。

何浩辉对着陈耀扬说："你在临时指挥车上随时跟总部保持联系，实时监控巴朗的车的行踪，随时准备支援。"

陈耀扬点了点头。何浩辉和邵子俊带着警察下车冲向码头。

枪战激烈，到处是枪火流弹，伊亚和巴朗狼狈地躲在车间一台机器的后面。

伊亚道："老板，基兰是警察的卧底！"

巴朗道："废话，现在还用你说！雄哥，这都是误会！别上了警察的当！"

周雄听见也停了火。何浩辉、邵子俊等警察冲进来。周雄用眼色示意巴朗跟何浩辉、邵子俊对战。伊亚瞥见谢庭威和希瓦两人边打边躲，结伴藏在不远处的另一台机器后。希瓦肩上中弹，靠在机器上，谢庭威努力给他止血，但希瓦却死死盯着他。

希瓦情急问："基兰，说实话，你到底是不是警察？"

谢庭威语塞，但希瓦从他的眼神中看出了答案，自嘲一笑，正要说什么，余光发现那边的伊亚正举枪对着谢庭威。

希瓦大喊："小心！"

希瓦一把推开谢庭威，帮他结结实实地挡下了这一枪。谢庭威一边按着希瓦肚子上的伤口，一边怒吼着朝伊亚开枪回击。伊亚躲闪不及，被谢庭威接连打中三枪，当场毙命。

谢庭威靠在机器后面，使劲按压着希瓦的伤口。希瓦抬起手轻轻拍了拍他，示意他停下。

希瓦说："我早就猜到……你是警察……你小子骗不过我的……"

谢庭威说："不要说了……"

希瓦摆摆手："……你是我的救命恩人，是我兄弟……"

希瓦把胸口的佛牌摘下，送给谢庭威，说："你的护身符丢了，这个佛牌会带给你好运的……"

希瓦的手垂了下去。谢庭威戴上了希瓦的佛牌。周雄朝着谢庭威开枪，谢庭威已经躲闪不及。砰砰砰，几发子弹穿过了木箱打来，庭威感觉自己死定了，已经闭上了眼睛。周雄的子弹打完了。枪声过后，谢庭威睁开眼睛，发现自己竟然没有死。他看看周围，子弹竟然都擦过他的身体打在四周，偏偏没有打中他。谢庭威不禁大喜，拍着胸脯安慰自己。忽然他摸到了佛牌，低头一看，随即恍然大悟，拿起胸前的佛牌亲了一口。

"我就知道是你保佑我。"谢庭威又大大地亲了一口佛牌。

另一边八皮搀着周雄从废墟里跑过来。

八皮喊："老大快点走吧！警察把我们包围了！"

何浩辉再次亲眼看到周雄，他的眼眶都红了，怒吼着："周雄！"

周雄闻声转身，见是何浩辉，不惧反笑，笑容在火光跳跃的明暗交替中显得格外邪恶。

谢庭威大喊："何 sir 小心呀！"

又是八皮率先朝何浩辉开枪。何浩辉等人躲开后还击，与周雄二人对射。八皮见情势不妙，掏出货车的钥匙交到周雄手里："老大，我掩护你先走！"

八皮开始朝着警察疯狂开枪，而周雄丝毫不犹豫地转身就冲向了装有军火的厢式货车。何浩辉被挡在前面的八皮牵制，却只能眼看着周雄逃走。躲在一边的邵子俊瞅准机会一个飞踢正中八皮的侧身，八皮手枪掉落，邵子俊又是一个擒拿锁住八皮。

与此同时，何浩辉再看向周雄逃窜的方向，只看到谢庭威的背影追了过去，何浩辉只能边追边喊："庭威不要！"

谢庭威追出去的时候，周雄已经坐上了货车并发动，朝着大门的方向冲去。谢庭威全力跑动，抄捷径上了一个高台，一跃而下跳到了车顶。周雄感受到车顶有人，猛打方向盘，谢庭威死死扒住边缘不肯放手。路上的警察想要开枪，对讲机却传来何浩辉的声音：

"小心！有卧底警察！"

为保护庭威，大家不敢向周雄的车开枪。车内周雄双目充血疯狂驾驶，开着装满炸药的车冲出包围圈。车辆驶过一道坑，重大的颠簸导致谢庭威抓不稳，直接从车顶滚落下来，最终只能看着周雄开车带着炸弹逃跑了。

巴朗在码头被抓获，兰崖军团案终于告破。

林蔚言在警署现场进行报道："昨夜香港警方出动大量警力，破获了一起军火走私案。据初步了解，走私团伙正是近期针对外籍人士实施了多起恶性犯罪案件的兰崖军团。警方判定这起综合性恶性案件为境外势力蓄意谋划、恶意挑唆、有意扰乱香港治安的大规模犯罪事件……"

警署大门外，另一群记者围着阮 sir 争相报道。

阮 sir 说："我们警方之所以迟迟不肯公布案情，就是因为在侦破过程中发现了更重大的案件的线索。不过我相信此次之后，香港一定会迎来长时间的安定繁荣。我们香港警方会尽自己的全部能力守护香港。"

林蔚言继续报道："……根据犯罪分子的供述，前一段时间的古普塔案件也水落石出。古普塔和凯文是同时被犯罪分子杀害的，并非古普塔杀人之后畏罪潜逃。古普塔作为一个无辜的受害者，绝对不能背着这样的污名而死。我们要为勤勤恳恳的少数族裔正名……"

林蔚言说到这里，眼眶已经湿润了。

何浩辉跟邵子俊带着鲜花水果来医院探望谢庭威。

邵子俊关切地问："庭威，怎么样了？"

谢庭威挣扎着起身说："医生说都是皮外伤，养几天就好了。周雄怎么样了？"

何浩辉说："他早就设计好了逃跑路线，人间蒸发了……"

谢庭威问："那批军火呢？"

何浩辉和邵子俊对视了一眼，刚要张口。忽然传来敲门声，三人循声望去，秦老师捧着一束玫瑰站在门口。

秦老师不好意思地说："是不是打扰到你们了？"

谢庭威连忙说："没有没有，他们马上要走了。"

邵子俊连忙摆手："哎，不是……"

"走啦！我们明天再来看你！"说着何浩辉拉着邵子俊出去，留秦老师和谢庭威独处。谢庭威看到秦老师，脸上重新露出开朗的笑容——这个笑容是在谢庭威卧底的这段时间里从未有过的。

　　谢庭威问："你怎么来了？"

　　秦老师把玫瑰花放在病床旁的桌子上。

　　秦老师说："何 sir 告诉我你受伤了。"

　　谢庭威不好意思地笑了笑："其实，我受伤是因为我去完成了一项任务。"

　　秦老师微微一笑道："你是南亚裔的骄傲。"

　　谢庭威微笑地点了点头。

　　"等你伤好了，我请你吃饭。"

　　谢庭威问："南亚菜？"

　　秦老师说："除了南亚菜，什么都可以。"

　　两人相视一笑。

第二十二章

佛 牌

1

两排祝贺开业的花篮放在谢庭威家的餐厅门口，宾朋纷至，气氛热烈。餐厅的前面还放着拜神的家伙。

赵绍棠恭喜道："乔迁之喜，开业大吉，祝你财源广进哦！"

庭威父亲脸上带着笑容："你们天天为了保护大家奔忙，还能来祝贺我这个小店开业，实在是谢谢了。"

何浩辉也说："大家都是自己人，新店开张我们肯定是要来的嘛。现在换了更大的铺面，肯定生意会越来越好了。"

庭威父亲拍着庭威的肩膀："趁着现在还做得动，多挣些钱，给庭威攒一些老婆本。"

庭威母亲说："听说你找女朋友了，哪天带回家给我们看看？"

谢庭威有些不好意思地说："这个事情我自己是有分寸的。"

庭威父亲说："你年纪已经不小了，也是到了应该结婚的时候了。"

谢庭威频频点头："老爸，现在换了更大的铺面，你就把心思都放在店铺的生意上吧，股票就不要炒了吧？"

庭威父亲却摆手说："你不懂股票的。现在大盘企稳，个股都是地板价，正是逢低吸纳的好机会。再说了，股市稳定下来，我儿子也是有功的，我当然要享受红利了。"

庭威父亲自豪地拍着庭威的肩膀，谢庭威哭笑不得。

庭威父亲看了一眼手表："到了拜神的时候了，上香吧！"

谢庭威从脖子上取下佛牌说："把这个加上。"

庭威父亲点了点头。

邵子俊奇怪地问："庭威，你怎么换护身符了？"

谢庭威解释道："原来的护身符在上一次行动中丢了。希瓦临死的时候把他的护身符送给了我。这个护身符很灵的，它救过我的命。"

安娜住所内，安娜跟路易斯视频通话，路易斯告诉了她一个"核爆"级的消息：米歇尔·琼斯在"金融核弹"里面设置了一个后门代码，但是现在他人死了，需要赶紧测试一下"金融核弹"……路易斯说完消失在电脑屏幕上。安娜的脸上也变了颜色。

安娜找到周雄，告诉周雄现在"金融核弹"无法引爆，一切都是因为米歇尔·琼斯隐藏了源代码。周雄听到这个信息反而笑了，觉得现在事情变得更有趣了。

办公室内，刘先生和汪东凯开会。根据目前香港警方掌握到的信息，EGM 基金已经囤积了三千亿天量资金的股指期货的空单合约，一旦股市大跌，仅凭这些空单就能带来超乎想象的收益。汪东凯判断他们会在汇市、股市、期货市场对香港进行立体的金融狙击，财政司已经做好了加息的准备。只是现在 EGM 基金还有一颗所谓"金融核弹"没有引爆，这是众人最关心的，但警方那边一直还没有新的调查结果。

2

啪嗒！桌子上的台灯被点亮，刚从外面进来的何浩辉坐到审讯位置，旁边的邵子俊提笔做笔录。巴朗表情不屑地看了何浩辉一眼。

何浩辉问："休息得怎么样了？"

巴朗回答："我知道我犯的是什么罪，从一开始我就没打算活着出去。所以，别浪费时间了，我什么都不会说的。"

何浩辉倚着靠背盯着巴朗，不慌不忙地说："是条硬汉。但是再硬的人也会有软处……"说着从档案袋里抽出几张照片，举起来给巴朗看。照片上是两个正在玩耍的外国小孩，巴朗一看瞬间急了。

巴朗大喊："何浩辉，你是警察，你不能对无辜的孩子下手！"

何浩辉说："你也知道孩子是无辜的！那你策划多起案件的时候就没考虑过可能会牵连到孩子？那些被你害死的人是多少孩子的父亲？！"

巴朗嘴硬道："我要见我的律师！我是外国国籍，我要求引渡回国……"

何浩辉一笑，起身走到巴朗身边。

"别傻了！这些照片就是刚刚从你的国家传过来的。"何浩辉将照片放到巴朗面前的小桌板上，"你在这边刚一出事，另一头就有人对你的孩子动手了。要不是我们早有预判，提前联系当地警方暗中保护，你恐怕就见不到你的孩子了。"

巴朗喃喃自语："不可能，不可能……"

邵子俊道："仔细想想吧，是谁会在背后干这些丧良心的事？"

巴朗惊觉："周雄这个王八蛋！"

何浩辉与邵子俊对视，知道他们的配合已经取得效果了。

邵子俊说："现在你的家人都在警方的保护之中。要不要跟我们合作，你自己选。"

巴朗下定决心："我可以把我知道的都告诉你，但是我有一个要求……"

何浩辉说："放心，我已经向上级申请，在所有案件告破之前将你的家人接来香港保护，重要的是能和你见上一面。"

巴朗向何浩辉投来感激的眼神：

"谢谢！"

仓库门打开，周雄手下押着一个眼睛蒙着黑布的人走进了仓库。手下把此人领到一张桌子旁边，摘掉其蒙眼的黑布，这才看出这个人竟然是智富的李总。李总有些紧张地看着坐在对面的周雄。周雄正在大口吃着潮州牛肉火锅，十分香、十分过瘾的样子。

周雄说："坐下来吃东西。"

李总有些战战兢兢地坐下，哪里敢吃东西。

周雄接着说："……知道我为什么喜欢潮州火锅吗？"

李总懵懂地摇头："不知道。"

"你们这些留过洋的人，只知道什么都是外国的好，穿着西装，喝着咖啡，吃着牛排，就觉得高人一等了！忘本啊！潮州火锅最重要的是食材要现切，牛肉要够新鲜——这些牛肉从宰杀到上桌，最多四个小时，否则就不够正宗。"周雄夹起两片鲜牛肉，在火锅里涮了五六秒便熟了，放到李总面前的碗里。

周雄说："涮上五到八秒就刚刚好……尝尝，人间美味。"

李总仍旧紧张道："你把我弄到这来，总不是要讨论火锅吧？"

周雄反问："你是想坐在这里当食客呢，还是想当锅里的食材呢？"

李总吓得直冒汗，赶紧拿起碗，狼吞虎咽地把肉吃了。

周雄说："我这个人最讨厌首鼠两端、临阵脱逃的人了。我们发现你买了后天出国的机票……"

李总听闻此言，吓得差点被噎住，连续咳嗽："……我，我是要去欧洲开个会……我马上把票退了，哪也不去。"

周雄满意道："这才乖嘛。接下来我问什么，你就老老实实答什么。"

李总使劲点头。

审问还在继续，巴朗已经开始招供。

何浩辉说："说说吧，你犯的这些案子跟周雄都有什么关系？"

巴朗说："我跟周雄原来并不熟悉，各做各的生意。直到发生了那件古普塔的案子，周雄就找到我，给了我一笔钱和一个名单，让我袭击一些在香港的外籍人士。阿 Ken 被你们抓了以后，他就用我的渠道'偷渡'了一批军火。"

何浩辉问："就是那天在码头的那批？"

"对。"

邵子俊接着问："那批军火里具体都有什么？"

"有一些枪支，还有两吨炸药。"

邵子俊有些惊讶："这么多！你知道这些炸药有什么用吗？"

巴朗说："那我就不清楚了。"

邵子俊问："你听周雄说起过'金融核弹'的事情吗？"

巴朗一脸迷茫道："什么核弹？从来没有听他说起过。"

邵子俊听到这里异常失望。何浩辉拿起几张外籍人士的照片一张一张地摆在巴朗的面前。

何浩辉问："这些都是你伤害的外籍人士吧？"

巴朗点了点头。当何浩辉把米歇尔·琼斯的照片放到巴朗面前的时候，巴朗的表情微微一变。

何浩辉敏锐地察觉到："这个人有什么特殊吗？"

巴朗说："周雄给我的名单里面人很多，但是他专门提到这个人必须死。"

何浩辉和邵子俊对视了一眼，知道这个人有蹊跷。

邵子俊赶忙问："这个人叫什么？"

巴朗回答："米歇尔·琼斯。"

3

何浩辉和邵子俊坐在特别行动组的茶水间内。

邵子俊说："你觉得这个米歇尔·琼斯有问题？"

何浩辉推测："周雄特意交代巴朗要杀掉米歇尔·琼斯，而且在连环袭击案中，只有他不是金融界人士。我们当时忽略了对他的背景的盘查，以为是一桩随机作案，现在看来这个软件工程师才是个关键人物！"

"刚才我看了一下卷宗，关于米歇尔·琼斯的资料很少。看来我们需要重新查一遍他的情况。"

何浩辉点了点头，看了一眼手表，突然脸色一变："坏了……"

邵子俊连忙问："发生什么事了？"

何浩辉说："我答应去给阿轩开家长会，时间马上就要到了。"

"那你还愣着干什么，还不赶紧走？"

何浩辉犹豫着。

邵子俊说："我现在带人再去搜一下米歇尔·琼斯的住所，有任何消息我立刻打电话给你。"

何浩辉急匆匆地离开。

米歇尔·琼斯的住所。周雄带着众手下，正在翻查公寓的每个角落，为了避免留下痕迹，他们都戴着白手套。

周雄嘱咐："都仔细点，每个角落都别放过。"

手下在床上、床下、客厅、卧室一番翻找，一无所获。

手下甲抱怨："雄哥，这里也没什么有价值的东西。"

周雄说："再认真找找。"

说着手下甲一转身，碰倒了茶几上的国际象棋的棋盘。哗啦一声，棋子撒落一地。手下赶紧收拾。

周雄看到国际象棋，不禁想到李总说米歇尔·琼斯只有下国际象棋一个爱好。周雄走到茶几边，拿起国际象棋的棋盘，棋盘四四方方的，显得有些厚实。他掂了掂棋盘的重量，又观察了一下，随后用手一抠，只听咔嗒一声，他竟然从棋盘里面抽出了一个抽屉暗格，暗格里面放着一个平板电脑和一张银行卡。周雄见状，脸上露出了笑容。

这时，周雄突然听见楼下砰砰几声关车门的声音，立马警觉地走到窗边往下看，看到邵子俊几个人正往楼里走。

邵子俊进入房间，立刻发现这里一片狼藉，地上还散落着国际象棋的棋子。邵子俊立刻警觉，朝着身边的警察做了一个嘘声的手势。邵子俊来到卧室门口，发现卧室的门虚掩着。邵子俊拔枪，做好准备，猛地推开了卧室的门！卧室里面没有任何人。邵子俊回到客厅。

邵子俊问："你们上次来检查的时候就这么乱吗？"

警察甲否认："我们上次走的时候没有这么乱。看来又有人来过。"

邵子俊说："再仔细找一找，把所有有价值的东西都带回小组。"

"明白！"

众警察七手八脚地搬动着东西。邵子俊最后一个离开了米歇尔·琼斯的住所，关上门。他刚往下走了一节楼梯，似乎察觉到了什么异样，停住脚步，把脚撤回来，蹑手蹑脚地往米歇尔·琼斯家的对门走，透过猫眼往里看。

在邵子俊往里看的时候，周雄就靠在房门的侧面。屋内一个女人被绑在椅子上，嘴也被堵住了，惶恐地看着周雄。周雄的手下拿枪顶着这个女人的头，大气不敢喘。邵子俊试图通过猫眼观察屋里的情况。而周雄观察猫眼的光影变化知道邵子俊就在门后，慢慢地举起了枪，对准门中心的位置。

眼看周雄就要扣动扳机，一名警察叫道："邵 sir，可以走了。"

邵子俊应了一声，转身离开。

周雄看到邵子俊转身离开，慢慢地放下了枪，屋里众人松了口气。

4

何浩辉急匆匆地来到了何乐轩的教室，刚坐到座位上就听秦老师说："请家长们移步到美术室，参观一下孩子们的作品。"

家长和孩子们纷纷站起来往外走。何浩辉尴尬地看着大家。

何乐轩抱怨道："爸爸，你好不容易来参加一次家长会，还来晚了。"

何浩辉不好意思地说："爸爸向你保证，下次一定不会迟到了。"

何乐轩调皮道："真的吗？你每次的保证好像都不怎么兑现哦。"

这时何乐轩的同学汉姆来到他身边："阿轩，我们一起去踢一会儿球。"

何乐轩露出了笑容："好啊，汉姆。"

何乐轩和汉姆离开。

秦老师走到何浩辉身边说："那是汉姆，他跟阿轩是很好的朋友。阿轩经常跟小朋友们提到你，说自己的爸爸是警察，孩子们都很羡慕他。"

何浩辉却感到抱歉："虽然之前孩子的家长会我一次都没有来过，有时候想想也很后悔，但是我觉得还是值得的。"

秦老师微微一愣："何先生，难道还有什么比家人更重要的吗？"

何浩辉说："确实没有什么比家人更重要的。但是有些时候保护别人的家人，也是在保护自己的家人……"

秦老师听完何浩辉的话，若有所思。

到了美术室，秦老师招呼家长们落座："各位家长请落座，家长会马上开始。"

这时何浩辉接到邵子俊的电话："何 sir，我已经找到了米歇尔·琼斯身份上的疑点。你的家长会开得怎么样了？"

何浩辉犹豫了一下："……我马上来。"

何浩辉挂断电话，站起来就往外走。

秦老师见状走过来，小声道："何先生，家长会还没开始呢……"

何浩辉说："对不起……"回头朝着秦老师苦笑。

秦老师小声道："准备去保护别人的家人了？"

何浩辉点头："待会阿轩就先拜托你了。我会给他妈妈打电话。谢啦！"

何浩辉急匆匆地转身离开。

周雄藏身的仓库内，一名电脑专家检查着从米歇尔·琼斯家搜来的平板电脑。他一边检查，一边惊恐地偷瞄拿枪的周雄，额头上渗出的汗水大滴大滴地往下落。这时安娜急匆匆地从外面走进来：

"怎么样，有什么发现？"

周雄做了个噤声的手势，让她别打扰专家。安娜只好在旁边等待。片刻后，专家又擦了擦额头的汗水。

电脑专家说："这个平板里面很干净，没有什么隐藏的程序代码。"

周雄拍拍专家的肩膀："你是专家，找到了东西，我不会亏待你的。"

电脑专家苦笑着说："所有的程序和文件存档都找过了，真的是没有。"

周雄大惊："不可能！这个平板电脑应该有咱们想要的东西，否则不会被琼斯藏起来……"

安娜拿起平板电脑翻看着。电脑的屏保是一张琼斯的照片，琼斯家的墙上也挂着这张照片。

专家道："里面除了一些照片、银行转账记录，就没什么东西了。"

安娜看罢，有些泄气地放下平板电脑。

周雄抓起旁边的银行卡说："那这张银行卡呢？"

安娜接过银行卡看了看，说："这卡里面就是咱们汇给琼斯的钱。可惜，他没命花了。"

专家试探道："我真的无能为力了……我是不是可以走了？"

周雄脸上没有任何表情，只是盯着这个电脑专家。

电脑专家感到了一丝恐惧："老板，我不要钱的……我能走了吗？"

周雄突然露出了一丝笑容："好，走吧，我送你一程。"

周雄举起手枪，对着电脑专家扣动了扳机。

安娜大惊："你干什么？"

周雄却说："这个时候，我不想出任何岔子！"

安娜大骂："你这个疯子！"

周雄不理安娜："东西我一定会找到。别妨碍我做事！"

安娜和周雄对峙，最终还是让步了：

"你最好说到做到。"

5

何浩辉走进了办公室，问众人："发现什么线索了？"

邵子俊说："在我们去之前，周雄已经去过琼斯的家了。"

"为什么这么说？"

邵子俊接着说："一进屋，我就发现屋内有翻找东西的痕迹。而且就在刚刚，我们接到一起琼斯家邻居的报警，说有人入室挟持了她。于是，我查了监控，进入琼斯家的正是周雄！"

何浩辉道："这么说，周雄是在琼斯家找什么重要的东西，否则他不会铤而走险。"

邵子俊回答："没错，我也是这么想的。"

何浩辉问："一个软件工程师能有多重要呢？"

"你看看这个。这台电脑是从米歇尔·琼斯家搬来的。"邵子俊带着何浩辉来到了电脑前，电脑屏幕显示的是一份电子合同，合同双方的签字赫然是米歇尔·琼斯和一个名叫智富的网络公司。

邵子俊接着说："这是份电子合同。原来我们一直都认为米歇尔·琼斯只是个受害者，没想到他和智富公司有合作关系。"

何浩辉道："智富……这个名字听起来很耳熟。"

邵子俊说："你还记不记得，智富就是在富豪绑架案期间收购了财通的那家互联网券商。"

何浩辉恍然大悟："想起来了！可这又怎么了？"

"琼斯跟智富有合作，周雄则绑架了财通的老板周世豪，而在周太走投无路的情况下，智富又低价收购了财通公司，周雄又让巴朗杀了琼斯……你不觉得这些信息都太巧合了吗？"

何浩辉如梦初醒："这么说，都跟智富公司扯上了关系。"

邵子俊接着说："还不止这些……你看，智富公司在委托琼斯开发智富App3.0版本。"

邵子俊继续点击电脑上的一个软件开发工具的图标，软件打开后，能找到一些自动保存的文件。

"这是琼斯开发软件用的工具。虽然他已经把最终的完成版本删除了，但这种工具还是自动保存了一些中间版本。"邵子俊点开一个自动保存的文件，显示出密密麻麻的源代码。

何浩辉问："这又是什么？看不懂。"

"我也看不懂。"

"看不懂就找专业的人看喽！我怎么觉得很像是戈登的U盘里那个'金融核弹'的源代码啊……赶紧让技术部门分析对比一下。"

邵子俊说："放心，我已经联系技术部了，最快明天早上出结果。另外，我想周雄在找的东西也跟这个有关系。"

何浩辉肯定地说："不管周雄在找什么，这件东西一定至关重要，我们必须赶在他前面。"

邵子俊附和："同意。"

何浩辉拍了拍邵子俊的肩膀："你今天做得不错。看来我没有参加完家长会就回来是值得的。"

邵子俊却问："你没有参加完家长会？何太太不会生气吗？"

何浩辉沉默了。

邵子俊建议："何sir，我建议你还是先回家道歉。"

何浩辉走进家，蔡卓欣坐在沙发上看着手机。蔡卓欣看到了何浩辉，脸上表情很平静：

"回来了？"

何浩辉坐到蔡卓欣的身边问："阿轩睡了？"

蔡卓欣点了点头。

何浩辉不好意思地说："今天本来我是主动要求去给阿轩开家长会的，但是……对不起。"

蔡卓欣道："没事，我遇到了秦老师，她跟我说了你说的那些话，我更相信我的选择是正确的了。"

何浩辉问："哪些话？"

"保护别人的家人也是在保护自己的家人。"

"哦……"

蔡卓欣说："她特别能理解你作为一个父亲的自责。你如果不是因为工作的事情，一定是个好父亲。"

何浩辉还是感到抱歉："我现在也是个好父亲，只是有些欠缺。阿轩是个男孩子，在他的成长过程中，我应该参与得更多一些。由于忙于工作，我在这方面确实做得不够，但多亏了有你。"

蔡卓欣感动道："这些话，你怎么不早对我说呢？"

"我是一个在生活中不善于表达的人……"

蔡卓欣却说："你是在工作中表达太多了。"

何浩辉尴尬地点了点头，两人相视一笑。

6

周雄的藏身处，桌上仍旧烧着火锅，但是这次周雄和安娜都没心思吃了。周雄望着窗外的夜空发呆。安娜则拿着琼斯的平板电脑，反复地查看每个细节。

周雄思索着喃喃自语："他一定把代码藏在什么地方了……"

安娜一张张地翻看平板电脑里储存的琼斯在各个地方的自拍照，也没什么异样，不禁撇了撇嘴："琼斯这个家伙还挺自恋，不管到哪都要自拍。"

"自拍……自拍？"周雄似乎想到了什么，快步走到安娜旁边，一把夺过平板电脑。

他粗鲁的行为让安娜十分不满。

安娜抱怨道："你干什么？"

周雄也不理她，自顾自地看那些自拍照。看着看着，周雄脸上浮现了一丝喜悦："我知道，我知道了！"

安娜莫名其妙地问："你知道什么了？"

周雄却说："还记得琼斯是怎么跟老板说的吗？"

安娜："'我'与代码共存亡。"

周雄说："对，如果我是琼斯，我会把这个代码随身携带着，甚至刻在自己身上。"

安娜问："文身吗？"

"他没文身。不过你看这些照片……"周雄展示了几张琼斯的自拍照，"看出什么共同点了吗？"

安娜恍然大悟，指着照片，犹豫道："……他都戴着同一块佛牌！可万一他就是喜欢这块佛牌呢？"

周雄说："你看这张……李总跟我说过琼斯喜欢去海滨晒日光浴……宅男需要多晒太阳。"照片上的琼斯，上身赤膊，只穿泳裤，但仍旧戴着那块佛牌。

周雄接着说："如果戴着佛牌会怎样？"

安娜想了想："会晒出那种……很可笑的印子。"

"没错！即使这样他都没有摘掉佛牌，难道这玩意长到他肉里了吗？"

安娜恍然："明白了！"

"而且，最关键的是，这佛牌我还曾经在巴朗那里见过！"

周雄想起了当时巴朗让希瓦送给他佛牌……当时在码头仓库内，希瓦把佛牌送给了谢庭威。这一幕幕在周雄的脑子里面划过，周雄的眼睛突然一亮。

"这个佛牌现在就是我们唯一的线索。"周雄大喜，坐下来，又开始大口吃火锅。

谢庭威接秦老师下班，两人边走边聊。一双眼睛在暗处盯着谢庭威。

秦老师说："我爸妈说周末请你和家人一起来我家做客。"

谢庭威不好意思地说："那个，我第一次去你家，你说我是按照南亚裔人的礼节带礼物，还是按照中国的礼节带礼物？"

正在这时，一个人影从斜刺里冲过来，一下抓住秦老师的挎包抢了就跑。谢庭威立刻反应过来追了上去，秦老师也紧随其后。谢庭威追进小巷，往前跑了一小段，忽然发现小巷口又出现了一个劫匪。两个劫匪把谢庭威和秦老师堵在了中间，其中一个劫匪凶狠地掏出了匕首对着谢庭威："把你们身上值钱的东西都掏出来！"

谢庭威一手护着身后的秦老师："我是警察！你们不要乱来！"

劫匪甲："真倒霉……"

劫匪乙趁谢庭威不备，一把抢过秦老师。

劫匪乙凶狠地说："警察怎么了！信不信我一刀捅了她！"

秦老师吓得惊叫。

谢庭威连忙安抚绑匪："别冲动！我们把东西给你。"

劫匪甲拿到东西后清点，似乎没有发现自己想要的。劫匪乙又拿刀指向谢庭威，厉声说："把衣服脱了！"

谢庭威感到奇怪和尴尬，但是又不得不照做，开始解裤子。

"脱上衣！"

谢庭威反应过来，开始脱掉上衣，露出背心。劫匪乙上来搜庭威的身，上下摸了一遍，一无所获，大失所望。谢庭威立刻抓住这个机会，上前空手夺白刃，一番争斗终于把匕首抢了下来。两个劫匪对视了一眼，拔腿就跑。

秦老师上前问："你没事吧？"

谢庭威摆手说："我没事。他们怎么让我脱衣服啊？"

"你说什么？"

谢庭威安抚道："没事没事……没吓到你吧？"

秦老师说："我还好。"

谢庭威看着两个劫匪跑走的背影，若有所思。

谢庭威说："咱们一起去警署录个口供吧。唉，真是不吉利……"

赵绍棠在厨房里熬着粥，回头看到红姐进来。

"你看看我，我起晚了。你怎么不多睡会儿？每天都是我给你做早饭的。"红姐一边说，一边走进了厨房，忙活了起来。

赵绍棠看着红姐，低声道："你可有很多年没给我做过早饭了……"

红姐奇怪地问："你说什么？"

赵绍棠脸上露出了笑容："没事啦！你这么多年给我做饭辛苦了，我给你做一天也是应该的。"

红姐反驳："哪有辛苦？去叫女儿起床了。"

赵绍棠说："女儿最近上班很辛苦的，让她再多睡一会儿吧！对了，我让女儿把每个月的一半工资交给我。"

红姐犹豫道："这不太合适吧！"

赵绍棠解释说："钱 sir 给她开的工资根本不高，她那些多出来的工资都是我暗中补给钱 sir 的。我不想让钱 sir 帮忙，还让人家增加开支……"

红姐说："你这样真是多此一举，不如把钱直接给女儿啦！"

"不行！她一定要去工作，学会自立，学会不乱花钱！其实我拿她一半工资，是想帮她存起来，等到她结婚的时候，我们就拿出来给她做嫁妆！"

红姐轻轻地叹了一口气："你对她真是没话说，其实你比我更疼她。"

两人没有想到，关颖就在厨房的拐角，听到两人说的话，捂着嘴没有哭出声，回到了房间。

7

香港依然繁华如初，但是在这繁华底下暗潮涌动。电视台播报新闻："继本周连续三个交易日的下跌之后，今天恒生指数继续低开，市场情绪低迷。是否会经历四连跌，我们拭目以待。"

3 车内，赵绍棠一边开车，一边扭动着脖子。

梁婉婷问："棠哥，你脖子又不舒服了？"

赵绍棠回答："唉，没办法，年纪大了，身上的各个零部件都不听使唤了。"

谢庭威也问："棠哥，你是不是马上就要退休了？"

赵绍棠听到这里，脸上的表情有些沮丧，只是轻轻地嗯了一声。大家注意到赵绍棠的表情有些不对，顿时车内气氛有些尴尬。

"你原来不是老念叨着想退休，现在该退休了，难道你又舍不得我们了？"梁婉婷的话缓和了尴尬的气氛。

赵绍棠说："我哪里是舍不得你们，我更舍不得 3 车一些。"

谢庭威提议："那我们就跟长官申请，让 3 车跟你一起退休好了。正好我们也能趁这个机会换一辆新车。"

赵绍棠听了谢庭威的话，脸上才露出了一丝笑容。

这时电台传来了声音："深水埗隆兴大厦有人准备跳楼自杀。请附近的 EU 前去支援。"

梁婉婷问："庭威家的新餐厅不是就在这个地址吗？"

谢庭威听到这句话的时候脸色一变。赵绍棠猛踩油门，3 车加速前进。

3 车在庭威家的餐厅所在的那条商业街前停下。谢庭威和梁婉婷下车，发现庭威的妈妈站在街上。庭威母亲看到了儿子，差点掉下眼泪："庭威，你可算是来了。"

谢庭威连忙问："妈，发生什么事了？"

庭威母亲视线往上："你爸要跳楼了。"

谢庭威抬头发现爸爸在楼顶上。楼不高，谢庭威看得清清楚楚，父亲手里拿着一瓶酒，茫然地站在楼顶边上，看着十分惊险。庭威母亲看到眼前的情景，情绪彻底崩溃。

庭威母亲说："你们快点去救救他啊！"

谢庭威和梁婉婷匆匆上楼。赵绍棠锁了车，紧跟着两人准备上楼。

替补 EU 说："棠哥，你是不可以下车的。"

赵绍棠情急地说："这是庭威的爸爸，顾不了那么多了。"

赵绍棠跟着谢庭威和梁婉婷一起上楼。

谢庭威等人冲到楼顶上。

"爸！"

庭威父亲回头看着庭威，满脸的泪痕，带着醉意说道："庭威，你来得正好，你刚好来帮我收尸。"庭威父亲说完，又往楼顶边缘走了一步。

谢庭威连忙问："爸，发生什么事情了？"

庭威父亲哭着说："我对不起这个家啊……"

谢庭威连忙安抚说："你不要激动，慢慢说。"

"庭威，家里的钱都没了，我们家的新店铺马上也会被银行收走了。"

谢庭威问："到底是怎么回事？"

庭威父亲说："都怪我太贪心……前一阵子我觉得股市企稳了，买股票的时候加了六倍的杠杆……"谢庭威听到加了 6 倍杠杆的时候不禁微微一愣。

庭威父亲崩溃道："你知不知道加六倍的杠杆意味着什么？只要跌 15% 就会被动平仓。昨天跌了 9 个点，今天开盘正好又跌了 6 个点！现在我什么都没有了，什么都没有了！"

庭威父亲说着又往前走了一步。

谢庭威问："老爸，你为什么要加那么大的杠杆？"

"我们换了这么大的店铺，每个月的贷款很贵的。我为了还银行的贷款轻松些，又看到有只股票涨得特别好，就鬼迷心窍了，把家里的房子做了抵押，还把全部的现金都投了进去，还加了杠杆。现在可倒好，钱没了，房子没了，连新餐厅都要没有了！我辛辛苦苦了一辈子，现在什么都没有了！"庭威父亲说到这里，情绪更加崩溃。

梁婉婷劝道："大伯，钱没有了可以再赚，但是你要是死了，你的家人怎么办？"

谢庭威说："是啊，你想想我妈怎么办？她也没法活了！"

"我一辈子为了这个家，拼命攒钱，从来没有做过什么错事，老天为什么要这么对待我？"庭威父亲的表情异常痛苦，又喝了一口酒。

赵绍棠朝着谢庭威使了一个眼色，往前跨了一步。

赵绍棠说："谢先生，你先不要激动。听我说几句，好不好？"

庭威父亲呆呆地看着赵绍棠。

赵绍棠说："谢先生，你知不知道我一直都很羡慕你的？"

庭威父亲问："你羡慕我什么？"

赵绍棠接着说："你有庭威这么优秀的儿子，你的老婆还在楼下劝你……"

庭威爸爸听赵绍棠说到这里，看了看正在楼下擦着眼泪的老婆。庭威母亲已经哭成了一个泪人："老公，不要啊，求求你了……"

"你看看我，我老婆有阿尔茨海默病，她经常都不认识我。我要是想跳楼，她不但不会劝我，还会在楼下看热闹……"赵绍棠动了感情。

庭威父亲听到这里，被赵绍棠说动。

赵绍棠继续说："不管怎么样，餐厅没有了，家还在，你还有个幸福的家庭。你要好好珍惜啊，一个完整的家才是最重要的！"赵绍棠一步步地朝着庭威父亲靠近："听我说，为了这个家，不要做傻事。"庭威父亲看着赵绍棠点了点头，站起身。谢庭威紧张的情绪也放松了下来。

谢庭威和赵绍棠同时朝着庭威父亲靠近。不料，庭威父亲因为喝酒神志不清，脚下一滑。

第二十三章

即将爆炸的"核弹"

1

赵绍棠一把拉住庭威父亲的一只手，谢庭威赶紧冲到前面来，拉住了父亲的另一只手。梁婉婷和另一名替补 EU 也过来帮忙。

赵绍棠紧张地喊："我们一齐用力，一、二、三……"

众人一起使劲儿，把庭威父亲拉了上来。庭威父亲上来之后，看着掉落的一只鞋惊魂未定。赵绍棠和谢庭威长长地出了一口气。梁婉婷和另一名替补 EU 也擦了擦额头上的汗。庭威母亲冲到了庭威父亲面前，紧紧地抱住了丈夫，哭喊道：

"你怎么这么傻啊？你不能死，你无论如何也不能死！"

"老婆，刚才真的快掉下去的那一瞬间，我就意识到我不想离开你们。棠哥说得对，其他一切都不重要，只要你们在，一切都可以从头再来！"

庭威母亲听到庭威父亲这么说，激动地和庭威父亲抱头痛哭。

庭威母亲说："我们现在有这么好的店铺，我们在一起好好干，一定不会被银行收走的。"

庭威父亲点了点头。

庭威母亲对着谢庭威等人说："菩萨保佑，有惊无险！一会儿大家一起去家里吃饭……"

众邻居们高兴地叫好！

谢庭威说："我还没下班，你们先回去。"

谢庭威父亲和母亲看着谢庭威点了点头。

众人走向 3 车。梁婉婷感慨道："刚才真的是好危险。钱没有了可以再挣，如果人发生了什么意外，最难过的还是亲人……"

谢庭威说："刚才我老爸能够安然无恙，真是要感谢棠哥。"

赵绍棠道："我只是说了一些我的心里话而已。也多亏你老爸福大命大，运气好嘛！"

谢庭威一拍脑门："对了，我就说嘛，是我的新护身符灵验了，起作用了！既然我的新护身符这么灵验，我应该把它放在 3 车上来保佑我们全车的人。"

谢庭威跑回店铺里拿来护身符，兴奋地给全车人展示："护身符来喽！"上了车，他便把佛牌放到 3 车副驾驶位的储物格里面。

赵绍棠看了谢庭威一眼，感慨道："唉，做警察真的不易啊！"

梁婉婷问："怎么了？您话里有话啊！"

赵绍棠说："做儿子的看着自己老爸跳楼，完事了还得上班，只有警察才有这样的经历。"

而隐蔽处，一个摄影机正在记录庭威的一举一动。

2

陈耀扬带着骆雅琪来到了智富公司。本来拒绝合作的李总，在陈耀扬拿出的证据面前，顿时像泄气的皮球，脸上尽是颓唐之色。

李总坐在被审讯的位置上，擦着额头上的汗。

何浩辉说："先说清楚你和 EGM 基金的关系……"

李总回答："我和路易斯很多年前就认识了。五年前我想做一款人工智能股票交易软件，但是没有人给我投资。我就找到了路易斯，路易斯立刻就同意给我投资。在 EGM 基金的支持下，我成立了智富公司。"

何浩辉突然发问："你认识安娜吗？"

李总犹豫了一下说："认识。"

何浩辉问："她在哪儿？"

李总回答："每次都是她联系我。而且她在我的公司也有眼线，我被你们带走，她现在估计已经知道了。"

何浩辉问："你为什么要收购财通公司？"

李总说："这都是路易斯指使的。他说通过收购财通，智富就能一举成为香港用户规模最大的人工智能股票交易软件。不过，我跟绑架周世豪可一点儿关系都没有，我只是一个生意人，那些都是周雄干的。"

何浩辉继续问："那米歇尔·琼斯呢？"

李总如同触电了一般："也是周雄杀的。"

邵子俊问："说说你和米歇尔·琼斯合作的情况。"

李总说："琼斯是我在大学时的好友，高级软件工程师。是我把琼斯推荐给路易斯的，他负责给智富软件设计一个后门。"

邵子俊接着问："为什么要给软件设计后门？"

李总犹豫地说："因为……"

何浩辉大喝："因为什么？"

李总只好说："因为，只要打开软件的后门，就可以让使用智富的所有用户不受控制地自动卖出。这样就会形成一种强大的趋势，导致其他股民和资金管理机构的交易系统自动跟风，然后形成天量抛盘，给股市造成闪崩。"

何浩辉和邵子俊对视了一眼。

何浩辉问："什么叫'闪崩'，说清楚点。"

李总解释说："闪崩，英文 flash crush，又叫闪电崩盘。因为证券市场上已经有大量的交易系统是基于大数据和 AI 算法建立的，2010 年由于一名交易员的误操作，引发市场上由电脑控制的量化交易系统同时发出指令卖出股票，导致出现了 M 国证券市场 5 分钟暴跌 10% 的'黑色星期四'。"

何浩辉和邵子俊已经听明白了其中的门道。

何浩辉说："那次只是一个偶然的事件，而你们的软件却是预谋已久的。"

李总点头道："其破坏性威力也将是那次事件的数倍。"

邵子俊问："这个就是所谓'金融核弹'？"

李总回答："是的。"

何浩辉与邵子俊都露出了震惊之色。

何浩辉连忙问："那后门怎么打开？"

李总却回答："已经打不开了。"

何浩辉奇怪地问："为什么？"

李总解释说："前一段时间，安娜告诉我后门代码已经不能用了，她正在让周雄找到能启动后门的新代码。琼斯在死前把原来的后门代码藏起来了，但是现在具体藏在哪儿谁也不知道。"

何浩辉与邵子俊对视，意识到了问题的关键。审问结束，何浩辉正欲起身，邵子俊似乎想起了什么，继续向李总发问："你刚刚提到安娜在你的公司放了眼线，你知不知道是谁？"

李总回答："我不敢肯定……不过我觉得有两个人嫌疑最大，一个是负责公司运营的副总，他是智富创立初期就在公司的老臣子，业务上他最清楚；另外一个是人力资源的同事，他的房间就在我的对面，很容易每天看着我的一举一动。"

邵子俊和何浩辉交换眼神，轻轻点了点头。

邵子俊在智富公司门口向何浩辉汇报：经过监听和跟踪，已经可以肯定人力资源的员工并无可疑，现在他在咖啡厅跟紧运营副总；骆雅琪发现他同一个账号是男性头像的人用暗语对话，经过翻译，同他对话的这个人，要用他给料的证券公司来做市。邵子俊一直隔着玻璃盯着角落里的运营副总，突然他的眼睛亮了。

会议室内，何浩辉向刘先生解释到底什么是"金融核弹"。现在警方已经了解清楚，如果打开智富 App 的后门，所有使用智富 App 的股民都会不受控制地抛售股票，整个市场都会跟风，然后导致市场闪崩。周雄绑架四大富豪只是个障眼法，他真正的目标只是周世豪，就是让周太太把公司卖给智富。智富不但铲除了一个竞争对手，还可以在短时间内将智富 App 的用户人数推上新高，为引爆"金融核弹"打下最重要的基础。并且兰崖军团杀死几个白人金融高管，造成治安混乱，让香港的金融市场产生动荡，都是为了掩人耳目，其实米歇尔·琼斯才是他们的主要目标。

众人听到这里不禁哗然。万幸的是现在"金融核弹"后门代码被米歇尔·琼斯隐藏，暂时无法引爆。香港警方会尽快找到智富后门代码，而金管局要在这几天内尽全力阻止路易斯在股市、汇市、期货市场上的攻势，为警方争取时间！

何浩辉分析琼斯的社交圈，巴朗是琼斯最后接触的人，或许巴朗有琼斯后门密码的线索。

审讯室内，从米歇尔·琼斯家里拿来的物品放了整整一桌，其中包括那张挂在客厅的照片——这张照片跟米歇尔·琼斯的平板电脑上的照片是同一张。巴朗看着何浩辉和邵子俊，一脸的困惑。

巴朗说："何 sir，我知道的可都告诉你们了！"

何浩辉道："你不用紧张。我只是有一些事情找你核实一下。"

邵子俊在逐个翻看着琼斯的物品。

何浩辉问："琼斯是谁杀的？"

巴朗回答："希瓦。"

何浩辉说："希瓦？"

邵子俊这时注意到了照片上琼斯戴着的佛牌，突然想起谢庭威跟他说过的希瓦送给他佛牌的场景。

邵子俊推了推何浩辉问："何 sir，你看这块佛牌是不是跟庭威戴着的那块有点像？"

何浩辉回答："很像。"

巴朗接过了两人的话头："你们说的是琼斯的那块佛牌吗？"

何浩辉问："怎么了？"

"希瓦杀了琼斯之后，准备把这个佛牌送给周雄，周雄觉得晦气没要，希瓦就自己留下了。"

何浩辉和邵子俊对视了一眼，走出了审讯室。

邵子俊说："庭威的那块佛牌应该就是米歇尔·琼斯的那块。"

何浩辉也同意："我们现在不能放过任何一个线索。定位一下3车的位置，我们去找庭威，仔细看看这块佛牌。"

3

3号冲锋车停在某大楼外的街道上，梁婉婷正在用电台跟总部联络："报告总部，3号车已到达案发地附近，请求核对报案信息。"

总部确认了报案信息，3车人员立即行动。四人核对装备之后迅速上楼。楼道里，四人按照作战队形站在某房间门前，大家神色严肃，气氛紧张，婉婷做手势"3、2、1"之后迅速破门冲了进去。

谢庭威大喊："警察！不许动！"

然而众警察愣住了，房间内并未见到持械歹徒，只有一个坐在轮椅上的老人与他们面面相觑。

谢庭威继续说："把手举起来！"

老人看到他们来了，举起手中的一张纸条，对着大声地念道："3车的EU，你们上当了，哈哈哈。"

梁婉婷率先反应过来："有人报假警！"

庭威上前拿过纸条，看了一下道："八成是恶作剧……老先生，什么人让你这么做的？"

老人却说："我不认识那个人。那个人只是告诉我，等你们来了就给你们念这段话。他给了我1000元港币……"

这时从楼下传来一声猛烈的撞击声，谢庭威立刻跑到窗口查看，慌张回身大喊："糟糕，咱们的车被撞了！"

四人迅速往楼下冲去。赵绍棠踉跄着从驾驶室出来，然后走向车后方检查，原来是被一辆皮卡车追尾，皮卡车直接撞在了3号车的后门上。赵绍棠刚要开口教训皮卡车司机，却见他突然开门下车，以极快的速度跑开了。赵绍棠凭借警察的直觉，觉得情况不妙，下意识追了两步。

赵绍棠大喊："喂！别跑！站住！"

司机戴着口罩和帽子，赵绍棠只能看到侧脸。赵绍棠又追了几步，司机转身进入旁边的小巷。赵绍棠来到小巷口，朝着小巷内看去，发现那个人已经无影无踪。赵绍棠转身回到 3 车。梁婉婷和庭威等人已经在 3 车旁等棠哥，而何浩辉和邵子俊恰好正朝这边跑来。

赵绍棠感觉有些奇怪："喂，何 sir，子俊……"

众人汇聚到一起。

赵绍棠说："你俩怎么来了？有急事？"

何浩辉已经察觉到不对劲："这里发生什么事了？"

梁婉婷立刻回答："刚才有人报假警。"

赵绍棠补充说："还有人故意撞了 3 号车。"

赵绍棠看了一眼 3 号车后面的皮卡车，继续说："这辆车还是辆无牌照的车。"

何浩辉问道："你还记得司机大概的样子吗？"

赵绍棠回答："他戴着口罩和帽子，看不清楚。"

邵子俊感到疑惑："好奇怪……"

谢庭威问："何 sir，你们怎么来了？"

何浩辉连忙问："庭威，希瓦给你的佛牌呢？"

谢庭威反应过来："佛牌？哦，我放在车里的储物格里了，我觉得它能够带给大家好运！"

何浩辉连忙说："快拿给我看一下。"

谢庭威打开了副驾驶位的储物格，疑惑道："我把护身符放在这儿的，怎么没了？"

何浩辉在电脑上准备打开行车记录仪所记录的视频。

邵子俊在旁边着急说："以后能不能让我们像家用车一样加个屏幕，直接在车上就能查啊，办案时间多宝贵啊。"

何浩辉盯着电脑道："这都是证据啊，为防止警察自己删除篡改视频，每辆车的行车记录仪不能在现场看，必须回警队看。"

行车记录仪的画面上，一个戴着鸭舌帽的人走到 3 车前。这个人的鸭舌帽压得很低，根本看不清他的脸。这个人慢慢抬起手，手掌突然张开，手心向下，谢庭威的佛牌就挂在这个人的手指上来回摇晃。他摘下了帽子，对着摄像头鬼魅地一笑——这个人是周雄！何浩辉看到录像之中的周雄，脸上的表情瞬间大变。

果然智富的后门源代码就在佛牌之中。

会议室内刘先生正襟危坐，满脸严肃。整个会议室内气氛紧张。

刘先生说："何 sir，你认为周雄拿走的佛牌里面藏有智富软件后门的源代码？"

何浩辉回答："按照我对周雄的了解，他在视频上主动现身，这么张狂地向我挑衅，那个佛牌里面应该就藏有打开智富软件后门的源代码。"

汪东凯接着问："你的判断会不会不准确？"

阮 sir 说："无论周雄拿到的究竟是不是后门的源代码，我们都要积极应对，也要做好最坏的准备。"

刘先生点头表示同意。

汪东凯说："今天港股收盘是 22000 点，明天就是股指期货的交割日，加上还是国际金融峰会的举办日，所以我判断明天会是 EGM 基金最有可能引爆"金融核弹"、发动攻击的时间点。"

何浩辉问："我们能不能让智富软件无法进行交易？"

刘先生沉吟了片刻道："你们也知道，明天要召开全球的金融家峰会。如果现在让智富软件下架，会给香港的国际声誉带来相当大的负面影响。"

阮 sir 说："我也刚刚拿到了技术部门的报告。理论上可以对智富软件进行补丁修补，但是时间上不能保证……"

何浩辉有点着急地问："难道没有补救措施了吗？"

汪东凯沉吟道："那只能靠熔断机制来抵御'金融核弹'的袭击了。"

"熔断机制？"

汪东凯说："看来何 sir 是不炒股的……"

何浩辉诚实地回答："嗯，我胆小，赔一点钱我都好心疼的。"

"熔断机制又叫市场调节机制，就是当香港股市在短时间内发生剧烈波动时，会给市场 5 分钟的冷静期，在这期间的交易只能在 10 个点上下区间买卖，并且每个区间都会有个限定价格，防止股市被击穿。有这 5 分钟的时间，无论是大型机构还是散户，都能发现交易异常，也足以让我们去应对，熔断就是我们的重要防线。"汪东凯说完这话，何浩辉长长地出了一口气。

刘先生点了点头："熔断仅仅是个保护措施。港警方面一定要在明天 9 点 30 分开盘之前，阻止'金融核弹'的启动。"

阮 sir 对邵峰和何浩辉说："明天开盘之前，翻遍香港也要找到安娜和周雄！"

特别行动组内，众人各司其职寻找着周雄的踪迹。警方的技术人员利用技术手段进入了智富副总的通信录，锁定了智富副总的位置。

4

关颖下班回家，手里拿着购物袋。

赵绍棠问："你拿的是什么？"

关颖道："今天发工资，我给你们买了礼物！"

红姐脸上也露出了一丝笑容。

赵绍棠皱眉说："你每个月工资那么少，还送礼物给我们？"

关颖故意说："你既然知道我的工资少，那不如你不收我房租？"

赵绍棠摆手说："那不行，礼物可以不要，房租一定要交！"

"我早知道你会这么说！"关颖把购物袋放到了赵绍棠手上，"礼物都买了，没法退，就当是我孝敬爸爸妈妈了！"

赵绍棠和红姐对视了一眼。

赵绍棠一愣："你……刚才说什么？"

关颖重复说："我说，这些礼物就当是我孝敬爸爸妈妈了！"

赵绍棠问："你不是故意逗我们开心，叫我们爸爸妈妈，然后要零用钱吧？"

关颖说："唉，我知道，在你的眼里我就是个孩子，但是我不是一个不知道好歹的孩子。这么长时间，你们怎么对我，是不是真心对我好，我都是知道的。你做了那么久的警察，刚才我叫爸爸妈妈，到底是不是真心的，你看不出来吗？"

赵绍棠一时说不出话，轻轻点头，若有所思。

红姐道："你老爸就喜欢开玩笑，你别当真！"

赵绍棠却说："我有件事，想跟你们说……"

红姐一脸茫然地看着赵绍棠问："什么事？"

赵绍棠犹豫道："我就要退休了……等我退休了，我们全家人一起搬到内地，搬去珠海住，好不好？"

红姐大惊："退休？！退休就意味着你不能再抓贼了？"

赵绍棠说："不去抓贼，每天都陪着你，不好吗？"

关颖兴奋地说："好啊！我可以去珠海，帮钱 sir 的茶餐厅开分店！"

红姐突然站起身。

赵绍棠连忙问："老婆你要找什么？我帮你。"

红姐不语，拿起了放在桌子上的奖状，拿到赵绍棠面前，擦了擦：

"这张是你刚刚当警察，破了案之后得到的嘉奖证书。一直以来，我和女儿都因为你而觉得很自豪！你一直都说，你当警察，就是要抓贼，要守护香港！你一天不抓贼，我知道你都不甘心……所以都是我不好！是我拖累了你！"红姐说到这里哭了，关颖也哭了。赵绍棠擦掉了红姐的眼泪，自己的眼眶也红了。

赵绍棠说："别再说了……只要我们一家人可以在一起，就算再辛苦，再累，都是值得的！"

特别行动组内，骆雅琪找到了安娜的线索。安娜曾经在香港大学读过金融课程，那时候她跟一个叫 Lily Chan 的女人关系很好。骆雅琪立即带一队人去找 Lily Chan，看能不能找到安娜的下落。

何浩辉来到邵子俊的座位前问："周雄有什么线索吗？"

邵子俊情绪有些低落道："没有……"

邵子俊抬手看了看表，接着说："都到这个点了，怪不得我肚子有点饿了。"

何浩辉说："咱们出去吃点夜宵，顺便清醒一下脑子。"

邵子俊点了点头。

凌晨 4 点 30 分，虽然夜已深，但路边摊上食客仍然很多。何浩辉朝着老板招呼："两碗牛杂面。"

老板："OK。"

片刻，老板就把两碗牛杂面放到了何浩辉的面前。子俊起身去旁边的便利店买小零食。何浩辉低头吃面时，一个人影在何浩辉的对面坐下。这个人大大咧咧地把何浩辉面前的另一碗面拉过来就吃。何浩辉微微抬头，是周雄，而周雄的脸上带着微笑。

周雄一边吃一边说："何 sir，听说你在找我？"

何浩辉看到周雄，下意识地去摸腰间的配枪。

周雄不慌不忙地说："你就知道拿枪杀人，我弟弟就是死在你的枪口下，你这是还要杀我吗？不过我断你今天不敢……"

何浩辉没有说话，只是盯着周雄。何浩辉的余光看到了远远走来的邵子俊。邵子俊看到何浩辉身边坐着一个人，他从这个人的侧脸看出是周雄。邵子俊和何浩辉极其短暂地对视了一下，邵子俊闪身上了旁边的矮楼，找最佳的射击点。

"因为我有护身符……"周雄说到护身符的时候，笑得更加开心了。

何浩辉听到周雄说到护身符的时候，微微一愣。这时邵子俊已经来到了身边矮楼的二楼，掏出了枪，紧张地观察着周边的情况。

何浩辉问："你想干什么？你要是敢乱来，我现在就毙了你。"

周雄笑道："哈哈，现在最不敢让我死的就是你。我要是死了，你可就什么都别想得到了，而且还会有成千上万的人给我陪葬。"周雄吃完了碗里的最后一口面。

邵子俊举枪瞄准了周雄的后背，手指已经扣在枪的扳机上。

周雄说："我来找你是想提醒你一下，你欠我的债欠得太久了，该还了，可别忘了。"

周雄心满意足地准备站起身。何浩辉此时看到邵子俊举枪正对着周雄。邵子俊和何浩辉对视，邵子俊在征求何浩辉的同意。何浩辉朝着邵子俊微微地摇了摇头。邵子俊迟疑的一瞬间，周雄已经转身离开，邵子俊已经错过了最佳的开枪时机。

何浩辉站起身准备去追周雄。周雄加快了脚步，突然回头朝着何浩辉诡异地一笑，按下手中的遥控器。这时路边的一个垃圾桶突然爆炸，何浩辉急忙躲避。邵子俊藏身的二楼玻璃也被震碎，洒落下来。街面上的行人被炸弹吓坏，惊呼着纷纷躲避。整个街面上异常混乱，再找周雄已经不见了。

5

何浩辉和邵子俊赶回特别行动组。

陈耀扬抱怨道："大家这么辛苦，你们两个人却出去偷食。"

何浩辉根本没有搭理陈耀扬，径直往小组内的监控大屏幕走。

陈耀扬疑惑地问道："我说错什么了？"

邵子俊解释："我们在大排档遇到周雄了。"

陈耀扬听到这里，脸色一变。

何浩辉来到监控大屏幕前说："调出长富街的摄像头。"

在技术人员的操作下，监控大屏幕上出现了三人在路边摊同框的画面。

何浩辉说："他是往 6 点钟方向走的，看看那个方向的摄像头……"

瞬时一个个摄像头拍摄的画面依次出现在大屏幕上，但是这些画面之中并没有周雄的身影。技术人员道："他应该是早就研究过这个区域所有摄像头的盲区，他走的路线应该都在摄像头的盲区内。"

何浩辉死死地盯着面前大屏幕上定格的周雄："即便他现在走在摄像头的盲区内，他一天之内所有的行动轨迹也不可能都在摄像头盲区内。根据今天晚上他的穿着，调用摄像头，判断出他的行动轨迹。"

众警察有半刻的停顿。何浩辉有点着急地提高了音量道："还愣着干什么？干活了！"众警察散去，纷纷忙碌了起来。

周雄走进了修车厂内，问安娜："怎么样了？"

安娜满脸焦虑地看着周雄："你终于回来了，你过来看一下……"

安娜把周雄拉到笔记本电脑前，屏幕上出现一个写着"密码"的对话框。

安娜说："我输入了佛牌里面的那组代码之后，竟然还有一组密码要输入！想不到他还留了一手，这次真是被他玩死了！"

周雄紧张得一哆嗦，汗毛都立起来了。

周雄手下道："雄哥，早知道是这样，刚才打死都不能去见何浩辉，好悬！"

周雄瞬间慌神以后，马上平静了下来，对着安娜说："那台在琼斯家里找到的平板电脑呢？"

安娜却回答："我已经把里面的东西删了。"

周雄大惊："删了？！"

"里面他的自拍、银行转账记录，还有跟我们联系的证据，全部都不能留。"

周雄沉默片刻，若有所思："转账记录……在琼斯家里找到的那张银行卡呢？"

安娜得意地说："那张卡我收着呢，里面还有不少钱呢。"

"把卡给我。"

安娜奇怪地看着周雄。

周雄坚定地说："给我。"

安娜将米歇尔·琼斯的银行卡递给周雄。周雄接过银行卡翻来覆去地端详着。

周雄指着银行卡的卡号："试着把这组数字输进去……"

安娜点了点头，敲击键盘，将银行卡卡号输入"密码"对话框。

安娜脸上露出了笑容："OK 了！原来密码一直都在我身上！"

众人欢欣鼓舞。

安娜说："等明天一开市，我马上上传，到时就大功告成！"

周雄微笑着点了点头："那就行了。先睡一会儿，等明天……嘣……嘣……"

周雄脸上的表情就像一个将要搞恶作剧的孩子，诡异地兴奋。

一辆出租车驶到高档公寓小区门口停下，车门打开，安娜下了车，径直朝小区走去。安娜刚进去没一会儿，几辆小轿车停到小区外，骆雅琪和一众警察下了车。

警察 A 对骆雅琪说："Madam，我们定位的最小范围就是这栋大厦。"

骆雅琪皱眉看向灯火稀疏的公寓大楼："这栋楼单元不少，现在天黑，很难每家检查。"

警察 A 道："嗯。刚才来的时候我已经联络了管理处，叫他们准备好所有单元的资料，看看会不会有什么线索。"

"行，先去管理处。"

阮 sir 一脸严肃地看着何浩辉与陈耀扬。

何浩辉说："周雄通过巴朗运了那么多的炸药，明天除了'金融核弹'之外，他一定还会有别的大动作。他跟我说，他要是死了，我们就什么都别想得到了，而且还会有成千上万的人给他陪葬。"

邵峰问："会不会是金融峰会？"

何浩辉只能回答："目前仍然在排查之中。"

邵峰沉吟了片刻说："既然周雄在线下也会搞出大动静，而国际金融峰会的重要性又不言而喻，那么国际金融峰会也许就是他的目标。一颗'金融核弹'，再加上一颗真实的炸弹，足以给香港股市造成沉重打击。"

阮 sir 说："你们继续全力寻找周雄的线索。我已安排香港所有警种全员上岗，共同应对明天——不，应该说是今天的危机。"

众人望向窗外，香港的天际已经露出一线晨光。时钟指到了五点半。

何浩辉回到特别行动组的大厅，警察们仍然在忙碌着。何浩辉来到邵子俊的身边，问："怎么样了？"

"按照你的思路，我们已经把周雄离开方向沿线的整个区域都检查了一遍，还是没有发现他的踪迹。"说着邵子俊向何浩辉展示一张勾画过的香港地图，地图中监控盲区被记号笔圈画成带状区域。

何浩辉说："我们一起去监控机房，扩大搜索的时间和区域的范围，一定要把他翻出来。"以邵子俊为首的众警察纷纷点头。

6

何浩辉坐在邵子俊的身边，跟邵子俊一起观看浩如烟海的监控录像。

这时一缕阳光洒到了监控室的房间里，天已经大亮。监控机房内，何浩辉、邵子俊等人仍然在大屏幕上搜索。

邵子俊兴奋地说："何 sir！"

何浩辉顺着邵子俊指的方向看去，其他的警察也聚集到何浩辉和邵子俊的身边。电脑屏幕上出现了身穿当晚衣服的周雄的静止画面。何浩辉紧紧地盯着电脑屏幕。技术人员点击鼠标，屏幕上的周雄在马路边快走几步，然后停下，又走了几步，然后再次停下。

邵子俊问："他在干什么？好奇怪……"

何浩辉看着电脑屏幕若有所思。这时电脑屏幕上的周雄又消失在摄像头之下。

何浩辉说："倒回去……"

技术人员点击鼠标，把录像倒了回去。电脑屏幕上重新出现了周雄的画面。

何浩辉又说："暂停……"

电脑画面暂停。

"放大。"

画面上，周雄看了一眼手上的腕表，动作非常小，很难注意。

邵子俊推测说："他好像在看表。"

何浩辉道："他不是随便走这条路的……他好像在计算时间。"

邵子俊问："他在计算什么时间呢？"

何浩辉只能说："现在无法判断，但是肯定跟他今天的行动有关。"

画面上，一辆黑色商务车停到了周雄旁边，周雄拉开门，上车。

何浩辉喊："停！放大车牌……"

画面定格，放大车牌后何浩辉看清了车牌号。

何浩辉拨通电话说："耀扬，马上查一下车牌号是 731 的车……对，很有可能是周雄的车。"

何浩辉挂断电话，看着屏幕上的画面，露出了一丝困惑。

"有这个画面的全景镜头吗？"

技术人员拉开镜头，电脑上显示出全景画面。当全景画面出现的时候，何浩辉脸上露出了一丝吃惊。

邵子俊问："何 sir，怎么了？"

何浩辉说："周雄昨晚所在的地方，就在我家的门口！"

众人听到这句话的时候都是一惊。何浩辉急忙拿出手机给蔡卓欣打电话，电话接通但是一直无人应答。何浩辉眉头紧锁往外跑：

"阿欣没有接电话，我必须回家看一下……"

何浩辉跑了几步，忽然邵子俊大声叫住了他：

"何 sir，你看，是嫂子！"

何浩辉急忙跑回来看屏幕。

技术人员说："我切到了实时监控画面。"

只见屏幕上，蔡卓欣正送何乐轩出门上学。

早上 7 点半，何乐轩背着小书包从小区里一路小跑出来，蔡卓欣提着水壶、饭盒在后面追着。

蔡卓欣喊："阿轩慢点……"

何乐轩打招呼："秦老师！"

此时一辆校车停在路边，车上坐满了同学，秦老师站在打开的车门前等待，看着何乐轩朝她跑过来。蔡卓欣也终于追了上来，喘息着："你真的好淘气……秦老师，今天就麻烦你了。"

秦老师说："放心吧，阿轩跟我很乖的。阿轩，跟妈妈再见，我们要出发去科技馆了。"

何乐轩挥手道："妈妈再见！"

蔡卓欣把水壶挂在何乐轩肩上，给他整理帽子，嘴里还在忍不住叮嘱："你要记得听话，不能总缠着秦老师。饭一定要吃光，不可以挑食。还有……"

何乐轩回答："知道啦！"

何乐轩不耐烦地接过饭盒，扭身上了校车。

秦老师说："放心吧，没问题的。"

蔡卓欣目送校车离开，满眼都是靠窗坐着的何乐轩。蔡卓欣转身正要回家，突然，一辆黑色商务车停在了她的面前。周雄及其手下从黑色商务车上下来，迅速制服了蔡卓欣，把她塞进了商务车。

何浩辉看着实时监控画面，没有说话，攥紧拳头重重地砸在桌子上。邵子俊安慰地拍了拍何浩辉的肩膀："何 sir……"

何浩辉努力平复自己的情绪："车辆锁定了吗？"

技术人员回答："锁定了，和昨晚是同一辆车。我会调用所有摄像头盯紧周雄的车。"

邵子俊说："随时报告行车路线。何 sir，我们赶紧去抓周雄。"

何浩辉说："谢谢！"

第二十四章

香港保卫战

1

早上 8 点整。

梁婉婷和谢庭威一边整理装备，一边往停车场走。两人的身边还有其他 EU 警察急匆匆地走过。

谢庭威问："怎么没有看到棠哥？"

梁婉婷说："3 车被追尾了需要检修，而且黄 sir 考虑到棠哥要退休了，今天会展中心的警务工作又这么紧张辛苦，所以就没有安排棠哥出警。"

谢庭威道："还是黄 sir 考虑得周到。他以后可以安心地照顾红姐了。"

国际会展中心外正营造出一种盛世太平的氛围，各路金融家已经陆续赶来，刘先生在人群中接待。而人群背后的阮 sir 却是一脸紧张，旁边站着汪东凯。

汪东凯说："峰会马上就要开始了……"

阮 sir："鉴于今天的情势，我又增派了一队便衣警察。"

汪东凯低声问："'金融核弹'有进展了吗？"

阮 sir 摇了摇头。汪东凯皱了皱眉头说："各国金融精英都来了，一旦出点什么事就是影响国际交流的大动荡，今天一定要化解掉所有的危机……"

阮 sir 点了点头道："香港警察一定会尽全力解决危机……"

何浩辉和邵子俊急匆匆地往外走，迎面碰见陈耀扬。

陈耀扬说："何 sir，我们查了交通监控和停车记录，周雄那辆车昨晚去过你家之后，还去过 IFC（国际金融中心）。"

何浩辉大感疑惑："他去 IFC 干吗？"

周雄车内，蔡卓欣的嘴被紧紧地塞上。周雄拿起手机，拨打……

警署走廊，何浩辉的手机响起，邵子俊紧张地看着何浩辉。

何浩辉接起电话："喂……"

周雄说："何 sir，早安，一夜无眠吧？9 点 30 分'金融核弹'会准时引爆，我想你肯定知道这意味着什么？"

何浩辉肯定地说："你们不会得逞的。"

周雄嚣张道："哈哈哈，我知道你们还有什么熔断机制。请你转告香港特区政府，如果敢使用熔断机制，或者临停股市交易搞闷杀那套把戏的话，我就会引爆IFC的炸弹！你知道我有炸弹，而且还不止一个。国际金融峰会这么重要的日子怎么能没有烟花秀呢？如果你们不信的话，那就拭目以待吧！"还没等何浩辉回话，周雄就挂断了电话。

周雄回头看着蔡卓欣说："除了烟花秀，还有真人秀，我也让何浩辉尝尝失去亲人的滋味。"无法出声的蔡卓欣眼神里面都是惊恐。

何浩辉严肃地看向陈耀扬和邵子俊："周雄在IFC安装了炸弹。"

众人闻言大惊。

何浩辉说："我觉得周雄今天的计划没那么简单。IFC被周雄装了炸弹，安娜的行踪也没找到。子俊，我去找周雄，你留在特别行动组。"邵子俊点了点头。何浩辉带着警察，急匆匆地离开警署。

在会展中心的刘先生第一时间从邵峰那里得到了信息。刘先生认定香港特区政府不能被罪犯要挟，在9点30分之前，警方一定要拆掉在IFC的炸弹。

这时，会展中心门口，已经有不少警车离开会展中心，朝着IFC的方向驶去。

2

骆雅琪还在排查安娜所在的大楼，陈耀扬要求骆雅琪在9点30分之前一定要找到安娜，阻止他们的计划！

骆雅琪看了看腕表，抬头对一众警察和物业经理下达命令："大家按照计划先切断大厦电源，引蛇出洞！"

安娜公寓内，房间就像一间机房一样，凌乱地堆放着很多机器。她面前放置着数台电脑，助手正在检查系统。突然间，房间光线暗淡下来。

安娜问："什么事？"

助手B从外面匆匆走进来报告："老板，好像停电了。"

助手A说："幸好我们事先准备了备用电源，停电不会影响我们。"

安娜却说："不要大意，这个时候突然停电，不会有什么问题吧？先问一下管理处到底出了什么事。"

助手A连忙拨打物业电话："我是1908的业主，我屋里突然停电了。"

假扮物业的警察说："不好意思，整栋大厦都停了，备用电源只能维持大堂和电梯的供电。我们已经检查了，可能跳闸了。"

助手 A 问："维修还要多长时间？"

假扮物业的警察说："不确定，我们会尽快修好，稍等一会儿。"

助手 A 对安娜说："管理处正在修，应该很快，要等一会儿。"

安娜说："不能等。今天是大日子，绝对不可以有差错！那么多机器，没电的话整间屋子的温度会越来越高，有可能影响后面的运作！你和我下去，你去看一下管理处处理得怎么样了，我在周围看一下，以防万一。"

安娜和助手 A 刚走出电梯，忽然发现大堂亮着灯，楼里刚刚来电了，传来一阵欢呼声，几位业主还在大堂议论着停电的事，穿便衣的警察 B 也混迹其中。

助手 A 对安娜说："我先去管理处看一下。"

安娜点头，继续朝楼外走去。

他们刚离开，警察 B 立刻走到角落，用蓝牙耳机小声通知大家："疑似目标出现，向大厦大门方向出去。"

骆雅琪迅速回复："收到！"

警察 B 接着说："她手下去了管理处，蓝色 T 恤，白色长裤。"

警察 A："收到！"

骆雅琪此时在楼外小花园的健身器械旁，看见安娜出来，忙假装锻炼。安娜十分警惕地查看周围的情况。紧接着，安娜助手 A 走出楼门，与安娜眼神交会，表示刚才只是虚惊一场，安娜的神情随之放松下来。两人的这些互动都被暗中观察的骆雅琪看在了眼里，知道了两人是同伙。

安娜正打算进楼门，突然手机响了，她接起电话。而此时的骆雅琪也佯装锻炼完身体，一边抻着胳膊，一边朝安娜这边慢慢靠近。

周雄说："我这边搞定了，一会儿的烟花表演应该没问题。你那边情况怎么样？"

安娜说："万事俱备，只欠东风。"

周雄问："总攻还在游艇上吗？"

安娜说："换地方了，海面风高浪急，信号不好。"

周雄点点头："好，今天阴天，九点半，准时起风！"

"收到！"挂断电话，安娜一脸轻松地走进公寓楼。

骆雅琪紧随其后走了进去，见安娜与助手 A 走入电梯。这时，警察 B 走到骆雅琪身边。

骆雅琪问："安娜住在哪儿？"

警察 B 回答："1908。"

骆雅琪拿出了电话："陈 sir，我们已经确定了安娜的地址，行动吗？"

陈耀扬问："就她一个人？"

骆雅琪说："我们发现还有个手下跟着她，但不能确认她到底有多少人。"

陈耀扬说："先把她盯紧，我立刻安排邵 sir 带队过来增援！"

骆雅琪回复："Yes sir！"

3

上午 9 点，离开盘还有半个小时。

3 号冲锋车静静地停在路边的监控盲区。周雄的商务车行驶到 3 车后面，停了下来。车门打开，周雄手下押着蔡卓欣下车。蔡卓欣看到眼前这以假乱真的"3 车"，十分吃惊。车上还坐着假扮警察的周雄手下。

周雄将蔡卓欣推上"3 车"，与车上的假警察互相点头示意。随即，"3 车"和周雄的车迅速分别开走。

何浩辉在车上拨通了陈耀扬的电话，询问周雄的车的位置。

监控室内，陈耀扬神情焦急地说："刚才周雄的车开进了监控盲区，不过现在失而复得……"何浩辉听到这里松了口气。已经得到了周雄准确位置信息的何浩辉，即刻前往……

上午 9 点 10 分。

赵绍棠走在马路边，迎面开过一辆挂着"EUKW3"牌子的车。车从赵绍棠身边经过的时候，他刻意地看了一眼开车的人。他看到这个人的侧脸，脸上露出困惑的表情，拿起手机打给梁婉婷。

赵绍棠问道："婉婷，3 车这么快就修好了？"

梁婉婷正在会展中心的门口执勤，奇怪地说："没有听说 3 车修好啊……如果 3 车修好了，肯定会第一时间通知我们的……"

赵绍棠站在路边，拦住了一辆出租车，一边说一边上了出租车："我可能看到了一辆假的 3 车，待会再联系你……"赵绍棠挂断了电话。

"3 车"仍然在赵绍棠的视野范围内。赵绍棠对着出租车司机吩咐："跟上前面那辆 EU 车。"出租车司机点头，加快了行驶的速度。

"3 车"已经到达了会展中心的入口。赵绍棠从出租车上下来，眼看着"3 车"

进入了地库。赵绍棠往里面走，被执勤的一位警察拦下。此时会展中心地库出口，很多警车在往外开，显然是去增援 IFC 的。指挥的警察步履匆忙，现场有一些混乱。

赵绍棠拿出证件："我是 3 号冲锋车的车长赵绍棠。我的车今天应该在修理厂，但是刚才我看到'3 车'开进了地库，我怀疑那辆车有问题……"

警察问："今天你执行任务吗？"

赵绍棠摇了摇头。

警察说："师兄，今天是特别任务，你如果不是执行任务的，我是不会放你进去的，你是警察也不行……"

赵绍棠的脸上露出了一丝焦急，他迅速拿出电话打给梁婉婷，赶紧问道："婉婷，我是赵绍棠。你现在在哪儿？"

梁婉婷回答："我现在就在会展中心附近巡逻。"

赵绍棠说："那辆'3 车'进入会展中心地库了。我今天休假，无法进入会展中心。"

梁婉婷说："棠哥，我们现在就过来。"

赵绍棠提醒："我觉得不太对头，多叫上几个同事吧！"

梁婉婷回复："好！"

梁婉婷、谢庭威和几名警察来到了地库入口。梁婉婷说："师兄，我们认为会展中心的地下停车场有可疑情况，需要这位警察跟我们一起进入排查。"守着地库入口的警察点了点头。

赵绍棠道："那辆'3 车'开进了地库，我专门观察了那个开车的人，我都不认识。"

谢庭威说："会不会这辆'3 车'是假的？"

赵绍棠说："先找到这辆车再说。"

梁婉婷和谢庭威等分头行动。

4

何浩辉的车开到了某幢废弃大楼的地库。何浩辉和众警察来到了周雄的面包车前，但是面包车已经人去车空。

何浩辉说："咱们逐层搜……"

何浩辉带着警察举着枪，保持警惕地逐层寻找周雄等人的踪迹。每一层都一无所获。

何浩辉马上就要来到这栋大楼的天台的时候，在大楼的楼梯上看到了周雄的几个手下守着进入天台的入口。双方一照面就展开了激烈的枪战。

何浩辉等警察一边躲避子弹，一边还击。几个回合之后，看守入口的几人均被击毙。何浩辉带着警察冲上了天台。周雄身边站着的手下拿枪对准了何浩辉。

周雄看到何浩辉，脸上露出了笑容，说："何 sir 就是何 sir，真没有想到你能找到我……"

何浩辉说："周雄，你永远逃不掉香港警方的追踪的！"

周雄轻蔑道："好吧，你能找到我又能怎么样？线上、线下的炸弹马上都要爆炸，香港立刻就会嗙……"

何浩辉问："你真的这么有信心？"

周雄说："当然有信心了。你别忘了，我手上还有一张王牌——你的老婆，估计你也通过监控看到了。"

何浩辉问："阿欣到底在哪儿？"

周雄回答说："王牌当然是要最后出。她跟两吨炸弹在一个你永远找不着的地方。"

何浩辉说："周雄，全香港没有任何一个地方是警察找不到的。"

周雄嘲讽道："是，你们能找到，但是你们的时间可是不多啊！还有 5 分钟就到 9 点 30 分，那时'金融核弹'就会启动，如果港府敢启动熔断机制或者停止股票交易……"

周雄慢条斯理地拿出了一个遥控器："我就会启动线下的炸弹——这是我送给今天的金融峰会的一场盛大的礼花庆典，而庆典的核心就是蔡小姐。"

何浩辉冷静地说："我们已经对 IFC 进行逐层搜查，我相信我的同事在 9 点 30 分之前一定会拆除你的炸弹！至于'金融核弹'，你又怎么知道我们没有找到安娜的线索！"

周雄微笑道："好，那我们就看看谁能赢吧！对了，忘了告诉你了，线下炸弹在 IFC 我是骗你的。不好意思，你们警察白辛苦了。"

何浩辉听完周雄的话，微微一愣。

周雄挑衅道："想知道你老婆和炸弹在哪儿吗？"

周雄突然微笑着说："跪下……我就告诉你！"

周雄死死地盯着何浩辉。何浩辉脸上没有任何表情，丝毫没有要跪的意思。此时是 9 点 25 分，离股市开盘只剩下 5 分钟。

墙上的挂钟指向 9 点 25 分。

安娜坐在书桌前，打开笔记本电脑，进入 App 程序……在路易斯的命令下，安娜已经做好了启动"金融核弹"的一切准备……

与此同时，港警也已经成功地阻断了安娜房间的信号。邵子俊和骆雅琪带着一众警察走进电梯，直奔安娜房间门口。正当安娜等人在疑惑为什么没有网络信号的时候，邵子俊拿出提前准备的磁卡放在密码锁上，密码锁应声解开。邵子俊掏出手枪，推开门带头进入房间。一众警察悄然进入客厅，却发现客厅空空荡荡。

突然，安娜助手身着黑衣从两个方向朝众警察发起攻击。他们使用了消音枪，一名警察受伤倒地。邵子俊、骆雅琪和其他警察一边躲避，一边举枪还击。由于房间空间狭小，双方很快从枪战变成了近身肉搏。邵子俊身手矫健，不一会儿就制服其中一人。这时，邵子俊看到走廊尽头紧闭的房门，意识到安娜就藏匿于此，于是示意骆雅琪牵制敌人。骆雅琪立刻上前掩护邵子俊，邵子俊直奔走廊尽头的房间。

挂钟指向 9 点 28 分。

安娜一边看了看墙上的挂钟，一边盯着电脑。突然，邵子俊破门而入，安娜一惊，立刻打开抽屉准备掏枪，不想子俊此时已经举枪对准了安娜。

邵子俊大喊："举起手！不要动！"

安娜无奈慢慢地举起手，邵子俊一点点走上前："把笔记本电脑给我。"

安娜慢悠悠地拿起笔记本，佯装递给子俊。就在子俊伸手接的当儿，安娜突然用另一只手袭击子俊，子俊手臂一抖，枪飞了出去。正当子俊愣神之际，安娜已经推开子俊，逃到房间的另一角，打算单手操作电脑。子俊见状忙扑上前与安娜厮打，抢夺电脑。

此时挂钟已经指向了 9 点 29 分。

客厅内，在警察们的猛攻之下，反扑的助手二人均被擒获。骆雅琪忙朝走廊尽头跑去。子俊与安娜博弈，渐渐占了上风，夺回了笔记本。安娜拼尽全力，掏出身上的匕首朝子俊刺来，但子俊仍不顾一切紧紧抓着笔记本不放。安娜一边抢夺笔记本，一边举起匕首再次刺向子俊。

关键时刻，一声枪响，安娜的手臂被赶来的骆雅琪打中，匕首落地。子俊趁机上前将安娜制服，并夺过笔记本。但此时的笔记本已经进入休眠模式。子俊触碰键盘，屏幕立刻显示需要脸部识别。子俊扳起安娜的脸，对准笔记本屏幕，果然，笔记本在人脸识别成功后启动了。邵子俊等人在最后 1 分钟——9 点 29 分——解除了"金融核弹"。

5

天台上，何浩辉脸上的表情异常平静。

周雄说："喂，何 sir，抓紧时间吧，你都已经跪了一次，不在乎再跪一次的。跪了我就立刻告诉你你老婆在哪儿……"

这时何浩辉的手机响起。何浩辉拿出手机，手机屏幕显示着一张安娜戴着手铐的照片。

何浩辉把手机屏幕给周雄看："这个人你应该认识吧……她已经被我们的同事抓了。'金融核弹'已经被我们拆除了。"

周雄的情绪此时起了一丝波澜：

"安娜被抓了又怎么样？本来'金融核弹'就不是我的重点。我最后说一遍，你跪下，我就告诉你你老婆在哪儿……"

何浩辉坚定地说："如果我跪了，你同样会启动炸弹！你还想让我跪下，做梦！"

何浩辉的气势压住了周雄。

"好，何 sir，我成全你。你准备给你老婆收尸吧！"说着，周雄准备按按钮。

何浩辉毫不犹豫地朝周雄的肩膀开枪。周雄肩膀中枪，遥控器掉在地上。周雄身边的手下和何浩辉带来的警察同时开枪。子弹横飞，周雄和何浩辉对视，两人的目光同时落在地上的遥控器上。

9 点 30 分，金融峰会会场内，汪东凯得到消息："金融核弹"已经解除。汪东凯长长地出了一口气，脸上露出了放松的笑容。

天台上，周雄和何浩辉分别去抢夺遥控器，但是都被子弹所阻碍。周雄朝离自己最近的手下使了一个眼色，手下领会，只朝着何浩辉猛扣扳机。何浩辉被密集火力所阻，周雄趁机拿到了遥控器。何浩辉虽然比周雄慢了一步，但是仍然朝着遥控器扑去。在何浩辉的撞击下，周雄手里的遥控器又掉在地上。

周雄和何浩辉在地上翻滚着争夺遥控器，遥控器几度易手，最终何浩辉拿到了遥控器。周雄眼看就要失去遥控器，竟把身边的手下推向了何浩辉。周雄手下猝不及防，撞上了何浩辉，遥控器再次掉落。何浩辉开枪打死了周雄手下，但等他反应过来的时候，周雄已经再次拿到了遥控器。

此时，周雄手下们的尸体躺满了天台，周雄也是满脸的血污，他拿着遥控器，手指扣在遥控器的按钮上。何浩辉和众警察举着枪，一步步朝周雄逼近。

何浩辉坚定地说："现在你的手下都死了，'金融核弹'也已经被拆了，你已经无路可走，炸弹到底在哪儿？"

周雄脸上露出狰狞的笑容道："你想知道，我满足你……"

周雄拿出了手机，拨通了视频电话。视频里出现了手脚被绑的蔡卓欣，嘴也被堵上，不断挣扎；两个假 EU 警察下车，车门被重重地关上……

何浩辉脱口而出："阿欣……"

这时周雄手机上画面消失。

周雄说："这辆车是不是看上去也很熟悉？"

何浩辉大惊："EU3？！"

"虽然是假的，但是很好玩儿……"周雄满脸血污，露出了邪恶的笑容，"一辆装满炸弹的'EU3 车'，上面还有你的老婆，只要我轻轻一按……会展中心就会爆炸。"

何浩辉惊讶："你把炸弹放到了会展中心？"

周雄说："EU3 车和你老婆，都带着你何浩辉的标签。等到会展中心爆炸的时候，全香港都会知道这些金融家都是因为你何浩辉而死。因为我做的这一切主要就是针对你！我要给我的弟弟报仇！"

周雄的面目显得异常狰狞。

赵绍棠、梁婉婷、谢庭威和两名替补 EU 等警察走在偌大的地下停车场里面，四处寻找着假 EU3 车的踪迹。

梁婉婷焦急地问："这么大的停车场，到哪儿去找呢？"

这时赵绍棠听到了一阵有节奏地敲击车窗的声音。

赵绍棠说："有声音……"

几人停下脚步，没说话。

这个有节奏地敲击声变得更加清晰了。

"顺着声音找……"

天台上，周雄拿着遥控器一步步地朝着电梯走去。

何浩辉警告周雄："周雄，你不准动，你今天是不可能离开这个天台的。"

周雄停下脚步跟何浩辉对视道："何浩辉，你如果不能一枪打死我，你应该知道后果是什么。"

何浩辉冷静地拿着枪，对准周雄。两个人对视。何浩辉已经把手扣在了扳机上，随时准备开枪。

地下停车场内，梁婉婷看到前面的'EU3 车'。

梁婉婷说："车在那儿……好像声音也是从那个方向传来的。"

众人加快脚步，朝着'3 车'走去。

梁婉婷仔细观察这辆车："这辆车连修的痕迹都没有，就是一辆假车。"

说话间，众人已经来到了假 EU3 旁，发现后座上竟然坐着被绑住手脚、堵住嘴的蔡卓欣。蔡卓欣背着的手里拿着高跟鞋，看到众人，惊恐的神情转瞬充满希望。

这时赵绍棠看到车内层层叠叠地垒满了细细窄窄的长方形的黄色 TNT 炸药，用细丝连接在了一起。

"这个车上全部都是炸药。"赵绍棠说，"庭威，立刻通知指挥中心赶紧疏散附近市民。"

谢庭威退到一旁，跟指挥中心联络。

梁婉婷问："棠哥，要不要告诉何 sir？"

赵绍棠点了点头。梁婉婷紧张地拨通了电话。废弃大楼的天台上，何浩辉接起电话。

梁婉婷说："何 sir，我们看到阿嫂了……"

何浩辉问："她的情况怎么样？"

梁婉婷吞吞吐吐地回答："……你放心，我们一定会把阿嫂救出来。"

何浩辉说："拜托了。"

梁婉婷不敢再多说，挂断电话，满脸紧张。

周雄一步步地后退，何浩辉带着警察一步步朝周雄逼近。

此时何浩辉的气势彻底把周雄压倒。

周雄大喊："何浩辉，你不要再过来！你难道真的不在乎你老婆的命，还有那些金融家的命吗？"

何浩辉继续朝着周雄逼近："我相信我的同事一定会救出阿欣，拆掉会展中心的炸弹。我不会让你离开这个天台的。"

周雄一边后退，一边露出邪恶的笑容，道："何浩辉，你可以试试……"

周雄退到天台门口的时候，往左后方扫了一眼门口的台阶。在他偏头的一刹那，何浩辉果断地抓住机会开枪，正中周雄的太阳穴。周雄被一枪毙命。何浩辉急忙跑到周雄的身前，把周雄手里的遥控器踢开。何浩辉摸着周雄的心脏部位，判断周雄是否真的死亡，突然发觉周雄的胸口有异样。何浩辉迅速解开了周雄的上衣，发现周雄的心脏部位贴着一个贴片。

警察甲问："这是什么？"

何浩辉说："这好像是一个心电图贴片，专门用来监控心跳的。"

警察甲问："周雄为什么要贴这个？"

何浩辉脸上的表情显得有些阴郁，他隐隐有种不祥的预感。

车内，这时蔡卓欣身后的炸弹突然开始倒计时，发出嘀的一声。蔡卓欣回头看到了亮起的倒计时器，计时器从 5 分钟开始倒计时。

蔡卓欣更加焦急，呻吟声变得更大，脸上的表情变得更加恐惧。赵绍棠看到了蔡卓欣的表情，透过车窗也看到了倒计时器的启动。

赵绍棠着急地说："定时炸弹启动了。先把阿欣救出来再说。撬开车门！"

谢庭威等人准备用警具撬开后座的车门。

蔡卓欣拼命地摇头。赵绍棠看到了蔡卓欣的表情，意识到有危险。

赵绍棠阻止谢庭威："等等！"

谢庭威等人及时停手。赵绍棠透过主驾驶位的车窗，看到蔡卓欣身边的车门上挂着一个手雷。

赵绍棠道："撬铁丝网，砸玻璃……"

谢庭威等人立刻利用警械撬开了车窗外铁丝网的连接处，将车窗外的铁丝网拉了下来，敲碎了玻璃。车内蔡卓欣躲避着飞溅的玻璃，在众人的帮助下，艰难地探出头，被众人从车窗拉了出来。

赵绍棠说："来不及等拆弹专家了，我先把车开出车库。"

赵绍棠还没等梁婉婷反应过来就从车窗进入车内。赵绍棠来到主驾驶位，手脚麻利地对线打火，汽车启动。赵绍棠紧紧握着方向盘，猛踩油门，开着汽车朝着地库外飞驰而去。

就在赵绍棠即将把车开上地面的时候，车熄火了。

赵绍棠回身看到炸弹的倒计时只剩下 2 分钟，冷静地再次将汽车打火，但是几次都没有打着。赵绍棠的脸上露出了紧张的神情。汽车终于打着了火，赵绍棠继续发动汽车，一直开上了地面，来到广场。

广场上虽然已经有警察在疏散市民，但是仍然有不少市民逗留。赵绍棠开车避让着还没有疏散完的市民，转身看了一眼炸弹上的倒计时。这时倒计时只剩下 20 秒。赵绍棠看着广场上的市民，又看了一眼前方的大海，做出了最终的决定，反而脸上的表情显得异常平静。赵绍棠拿出了手机，单手控制着汽车，然后拨通了何浩辉的电话。

赵绍棠跟何浩辉做了最后的永别！电话挂断，赵绍棠的嘴角露出了一丝微笑。"3 车"落入海中，炸弹的倒计时同时归零。

路易斯知道线上、线下两枚"炸弹"都被港警拆除，但是困兽犹斗。今天是港股股指期货交割日，他要用所有的资金全力抛盘，做空港股，在股指期货市场上跟港府进行最后一战，血洗港股！

汪东凯通过市场的变化，已经感觉到路易斯在股指期货市场开始了总攻。他判定，只要在今天收盘的时候能把港股守住 20000 点，就能彻底粉碎路易斯的阴谋。所以路易斯的抛盘，港府照单全收！

在香港企业家联盟内，林涛号召全港所有的企业家一起协助香港特区政府托市，因为香港是他们的家，保护香港的金融秩序就是保护他们自己的家！全港企业家同仇敌忾！

香港市民根本没有想到，看似平静的一天，股票市场内正在进行你死我活的多空博弈的金融大战。收盘前的最后 1 分钟，大盘仍在 20000 点之下。在最后的读秒时间，大盘最终停在 20030 点上再也没有变化。刘先生长长地出了一口气，脸上难得露出了紧张而疲惫的笑容。

6

何浩辉站在邵峰的办公桌前。

邵峰说："这次你和子俊、耀扬都立下了大功。尤其是你，终于可以扬眉吐气地回到 O 记，你师父的在天之灵也能得到安慰。回去接替他当年的职位吧，何督查，好好干！"

何浩辉回答："Yes，sir！"

邵峰说："还有，周雄手机里有当年的完整视频，警察公共关系科已经联系好了媒体，明天就会公之于众，替你洗脱'警界之耻'的冤屈。"

何浩辉说："谢谢邵 sir。"

回到家，何浩辉敲门。

蔡卓欣开门问："没带钥匙啊？"

何浩辉答道："带了。"

何浩辉凝视着蔡卓欣。

蔡卓欣问："怎么了？出什么事了？"

何浩辉答道："有你在家等着我，给我开门，这种幸福很平常，但我差点失去它……"

蔡卓欣笑着点头，何浩辉进门揽过蔡卓欣，两人长久地拥抱在一起。

香港警察公共墓园浩园。梁婉婷在赵绍棠的墓碑前放下一束鲜花。何浩辉拿出赛车发动机模型小吊坠，放在鲜花旁边。

谢庭威抬头望天说："棠哥终于能和女儿在天上团聚了。"

梁婉婷感叹："他会告诉女儿，她老爸这次真的做了英雄。"

邵子俊对着墓碑说："我们3车会定期聚会的，什么时候都会有你的位置。"

何浩辉道："香港人都会记住你的。在我们心里，你永远不会退休。"

阮sir、黄sir、邵峰、陈耀扬等一众警察整齐列队站在赵绍棠的墓前，庄严敬礼。

赵绍棠家里，关颖满面泪痕地呆坐在沙发上，脑海里不断萦绕着赵绍棠说的话："没有人愿意面对危险，包括警察。但是，如果市民的安全受到威胁，每个警察都会积极面对，包括我。"

门铃响起。

红姐说："闺女啊，去开门看看是谁。"

关颖把门打开，邵子俊和梁婉婷拿着大包小包进门。

梁婉婷笑着说："红姐，又到周末了，一起来打边炉呀！"

红姐道："每个星期我们娘俩都盼着你们来，但又觉得太麻烦你们……"

邵子俊说："哪里的话，棠哥家也就是我们的家。"

梁婉婷附和："就是，家庭聚餐，怎么会觉得麻烦呢？"

红姐说："和你们在一起，我就觉得她爸还在身边……"

邵子俊和梁婉婷有点伤感。

关颖岔开话题："谢sir没有来？"

梁婉婷说："他去接秦老师了，晚上跟咱们商量他的婚礼。"

关颖开心地说："太好啦。那何sir呢？"

邵子俊道："他们一家三口去玩了，我问问什么时候能到。"

众人欢声笑语。

车停在路边，何浩辉坐在主驾驶位，正在系安全带，蔡卓欣坐在副驾驶位，何乐轩坐在后座，一家人其乐融融。

何浩辉问："阿欣，阿轩，今天玩得开心吗？"

蔡卓欣和何乐轩异口同声地说："开心！"

何浩辉笑着刚要发动汽车，手机响起，他下意识地马上接听：

"喂，子俊……好好好，这就过去。"

挂了电话，何浩辉看到蔡卓欣和何乐轩母子二人看着自己。

蔡卓欣打趣地问："何 sir，又有紧急任务了？"

何浩辉尴尬地赔笑："没有没有。子俊催咱们现在就过去棠哥家打边炉！"

何乐轩："对呀！爸爸，赶紧出发吧！"

何浩辉发动汽车："好！我已经让子俊、婉婷他们买了食材带去，都是你们爱吃的。"

蔡卓欣问："那有没有让他们帮忙买你爱吃的斑节虾？"

何浩辉说："我忘了！看我这记性……"

聪明的何乐轩为了缓解尴尬便说道："爸爸，脑子要多动才不会健忘呢，我给你出个脑筋急转弯吧！"

"好！"

何乐轩问："猪的小孩叫什么？"

"小猪！"

何乐轩又问："猫的小孩叫什么？"

"小猫！"

何乐轩继续问："海豚的小孩叫什么？"

"小海豚！"

"青蛙的小孩叫什么？"

"小青蛙！"

"错！青蛙的小孩叫——小蝌蚪！"

一家三口哈哈大笑起来。

何浩辉的车在马路上疾驰。车窗外，维多利亚港夜景，万家灯火闪烁。

东方之珠，永远灿烂，美丽！